KB113637

껴우찌

견우치 ❷

초판 1쇄 발행 2009년 12월 18일
초판 2쇄 발행 2010년 1월 9일

지은이   권오단
발행인   권윤삼
발행처   도서출판 산수야

등록번호   제1-1515호
주소   서울시 마포구 망원동 472-19호
우편번호   121-826
전화   02-332-9655
팩스   02-335-0674

ISBN 978-89-8097-192-3 04810
ISBN 978-89-8097-190-9 (전3권)

값은 뒤표지에 있습니다. 잘못된 책은 바꾸어 드립니다.

이 도서의 국립중앙도서관 출판시도서목록(CIP)은 e-CIP 홈페이지
(http://www.nl.go.kr/cip.php)에서 이용하실 수 있습니다.
(CIP제어번호: CIP2009003438)

전우치

田禹治 ❷

권오단 역사소설

산수야

서문

전우치는 중종 연간에 살았던 이인異人이다. 전우치의 행적에 대한 것은 유몽인柳夢寅의 「어우야담於于野談」, 차천로車天輅의 「오산설림五山說林」, 이수광李睟光의 「지봉유설芝峰類說」, 이덕무李德懋의 「청장관전서青莊館全書」, 「한죽당필기寒竹堂筆記」, 패관 문학서인 「대동야승大東野乘」에 전하는데, 조선 중종 때의 사람으로 시를 잘 지었으며, 의술에 능하였고 도술을 부렸다고 한다.

『홍길동전』과 더불어 『전우치전』이 고전소설로 이미 크게 알려져 있지만 전우치가 홍길동과 마찬가지로 실제로 살았던 인물이라고 아는 사람은 얼마되지 않는다.

고전소설인 『전우치전』이 있음에도 따로 소설을 쓰기로 마음먹은 것은 전우치가 실존 인물이라는 사실과 우리나라에서 전해 오는 독특한 선도의 도맥을 실제 역사 속에서 관통시켜 재정립해 보고 싶었기 때문이다.

천문·지리·의학·복서·문학·무예 등 조선 사회에서 전해져 내려오는 다양한 이야깃거리를 넣기 위해 많은 자료가 참조되었고 이미 우리에게 잊혀진 잃어버린 것들을 되살리기 위해 오랜 기간이 걸렸다.

딱딱하게만 느껴지는 한시는 소설의 재미를 살리기 위해 재미있는 대구對句나 파자시破字詩를 사용하였는데, 소설에 등장하는 한시는 「해동시화海東詩話」와 「동인시화東人詩話」, 「요로원야화기要路院夜話記」 등에 나오는 재미있는 문장을 인용하였음을 밝혀둔다.

소설에 등장하는 실존 인물들은 그들이 지은 시를 사용하는 것을 원칙으로 하였지만 부득이한 것은 작가가 짓거나 인용하였다.

소설 『전우치』는 고전소설과는 다른 맛이 나도록 쓰기 위해 노력하였다. 역사소설이지만 그 안에 깃들인 또 다른 색다른 맛을 이 소설에서 발견하게 되길 소망해 본다.

2009년 11월 권오단

진시황 때 방사 노생盧生이 해외에 나갔다 돌아와서 「녹도서」籙圖書를 시황에게 바쳤다. 「녹도서」에 말하기를 진나라를 망하게 하는 것은 호胡라 하니 이로써 시황은 북방에 장성을 높이 쌓아 오랑캐를 방비하였다.

시황은 안심이 되지 않아 맏아들 부소扶蘇를 북방에 보내어 몽염蒙恬을 감독케 하였는데, 시황이 죽고난 후 환관 조고와 승상 이사의 모략으로 부소가 자살하여 호해胡亥를 태자로 삼았다. 후일 진나라는 호해로 인해서 망했으니 「녹도서」의 예언이 적중한 것이다.

노생은 한종과 함께 시황의 명을 받아 불사약을 구하러 갔다온 사람이니 그가 바다로 나갔다함은 즉 해동에 왔다는 말이고, 「녹도서」란 것은 비기를 말하는 것인데 이는 「신지비사神誌秘詞」와 같은 것이다.

「신지비사」란 단군檀君 때 사람이 지은 진조구변도국震朝九變圖局을 말하는 것으로, 해동은 일찍이 도참圖讖과 점성술占星術이 발달하였다.

노생이 우리 해동에 들어왔을 때 이 술법을 배워가지고 진나라의 운수가 호에게 망할 줄을 미리 알았으나, 그 본뜻이 호해를 가리킨 말이라 화가 집안에 있는 줄은 모르고 오랑캐를 막는다고 만리장성을 쌓아 헛수고만 하였던 것이다.

한나라 사람 장량張良은 노생·한종과 같은 때 사람이다. 한나라를 위해 원수를 갚고자 해동에서 창해역사를 청해서 박랑사중博浪沙中에서 시황을 시해하려다가 실패하여 천하를 놀라게 하였다.

장량은 처음에 황석공黃石公의 가르침을 받다가 유방을 도와 한漢을 세운 후에 적송자赤松子를 따라갔다. 적송자는 신농 대代의 우사雨師로서 본래 그 법의 연원은 해동에 있었다.

우리 동방에서 환인천제桓因天帝가 동방 최초의 선조仙祖로서 환웅桓雄이 풍백風伯·우사·운사雲師 등을 이끌고 이 땅에 내려와 그 법을 단군에게 전하여 내려오길 수천 년이나 되었다. 후에 단군이 아사달의 산신이 되어 그 도를 문박文朴에게 전하고 다시 영랑永郎에게 전하였다. 영랑은 마한의 보덕신녀寶德神女에게 도를 전수하였으니, 세상에 전하기를 영랑·술랑述郎·남랑南郎·안상安詳을 신라의 사선四仙이라 하였다.

이밖에도 신라 초에 과공瓠公이란 사람이 있었는데 동해상에서 회오리바람을 타고 신라에 와서 명재상이 되었다.

가락국 거등왕 때 탐시선인旵始仙人은 과공의 도를 이어받았으며, 다시 물계자勿稽子에게 전해졌다. 대세와 구칠, 원효와 도선은 물계자의 도를 이어받았는데, 대세와 구칠은 바다 건너 중원에 뜻을 두어 배를 타고 사라져 버렸으며 원효와 도선은 중이 되어 세상에 그 흔적을 남기었다.

당나라 문종文宗 개성 년간에 신라 사람 최승우崔承祐, 김가기金可紀, 중 자혜慈惠, 세 사람이 당나라에 유학하여 가기는 먼저 진사에 급제하고 승우도 역시 급제하여 서로 종남산에서 지내더니 신원지申元之를 광법사廣法寺에서 만났다.

자혜가 마침 이 절에 우거하는 까닭에 신원지와 매우 친하게 지내었는데 최승우와 김가기가 자혜와 친한 사이임을 알고 매양 같이 놀았다. 이때 마침 정양진인正陽眞人 종리鐘離가 찾아오니 신원지가 이 세 사람을 종리에게 소개하고 도를 전해주길 부탁하였다.

정양진인 종리권은 순양자 여동빈呂洞賓의 스승으로 일찍이 해동에서 건너온 선인에게 그 법을 배웠다. 이에 신라에서 온 세 사람에게 기꺼이 선법을 가르치고 구결을 전수하였다. 이때 종리가 준 서적이 「청화비문靑華秘文」·「영보이법靈寶異法」·「팔두악결八頭岳訣」·「금고내관金誥內觀」·「옥문보록玉文寶錄」·「천둔연마법天遁鍊磨法」·「백양참동계伯陽參同契」·「황정경黃庭經」·「용호경龍虎經」·「청정심인경淸淨心印經」 등이었다.

최승우는 이덕유李德裕의 추천으로 서경에서 수년간 겸염철판서兼鹽鐵判書를 지내더니 찬황죄贊皇罪로 예주에 귀양 살다가 죄가 풀리매 그 후 신라로 돌아와 태위 벼슬을 하다가 93세에 죽었고, 김가기는 종남산終南山 자오곡子午谷에 터를 닦고 집을 마련하여 은거하다가 당나라 대중 12년858 2월 모든 사람이 보는 앞에서 등선하니 선종이 놀라고 두렵게 생각하며 그를 위해 사당을 지었다.

자혜는 김가기를 좇아 돌아오지 않다가 환국하여 오대산으로 들어와 은거하다가 145세에 태백산에서 입적하였다.

최승우는 진사 이청에게 도를 전수하였고, 이청은 명법明法에게 도를 전하였다. 명법은 이청과 자혜에게 요법을 배워 그 도를 권청權淸에 전하였다. 권청은 최치원에게 도의 일부를 전수하였고, 다시 원계현에게 모든 법을 전수하였으며, 원계현은 김시습에게 도를 전하였다.

김시습은 이를 나누어 천둔검법연마결을 홍유손에게 전수하고, 또 옥함기내단법을 정희량에게 전수하고, 참동용호비지를 윤군평에게 전수하였다.

청한자 김시습은 당대 이인으로 바람과 물처럼 세상을 떠돌아다니다가 홍산 무량사에서 입적하였으니, 일찍이 금성 보리나루에 사는 백우자百愚子라는 이의 도에 미칠 바가 아니 된다고 하였다.

백우자는 이름이 혜손惠孫으로 위인이 현묵하고 종일 가도 말이 없고 바보 같았으나 물리나 사물에 달통하여 앞일과 지난 일을 모두 알았다. 그런데 족속도 번성치 못하고 가세도 빈곤하여 생계를 겨우 유지하더니 공산의 새 죽음처럼 아무것도 남김없이 세상을 떠났다.

이밖에도 세종조에 김학서金鶴棲는 맹인으로 명경수明鏡數를 잘 알아 수명과 화복을 잘 맞히었으니 그 술수가 장득운張得雲에게 전해지고 김숙중金叔重에게 전해져 세상에 이름이 높았다.

이들의 도맥이 어디에서 시작되었으며 누구에게 전수되었는지, 알려지지 않고 기록되지 아니한 이인들 또한 한둘이었겠는가.

환웅이 이 땅에 자리 잡은 이래로 수천 년간 유구한 도맥은 이 땅에서 저 땅으로 이어지고, 바다를 건너서 혹은 큰 산맥을 넘어 다시 전해짐이 끊어지지 않고 있었으니, 산하에 이름 없는 수많은 이인들은 바람과 안개 속에 숨은 용과 호랑이처럼 다만 그 자취와 모습을 감추고 있었던 것이다.

9

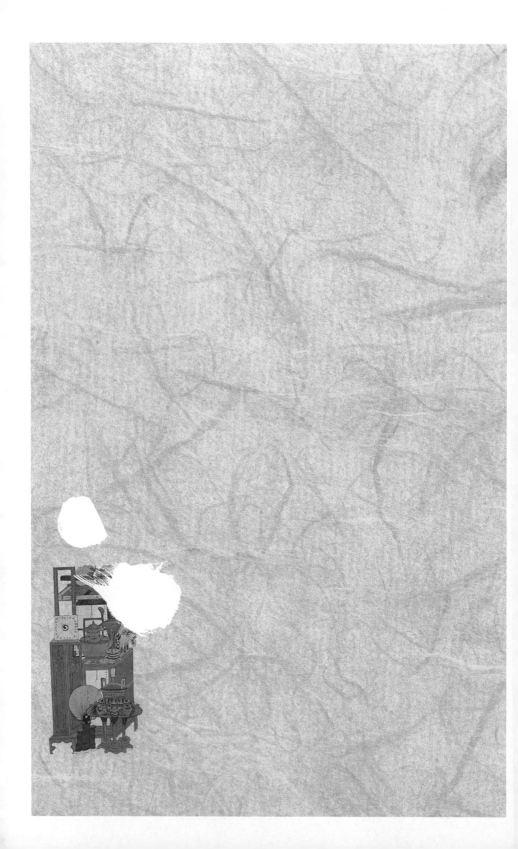

응애, 응애.

첩첩산중에 갓난아이 우는 소리가 메아리처럼 들려오고 있었다.

"아닌 밤중에 홍두깨라고, 이런 깊은 산중에 웬 아기 울음소릴까? 내가 잘못 들었나?"

산중에서 약초를 캐던 심마니 봉팔은 난데없는 아기의 울음소리를 듣고는 고개를 갸웃거렸다.

산기슭 곳곳마다 개나리, 진달래가 울창하고 제법 녹음이 우거진 나무들 사이로 옅은 보라색 벚꽃이 화사하게 피어있었다. 영악스런 참새들은 지난 겨울 눈 속에 감춰져있던 붉은 산수유 열매들과 갓 피기 시작한 새순들을 따먹느라 잡목 사이를 분주히 날아다녔다.

봉팔은 아기의 울음소리를 좇아 넝쿨과 잡목을 헤치며 가파른 산비탈을 오르고 있었다. 그는 앞을 가로막는 잔가지를 낫으로 베다가 허리를 펴 높다란 산정을 바라보았다.

'이렇게 험한 산중에 갓난아이가 있을 리 만무한데, 혹시 창귀倀鬼가 나를 꼬이려는 것이 아닐까?'

봉팔은 어릴 적 어머니로부터 호랑이에게 물려죽은 사람의 귀신이 사람을 꼬이기 위해 아기 울음소리를 흉내낸다는 것을 들은 적이 있었다.

심마니 생활 1년동안 점박이 범을 만난 적도 몇 번 있고, 범이 여간해선 사람을 피할 뿐 해치지 않는다는 것도 알고 있었지만 이런 울음소리를 들어본 적은 없었기에 봉팔은 등줄기에 소름이 끼쳤다.

"허, 기이한 일이군. 삵의 울음소리도 아니고, 아기의 울음소리가 틀림없는데. 이런 깊은 산속에서 아기가 울다니……."

봉팔은 고개를 몇 번이나 갸우뚱거리다가 잡목을 헤치고 소리나는 방향을 가늠하며 걸음을 옮겼다. 거친 바위를 오르고 나무뿌리를 잡고 가파른 산을 올라가던 봉팔은 울음소리가 가까이 들리는 것을 깨닫고 가파른 비탈을 조심조심 돌았다.

"응애, 응애."

아기의 울음소리가 가파른 벼랑 아래에서 들려오고 있었다. 봉팔은 고개를 숙여 벼랑 아래를 내려다보았다. 벼랑 아래 이 장 쯤 되는 곳에는 바위를 뚫고 자란 소나무가 있었는데 소나무의 뿌리에 강보가 걸려있었고, 그곳에서 울음소리가 들려오고 있었다.

"기이한 일이네. 이런 가파른 벼랑에 난데없이 갓난아이가 웬말이여?"

봉팔이 혀를 차며 좌우를 둘러보다가 가까운 수림에서 칡덩굴을 잘라와서는 자신의 허리에 감은 후 벼랑을 타고 아래로 내려갔다.

봉팔은 나무뿌리에 걸린 강보를 조심스레 들어올렸다. 강보 안에서 울던 아기가 봉팔의 얼굴을 보고 생글생글 웃었다.

"그놈 참 잘생겼다!"

봉팔은 아기의 작은 입술이 오물거리는 것과 웃는 얼굴에 마음이 녹아나는 것 같아서 누런 이를 드러내며 씩 웃었다. 그는 아기를 자신의 품에 안고는 깎아지른 듯한 벼랑을 올려다보았다.

'어젯밤 꿈에 하늘에서 별이 떨어져 집에 크게 불이 나는 꿈을 꿨는데 혹시 이 아기를 옥황상제님이 보내주신 것이 아닐까?'

벼랑을 올라간 봉팔은 강보를 풀어보았다.

"보자, 사내인가 계집애인가? 어이쿠. 사내로구나!"

봉팔이 흥건하게 젖은 광목기저귀를 풀었을 때 배냇저고리 뒤편에 푸른빛이 나는 동그란 옥 목걸이 하나를 발견하였다. 목걸이 가운데에는 글자가 씌어 있었고, 뒤편에도 가늘고 가지런한 글자가 있었다.

"이게 무슨 뜻이여?"

언문도 모르는 까막눈 봉팔이가 한문은 더욱 알 길이 없어서 옥으로 만든 목걸이와 글씨를 보곤 아기가 지체 높은 집안의 자식이라는 것을 짐작할 따름이었다.

봉팔은 광목 기저귀를 망태에 넣고 아기를 강보에 싸서 절벽을 벗어나 어둑어둑한 산비탈로 내려갔다. 참나무가 크게 자라난 숲이라 대낮에도 어둑어둑하였다. 오랫동안 인적이 끊긴 탓인지 땅이 푹신푹신하여 내려가는 길이 수월하였다. 한참을 내려가던 봉팔이 갑자기 걸음을 멈추었다. 그가 놀란 황소눈알을 하곤 떨리는 목소리로 중얼거렸다.

13

"사, 산삼 아니여?"

발아래에 선명한 붉은 열매를 한 아름 머리에 달고 손가락을 펼친 것처럼 다섯 잎이 무성한 약초가 있었다.

심마니들이 말하던 산삼의 생김새와 일치하였다. 봉팔은 마른 침을 꿀꺽 삼켜 뛰는 가슴을 진정시키고 가만가만 무릎을 꿇고 열매와 잎을 살펴보다가 몸을 일으켜 왼발로 땅을 세 번 밟으며 크게 소리를 질렀다.

"심봤다!"

뜨르르한 목소리가 산허리를 내달려 먼 곳으로 달아나더니 메아리를 끌며 돌아왔다. 봉팔은 상기된 표정으로 등에 멘 아기를 돌아보았다.

"으하하하. 내 인생에 이런 횡재수가 있었네! 산신께서 너를 보내시며 이런 선물까지 주신 모양이구먼. 넌 참말로 복덩어리구먼. 복덩어리야!"

봉팔이 무릎을 꿇고 몸을 구부려 두 손으로 주변의 흙을 파고 조심조심 산삼을 캐내었다.

넉넉잡아 삼백 년은 돼보이는 망초삼과 한 오십 년은 되어보임직한 어린 삼 뿌리를 캐어 이끼에 싸서 곱게 갈무리한 봉팔은 삼을 캐었던 자리에 큰절을 하곤 날아갈 것처럼 산을 내려왔다.

봉팔은 무오년에 화를 입은 허반의 집 노복이었다. 허반이 사화에 연루되어 집안이 멸문지화를 당하자 관노로 일생을 살 것이 두려운 나머지 아내 순이와 야반도주하여 천마산天摩山으로 들어와 움막을 짓고 화전을 일구며 호구를 삼아오고 있었던 것이다.

약초꾼 노릇 일 년 만에 산삼을 캔 봉팔은 한달음에 집으로 달려가 순이에게 기쁜 소식을 알렸다.

순이는 봉팔이 망태기에서 꺼낸 산삼과 강보에 쌓인 아기를 보고 눈이 휘둥그레졌다.

"아이구, 귀여워라!"

순이는 아이를 품에 안고 눈물을 그렁그렁거렸다. 순이는 작년 정월에 봉팔이의 아이를 낳았는데 고뿔에 걸렸는지 시름시름 앓다가 삼칠일을 넘기지 못하였다. 배 아파 낳은 자식을 가슴에 묻은 탓으로 갓난아이를 보니 죽은 자식 생각이 났던 것이다.

순이가 아이를 어르니 아이가 방긋방긋 웃었다. 순이의 마음이 봄 눈 녹듯이 녹아내렸다.

봉팔은 웃음기가 없던 순이가 웃는 모습을 보고 싱글벙글 웃으며 말했다.

"여게, 내 말 좀 들어보게. 어제 꿈에 하늘에서 별똥이 떨어져서 우리 집에 불이 났지 뭐여? 이상하다 생각했더니 그 아이를 만날 꿈이었나봐. 산중에 아이 우는 소리를 듣고 따라갔더니 눈앞에 삼을 만났지. 작년에 개똥이놈을 잃고 정 부칠 곳이 없어서 걱정이었는데 이런 횡재가 어디 있어? 닥쳐올 보릿고개에 어떻게 먹고사나 근심하였더니 사람이 죽으라는 법은 없는 모양이야."

"그러게 말이에요. 참말 다행이네요."

순이가 아이를 어르다가 바닥에 펼친 삼을 내려다보며 봉팔에게 물었다.

"삼이 비싸게 팔린다는데 얼마나 할까요?"

"망초삼은 오래 되었으니 못해도 개성 한약방에 가면 상목 두 동은 받을 거여."

"이 귀한 삼이 상목 두 동 밖에 안 된다고요?"

순이의 얼굴이 실망으로 일그러졌다.

"한양의 약재상에서야 대가집에 파는데 부르는 게 값이지만 우리 같은 약초꾼들이 언감생심 그렇게 팔 수 있나? 두 동두 많이 받는 거지."

"재주는 곰이 부리구 재물은 주인이 먹는다더니 그 짝이네. 그럼, 요 작은 삼은 상목 한 필이나 받으려나?"

"상목 한 필은 받을 수 있겠지."

"하여튼 산 밖으로 나가면 도둑놈들만 모였다니까!"

순이가 투덜거리다가 아이의 얼굴을 보곤 봉팔에게 말했다.

"이 산삼을 사또에게 바치고 이 산을 벗어나 동리에서 떳떳이 사는 것은 어때요?"

"시방 우리 처지를 모르고 그런 소릴 하는 거여? 삼으로 속량이 되더라도 근본이 어디 가겠어? 국법을 어기고 도망을 쳤는데 그 죄가 삼 한 뿌리로 한꺼번에 지워질 것 같아? 행여 벌집 건드릴 생각일랑 아예 마시게!"

"왜 화는 내고 그러우?"

"당신은 주인어른께서 참혹하게 돌아가신 것도 못 보았는가? 말세에는 그저 산속에 숨어 편히 사는 것이 상책일세. 삼뿌리를 팔면 번듯한 집 한 채쯤은 지을 수 있을테구, 곡식두 넉넉하게 채울 수 있으니 뭐가 부러운가."

"아이는 어쩌지요? 아이 부모가 애타게 찾아다닐 것인데?"

"걱정 말게. 그럴 일 없네. 내가 저 아이를 미타봉 절벽에서 주웠네. 절벽 나무뿌리에 걸려있더군. 사정이 어떤지는 모르지만 버려진 아이가 아니고선 누가 거기에 걸어놓았겠나? 아이를 내가 찾지 않았다면 늑대나 까마귀밥이 되었을걸? 아이는 우리가 기르면 되는 거니 자네는 걱정 말게."

"정말 그래도 될까요?"

"저 아이는 하늘이 점지한 우리 아이여. 하늘에서 떨어진 별똥이라니까. 제 복을 타고 난다고 산삼까지 점지해준 귀한 아들이니께 죽은 개똥이라 생각하라구."

순이가 강보에 싸인 아이를 내려다보며 안도의 미소를 지었다.

17

첩첩산중이라 해가 일찍 떨어져 일찌감치 어둠이 내려앉았다. 무거운 정적을 깨뜨리며 산중에 소쩍새의 울음소리가 고적하게 들려오는데 봉팔이의 움막에선 아이 울음소리가 요란하였다.

응애, 응애.

까무러질 것 같은 울음소리에 순이는 퍼뜩 잠이 깼었다. 봉팔도 눈이 떠지기는 매한가지였다. 봉팔은 얼른 일어나 부엌으로 가서 관솔불에 호롱불을 붙여 방으로 들고 들어왔다.

순이가 호롱불을 비춰 아이를 살펴보니 얼굴이 홍시처럼 붉게 변하여 악을 쓰며 울고 있는 것이었다.

상기된 봉팔이 순이에게 물었다.

"좀 전까지 괜찮던 아이가 왜 이렇게 운데?"

봉팔이 '기저귀는 갈아줬느냐? 미음은 먹였느냐?' 고주리미주리 물었다. 순이가 일언반구 대꾸 없이 아이의 이마와 몸을 만져보다가 말했다.

"아기의 몸이 불덩어리 같아요."

"에구, 그리고 보니 강보가 이슬에 젖어 있더니 산바람을 맞고 고뿔이라도 걸린 것 아녀?"

순이는 죽은 개똥이를 생각하곤 놀라 말했다.

"이럴 게 아니라, 어서 의원에게 가봐야겠어요."

"자네 미쳤어? 이 깊은 밤에 어딜 가서 의원을 구한데? 개성까지 육십 리 길도 넘는단 말이여. 설혹 간다하더라도 사대문이 닫혀 있을 것인데?"

"그럼 어떡해요? 이러다가 개똥이처럼 되면 어떡해요."

순이가 훌쩍거리며 치맛자락으로 눈가를 닦았다.

"재수 없는 소리 하지 말어!"

봉팔이 버럭 소리를 지르다가,

"그렇지. 천수암에 가면 공갈 스님이 계시잖아. 스님이 의술을 알지 모르니 내가 얼른 다녀오겠소."

하고 봉팔이 문을 밀치고 바깥으로 나가려다가 몸을 돌려 순이에게 말했다.

"참, 그리고 보니 좋은 수가 있구면."

"무슨 말이에요?"

"내가 오늘 산삼 두 뿌리를 캤잖아."

"그런데요?"

"예부터 산삼은 명약이라 죽을병도 살린다 하지 않소. 어차피 작은 삼은 제값도 못 받고 팔아야할 텐데 그럴 바에야 이 아이한테 먹이는

19

게 낫지 않겠소? 산삼을 먹는다면 아이 열이 가라앉을지도 모르니까 말이오."

"그거 좋은 생각이네요."

봉팔이 제 꾀가 그럴듯한지 윗목의 망태에서 말아놓은 작은 삼을 꺼내어 순이에게 건넸다.

"임자는 아이에게 작은 산삼 뿌리를 먹이게. 나는 혹시 모르니 그동안 암자로 올라가 공갈 스님을 모셔오겠소."

"그러면 되겠네요."

순이는 우는 아이를 어르며 고개를 끄덕였다.

"삼이 얼마 되지 않으니 입으로 꼭꼭 씹어서 아이의 입에 넣어주시게."

"알았어요."

봉팔은 후적후적 저고리를 입더니 문을 열고 밖으로 나갔다. 봉팔은 관솔에 불을 붙여 횃불을 만든 후에 산 위로 달음질하듯 올라갔다.

횃불을 들고 어두운 숲길을 지나서 산마루에 오르니 달빛에 작은 오솔길이 선명하게 드러났다. 산을 제 집처럼 쏘다니는 봉팔이 산길을 손바닥 들여다보듯 하는 까닭에 어두침침한 밤길이지만 암자로 가는 길을 쉽게 찾을 수 있었다.

산기슭을 따라 얼마나 올라갔을까? 봉팔은 취적봉 벼랑 중턱에 자리 잡은 천수암 마당에서 난데없이 큰 불길이 솟아오르는 것을 발견할 수 있었다.

'저게 무슨 불이지? 별안간 암자에 불은 왜 피운 거여?'

봉팔이 암자로 다가가보니 암자의 너른 마당에 장작이 쌓여있고,

장작에 불이 붙어 맹렬한 기세로 타오르고 있었다.

불길 옆에 한 명의 선비가 우두커니 서 있었는데, 봉팔은 장작불의 열기를 피하며 그에게 다가갔다.

"저, 뉘십니까요?"

짧은 수염이 코 아래와 턱에 탐스럽게 난 마흔 살쯤 되어 보이는 키가 작은 선비는 타오르는 불길을 바라보며 아무 말이 없었다. 봉팔은 선비의 근엄한 모습에 주눅이 들어,

"저, 나리. 혹시 공갈 스님이 어디 계신지 아십니까?"

하고 물으니 선비는 불길을 가리켰다.

"공갈 스님은 저 속에 계시오."

"뭐라구요?"

봉팔이 선비의 말에 깜짝 놀라 고개를 돌려 불길을 바라보았다. 맹렬히 타오르는 불길 사이로 사람이 누워 있는 모습이 얼핏 보이는 것도 같았다.

"아니, 어쩌자구 스님이 불 속에 들어가셨단 말입니까?"

"공갈 스님은 오늘 입적하셨습니다."

"뭐라구요? 공갈 스님이 돌아가셨다고요?"

봉팔은 사흘 전에 집에 찾아와 '별일 없느냐, 일이 생기면 나를 찾아오너라.' 하던 공갈 스님이 죽었다는 말이 믿겨지지 않아서 멍하니 불길을 바라보다가 고개를 돌려 선비를 바라보았다.

선비의 얼굴이 불빛에 반사되어 붉은 물을 들인 듯하였다. 봉팔은 경기를 하듯 울던 아이를 생각하곤 중얼거렸다.

"하필 이런 때에 스님이 돌아가신단 말이여?"

선비가 봉팔의 모습을 물끄러미 바라보다가 입을 열었다.

"무슨 일로 이렇게 야심한 밤에 이곳까지 오신 거요?"

봉팔은 물에 빠진 사람 지푸라기라도 잡는 심정으로 그에게 말했다.

"혹시 의술을 아십니까요?"

"병자가 있는 모양이지요? 있다면 가십시다. 안내하시오."

선비가 선뜻 봉팔을 앞장세우곤 뒤를 따랐다.

　순이는 봉팔의 말대로 쓰디쓴 삼을 뿌리부터 잎까지 한입에 넣고 오랫동안 씹다가 아이의 입에 넣어주었다.

　갓난아이가 쓴 삼즙을 뱉어내지 못하고 주는 대로 받아먹었는데, 잠시 후 열이 내리며 차도가 있었다.

　'산삼이 천하의 명약이라더니 과연 그러하구나!'

　순이가 가슴을 쓸며 안도의 숨을 내쉬었다.

　순이는 누워있는 아이를 토닥거리며 둥그런 옥 목걸이를 물끄러미 바라보았다. 기저귀를 채울 때 강보 안에서 나온 목걸이였다. 글자가 새겨진 옥 목걸이의 귀한 태를 보니 아이의 근본을 짐작할 수 있을 것 같았다.

　"양반댁의 아이가 종놈을 만나 일생을 천대 받으며 살아가야 할 것이니, 네 인생도 참으로 가련하구나!"

　순이가 목걸이를 바라보며 중얼거릴 때에 아이가 몸을 뒤척였다.

"으아 으아 으아앙."

아이가 갑자기 경기를 일으키며 자지러지게 울었다.

놀란 순이가 허겁지겁 손으로 이마를 만져보니 불덩이를 올린 것 같았다.

"이게 어찌된 일이야?"

순이가 부엌으로 뛰어가서 옹배기에 물을 담아 수건에 적셔 아이의 몸을 닦아보았지만 그때뿐이지 열이 내려갈 기미가 없었다.

아이는 맹렬하게 울었고 순이는 눈물을 펑펑 흘렸다.

이렇듯 우는 아이를 바라보니 작년에 죽은 개똥이 생각이 또 났다. 개똥이도 지금처럼 고열에 시달리다가 명줄을 놓았다. 주인어른께서 의원을 불러주었지만 의원은 머리를 설레설레 내젓기만 할 뿐이었다.

의원이 돌아가고 아이의 몸을 뜨겁게 달궜던 고열이 내려갔을 때 순이는 차갑게 식어버린 아이를 안은 채 하늘이 무너져 내리는 절망감을 맛보았다. '가슴이 찢어지고 창자가 끊어지고 온몸의 뼈가 부서지는 고통이 이러할까?' 순이는 아픔을 삼키며 식어버린 아이를 품에 안고 한없이 울 수밖에 없었다.

갓난아이가 죽는 일이 다반사라 다섯에 셋은 죽었지만 자식을 잃은 어미의 아픔은 시간이 가도 가슴속에 남아 잊혀지지 않는 것이었다.

"아가야, 그만 울어. 응. 아가야, 그만 울어!"

순이가 눈물을 철철 흘리며 아이의 몸을 수건으로 닦았다. 문지방 바깥에서 불빛이 흘러들었다.

순이가 문을 열고 바라보니 사립 안으로 횃불을 든 봉팔이 사내 하나를 데리고 마당으로 들어왔다.

"어서 오세요. 어서."

봉팔과 선비가 미투리를 벗고 방 안으로 들어왔다.

들어서기가 무섭게 봉팔이 순이에게 물었다.

"이보게, 아이가 왜 이래? 삼은 먹였나?"

"예. 삼을 먹인 후에 더 악을 쓰면서 울지 뭐예요?"

"그래? 이상한 일이네."

선비가 자지러지게 우는 아이를 내려다보다가 말했다.

"이상한 일이 아니오."

"예? 그게 무슨 말씀이십니까?"

"산삼이 아무리 죽은 사람도 살리는 명약이라지만 채 돌이 안 된 어린 핏덩이에게 무작정 먹이다니 제정신인 게요? 지금 이 아이의 몸속에는 산삼의 기운이 제멋대로 돌아다니고 있으니 이것을 제대로 잡지 못한다면 살아도 바보로 살아야 할 거요, 아니면 눈먼 봉사가 되거나."

순이가 손을 모아 빌면서 애원하였다.

"모두 제 잘못입니다. 이렇게 어여쁜 아이가 저 때문에 죽는다니요? 바보는 뭐고, 봉사는 또 뭐랍니까? 안 됩니다요. 안 됩니다요. 나리께서 꼭 고쳐주십시오!"

선비는 말없이 허리춤에서 꺼낸 둥근 침통을 열었다. 그 안에서 붉은 명주 두루마리가 나왔다. 명주에는 사람 그림이 그려져 있고 사람 그림 안에는 검은 줄, 푸른 줄이 여기저기 사람을 따라 그려져 있었는데 그 선들 사이에 가느다란 침들이 꽂혀있었다.

선비는 그림을 아기 옆에 펼쳐놓고 침을 뽑아 아이의 몸에 하나씩 꽂았다. 하나하나씩 뽑아서 찌른 수만 해도 삼십여 개가 되었으니 침을 다 찌르자 아기의 모습이 고슴도치가 된 것 같았다.

"휴, 다 되었소."

선비가 안도의 숨을 내쉬었다.

봉팔과 순이는 이 광경을 물끄러미 바라보다가 선비 곁에 다가가서 물었다.

"선비님. 잘된 겁니까?"

"잘되었소."

봉팔과 순이가 서로를 마주보며 안도의 숨을 내쉬었다.

"원래 산삼은 음양이기陰陽二氣의 기운을 모두 가지고 있지만 극양의 성질이 강하기 때문에 눈만 내려도 곧 녹아버리고 말지요. 그러므로 산삼의 처방은 지극히 신중해야 하는데 그대가 이 아이에게 오십 년 묵은 산삼을 그냥 먹였으니 채 일 년도 안 되어 아무런 저항할 힘도 없는 아이의 몸에 오십 년의 기운이 들어간 것이오. 아이는 그저 태열胎熱을 앓고 있었는데 산삼을 먹어서 전신의 경맥과 기경으로 기운이 제멋대로 돈 것이지요. 나는 의술에 대해서 해박하지는 않으나 돌아가신 공갈 스님께서 미리 아시고 처방전을 내게 전해주셨으니 참으로 공교로운 일이오."

선비의 말에 안심이 된 봉팔이 마른침을 꿀꺽 삼키며 말했다.

"그럼 아이의 몸에 있는 침은 언제 뽑습니까요?"

"지금은 침으로 십이경맥과 기경팔맥을 막아 아이의 몸에서 제멋대로 흐르는 기운을 장부로 스며들게 하였으니 가만히 놔두면 자연히 회복될 것이오. 이것이 아이에게 좋은 일이 되면 되었지, 나쁜 일은 되지 않을 것이니 너무 염려하지는 마시오."

흰하게 날이 밝은 후에야 선비는 아이의 몸에서 침을 뽑아냈는데 아이는 씻은 듯 부신 듯 말짱해져서 방글방글 웃는 얼굴에 복숭아 같은 화색이 흘렀다.

"참말로 신통하구먼유."

봉팔은 아이를 어르면서 선비에게 말했다.

선비는 아이를 물끄러미 바라보다가 봉팔에게 물었다.

"이 아이가 그대의 아이요?"

"아, 아닙니다요."

봉팔은 어제 자신이 벼랑에서 아이를 주운 일을 자세히 일렀다. 그러고는 아이를 싸고 있던 강보에서 나온 옥 목걸이를 보여주었다.

"이것이 무슨 글자입니까요? 저는 배운 것이 없어서……."

"옥 목걸이에 아이의 이름과 생년월일이 적혀있구려. 이 아이의 이름은 전우치요."

"전우치라고요?"

"그렇소."

옥 목걸이의 뒷 글자를 보던 선비가 손가락을 짚어 추산을 하더니 입을 열었다.

"아이의 일생이 기구하여 두 번 죽을 운이 있구려. 이번이 첫 번째이고, 훗날 한 번 더 죽을 운을 만나겠구려. 허나 훗날 크게 이름을 떨칠 것이니 안심해도 되겠소."

"이름을 떨치다니요?"

"관운이 있소. 본디 양반의 아이라서 홍패에 이름을 올리겠소."

"나리께서 사주를 보실 줄 아십니까?"

선비가 말없이 고개를 끄덕거렸다.

"저와 안사람은 일자무식이라서 아이가 우리 손에서 자라면 일자무식이 될 것이니, 저희들이 키우기가 어렵겠네요."

봉팔이 울상이 되어 물었다.

"그럴 리가 있겠소? 이 아이가 그대들을 만나게 된 것도 인연인데 그대들이 키우셔도 좋겠소. 모두 인연이 허락하는 것이니 염려하실 것 없소."

"저는 양반의 자식을 들짐승처럼 만들어 망치지나 않을까 걱정이 됩니다요."

"갑자년에 처사 하나가 천수암에 찾아와 살게 될 것이오. 그 처사의 덕행과 학문이 높으니 아이를 가르친다면 걱정을 덜어도 될 것이오."

"앞으로 일어나지도 않을 일인데 제가 선비님 말을 어떻게 믿을 수 있겠습니까?"

선비가 미소를 지으며 말했다.

"천수암에서 그대를 기다린 것을 보면 모르오? 그대와 아내는 허반의 종인데 작년 정월에 아이를 잃었지요? 작년에 옥사가 일어났을 때 함께 도망하여 이곳에서 자리를 잡은 것이 아니오?"

봉팔은 선비의 말에 소름이 끼치고 오금이 떨려서 몸을 구부려 말했다.

"서, 선비님 함자가 어떻게 되십니까요?"

"내 이름은 오순형이라 하오. 그 처사에게 암자의 벽장 안에 볼만한 책이 있으니 내 이름을 말하고 보라하면 천수암에 눌러살게 될 것이오. 그때 아이를 맡기면 아이가 학문을 배울 수 있을 것이오."

"예. 예. 이른 대로 합지요."

봉팔이 일언반구도 아니하고 오순형이 시키는 대로 하겠노라 말했다.

"날도 밝았으니 나는 그만 가봐야겠소."

오순형이 움막을 나가니 봉팔이 엉거주춤하게 그 뒤를 따르고 부엌에서 밥을 하던 순이가 바깥으로 달려나와 선비에게 말했다.

"밥이 다 되었어요. 뜸을 들이고 있는 중인데 아침이라도 드시고 가세요."

"되었소. 화식을 하지 않은 지 오래되어서 밥맛이 없구려. 그럼 아이를 잘 부탁하오."

오순형이 사립을 나가 숲 속으로 사라지고 말았다.

봉팔과 순이가 서로의 얼굴을 바라보다가 방 안으로 들어가 아기를 안았다.

"아기 이름이 전우치라면서요?"

"그렇다고 하는군. 관운이 있다던데 나중에 우리 주인어른처럼 벼슬을 할 모양이여."

"벼슬살이 해봐야 좋을 것도 없는데……."

"팔자가 그렇다는 걸 어떡해? 아무튼 잘난 아이니까 자네가 잘 키워보게."

순이가 자신의 품에 안겨 생글거리며 웃고있는 아기를 사랑스러운 눈으로 바라보며 다정한 목소리로 중얼거렸다.

"전우치!"

오순형의 말마따나 갑자년甲子年 : 1504년 가을에 삿갓을 쓴 처사 하나가 천수암으로 홀연히 찾아왔다. 승복을 입었으되 머리를 깎지 않은 처사였는데 키가 크고 눈빛이 형형하며 이목구비가 뚜렷하여 범상치 않아 보이는 사람이었다.

봉팔이 오순형의 말에 반신반의하면서도 틈이 날 때마다 천수암을 쓸고 닦으며 암자를 수리하였다가 처사가 나타난 후에 오순형의 말을 굳게 믿어서, 처사에게 오순형의 말을 전하였다.

"오순형이 벽장 안에 책을 찾아보라 했단 말인가?"

"아시는 분이십니까?"

처사가 말없이 고개를 끄덕이며 천수암 벽장 속에 있는 오순형의 책을 보곤 그곳에서 자리를 잡았으니 봉팔이 우치의 장래를 위하여 처사의 시자 노릇을 톡톡히 하게 되었다.

봉팔이 내외가 처사와 정이 들어서 그의 이름이 이천년李千年이라는 것과 김륜이라는 제자를 거느리고 있다는 것을 알았다. 이천년은 천수암에 있다가 봉팔의 집에도 간간이 내려오곤 하였는데 그때마다 어린 우치의 놀이 친구가 되어주기도 하였다.

그렇게 세월이 살처럼 흘러 병인년丙寅年 : 1506년이 되었으니 우치의 나이 일곱 살이 되었다.

그 해, 가을날 아침에 이천년이 봉팔의 집에 내려왔다.

"전 서방, 그동안 잘 있었는가?"

봉팔은 전우치의 성을 따라서 자신의 이름 앞에 전씨 성을 붙여서 이 무렵에는 전 서방으로 불렸다.

"예. 처사님도 그동안 별일 없으셨습니까? 몇 달 전에 갔더니 김륜이라는 제자가 아니 보이던데요?"

"그 아이가 욕심이 많아서 내려보냈지."

"깊은 산 속에서 홀로 지내시려면 갑갑하시겠습니다."

"둘이 있으나 하나 있으나 별반 다를 것 없네."

"참, 처사님도 들으셨습니까? 세상이 바뀐 것 말입니다. 어제 장에 갔다가 임금이 바뀐 이야기를 들었습니다. 폭군 소릴 듣던 임금이지만 하루아침에 임금이 갈렸다니 참말 뜻밖입니다. 저잣거리 아이들이 '흥청망청' 노래를 부르며 뛰어다니는데 보통일은 아니지 싶었습니다."

이 처사가 고개를 끄덕이며 중얼거렸다.

"저 하늘이 임금을 세운 것은 백성을 기르게 하기 위해서이지, 한 사람으로 하여금 윗자리에서 방자하게 눈을 부라리며 구렁이 같은 욕심을 부리도록 한 것은 아니지. 천망회회天網恢恢요, 권불십년權不

十年*이라더니 인생사 화무십일홍花無十日紅*인 게지."

연산주 재위 십 년째 되는 갑자년1504년에 폐비 윤씨의 일이 불거져서 큰 사옥이 일어났으니 이름하여 갑자사화甲子士禍다. 갑자사화는 연산주의 어머니인 폐비 윤씨의 복위 문제가 발단이 되었다.

갑자년 봄에 연산주는 어머니 윤씨가 비명에 죽은 것을 분하게 여겨 당시 논의에 참여하여 심부름한 신하를 모두 대역죄로 추죄하여 팔촌까지 연좌시켰으니, 윤필상, 한치형, 한명회, 정창손, 어세겸, 심회, 이파, 김승경, 이세좌, 권주, 이극균, 성준을 십이간十二奸이라 하여 모두 극형에 처했다. 윤비를 내칠 때 공모한 엄숙의와 정숙의는 궁궐 안뜰에서 철여의로 때려죽이고, 그의 아들인 안양군 향과 봉안군 봉도 섬에 귀양 보냈다가 죽여버렸다.

갑자년 이후에 연산군의 폭정이 본격적으로 시작되었다. 그해 시월에 여러 도의 크고 작은 고을에서 얼굴이 반반한 여자들을 기생 명목으로 뽑아 운평運平이라 부르고는 삼백 명을 뽑아 서울로 데리고 오라고 하여, 임사홍任士洪을 채홍사採紅使로 삼았으니 채홍사란 미녀를 구하기 위해 지방으로 파견하던 신하로 연산군 대에 처음으로 만든 벼슬이었다.

채홍사가 뽑아 들여 대궐 안에 들어온 운평들은 흥청興淸·계평繼平·속홍續紅이라 하고 임금을 가까이 모신 자는 지과홍청地科興淸, 동침한 자는 천과홍청天科興淸이라 하였으며, 장악원掌樂阮을 고쳐 계방원

33

---

* 권불십년 : 권세는 십년을 가지 못한다.
* 화무십일홍 : 열흘 동안 붉은 꽃은 없다는 뜻으로 한 번 성한 것이 얼마 못 가서 반드시 쇠하여짐을 비유적으로 이르는 말

繼芳院이라 하고 운평들을 거처하게 하였다. 또 크고 작은 각 고을에 모두 흥청을 설치하여 임금께 뽑아 올리도록 하였으니 한양의 대궐이며 지방의 작은 동리 할 것 없이 관청이 있는 곳이라면 모두 기생판이 되어버렸다.

연산주는 여기에 만족하지 않고 다시 대신을 나누어 채홍준체찰사採紅駿體察使라는 관직을 만들어 전국의 미녀를 뽑았는데 기녀, 사족의 출신, 심지어 유부녀까지 뽑아 각 원에 나누어 두게 하였다.

갑자년에 뽑아 올린 운평들이 쓰는 화장 도구의 비용을 모두 백성들에게 거두어 들였고, 위차委差라는 벼슬을 만들어 백성을 착취하고 온갖 물건을 독려해 거두니 백성들의 원성이 자자하였다.

갑자년 이후에 대궐로 뽑아 들인 창기가 처음에는 백 명 정도였던 것이 나중에는 만 명이나 될 정도였으니 백성들의 피해가 어느 정도였는지는 짐작하고도 남음이 있었다.

연산주가 여기에 그치지 않고 궁전 뜰에 응준방鷹準坊을 설치해 갖가지 맹수나 진귀한 짐승을 잡아다 기르게 하였으며, 민간의 배를 빼앗아 경회루慶會樓 못에 띄워 놓고 채색 누각을 그 위에 지어 만세萬歲·영춘迎春·진방鎭邦이라 이름 짓고 놀았다. 또 도성 백 리 안에 출입금지의 푯말禁標을 세운 뒤 사냥하는 장소로 만들어 갠 날과 비 오는 날 가리지 않고 내시 한 명을 거느린 채 말을 타고 왔다 갔다 하였으며, 따로 응사鷹師를 만여 명이나 두어 항상 사냥하는 데 따라다니게 하였는데 금표禁標 안으로 들어오는 자는 기훼제서율棄毀制書律을 적용하여 모두 참수하였다.

사직북동社稷北洞에서 흥인문興仁門까지 인가를 모두 철거하여 금표를 세우고, 인왕점仁王岾에서 동쪽으로 타락산駝駱山까지 민간의 장정들을 징발하여 돌성을 쌓았으며, 광주廣州·양주楊州·파주坡州·고양高陽·양천陽川 등의 고을을 폐지하고 백성을 모두 쫓아서 내수사內需司의 노비로 삼았으며, 혜화惠化·홍인興仁·광희光熙·창의彰義 등의 문을 폐쇄해버렸다.

또한 나루를 건너는 것을 금지하고 노량진鷺梁津으로만 다니게 하였으니 나그네들이 매우 고통스럽게 여겼으며, 땔나무를 하기가 어려워 나무꾼의 발길이 끊어진 지가 이미 오래였다.

창덕궁 후원에 백여 척의 서총대瑞寵臺를 쌓고 궁전을 크게 건축하니 민간에 소동이 일어나고 원래 살던 고을에서 쫓겨난 백성들이 유랑민이 되어 이리저리 떠돌아다니다가 굶어 죽는 일이 부지기수였는데 숭례문 밖과 노량진 사이에 굶어 죽은 송장이 산더미처럼 쌓일 지경이었다. 도성이 이 지경이었으니 다른 곳은 말로 표현할 수 없을 정도로 비참한 실정이었다.

연산주도 그들의 모습을 보며 스스로 잘못된 점을 알았으나 말하는 이가 있을까 두려워하여 모든 관원들에게 '입은 재화를 오게 하는 문이고 혀는 몸을 베는 칼이다口是禍之門 舌之斬身刀'라는 패佩를 차게 하고, 바른말하는 신하들을 이리저리 얽어 죄를 만들어서는 가혹하게 다스렸으며 따로 밀위청密威廳을 설치하여 승지를 보내 국문케 하였는데 그 황음무도함이 극에 이르러 대궐 안과 밖에서 들리는 비명소리가 하루도 그칠 날이 없었다.

임금이 주색酒色과 잡기雜技에 빠져 정사를 돌보지 않다보니 재가를 기다리는 서류가 산더미처럼 쌓였고, 지방으로 임명을 받은 관원들도 왕에게 부임인사를 하기 위해 대궐 문 밖에서 며칠이고 기다려야 하는 일이 다반사였다.

이때에 저잣거리에 나돌던 노래가 흥청망청이었다. 저잣거리를 뛰어다니는 아이들의 입에서 하나둘 불려지던 노래가 점점 퍼져 도성 안팎의 사람이라면 그 노래를 모르는 이가 없었다.

기생들은 대궐 가서 흥청이고요,
나라님은 노느라고 망청이래요.

흥청은 기생이 받은 관직명이니 흥청 때문에 나라가 망한다는 동요였다.

국왕의 사치와 방탕에 나라와 민심이 기울어지자 연산의 실정을 참아왔던 사람들이 칼을 짚고 일어나서 임금을 폐위시켰으니 중종반정中宗反正이 그것이다.

지중추부사知中樞府事 박원종과 부사용副司勇 성희안, 이조판서 유순정 등이 모의하여 건의하고, 군자부정軍資副正 신윤무, 군기시첨정軍器寺僉正 박영문, 수원부사水原府使 장정, 사복시첨정司僕寺僉正 홍경주 등이 함께 거사를 도모하였으니 1506년 구월 일일 축시에 궐기하였다.

거사 지휘부는 연산의 처남이었던 신수근·수영·수겸 형제와 갑자사화를 일으킨 장본인 임사홍을 때려죽이고 의금부에 갇혀있던 죄수를 해방하여 합세토록 한 뒤 경복궁을 에워쌌다. 이 소식을 듣고 궁궐에서 입직하던 여러 장수와 군사 및 대궐을 지키던 책임자들이 부리나케 금구禁溝*의 수챗구멍으로 달아났으며, 궁궐을 지키던 군사들과 환관들도 그들을 따라 모두 앞을 다투어 수챗구멍이나 담을 넘어 달아나고 말았다.

텅 빈 궁궐의 용상에서 연산주는 회한의 눈물을 흘렸으나 이미 화살은 시위를 떠났고, 물은 엎질러진 뒤였다.

폐주는 연산군으로 강봉되어 교동으로 내쫓겼다가 그해 12월에 세상을 떠나니 그때 그의 나이 서른하나요, 임금의 보위에 오른 지 햇수로 12년째 되던 해였다.

박원종은 아무도 막아서지 않는 폐주의 침전에서 옥새를 건네받아 성종의 둘째 왕자이며, 연산군의 이복동생인 진성대군에게 넘기었으니 그가 바로 중종대왕이다.

중종은 열아홉의 나이로 대소 신료들이 부복한 가운데 경복궁 근정전에서 등극하였으니, 때는 연산왕 즉위 12년 9월 2일, 반정이 성공한 그날이었다.

봉팔이 이천년에게 말했다.

"폭군이 사라졌으니 이제 백성들이 맘 놓고 살아갈 수 있겠네요."

"글쎄……."

이천년은 말없이 고개를 끄덕이다가 마당에서 놀고 있는 우치에게 시선을 옮겼다.

봉팔은 김륜이라는 시자가 없다는 말을 생각하곤 얼른 말했다.

"처사님. 우치의 나이가 일곱 살인데 저대로 놔두면 저 같은 일자

---

* 금구 : 궁궐 안의 도랑

무식 심마니나 될 것 아니겠습니까? 사람 구실을 하게 처사님께서 시자로 두시고 글공부를 가르쳐주시면 안 되겠습니까?"

"글공부는 해서 뭐하게?"

봉팔이 목소리를 죽여 말했다.

"저 아이가 관운이 있답니다."

"누가 그런 말을 하던가?"

"오순형 나리께서요."

봉팔이 이천년의 눈치를 슬슬 살피며 벽장 안에서 한지로 둘둘 만 종이를 꺼내었다.

"이게 뭔가?"

"본래 우치는 제 자식이 아닙니다. 7년 전에 천마산에서 주워온 아이지요. 저 아이는 저처럼 천한 사람이 아니라 양반의 자식입니다."

봉팔이 종이를 풀자 푸른빛이 나는 동그란 목걸이가 나타났다.

"이것이 그 증표입니다."

이천년이 목걸이에 쓰인 글자를 보고 뒷면에 있는 생년월일을 보았다. 그는 손가락을 짚어 헤아리더니 고개를 끄덕였다.

"그래서 오순형이 내게 저 아이를 가르치라고 하던가?"

"예? 그것은 아니구 처사님께 부탁해보라고 하십디다."

"허허허. 과연 오순형이로군. 그가 재주를 숨기고 나에게 귀한 책을 그냥 주지는 않았을 거야. 알겠네. 내일부터 우치를 천수암으로 보내게나."

"정말이십니까?"

이천년이 고개를 끄덕거렸다.

　세월이 유수 같아 우치가 이천년에게 맡겨진 지도 어언 십여 년이 지났다.

　우치의 나이 열일곱이 되었으니, 그는 산골 초동답지 않게 키가 훤칠하게 크고, 얼굴은 분을 바른 듯 희고, 코는 오뚝하게 높으며 입술은 단사를 문 듯 붉어, 꼬질꼬질 숯검정이 묻고 거친 누더기 갈옷을 입었건만 선풍도골仙風道骨의 풍모가 있었다.

　우치는 이천년의 시자 노릇을 하였는데 공부보다는 밥 짓고, 청소하고, 빨래하며, 나뭇짐을 날라야 하는 고된 생활의 연속이었다.

　이천년이 10년 동안 우치에게 가르치는 학문이라고는 천자문이 고작이었다. 언문을 배우기도 어려운 산골 초동이 글을 배우는 일이라서 우치는 그만도 감사하게 생각하면서 이천년의 시자 노릇에 정성을 다했다.

　이천년은 아침에 일어나 가부좌를 틀고 앉아 행기를 하고 낮에는 세필로 종이 위에 뭔가를 써서 책을 만드는 일을 하였는데 이른 아침 동트기 전에는 우치도 스승을 따라서 행기를 하였다.

이천년은 행기하는 법을 활인심법活人心法이라 하였는데 명나라 태조의 열여섯 번째 아들인 주권朱權이 저술한 행기법이라 하였다.

이른 아침에 두 사람이 방 안에서 가부좌를 틀고 앉아 방 안에서 양손으로 머리 뒷부분을 감싸듯하고 아래윗니를 36회 마주친 후에, 두 손을 머리 뒤에서 깍지를 끼고 9회 숨소리가 나지 않도록 깊게 숨을 들이마시었다. 그 다음에 손목이 턱에 닿게 한 다음 둘째손가락에 가운뎃손가락을 올려놓고 귀 뒤쪽 튀어나온 뼈 부분을 24회 튕겨주었다.

머리가 끝이 나면 팔과 어깨를 흔들며 고개를 돌려 목을 풀고 혀를 입안에서 골고루 36회 움직여 침이 많이 나오게 한 뒤 세 번에 나누어 삼키었다. 침은 기혈 순환이 잘되게 하는 효과가 있다 하였는데 이때에 숨을 멈추었다가 조금씩 들이마시며 두 손을 비벼서 잡고 머리 위로 들어올렸다.

목이 끝나면 허리 뒤쪽의 신장 부분을 36회 주무른 뒤 숨을 들이마시고 멈추었다가 일변 마음으로 화기火氣를 단전으로 내려보내어 기를 순환시키고 일변 숨을 천천히 마셔 새로운 기를 받아들여서 한참 멈춘 뒤에 단전으로 보내었다.

신장이 끝나면 머리를 앞으로 숙여 한 손을 주먹 쥐어 허리에 대고 어깨를 올렸다 내렸다 36회 하고 팔을 바꾸어 다시 36회 하였는데 열기를 아랫배로 보내도록 의념을 집중시키었다.

그것이 끝나면 다음으로 두 손을 모두 주먹 쥐어 허리에 대고 다시 어깨를 36회 아래위로 흔들고 두 다리를 쭉 펴서 단전으로부터 기가 척추를 거쳐 머리에 오르게 하였다.

온 몸이 풀리는 듯한 기분이 생기면 다음으로 두 손을 깍지 끼고 손바닥이 하늘을 향하도록 한 다음 하늘을 밀어올리듯 들어올리길 9회 하고, 자리에 앉아 양발을 뻗치고 두 손으로 발을 잡고 당기기를 13회 하였다. 발을 당긴 후에는 다시 발을 모아 단정히 앉는데, 이때 침이 가득 고이지 않으면 앞에서 하듯이 입안에서 혀를 사방으로 움직여 침이 고이게 한 다음 세 차례에 나눠 삼키었다.

또한 거병연수육자결去病延壽六字訣이라 하여 여섯 글자를 소리 내 읽어서 행기하였는데 취 소리는 신장의 기운을 키우고, 허 소리는 심장의 기운을 도우며, 휴 소리는 내면 간의 기운을 돕고, 스 소리는 폐의 기운을, 후 소리는 내면 비장의 기운을, 히 소리는 내면 삼초의 기를 돕는다고 하였다. 이천년은 봄에는 휴 소리를 자주 내고, 여름에 허 소리를, 가을에는 스 소리를, 겨울에는 취 소리를 자주 하곤 하였다.

우치도 10여 년 동안 이천년을 따라하다 보니 추위와 더위를 느끼지 않았고, 배고픔도 잘 느낄 수 없었으며 고뿔에는 더더욱 걸리지 않았다.

이천년이 몇 달 동안 집을 비울 때면 우치는 봉팔의 집으로 돌아가 아버지의 일을 돕곤 하였는데 때때로 아는 글자를 떼어다가 글을 짓기를 즐겨하였다.

天地無家山水客　천지에 집 없이 산수에 노는 나그네가

生涯一向義悠悠   생애는 한결 같은 뜻이 유유하도다.
苔痕山路白雲鎖   이끼 낀 산길은 흰 구름에 잠겼는데
月影清涼竹影流   달빛이 맑고 시원하니 대 그림자가 흐르네.

이천년이 천수암으로 돌아왔다가 이 시를 보곤 우치에게 물었다.

"네가 시를 배웠느냐?"

"아니오. 얼마 전에 스승님이 지은 글을 보니 이렇게 일곱 구절로 되어 있어서 해보았습니다. 이것이 시입니까?"

얼마 전, 한식 무렵이었다. 이천년이 홀로 방 안에 앉아 명상에 잠기었다가 눈을 떠 시 한 수를 적어본 적이 있었다.

客裡偶逢寒食雨   나그네 길에서 우연히 한식의 비를 만났으니
夢中猶憶故山春   꿈속에서도 오히려 고산의 봄을 생각한다.
春不見花唯見雪   봄인데 꽃은 못 보고 오직 눈만 보누니
地無來雁況來人   기러기 오지 않는 땅 하물며 사람이 올까.

우치가 이 시를 보고 저도 따라서 시문을 만들어본 모양이었다. 처음 시를 짓는 아이 치고는 압운도 맞고 내용에 깊이가 있어 한눈에도 문재文才가 드러났다.

"네가 문재가 있는 아이였구나."

"문재가 뭡니까?"

"글에 재주가 있다는 말이다. 네가 나에게서 명경수明鏡數를 배워볼 생각이 있느냐?"

"명경수가 뭡니까?"

"사람의 길흉화복과 앞뒷일을 알 수 있는 책이다."

"점책이로군요."

"그렇지."

"점치는 일이야 소경점쟁이도 있고 사주쟁이도 있는데 제가 굳이 배울 일이 있겠습니까?"

"그럼 나는 멀쩡하지 못해서 그런 것이냐?"

"그건 아니구요, 왠지 저하곤 안 맞는 것 같습니다."

"시자를 하던 김륜이는 명경수를 배울 욕심에 묘향산에 갔을 때 책을 훔쳐가기까지 하였다. 세조대왕이 이 책을 가질 욕심에 신하를 시켜 찾아오게 할 정도였는데 너는 배우지 않겠다?"

"그게 그렇게 귀한 책인지는 몰라도 저는 별로 관심 없습니다."

"그럼 네가 하고 싶은 것이 무엇이냐?"

"제 이름이 우치잖아요. 우임금의 다스림이라는 뜻이니 뭔가 사람들에게 유익한 것을 배우고 싶습니다."

"백성들에게 유익한 것이라면 정치를 하고 싶으냐?"

"저같이 천한 것이 과거를 볼 수나 있나요?"

"과거를 볼 수 있다면 어쩔 테냐?"

"스승님두 참, 제가 보니 벼슬살이가 좋은 것만도 아닌 것 같던데요? 백성들을 착취해 배를 불리니 백성을 이롭게 하기는커녕 거머리나 다름 없고요, 당파를 나눠 싸우는 것 보면 발정 난 황소 같고요, 간당간당한 명줄은 파리 목숨 같아서 저는 싫습니다."

이천년이 너털웃음을 지으며 물었다.

"그러면 뭐가 하고 싶으냐?"

"뭐든 현실적으로 사람들을 도와줄 수 있는 그런 기술을 배우고 싶습니다."

"사람들을 도와주는 기술이라?"

이천년이 잠시 생각하다가 우치에게 말했다.

"우치야. 이 길로 집으로 돌아가거라."

"예?"

"오늘은 내가 긴히 할 일이 있어서 너와 지낼 수 없을 것 같구나. 한 며칠 집에 내려가 아버님 일이나 돕도록 해라."

"예."

우치가 꾸벅 인사를 하곤 암자를 내려왔다.

우치가 암자를 내려와 집에 도착하니 싸리나무로 만든 울 안에서 순이가 고사리를 말리고 있었다.

"어머니!"

"아이고, 우치 왔구나!"

"아버지는 산에 가셨어요?"

"그래, 오늘은 빨리 왔네."

우치는 바닥에 떨어진 망태를 주우며 말했다.

"요즘 약초는 많이 캐세요?"

"요즘은 별로 신통치 않구나. 그런데 스승님이 요즘도 글공부를 안 가르쳐주시냐?"

"스승님이 논어니 맹자니 하는 것들은 고리삭은 것이라고 안 가르쳐주세요. 저도 그런 글은 보면 하품만 나더라구요. 읽고 쓰는 것만 잘하면 되지 무슨 상관이에요? 참, 오늘 낮에 마당에 몇 글자를 써 놨더니 스승님이 시를 잘 썼다 하시며 칭찬하시던데요?"

"그래? 네가 시를 지을 줄 아니?"

"천자문은 따로 글자가 되지만 넉 자씩 붙으면 또 다른 뜻이 되어요. 예전에는 넉 자로 글자를 만들어 보곤 했는데 얼마 전에 스승님이 일곱 자로 된 글을 쓴 것을 보고 비슷하게 지어봤더니 잘했다고 하시던데요?"

"우리 아들이 똑똑하구나!"

순이가 밝게 웃었다.

"심심한데 약초나 좀 캐어볼까?"

우치는 나무망태와 괭이 하나를 들고 사립문 밖으로 걸어나갔다.

"우치야. 어디 가니?"

"심심해서 그래요. 제가 약초 좀 캐올 테니 기다리세요. 어쩌면 산삼이라도 한 뿌리 캘지 모르잖아요."

말을 마친 우치는 사슴처럼 산 속으로 뛰어들어갔다.

우치는 녹음이 우거진 계곡을 따라 내려가며 약초를 캤다. 서당개 삼 년이라고 봉팔을 따라 다니며 약초를 캔 적이 많아서 우치도 나물이며 약초를 많이 알았다.

우치는 수풀 속에서 쉬 약초를 발견하고는 캐서 망태에다 담았다. 산당귀, 지치, 더덕, 도라지 몇 개를 캐며 산비탈을 따라 내려오다가 문득 배가 고파 들고 있던 망태를 보니 반밖에 차지 않았다.

"무어 먹을 거라도 없을까?"

우치는 도라지 하나를 꺼내 손톱으로 껍질을 까곤 입안에 넣어 질경질경 씹으며 주위를 살폈다.

칡이라도 있으면 캘 심산이었다. 마침 볕이 쏟아지는 산비탈 풀숲에 산딸기가 탐스럽게 열려있는 것이 보였다.

'맛있겠다.'

우치는 입맛을 다시며 산비탈로 뛰어가 정신없이 산딸기를 따먹었다. 새콤달콤한 산딸기의 맛이 입안에 가득 퍼지며 시장기가 가시는 듯했다.

바로 그때였다. 갑자기 발목에 뜨끔한 통증이 느껴졌다. 산딸기를 입에 넣다 말고 발목을 내려다보니 시꺼먼 칠점사 한 마리가 오른쪽 발목을 물고 있었다.

"이, 이런……."

우치는 재빨리 들고 있던 괭이로 칠점사를 후려쳤다. 칠점사가 쏜살같이 풀숲으로 숨어들어 자취를 감추어버렸다.

'칠점사에게 물리다니, 이렇게 속절없이 죽는단 말인가?'

절망이었다. 물린 자리가 시퍼렇게 변하면서 퉁퉁 부어올랐다. 머리가 띵하며 눈앞이 거뭇거뭇하였다.

우치는 고개를 들어 하늘을 바라보았다. 푸른 하늘과 시커먼 숲이 빙글빙글 어지럽게 돌면서 암흑으로 물들고 있었다.

2

"헉!"

우치는 뱀이 달려드는 꿈을 꾸고 깜짝 놀라 눈을 떴다. 천장에 종이에 싼 것들이 주렁주렁 매달려 있었다. 코 끝에 진한 약 냄새가 풍겼다.

"여기가 어디지?"

우치는 칠점사에 물렸던 것을 기억해내곤 오른 발목을 살펴보았다. 뱀에게 물린 발목이 베로 칭칭 감겨있고, 발등이 아직도 퉁퉁 부어있었다.

"여기가 어디지?"

그때, 방문이 열리며 나이가 지긋해보이는 노인이 들어왔다.

"이제 일어났구먼, 쯧쯧. 그렇게 약초를 캘 적에는 늘 산짐승을 조심해야지."

"혹시 어르신께서 저를 구하셨습니까?"

노인은 방으로 들어와서는 자리에 털썩 주저앉아 우치의 발목을 감싼 광목을 풀었다. 상처에 푸른 약초가 두툼하게 발라져 있었다.

"열이 가라앉았으니 안심이군. 칠점사는 독성이 강해 물리면 여간 해선 살기 힘든데 운이 좋았어. 하필이면 나를 만났으니 말이다!"

"어르신께서 절 살려주셨군요. 목숨을 구해주셔서 고맙습니다."

노인이 일어나려는 우치를 만류하였다.

"아직은 일어나지 말게나. 지금 일어나서 움직이면 말짱 도루묵이니까 가만히 누워있게!"

우치는 의원의 말에 따라 다시금 누웠다.

"이름이 뭣인고?"

"우치라고 합니다."

"우치? 성은?"

"전우치입니다. 심마니 전봉팔의 아들입니다."

"전봉팔의 아들? 안 닮았는데? 인물이 훨씬 좋아!"

노인이 껄껄 웃다가 말했다.

"내 이름은 이회야. 외자 이름이지."

"어르신은 의원이십니까?"

"이건 소일로 하고 있어."

우치는 누워서 방 안을 둘러보았다. 방 한편에는 약초를 모아 놓은 상자들이 가득하였고 그 옆에 책들이 쌓여있었다. 우치는 가만히 손을 내밀어 책을 한 권 꺼냈다. 겉장에 당시唐詩라는 글자가 쓰여 있었다.

우치는 책장을 펴보았다. 책장을 넘기자 우치의 두 눈이 휘둥그레졌다. 수많은 글자들이 빽빽이 있는데 문장 하나하나가 너무 아름다워서 눈을 뗄 수 없었던 것이다.

노인이 우치를 물끄러미 보다가 물었다.

"글을 아느냐?"

"예. 조금 배웠습니다."

"뭘 보느냐? 읽을 수 있느냐?"

우치가 눈을 사로잡는 글귀를 또박또박 읽었다.

閑居少鄰竝	인가 드문 곳에 한가한 집 있어
草徑人荒園	풀에 묻힌 길이 정원과 통하네.
鳥宿池邊樹	새는 연못가 나무에서 자고
僧敲月下門	중은 달 아래 문을 두드리네.

이회는 산골의 초동이 차근차근 글을 읽는 것을 보고 눈이 휘둥그레졌다.

세종 때 만든 언문이 부녀자와 하류층 사이에 퍼져 산골 초동 가운데 간간히 언문을 읽기도 하였지만, 폐주연산군의 처사를 비난하는 언문 방서사건榜書事件 때문에 더 이상 사용치 말라는 국법이 내려 그조차도 배우는 이가 적었다. 언문이 그러하니 한문은 더욱 배우기 어려워서 중인 이하의 계층들은 엄두도 내지 못했다. 그런데 이처럼 깊은 산중에 사는 초동이 당시를 좔좔 읽어내리자 노인은 놀라지 않을 수 없었다.

"누구에게 글을 배웠느냐?"

"천수암에 처사님이 한 분 사시는데 그분께 배웠습니다."

이회가 고개를 끄덕이다가 말했다.

"네가 읽은 시가 누구의 시인지 아느냐?"

"모릅니다."

"당나라 가도賈島라는 사람의 시다. 이 시에 재미있는 이야기가 전해오는데 들어볼 테냐?"

"예."

우치가 호기심이 가득한 초롱초롱한 눈빛으로 이회를 올려다보았다.

이회가 수염을 쓰다듬다가 입을 열었다.

"가도가 나귀를 타고 가다가 '새는 연못가 나무에 자고 중은 달 아래 문을 미네.' 라는 시 한 수를 떠올렸다. 가도가 시구의 문장 두 개를 염두에 두고 '문을 미네推가 나을지 '문을 두드리네敲'가 나을지 몰라 고민하다가 길에서 한유와 마주쳤지 무어냐. 한유는 당대에 이름난 대시인이었는데 벼슬이 높아서 가도가 대신의 행차를 막은 죄로 한유에게 불려나가게 되었다. 한유가 이유를 물은 즉, 가도가 사실대로 이야기하였다. 한유도 이름난 문장가라 가도의 말을 듣고 한덩어리가 되어 오랫동안 생각한 끝에 한유가 '퇴推보다 고敲가 좋겠다'고 하여 지금의 시가 되었다. 그 이후로 한유와 가도는 좋은 친구가 되어 오랫동안 우정을 함께했단다. 흔히 말하는 퇴고라는 고사는 이 시에서 유래하는 것이다."

우치는 놀라운 사실을 알아낸 것처럼 눈을 반짝이며 이회에게 물었다.

"이 책을 저한테 좀 빌려주시면 폐가 될까요?"

"시가 좋으냐?"

"예. 고리삭은 공자맹자보다 훨씬 좋아요."

"이놈아. 공맹을 고리삭았다고 하면 사문난적으로 몰려 낭패보기 십상이다."

"양반도 아닌데 어때요?"

"맹랑한 녀석이로구나!"

"어르신, 자주 찾아뵈어도 될까요?"

이회는 우치를 물끄러미 바라보았다. 이회는 무오년에 전유선의 집을 나와 묘향산을 구경하러 갔다가 사화가 일어난 것을 알았다.

이회는 그 길로 구월산과 묘향산을 오가며 몸을 피해 다녔는데 그때 전유선이 주었던 『원시침경』을 익혔다. 타지에서 10여 년 동안 살다가 임금이 바뀐 후 전유선이 살았던 청하동으로 돌아오니 잡초만 무성할 따름이어서 가까운 동리에 훈장으로 호구를 하면서 살아왔던 터다. 적적하기 이를 데 없던 차에 우치라는 소년이 자주 놀러 오겠다 하니 이회로서도 막을 이유가 없었다.

"좋을 대로 하려무나."

그 후로 우치는 이틀에 한번 꼴로 이회의 집을 찾아와 놀다가곤 하였다. 우치는 이회가 동리에서 훈장을 하고 있다는 것을 알았고, 틈틈이 도강을 하기도 했다. 이회는 훈장 이외에도 약초를 캐고 침을 놓을 줄 알아서 마을 사람이 탈이 나면 달려가서 간단히 고쳐주곤 하였는데 학문보다 의술 실력이 소문이 나서 아이들 가르치는 시간보다 병자를 보는 시간이 더 많았다.

우치는 이회의 그러한 모습이 좋아서 봉팔과 순이에게 사정을 이야기하고 아예 이회의 집으로 내려와 시자 노릇을 자처였다. 천수암의 이천년 역시 우치가 이회의 집에 가는 것을 말리지 않아서 우치는 대놓고 이회의 집을 출입하였다.

이회는 적적하지 않아서 좋았고, 우치는 심심하지 않아서 좋았다. 우치는 이회와 고금의 시에 대해 이야기하는 것을 즐겼고, 의술로 병자를 고칠 때에 희열을 느꼈는데 이회는 우치가 입의 혀 같이 굴어서 한 방에서 함께 밥도 먹고 잠도 자며 하루하루를 보내었다.

3

하루는 이회가 건너 마을 안 생원 댁에 다녀왔을 때였다. 방 안에
서 책을 읽던 우치가 방문을 열고 들어오는 이회에게 말을 건네었다.

"스승님, 주인이 山上山산상산해서 손님이 口中口구중구합디다."

"파자破子*까지 하다니 제법이구나!"

"무슨 뜻인지 아십니까?"

"이놈아. 山위에 山이면 나갈 出출이 아니냐? 口中口면 돌아갈 회
回자이니, 내가 나가서 손님이 돌아갔다는 말 아니냐."

"잘 아시네요."

우치가 무안한 듯 머리를 긁적거렸다.

"네가 구더기 앞에 주름을 잡았겠다? 이번에는 내가 문제를 낼 테
니 네가 대구를 달아보아라."

---

* 파자 : 한자의 자획을 풀어 나누는 것

"해보지요."

"홍시강변조鴻是江邊鳥, 기러기는 강가의 새라는 뜻이다. 네가 이 시의 대구를 달아 볼 테냐?"

이회가 능청스럽게 물었다. 우치가 생각해보니 기러기 홍鴻은 강江 과 새鳥가 합쳐져서 만들어진 것이니 절묘한 파자의 문장이었다. 대 구를 생각하니 끙 하는 소리가 절로 나왔다.

"어떠냐? 대구가 생각나느냐?"

"잠깐만 기다리세요."

우치가 팔짱을 끼고 앉아 생각하는데,

"어허, 굼벵이 천장하느냐? 대구 생각하는 사람 어디 갔나?"

하고 이회가 놀리었다.

우치가 속으로 왼새끼를 꼬면서도 겉으론 아닌 보살하느라 고개 를 둘레둘레 돌리며 생각하는데 밖에서 사내의 다급한 목소리가 들 려왔다.

"의원 어르신, 계십니까?"

이회가 문을 여니 고의적삼 차림의 사내가 마당에서 숨을 헐떡거 리고 있었다.

"누군가?"

"밤나무골에 사는 쇠똥 아범이구만요."

"무슨 일인데 그러나?"

"의원 어르신, 제 처 좀 살려주십시오. 제 처가 밭일을 하다가 쓰러 졌는데 영 맥을 못 추고 있습니다. 급합니다요."

쇠똥 아범이 봉당 위로 올라와서 다짜고짜 이회의 팔을 끌어당겼다.

"알겠네. 잠깐만. 침구라도 챙기고 가세."

이회가 방 안에서 침구를 챙겨 나오니 쇠똥 아범이 냉큼 밖으로 앞서 나아갔다.

"우치야, 내 다녀오마."

이회는 허둥지둥 쇠똥 아범의 뒤를 쫓아갔다. 그러나 이회의 느린 걸음이 그를 따르지 못해서 쇠똥 아범과의 거리가 단번에 벌어졌다.

"여보게, 같이 가세."

쇠똥 아범이 자개바람을 일으키며 왔던 길로 돌아왔다가 진동걸음으로 앞서 나갔다.

"여보게, 같이 가세."

느린 걸음으로 뒤따라가는 이회를 보고 방 안에서 대구를 생각하던 우치가 보다 못해서 미투리를 신고 달려와서 등을 내밀었다.

"스승님, 제 등에 업히세요."

우치는 키가 커서 이회보다 한 주먹이나 높았고, 어려서 산삼을 복용한 탓인지 힘이 좋아서 이회를 등에 태우고도 가볍게 쇠똥 아범의 뒤를 따라갔다.

"네가 힘이 좋구나. 참, 젊음이란 좋은 거야."

"스승님, 제가 어릴 적에 산삼을 먹었다는 것 아세요?"

"네가 산삼을 먹었다고?"

"예. 태열이 난 것도 모르고 어머니가 산삼을 먹였다가 죽을 뻔 했지요."

"안 죽고 살아난 것이 천운이다."

"그러게요. 덕분에 고뿔 한 번 안 걸리고 건강하지요."

"그건 그렇고, 대구는 떠올랐느냐?"

"스승님, 우물가에서 숭늉 찾으십니까? 조금만 기다려보세요."

"허허허, 어려우면 못하겠다 하면 될 터인데……."

"스승님, 목은이색의 호은 반년 만에 대구를 지어가도 늦지 않았다고 하던데, 스승님은 조급증이 가랑잎에 불 붙은 것 같습니다."

"너는 늘어지기가 오뉴월 쇠불알 같구?"

"하하하. 스승님 입은 청산유수입니다."

"네 속은 대감이 몇이나 들어앉았다."

두 사람이 차 치고 포 치면서 아웅다웅 쇠똥 아범을 따라갔다.

쇠똥 아범이 사는 곳은 마을 뒷산에 큰 감나무가 십여 그루 있어서 감나무골이라 불리는 곳이었다. 얕은 언덕 아래에 이십여 가구가 모여 있는데 제법 포실한 전장에 푸른 보리가 자라서 바람이 불면 파도가 치는 것 같았다.

쇠똥 아범의 집은 마을에서 따로 떨어진 외딴집이었다. 한쪽 기둥이 기울어 다 쓰러져 가는 세 칸 초가집에, 한 칸은 부엌이요, 또 한 칸은 부엌과 통하는 방이요, 마지막 한 칸은 창고로 쓰이는 방이었는데 마당 맞은편에 헛간이 사발허통하게 서있었다. 집 둘레를 휘감고 있는 울타리는 오래되어서 군데군데 떨어져 나가고, 사립문도 수수대의 뼈가 드러나서 발로 툭 차면 구멍이 뚫릴 것 같았다.

으아, 으아, 으앙. 갓난아이가 있는지 방 안에서 연신 아기 우는 소리가 들려왔다.

"쇠똥이놈이구만요."

"아이도 열이 있는가?"

"젖을 못 먹어서 심술이 난 게지요."

쇠똥 아범이 툇마루 위로 올라가 문을 열었다. 이회와 우치가 방 안으로 들어가니 들창이 마주보이는 어두침침한 방 아랫목에 아낙이 몸을 웅송그리고 누더기 같은 이불을 덮고 누워있었다. 아낙의 옆에는 채 돌도 지나지 않은 것 같은 아이가 서럽게 울어대고 있었다.

이회가 죽은 듯이 누워있는 아낙을 살피니 광대뼈가 옴폭하고 얼굴은 누르스름하게 떠서 보기에도 안쓰러울 정도였다. 이회는 뼈다귀만 남은 아낙의 팔목을 잡고 맥을 살피더니 뒤따라 방으로 들어온 아낙의 남편에게 말했다.

"음정陰挺이구먼. 쯧쯧. 산후 조리를 잘못했어."

쇠똥 아범은 울상이 되어 소매로 눈가를 훔쳤다.

"예. 목구멍이 포도청이다 보니 그렇게 되었구먼요."

이회는 손에 들고 있던 보자기를 풀어 침구를 꺼내었다. 그는 가는 침을 꺼내 여인의 몸에 몇 군데를 찌르고는 두 군데에 뜸을 떴다. 그러고는 품속에서 작은 자기병을 꺼내어 그곳에서 검은빛이 나는 환약 여러 알을 꺼내었다.

"이건 보중익기환補中益氣丸이라는 환약일세. 절대 무리한 일을 시키지 말고 이 환약을 매일 한 알씩 먹이게. 자네 아내하고 검은머리 파뿌리가 될 때까지 살고 싶으면 자네가 고생을 하게. 열흘 후에 보러올 테니 내 당부 명심하게."

"예."

이회가 방문을 열고 나와 사립문 밖으로 나가려다가 갑자기 몸을

57

돌려 부엌으로 들어가 항아리와 솥 안을 여기저기 둘러보았다.

"쯧쯧, 생쥐 입가심할 것도 없구먼. 쌀독에 보리 한 톨이 없으니 병자에게 약을 먹인들 회생할 수 있겠는가?"

"어르신, 저같이 사는 사람이 어디 한둘입니까요? 말이야 바른 말이지 힘없는 소작인이 무슨 재주로 입에 풀칠하고 산답디까? 지주에게 도지를 제하고 장리쌀을 제하고 나면 남는 건 조그만 밭떼기 하나인데 말입지요."

"지주는 자네의 딱한 사정을 들어주지 않는가?"

"최 참봉 말씀이십니까? 말도 마십시오. 그런 인색한 노랭이에게 무슨 말을 합니까요? 어림없는 이야깁지요. 한두 달만 있으면 보리를 수확하니 그때까지는 풀뿌리를 먹든 소나무 줄기를 삶아 먹든지 어떻게든 버텨봐야죠."

"자네 사정이 참으로 딱하구먼. 아무튼 사람은 살리고봐야 하니 약보다도 먼저 먹을 것을 가져와야겠네. 저녁에 이 아이를 시켜 먹을 양식을 좀 보내주겠네."

"아이구, 고맙습니다. 어르신."

쇠똥 아범이 눈물을 글썽이며 허리를 굽실거렸다.

"아내가 먹어야 기운이 나서 젖이 나오지. 젖이 나와야 아기가 살 것 아닌가. 사람 사는 게 다 정인 게야. 나에게 먹을 것이 조금 있으니 나누세."

이회가 쇠똥 아범의 배웅을 받으며 초가를 나왔다. 보리 이삭이 패기 시작하는 논둑길을 따라가다가 오솔길로 접어드니 화사한 진달래가 곳곳마다 울창하게 우거져 완연한 봄기운을 발하고 있었다.

"스승님, 산수유꽃은 피었다는 개開보다 터트렸다는 폭爆자가 맞는 것 같아요."

"꽃이 피었다 하지 터졌다 하느냐?"

"다른 꽃들은 꽃잎이 몇 장 되지 않아 열렸다가 맞지만 산수유는 노란 가시 같은 잎들이 밤송이처럼 퍼져있으니 터졌다는 말이 그럴 듯하지 않을까요?"

"시답잖은 소리 말고 대구는 생각했느냐?"

"스승님도 급하시기는……."

우치가 몸을 돌려 이회에게 말했다.

"잠위천하충蠶爲天下蟲, 누에는 하늘 아래에 유익한 벌레로구나."

이회가 멍하니 우치를 바라보았다. 기러기가 파자의 변에 붙은 글자라면 누에는 파자가 아래에 붙은 글자니 완벽한 대구가 되었던 것이다.

"허, 참말 이런 산골에 썩기에는 네 재주가 아깝구나!"

이회가 혀를 차며 탄식하였다.

"스승님이 이런 산골에서 썩으시는 것을 보면 제 재주는 별것 아닌 것 같은데요?"

"이놈이?"

이회의 입가에 미소가 피었다. 선비는 자기를 알아주는 사람을 위해 죽는다 하였다. 우치가 아직 관례를 치르지 않은 떠꺼머리총각이지만 이회를 따르고 속내를 알아줄 때엔 우치 같은 듬직한 자식이 하나 있었으면 하는 바람이 들었다.

"스승님. 음정이라면 기가 허해 하함되었거나 산후에 조리를 잘못하거나 무리한 노동으로 포락이 상해서 여성의 음부에서 계란알과 같은 것이나 혹은 더 큰 형태의 연하고 붉은색의 것이 빠져나오는 것이 아닙니까?"

이회의 두 눈이 휘둥그레졌다.

"네가 그걸 어찌 아느냐?"

"서당개 삼 년이면 풍월을 읊는다는데 스승님과 함께 산 지가 이태가 지났습니다. 척하면 삼천리라구 아직까지 그 정도도 모르면 둔한 거죠."

"얼마나 알고 있느냐?"

"제가 보니 스승님께서는 백회百會, 신궐腎闕, 기해氣海, 관원關元, 수도水道, 대혁大赫, 곡천谷泉, 삼음교三陰膠에 침을 꽂으셨습니다. 백회와 신궐에는 양기를 보하기 위해 뜸을 떴고요, 재발 방지를 위해 보증익기환을 복용시킨 것입니다. 가장 근본이 되는 곡식은 제가 가져다줘야 하구요."

이회는 생각밖의 일이라 멍하게 우치에게 물었다.

"우치야, 네가 의서醫書를 보았느냐?"

"예. 우연히 의서를 읽게 되었는데 복서*보다는 훨씬 재미있던데요?"

"의술을 배우고 싶으냐?"

"가르쳐주시면 좋구요."

"의술은 생명을 다루는 일이니 쉬이 생각하면 아니 된다."

---

* 복서 : 점책

"저도 쉽게 생각하지는 않습니다. 의서를 본 것은 스승님처럼 유익한 일을 하고 싶은 마음에서였지 다른 뜻은 없었습니다."

"유익한 일?"

"제 이름이 우임금의 다스림 아닙니까? 신분이 천해서 벼슬은 못하지만 남아가 세상에 났으면 뭔가 뜻 깊은 일 하나는 해야 되지 않겠습니까?"

"녀석, 말은 청산유수로구나."

우치가 정색이 되어 말했다.

"스승님. 사람이 그 중심에 없다면 학문을 배운들 무슨 소용인가요? 오직 사람에 중심을 두고, 오직 사람을 유익하게 할 수 없다면 공맹의 가르침은 이미 잘못된 가르침이라고 생각합니다."

"공맹의 가르침이 잘못된 가르침이라니?"

"많은 선비들이 공맹을 배워 현달하지만 백성들의 생활은 나아지지 않았어요. 공맹의 도를 배운 선비들은 권력을 탐하고 백성들의 고혈을 짜서 자기 배를 불리기에 힘쓰고 있으니 이것이 과연 옳은 학문일까요? 개중에는 그렇지 않은 사람도 반드시 있겠지만 여전히 세상은 바뀌지 않았고, 백성들의 삶도 여전히 궁핍하지요. 제가 공맹을 싫어하는 것은 그런 이유가 있어요. 의술을 배우고 싶은 것 또한 그런 이유고요."

"녀석, 제법이로구나!"

이회는 자신의 흉중에 있는 말을 거침없이 해내는 우치가 대견스러웠다. 항상 말장난이나 하는 줄로만 알았던 우치의 흉중에 자신만의 목표와 가치가 서있었던 것이다.

"네 말이 맞다. 사람을 이롭게 하는 것이 진정한 학문인 것이다. 농부는 곡식을 생산하고, 어부는 고기를 잡고, 상인은 전국을 돌며 물건을 팔고 산다. 그들은 글공부와는 거리가 멀지만 모두 백성들을 유익하게 하는 것들이다. 하지만 선비들은 어두운 방구석에서 종이와 붓으로 세상을 바꾸려 한다. 가난한 이에게 밥 한 그릇 만들어 주지 못하면서 천하를 경영할 생각을 하고 있으니, 이 얼마나 가소로운 일이냐! 세상에 사람을 살리는 일처럼 유익한 일이 없나니, 집으로 돌아가거든 의서를 내줄 테니 공부하거라."

"예, 스승님."

이회는 그동안 모아놓은 의서를 우치에게 보여주었다. 이회는 「침경針經」, 「본초강목本草綱目」, 「황제내경黃帝內經」 등 구하기 어려운 의서를 가지고 있었고, 우치는 그 서적을 닥치는 대로 읽고, 이회와 함께 환자를 돌보기도 하였다.

좋아서 하는 일이라 우치의 진보는 눈이 부실 정도여서 일 년이 지날 무렵 이회와 의학적 이론을 토론하는 수준으로까지 발전하게 되었다.

이회는 그런 우치와 틈나면 약초를 캐러 가서 약초의 성분과 약리작용 등을 가르쳐주었다. 우치는 어려서부터 심마니 봉팔을 따라다닌 덕분에 약초에 관해서도 해박한 편이라 고기가 물을 만나고 호랑이가 날개를 단 격으로 진보에 진보를 거듭했다. 그리하여 우치가 의학을 공부한 지 일 년이 지날 무렵부터는 이회는 우치의 처방에 모든 것을 맡기고 혼자 유유자적 지내는 일이 많아졌다.

4

아직 더위가 가시지 않은 무오년1498년 초가을 무렵이었다. 아침밥
을 먹은 후 이회가 마당을 쏘다니는 암탉을 물끄러미 바라보다가 난
데없이 우치에게 닭 두 마리를 잡아오게 하였다. 우치가 마당에 나가
암탉을 잡아오니 이회가 우치를 맞은편에 앉게 하곤 입을 열었다.

"오늘 네 침술을 시험해보자."

"예? 침술 시험을 하신다고요?"

"그래, 이 녀석아. 어서 침이나 꺼내놓거라."

우치가 침통에서 여러 개의 침을 꺼내 가지런히 놓았다. 손가락 한
마디 크기에서 젓가락 길이까지 다양한 침이 놓였는데 가는 순서로
참침鑱鍼·원침圓鍼·시침鍉鍼·봉침鋒鍼·지침鈹鍼·원리침圓利鍼·호침毫鍼
·장침長鍼·대침大鍼이 놓였다.

이회가 입을 열었다.

"우치야. 옛말에 일침이구삼약一鍼二灸三藥이라 하여 첫째로 침을,

둘째로 뜸을, 셋째로 약을 쓴다 하였다. 침과 뜸은 인체의 경혈을 자극하여 기의 소통을 원활히 하는 효과가 있기 때문이다. 인체는 자연적으로 회복하려는 힘이 있는데 그것을 도와주는 것이지. 약을 쓰는 것 역시 기력이 떨어진 병자의 회복력을 돕기 위한 소치인 것이다. 때문에 의원이란 사람의 기관과 내장을 거울 들여다보듯 해야 하는 것이다. 인체에는 365개의 혈이 있으니 이 혈자리를 손바닥 들여다보듯 한다고 병을 치유할 수 있는 것이 아니다. 적절한 위치에 적절한 침으로 병자의 경혈을 자극할 수 있는 침술이 뒷받침될 때에 의원으로서 제 구실을 할 수 있는 것이다. 자, 그럼 한 번 해볼까?"

말이 끝나자 이회는 작고 가는 참침을 집어 닭의 가슴팍에 찔러넣었다.

우치도 상기된 얼굴로 똑같은 곳에 참침을 찔러넣었다. 이회가 그 다음 길이의 원침을 닭의 등줄기에 꽂았다. 암탉은 통증을 느끼지 못하는 모양인지 주변을 두리번거리며 살폈다. 우치도 천천히 원침을 닭의 등줄기에 찔러넣곤 길게 숨을 내쉬었다.

"녀석, 이제 두 번째 침인데 벌써 긴장한 게냐?"

이회는 다음으로 시침을 오른쪽 날개 밑에 찔렀다.

우치가 시침을 들고 말했다.

"저는 그럼 다리에 꽂겠어요."

우치는 왼쪽 다리 아래에 시침을 찔러넣었다. 시침이 깊숙하게 닭의 다리에서 몸을 향해 꽂히는데 닭이 몸을 한 번 꿈틀거리다가 미동을 하지 않았다.

"제법이구나! 이번에는 봉침이다."

이회는 봉침을 닭의 아랫배에 찔러넣었다. 이회의 손에 잡힌 닭은 여전히 움직임이 없었다. 시침까지는 그럭저럭 사용할 수 있을 것 같았지만 봉침부터는 제법 굵고 긴 침이라서 우치는 긴장이 되었다.

"침 찌르는 사람 어디 갔느냐?"

"지금 찌릅니다."

우치도 닭의 아랫배에 똑같이 봉침을 찔러넣었다. 닭이 약간 홰를 쳤지만 봉침이 무사히 들어갔다.

"허, 녀석, 정말 제법인데? 이번에는 연달아 세 개를 꽂아보지."

이회가 지침, 원리침, 호침을 연달아 꽂고는 의기양양하게 우치를 바라보았다.

우치는 지침을 들고 이마에 식은땀을 흘리며 닭을 내려다보았다. 닭의 내장과 근육을 피해서 고통을 느끼지 않을 부분을 찔러들어가야 하는 것이다. 손끝으로 닭의 지방 부분을 찾아내어 힘줄과 뼈를 건드리지 않고 정교하게 찔러야했다.

길게 숨을 내쉬던 우치가 지침을 닭 날개 옆으로 찔러넣고는 이번에는 원리침을 왼다리 아래쪽에서 찔렀다. 호침은 목줄기로 넣어 살며시 찔러넣었다.

닭이 다리를 버둥거렸지만 소리를 크게 지르지 않아 우치가 연신 날개를 잡고 내리눌렀다.

"허. 약관의 나이에 일곱 개라니……. 네가 의술을 배운 지 얼마 되지 않았는데 참으로 재주가 뛰어나구나."

이회는 일곱 개의 침을 꽂아넣은 우치의 실력에 감탄하며 말했다.

"우치야. 이제 마지막 두 개의 침이 남았다."

65

이회가 손뼘 크기의 장침을 닭의 등 위에 깊이 찌르고, 마지막으로 젓가락 길이의 대침을 찔러 아홉 개의 침이 고스란히 닭의 몸에 박혔다.

우치는 아홉 개의 침을 박고도 꿈쩍하지 않는 닭을 보고 새삼 이회의 재주에 탄복했다.

우치는 침을 꽂아야 할 닭을 바라보았다. 작은 닭에 일곱 개의 침이 박혀있는데 여기서 다시 장침을 꽂으려 하니 손이 떨렸다. 우치가 조심조심 닭의 아랫배에 장침을 박아 넣자 닭이 소리를 지르며 홰를 쳐 툇마루 바깥으로 달아나버렸다. 마당으로 나간 닭은 다리를 절룩거리다가 병든 병아리처럼 맥없이 웅크리고 앉았다.

"저 놈은 잡아먹어야겠구나."

이회가 잡고 있는 닭의 날개를 움켜잡더니 마당으로 던졌다. 홰를 치며 날아간 닭이 마당에 내려서더니 제 무리로 돌아가 땅을 파며 아무렇지 않게 돌아다니는 것이었다.

우치는 자신의 눈을 의심하였다.

'스승님은 참으로 높은 경지에 계시구나!'

우치는 새삼스럽게 이회의 침술을 보고 가슴이 두근거렸다. 이회가 서랍장 깊은 곳에서 비단으로 감싼 것을 꺼내어 우치에게 주었다.

"이것이 뭡니까?"

"읽어봐라."

우치는 이회에게 받은 것을 조심스레 풀었다. 비단 안에는 빛바랜 책이 두 권 있었는데 겉장에 「원시침경元施針經」이란 글자와 「동의본초경東醫本草經」이라는 글이 쓰여 있었다.

"이건 침경과 본초경이 아닙니까? 이제껏 못 보던 책인데……."

"맞다. 이것은 이제껏 네가 보던 침경과 본초경이 아니다. 이 침경과 본초경은 아주 절친한 벗에게 받은 것인데 매우 귀중하고 소중한 책이다. 「원시침경」은 고려의 명의 이상로李尙老가 말년에 자신의 침구술을 정리하여 적어놓은 책이니라. 그분은 침구로써 못 고치는 병이 없을 정도로 침술에 능하여 화타나 편작에 비교하여도 손색이 없으신 분이셨다. 그리고 「동의본초경」은 설경성薛景成이라는 분이 지으신 약초책으로 그분은 원나라의 명의인 나겸보羅謙甫*를 비롯한 유명한 의원도 고치지 못하는 원나라 세조의 병을 치료하신 분으로 말년에 우리나라 약초들의 병리작용에 대해 연구한 것을 적어놓은 책이란다. 이 책을 보면 더 깊은 경지를 발견할 수 있을 것이다."

"스승님."

"녀석, 감동할 것 없다. 도는 전승되는 것이니 내가 친구에게 전수받은 것을 너에게 대물림하는 것일 뿐이다. 이제 너의 것이니 공부해서 많은 사람을 이롭게 하거라."

"예."

우치가 「원시침경」과 「동의본초경」을 소중하게 갈무리하였다. 그때였다.

"어르신 계십니까요?"

"누구요?"

이회가 문 밖을 내다보니,

---

* 나겸보 : 중국의 대의학자. 저서로는 「위생보감衛生寶鑑」이 있다.

"어르신. 그동안 안녕하셨습니까요?"

하며 암탉 한 마리를 들고 마당에서 꾸벅 인사하는 사내가 있었다. 낯이 익은 얼굴이라 물끄러미 바라보니 과거 음정에 걸려 사경을 헤매던 아낙의 남편이었다.

"쇠똥 아범 아닌가? 집에는 별고 없고?"

"예. 어르신 덕분에 무탈합니다."

"집안에 별고가 없다면서 무슨 일인가?"

"감나무골 최 참봉이 갑자기 풍을 맞아 얼굴이 일그러지고 몸이 마비되어 인사불성이 되었는데 의원님이 생각나서 찾아왔습니다요."

"나를?"

이회가 주저 없이 고개를 돌려 우치에게 말했다.

"우치야, 침구를 챙겨라."

하고 쇠똥 아범을 따라나섰다.

쇠똥 아범은 감나무골로 들어서서는 최 참봉댁으로 두 사람을 안내하였다.

"문 열게. 의원님 모셔왔다네."

커다란 대문간 앞에서 쇠똥 아범이 대문을 두드리자 잠시 후 대문이 열리고 세 사람은 청지기의 인도로 집 안으로 들어갔다. 마당에 들어서기도 전에 집 안에 약 냄새가 진동하고 종들이 마당을 분주하게 뛰어다니고 있었다.

이회가 말했다.

"병자가 있는 집은 언제나 어수선한 법이다."

"그렇군요."

잠시 후 삼십대 중반의 선비가 이회와 우치를 맞이하였다.

"어서 오시오. 의원께서 용하다는 소문은 익히 들었습니다."

선비는 최 참봉의 외아들로 20대 중반에 생원이 되었지만 진사시에 붙지 못하여 만년 생원 소릴 듣는 최봉원이라는 자였다. 학문이 얕으니 과거 시험에 해마다 낙방하여 낙방거사란 별명도 있었고, 공부에 취미가 없어서 동류의 선비들과 기생오입도 곧잘 하여 풍류남아란 소릴 듣기도 하였다.

최봉원은 병자가 있는 방으로 이회와 우치를 안내하였다. 열두 폭 병풍이 찬연하게 늘어서 있는 넓은 사랑 안에는 살이 쪄 피둥피둥한 노인이 보료 위에 누워 있었는데 얼굴은 일그러져 있고 한 팔이 비틀어져 있었다.

"쯧쯧쯧! 우치야, 어떠냐?"

우치가 최 참봉의 모습을 살피더니 이회에게 말했다.

"반신불수에 구안와사까지 겹쳤으니 중풍이로군요."

"그렇구나."

이회는 최 참봉의 맥을 짚어보고 눈을 벌려 상태를 살피더니 우치에게 말했다.

"우치야. 중풍의 병인이 무어냐?"

"밖으로 외사가 침입하였거나 평소에 음주와 닭, 돼지 같은 기름기 많은 음식을 좋아하여 담화가 안으로 성하거나 기혈이 편승하고 오지五志*가 지나치는 등의 원인으로 갑자기 발생합니다."

"네가 보기에 증상이 어떤 것 같으냐?"

"풍이 장기까지 들어간 것은 아닌 듯하고 경락에 침입한 것으로 보아 중경락中經絡 같습니다."

"그럼 어찌하는 것이 좋겠느냐?"

"작은 증상부터 고친 후에 큰 증상을 고치는 것이 나을 것 같습니다."

"그러자꾸나. 그러나 그 전에 할 일이 있다."

이회가 몸을 돌려 최봉원에게 말했다.

"치료비는 선불이오."

"고쳐만 주신다면 원하는 대로 드리리다."

"방금 원하는 대로 주신다 하셨소?"

"그렇소."

"난 선불을 받으니 병 고치는 값을 미리 부르겠소."

"고치면 드릴 테니 염려 마시오."

"소문도 못 들어봤소? 최 참봉이 인색하다는 소리는 근방에 다 아는 소린데 내가 그걸 어찌 믿을 수 있겠소?"

최봉원이 울화를 참으며 낮게 말했다.

"소문에 거저 병자를 고친다 하던데 듣기와는 딴판이구려."

"그거야 사람에 따라 다르오. 할 테면 하고 말 테면 마시오."

"배짱이시구려."

"배짱을 부릴 만하니 그런 거요. 중풍 고치는 것이 쉬운 일은 아니지요."

---

* 오지 : 지나치면 병의 원인이 될 수 있는 다섯 가지 감정 상태. 기뻐하는 것, 성내는 것, 근심하는 것, 생각하는 것, 겁내는 것 따위다.

"허, 이제 보니 병자를 고치는 의술로 한몫 단단히 챙기려 하는 구려."

"도지로 한몫 단단히 챙기는 것과 사람을 살려 한몫 챙기는 것이 뭐가 다르겠소?"

의원의 구변이 청산유수라 최봉원은 처서 지난 모기처럼 입이 닫혀서 의원을 몰아붙일 말을 찾지 못하였다. 최봉원이 노기를 참으며 말했다.

"병을 고치는 데 얼마면 되겠소?"

이회가 손가락 다섯 개를 펼쳤다.

"쌀 다섯 섬이면 되겠소?"

이회가 피식 웃었다.

"풍류남아란 소문이 있더니 생각보다 배포가 작으십니다. 쌀 다섯 섬이라니오? 아버지의 목숨 값이 쌀 다섯 섬 밖에 안 된단 말입니까?"

"그럼 무슨 뜻이오?"

"쌀 오십 섬은 되야겠습니다. 올해는 풍년이라 한 달 후에 수확하면 햅쌀이 광에 그득할 것인데 설마 묵은 쌀 오십 섬이 아버님 목숨보다 아까운 것은 아니겠습죠?"

최봉원이 거절하려다가 배포가 작다는 소문이 날까 두려워 속으로는 왼새끼를 꼬며 겉으로는 코웃음을 쳤다.

"오십 섬이라. 지금 드리면 가져갈 수 있겠소?"

"당장 가져갈 수 있지요."

"욕심도 많구려."

"내가 욕심이 많아도 감나무골 존장만 하겠습니까?"

최봉원이 이를 앙물어 화를 참으며 말했다.

"좋소. 내 지금 당장 내드릴 테니 가져갈 테면 가져가 보시오. 단, 한 시각 이내에 가져가지 못하면 선불을 치른 것으로 하겠소."

"그리 하지요."

"선불을 받고도 아버님의 병을 치료하지 못하면 나 역시 가만있지 않을 테요."

"가만있지 않으면 어쩔 것입니까?"

"돌팔이 의원의 팔 하나를 가져갈 것이오. 팔 하나와 오십 섬을 바꿀 자신이 있소?"

"좋소. 그리하십시다."

"그럼, 서면으로 남겨도 되겠지요?"

최봉원이 서안의 벼루에서 먹을 갈아 종이에 내용을 적었다. 우치가 선비가 쓰는 문건을 내려다보다가 이회에게 말했다.

"스승님."

"괜찮다. 네가 나를 모르느냐?"

선비가 병자를 고치지 못하면 팔 하나를 내놓겠다는 서약서를 이회 앞에 내놓았다.

이회가 서약서에 수결을 하니 최봉원이 교활한 웃음을 지으며 말했다.

"좋소. 어디 두고봅시다."

이내 선비가 바깥으로 나가 쌀 오십 섬을 마당에 내놓으라고 일렀다.

"스승님. 오십 섬을 어떻게 한 시각 안에 옮긴단 말씀이십니까?"

"내게 생각이 있느니라."

이회는 방문을 나가 쇠똥 아범에게 일렀다.

"쇠똥 아범은 지금 마을로 나가 최 참봉댁에서 쌀을 나눠준다고 소문을 내게. 마당 안에 쌀을 놔두었으니 마음껏 가져가라 하게. 단 한 시각 이후에는 못 가져가네."

쇠똥 아범은 마당 가운데 쌀섬이 쌓이는 것을 보곤 살 맞은 뱀처럼 대문 밖으로 뛰어나가 동네 사람들에게 이 사실을 알렸다.

동네 사람들이 최 참봉이 쌀을 내놓는다는 말을 처음에는 믿지 않았다가 혹시나 하는 마음에 찾아가보니 과연 마당에 쌀섬이 쌓여있었다. 쇠똥 아범이 집에서 가져온 지게에 쌀섬을 지고 바깥으로 나가는 것을 보고 사람들이 벌떼처럼 몰려들어서 삽시간에 마당 한가운데 쌓아놓았던 쌀섬들이 하나도 남지 않았다.

최봉원은 욕심 많은 의원이 객기를 부린다고 생각했다가 뜻밖에 재산이 축이 나서 이회를 노려보며 이를 갈았다.

"너무 분해 마시우. 화가 가슴으로 올라와 부아통이 터지면 재물이 더 나갈 것이니 득될 것 하나 없소. 건강은 미리미리 지켜야 좋은 법, 덕을 쌓는 일이라 생각하면 마음이 되려 즐거울 거요. 허허허."

이회가 너털웃음을 짓자 최봉원이 도끼눈을 뜨고 몰풍스럽게 말했다.

"아버님을 고치지 못하면 각오하시오."

"그러지요."

이회가 어슬렁거리며 사랑 안으로 들어왔다.

73

"스승님, 왜 그러셨어요?"

우치가 걱정이 되어 물었다.

"사자밥을 목에 매달고 다니는 것이 인생이다. 이 정도 자신도 없이 병자의 병을 어떻게 고치겠느냐? 그럼 말문이 트이는 것부터 고쳐볼까?"

이회는 침통에서 가는 침을 꺼내어 우치에게 건네주었다.

"우치야. 네가 찔러보거라."

"예? 제가 혹 실수라도 하면 어떻게 해요."

"뭘 어떡해? 팔 하나 내놓으면 되지."

"그, 그게 무슨 말씀이세요?"

"내가 서약서에 내 사랑하는 제자의 팔을 담보로 한다고 써놓았다. 그러니 마음 놓고 해보거라."

이회가 방긋 웃으며 두 눈을 깜빡거렸다. 우치는 기가 막혀 이회를 멍하니 바라보았다.

"스승님, 이러실 수 있어요?"

우치가 울상이 되어 물었다.

"왜? 이 정도도 못 고친단 말이냐?"

"팔 하나가 걸린 내기라구요. 전정이 구만리인데 젊어서 병신 되면 스승님이 책임지실 겁니까?"

"내 한몸 건사하기도 어려운데 너까지 감당키 어렵다. 시 내기는 잘도 하면서 병 고치는 내기는 자신이 없느냐? 너는 제자가 되어서 설마 이 늙은이의 팔이 잘렸으면 하느냐?"

이회가 미주리고주리 지지 않고 대답하니 우치는 마음이 번조하여서 고개를 숙였다 들었다 하다가 머리를 움켜잡았다.

"아이구, 머리야!"

"이 녀석아. 배는 물가를 떠났고, 물바가지는 엎어진 지 오래다. 팔 하나 잃어버리기 싫거든 잔말 말고 찔러라!"

우치가 길게 한숨을 내쉬다가 침통에서 침을 들어 최 참봉의 아문啞門·풍부風府·염천廉泉·천돌혈天突穴에 조심스럽게 침을 찔렀다. 이 회는 우치가 침을 찌르는 것을 보고 흡족한 듯 고개를 몇 번 끄덕거렸다.

"잘했다. 약방문도 네가 써서 달이도록 해라."

"예."

우치는 약방문을 써서 바깥에서 기다리는 하인에게 전해주었다. 그동안 최봉원이 사랑 안으로 들어와 침을 꽂고 누운 최 참봉 옆에 앉았다. 이회가 최 참봉을 물끄러미 내려다보다가 옆에 앉아있는 최봉원에게 말했다.

"이보오. 욕심이 많으면 풍風에 걸린다는 것을 아시오?"

"허, 욕심이 많다고 풍이 생깁니까? 나는 이제껏 그런 말은 들어본 적이 없소이다."

"의술을 모르니 할 수 없구려. 내 말 좀 들어보시오. 대개 오장五臟으로 발생하는 병의 원인은 모두 마음에 달렸으니 노함·기쁨·슬픔·근심·두려움·생각·놀람의 칠정七情이라는 것이오. 칠정이란 사람의 마음에 있는 기운으로 너무 성내면 기氣가 위로 올라가 간肝을 상하게 하고, 너무 기뻐하면 기가 해이해져 심心을 상하게 하고, 너무 슬퍼하면 기가 소실되어 폐肺를 상하게 하고, 너무 놀라고 두려워하면 기가 아래로 내려가 신腎을 상하게 하고, 너무 생각하면 기가 맺혀 비脾를 상하게 한다 하였소. 때문에 공자가 중中을 지키라고 한 것이요."

"어찌 말씀이 두동진 것 같소."

"도의 근원은 하나에서 시작되기 때문에 앞뒤가 모순된 것 같아도 깊이 파고들다보면 그렇지 않은 것을 알게 되오."

"의원의 입이 참으로 달변이오. 장의와 소진이 울고 가겠구려."

"칭찬으로 생각하겠소."

"칭찬이외다."

"알고 있다는데 참말 뒤변덕스럽소."

최봉원은 이회의 말에 휩쓸려서 쌀 오십 섬을 보기 좋게 털리고 난 터라 미운 털이 박혔지만 이야기를 나누는 재미가 쏠쏠하였다.

"그럼 아버지가 풍이 생긴 이유가 뭐요?"

"보시오. 욕심이 많은 사람은 누가 내 것을 가져갈까 놀라고 근심하며, 내 것을 빼앗기지 않을까 두려워하고, 남의 것을 빼앗기 위해 궁리하고, 남의 것을 빼앗지 못해 노하기 때문에 간과 신장, 비위가 상하는 것이오. 설상가상으로 주색과 음주가 장기를 상하게 하니 멀쩡한 사람인들 병에 걸리지 않을 수 있겠소?"

최봉원이 고개를 끄덕거리며 이회를 바라보았다. 이회의 물 흐르는 듯한 달변은 이치가 있었기에 설득력도 있었다.

"허나, 아버님의 병이 욕심 때문이라 하더라도 이를 고치지 못하면 어떻게 되는지는 아시겠지요?"

"급하기도 하시오. 이제 침 한 번 찔렀소. 수십 년 동안 진행된 병이 침 한 번에 나을 수 있겠소? 어디 가서 그런 소리하면 비웃음 듣기 십상이니 그런 소릴랑 입 밖에 내지도 마시오!"

최 참봉의 아들은 면구하여 침 먹은 지네마냥 입을 꾹 다물었다.

"우리는 내일 다시 오겠소."

이회가 사랑에서 몸을 일으켰다.

"이보시오. 내가 당신들을 어떻게 믿고 기다린단 말이오. 의원말만 믿고 쌀 오십 섬을 내놓았소. 아버지의 병이 낫기 전까지는 당신들을 보낼 수 없으니 그리 아시오."

그때, 방 안으로 우치가 들어왔다.

"무슨 일이십니까?"

"우치야, 최 생원이 나를 못 가게 말리는구나. 당장 효과를 봐야 나를 보내준다는데 네가 어떻게 좀 해다오."

잠시 생각하던 우치가 말했다.

"그럼 일단 얼굴이 비틀어진 것을 돌려드리지요."

우치는 최 참봉에게 꽂았던 침을 뺀 후 허리춤에서 쑥 말린 것을 꺼내어 동그랗게 말더니 백회百會, 상성上星, 견우肩髃, 풍시風市 견정肩井, 곡빈曲鬢, 삼리三里의 일곱 혈에 올려놓고 뜸을 떴다.

하얗게 마른 쑥 대가리에 빨간 불이 피며 연기가 피어오르자 일그러졌던 얼굴이 천천히 본모습으로 돌아왔다.

최봉원의 두 눈이 휘둥그레졌다.

"보았소. 이만하면 내 말을 믿을 수 있겠지요?"

이회가 우치에게 고개를 돌려 말했다.

"우치야. 약은 무엇을 썼느냐?"

"자수해어탕資壽解語湯을 썼습니다. 심, 비, 간이 허하니 침과 뜸을 겸해서 한 달 정도 장복하면 정상으로 돌아올 겁니다."

이회가 최봉원에게 따지듯 말했다.

"보셨소? 처방해 준 약을 빠짐없이 먹으면 한 달 후에 틀림없이 나을 수 있다 하지 않소. 최 참봉 정도의 병은 내 제자가 고쳐도 충분하니 염려하지 마시오. 나는 제자와 함께 돌아가겠으니 늙은 것의 팔을 가지고 싶다면 한 달 후에나 봅시다."

최봉원이 껄껄 웃으며 말했다.

"명의를 몰라봐서 미안하외다. 의원이 사욕이 없는 것을 모르고 내가 사람을 잘못 보았소. 쌀 오십 섬이 많다지만 아버님 목숨 값만 하겠소?"

그는 품속에 있는 종이를 갈기갈기 찢어버리더니 이회에게 말했다.

"아버님 병을 낫게만 해주시면 후일에 또 사례하겠소."

"나는 되었으니 병이 나으면 마을 사람들에게 도지나 감해주시구려."

"의원은 사람을 부끄럽게 하는 재주가 있구려."

"최 생원은 사람을 부럽게 하는 재주가 있으니 피차일반이외다."

"낙방거사인 내가 사람을 부럽게 하는 재주가 있다니, 그거야말로 말도 안 되는 말이오."

"부모를 잘 만나 부자가 되었으니, 그 부로 말미암아 고을의 가난한 사람들을 구휼할 수 있지 않겠소? 그것은 나 같은 가난한 의원은 할 수 없는 일이요, 고을의 원님도 쉬이 할 수 없는 일이니 낙방거사일망정 원님보다 나은 재주를 가진 것이지요."

"그것이 이치는 그렇구려."

최 생원이 이회의 말에 탄복하여 고개를 끄덕이다가 말했다.

"산골의 의원이라고 하기에는 보통 분은 아니신 것 같습니다. 성함이 어찌되십니까?"

"외로운 기러기가 이름이 있을 리 무어요."

이회가 우치와 함께 최 참봉의 집을 나와 들길을 걸어가다가 걸음을 멈추었다.

"우치야, 저기 좀 보아라. 저 초가의 굴뚝들 말이다. 연기가 흘러나오지 않으냐? 집집마다 밥을 짓고 있구나."

"그렇네요."

"사람의 혈맥은 돌아야 건강한 것이고, 막히면 곧 죽어버린다. 그것은 물을 가두어 흐르지 않게 하면 썩어버리는 이치와도 같은 것이다. 다스림이란 글자 '治치'에 水물수 변이 붙는 것은 그런 이치이니 너는 후일에 사람의 병을 고치는 의원이 아니라 세상을 고치는 의원이 되어야 한다. 알겠느냐?"

"예."

바람에 금빛으로 물결치는 논두렁 사이에서 이회와 우치는 감나무 골에 안개처럼 퍼져가는 저녁연기를 말없이 바라보았다.

79

5

다음날, 우치는 홀로 감나무골 최 참봉의 집으로 찾아가 침과 뜸을 뜨고 약을 먹이며 병구완을 하였다. 그날저녁을 먹고 최 참봉의 아들 최봉원이 술상을 차려와서 우치와 한담을 나누었다.

최봉원이 최 참봉의 병 이야기를 하다가 돌연 화제를 바꾸었다.

"자네 이 글자를 아는가?"

최봉원이 술잔에 손을 축여서 술상 위에 네 글자를 썼다.

"走肖爲王주초위왕? 이게 뭡니까?"

"경복궁 안 함원전 뒤에 배나무가 한 그루 섰는데 그 잎에 새겨진 글자라네. 벌레가 희한하게 갉아먹어 글자를 만들었는데 이런 일이 가능한가?"

"누군가 고의로 썼겠지요?"

"그렇지? 누군가 조대헌을 음해하려고 만든 것이 분명해."

"조대헌이 누군가요?"

최봉원이 우치에게 손가락질을 하며,

"이 사람. 시골사람이 맞구먼. 조대헌이 누군가 하면 대사헌 조광조 선생일세. 요즘 보기 드문 선비지. 자네가 산골에서 살다보니 세상 돌아가는 실정을 잘 모르나본데 내가 좀 알려줄 테니 잘 듣게."
하고는 술로 입술을 축이더니 이야기를 시작하였다.

반정으로 연산주가 교동으로 쫓겨 내려간 후에 공신들은 그 공에 따라 세 등급으로 나누어 공신녹권과 포상을 받았다. 박원종·성희안·유순정·유자광·신윤무·박영문·장정·홍경주는 의로운 일을 일으킨 공이 있다 하여 품계가 1등 공신으로 책봉되었으며, 거사 당일 참여한 유순·김수동·김감·구수영 등은 2등 공신으로, 거사 당일 폐주를 버리고 궁을 도망쳐 나온 승지 민효증·윤장·조계형·이우와 서기를 한 강혼도 3등 공신으로 책정되었으니 머리만 잘리고 몸통은 그대로인 셈이었다.

박원종·성희안·유순정은 거사에 참여하지 않은 자제들까지 모두 공신 등록에 참여케 하였는데 성희안의 매부인 신수린은 나이가 어린데도 참여시켜 노와공신怒臥功臣*이라는 비아냥을 들었다.

박원종은 뇌물의 경중에 따라 공로의 상하를 매겨서 공신들을 정하였으므로 저마다 뇌물을 바리바리 실어 박원종의 집이 뇌물로 성

---

* 노와공신 : 원래 뜻은 노해 누워서 된 공신. 신수린이 어려서 공신 등록에 참여하지 못한다는 말을 성희안에게 전해듣고 그의 장모가 노하여 드러누웠는데 이로 인해 공신에 등록되었음을 비꼬는 말이다.

시를 이루었는데, 공신의 숫자가 1백 17명이나 되었다.

큰 도적 하나가 사라지자 작은 도적 수백여 명이 생겨난 꼴이어서 나라의 곳간은 여전히 텅텅 비었고 백성들의 생활도 별반 달라진 것이 없었다.

조정이 뿌리째 썩으니 나라가 약해져서 기사년1509에 왜구가 가덕도를 침범하더니 경오년1510에 삼포에 큰 왜란이 일어났고, 엎친 데 덮친 격으로 함경도 무산진에 야인들이 떼를 지어 침범하기에 이르니 나라꼴이 엉망이 되었다.

조광조는 김종직의 제자인 김굉필의 제자였다. 김굉필은 세상 사람들이 소학군자小學君子라 하였으니 배움이 깊고 실천함에 주저함이 없어 명망이 높은 선비였다.

김굉필에게 수학한 조광조는 조정에 출사하여 임금의 신임을 얻게 되자 조정의 폐단을 일소하기 위해 현량과*를 설치하고 김식金湜·기준奇遵·한충韓忠·김구金絿·김정金淨 같은 젊고 소신 있는 이들을 뽑아 올렸다.

또한 올해 삼월에 대사헌이 된 이후로 부정과 부패를 뿌리 뽑는데 한 치의 흔들림이 없어서, 뇌물과 청탁이 사라지고 탐관오리가 자취를 감출 지경이 되었으며, 반정에 공을 세우지 않은 공신을 삭훈하여 백성들의 부담을 줄이려 하였기 때문에 사람들이 '우리 조선생님' 하면서 따랐다.

---

* 현량과 : 조선 중종 때에, 조광조 등의 제안으로 경학에 밝고 덕행이 높은 사람을 천거하여 대책으로 시험을 보아 뽑던 과거. 기묘사화로 인해 폐지되었다.

낙방거사 10년에 한양 일을 손바닥처럼 들여다보는 최봉원의 이야기를 듣던 우치가 물었다.

"주초위왕을 파자하면 조씨가 왕이 된다는 말인데, 누가 조대헌을 모함한 것일까요?"

"뻔하지. 심정沈貞과 남곤南袞이겠지. 남곤은 허구헌날 논박을 당해서 뿔이 났고, 심정은 이조판서까지 논박을 당해, 형조판서로 탄핵당해 쫓겨난 일도 있는데 한성판윤까지 못하게 되면서 원수가 뼛속 깊이 들었겠지. 조대헌이 젊은 동료들과 힘을 합해서 공신녹권을 삭제하자 하였으니 반정때 공신녹권을 받은 부류도 포함되겠지."

최봉원이 제 잔에 술잔을 따르고는,

"말이 나왔으니 하는 이야긴데 개성 사는 내 친구 하나가 능참봉 한 자리 해먹어보려고 심 정승댁에 뇌물을 썼다가 조대헌 덕에 헛물만 켜고 왔지 뭔가? 해서 기생방에 가면 돈 많고 재주 없는 못난 것들이 조대헌 때문에 벼슬 못한다고 이를 갈고 있다네. 지방의 한량들이 그 모양이고 보면 뒷구멍 공물로 부귀를 누리던 조정대신들은 일거에 부귀 구멍을 막아버린 조대헌을 씹어먹고 싶을 것이 아닌가. 박원종이 죽고 나서 심정과 남곤이 조정의 실세였는데 일시에 낭패를 만났으니 가만있을 리가 없지. 심정은 꾀주머니라는 별명이 있으니, 이번에 배 잎사귀 일로 한양이 시끌벅적한 것은 십중팔구 심정이 꾸민 일이겠지. 파자의 문구가 심상치 않은데 임금이 조대헌의 편을 들어주면 다행이지만 그렇지 않다면 또 한 번 사단이 나겠지."

하고는 술을 마셨다.

"도사처럼 말씀하십니다."

83

"도사? 말이 나왔으니 내가 며칠 전에 들은 이야기가 하나 있네. 한양 소격서 골에 용한 점쟁이 하나가 왔다고 소문이 났는데 김륜인 가 뭔가 하는 자야. 그자가 점을 기가 막히게 잘 보는데 대사헌 조광 조와 대사성 김식과 같은 일대 명류가 비명에 죽지 않으면 귀양을 면 치 못한다고 말했다지 뭔가? 그 점쟁이의 점괘가 신통방통하다니 그 게 사실이라면 조대헌은 화를 면치 못할 것이구."

우치가 최봉원의 이야기를 듣다보니 김륜의 이름이 귀에 익었다. 생각하니 이천년 스승의 시자 노릇을 하던 사람으로 묘향산에서 스 승님의 명경수를 훔쳐 달아난 자였다.

"김륜이라는 사람이 그렇게 용한가요?"

"용하다 뿐인가? 죽은 김숙중이 뺨친다고 하더군."

"김숙중은 또 누군가요?"

"성종조 때 유명했던 맹인 점쟁이지. 맹인 점쟁이들에게 전한다는 명경수를 김륜이라는 자가 배웠다지? 김륜이 정말로 김숙중이 뺨치 게 점을 잘 본다면 사단은 분명 일어날 것이구 말이야."

두 사람이 이런 저런 한양 이야기로 한담을 나누다가 시간이 오래 되어 우치가 이날 밤을 최 참봉의 집에서 지내게 되었다.

행랑방 하나를 얻은 우치는 잠을 이루지 못하고 누웠다가 호롱불 아래에서 이회가 준 「원시침경」을 읽었다.

고대에 의학이 남북으로 이름이 난 지가 이미 오래이다. 우리나라 는 동방에 치우쳐 이미 하나의 독자적인 의학이 있었으니 이것을 동 의학東醫學이라 하였다. 동의학은 고대에는 이름이 없이 퍼져 있다가 삼국이 통합된 뒤에 삼국의 의서를 모아 하나로 집대성한 의서를 만들었으니 이것을 『동의보전東醫寶典』이라 하였다. 그러나 하늘의 운수가 없음인지 외국의 문물이 좋은 것인 줄로만 아는 다수의 사람들에 의해 동의학의 명맥이 안개처럼 자취를 잃어가고 있으니 어찌 가련치 않겠는가. 나는 일찍이 아버지 중부仲孚가 묘청妙淸과 사이가 좋다 하여 청주로 유배되어 그곳에서 살게 되었는데 장년 때까지 술꾼들과 어울려 방탕한 생활을 하다가 우연히 한 스님을 만나 동의를 배웠다. 그 후 경사京師에 와서 고위 관리들의 병을 고치어 이름이 알려지게 되었는데 당시에 의종대왕의 병을 침으로 치료하니 대왕께서 능백綾帛을 하사하시고 양온령良醞令으로 승진하였다가 금조今朝에 태부소경太府少卿에 제수되고 이부상서로 임명되었으나 나를 시기하는 무리에 의해 사람의 인적이 없는 외로운 섬으로 귀양 오게 되었다. 이제 외로운 섬에서 나이가 들고 죽음의 그림자가 드리우니 훗날을 기약할 수 없음이라 후일을 위하여 내가 배운 의술을 이 책에 실어 남기지 않을 수 없노라. 하늘에 운수가 돌고 도는 것을 내 익히 아는 바 운이 닿아 이 책을 배우게 되는 이는 동의학의 진면목을 밝히는 데 이바지하길 바란다.

명종 14년1184년 추분에 고도孤島에서 이상로李尙老가 쓴다.

우치가 책을 펼쳐 내용을 읽어보니 놀라운 치료방법이 많았다. 목을 매어 죽은 이를 살리는 방법, 물에 빠져 죽은 이를 살리는 방법뿐만 아니라 여우나 다른 짐승의 영이 침입했을 때 치료하는 법같이 일반적인 의술의 범례에서는 상상할 수 없는 증상들의 치료방법들이 적혀 있었다. 그뿐 아니라 백두산에서 나는 돌로 만든 돌침과 그것의 사용방법, 침술에 대한 새로운 이론들 그리고 이미 신라 문무왕文武王 때 침 사백 개를 중국에 수출했으며 그 당시 동의학이 중국을 앞지르고 있었다는 이야기들은 우치를 놀라게 하였다.

침술에 대한 마지막 장은 일부러 자른 듯 끊어진 부분이 있었는데 아마도 지금까지 본 것이 이 책의 전부가 아닌 것 같았다.

「원시침경」을 대충 훑어보다보니 이미 아침이 밝아 있었다. 우치는 아침밥을 먹는 둥 마는 둥 이번에는 「동의본초경」을 살펴보았다.

「본초경」에서는 독毒과 관계된 식물과 동물에 관하여 상세히 기록되어 있었는데 우치가 처음 보는 동식물이 많았다. 책의 후기에는 약초와 동식물의 병을 치료하는 처방법이 자세히 실려 있었는데 독기가 심장에 들어가 맥이 끊어져 죽기 일보 직전의 환자까지도 살렸다는 고구려 의원들의 처방전들은 그동안 보았던 의서들과는 확연히 차이가 날 뿐더러 우치의 의술을 일보 진전시키는 것들이었다.

우치가 「본초경」을 끝까지 읽었을 때는 서산에 붉은 노을이 물들어 해가 뉘엿뉘엿 떨어져가는 저녁 무렵이었다. 우치는 저녁 먹고 가라는 최봉원을 마다하고 이회의 집으로 걸음을 재촉하였다.

우치가 이회의 집에 도착했을 무렵 노루궁뎅이 같은 해가 서산에 떨어져서 어둠이 내려앉았다.

호롱불 하나가 호젓하게 창호지 문을 비추리라 생각했건만 이상하게 불빛 하나가 없었다. 툇돌 아래에 미투리가 없는 것이 이회는 급한 환자가 와서 자리를 비운 모양이었다. 우치가 얼른 부엌으로 가보았다. 아궁이를 긁어 몇 조각 남아있는 작은 불씨에 관솔을 넣어 불씨를 살리고 아랫목이 따뜻해지도록 불을 넣은 후 마들가리에 불을 붙여 방 안에 들어와 호롱불을 붙였다.

밤늦게 급한 환자가 찾아오는 경우도 간간이 있는 터라 우치가 아랫목에 앉아 엉덩이를 지지며 책이나 볼까 싶어 서안 앞으로 호롱불을 당겼다.

"이게 뭐지?"

이회가 쓰던 책상 위에 하얀 서찰 하나가 덩그러니 놓여져 있었다. 서찰 앞면에 田禹治開封전우치 열어보라는 글이 쓰여 있었다. 이상한 생각이 들어 우치는 서찰을 집어들고 봉투를 열었다.

우치 보거라.

젊을 적 화를 피하여 고향 떠나온 지 오래되어, 동가식서가숙으로 하루하루를 보내다보니 어느새 늙고 병든 몸이 되었구나. 여우도 죽을 때가 되면 고향으로 머리를 돌린다 하는데 멀쩡한 고향이 있는 내가 어찌 고향생각을 한시라도 잊어본 적이 있으랴. 이제 세상이 바뀌어 안신할 곳이 생겼으니 고향으로 돌아가 가족과 선조에게 지은 죄를 속죄하며 살려하니 내 뜻을 이해해주었으면 한다.

너와 함께 보낸 이태 동안은 내 일생에서 가장 행복했던 순간이었다. 너를 만나 행복하였고, 너로서 내 의술을 전수할 수 있었으니 앞으로 나를 대신하여 가난하고 헐벗은 사람들에게 의술을 베풀도록 하거라.

나는 고향인 경상도 예안으로 돌아간다. 기회가 닿는다면 찾아와 침경의 마지막 부분을 가져가기 바란다.

편지의 마지막에는 시 한수가 적혀 있었다.

萬族各有託　만물은 저마다 몸 붙일 곳이 있거늘
孤雲獨無依　외로운 구름은 홀로 의지할 데 없어라.
渺渺浮雲逝　뜬 구름 한없는 허공을 떠갈 때에
綿綿歸思紆　되돌아가고 싶은 마음 연이어 끊이지 않더라.

서찰에 적힌 필적은 이회의 것이 틀림없었으므로 우치는 그가 이곳을 떠났다는 것을 알 수 있었다. 우치는 정이 들 대로 든 이회가 한마디 말 없이 사라진 것이 야속하게만 생각되어 그렁그렁해진 눈으로 서찰을 몇 번이고 읽었다. 처음 독사에 물렸을때 구해 주었던 일과 시와 의술을 가르쳐주던 다정했던 스승의 모습이 눈앞에 떠올라서 우치는 저도 모르게 나오는 눈물을 손등으로 연신 닦았다.

주유강산 周遊江山

며칠 후, 우치는 천수암을 찾았다. 최 참봉이 그럭저럭 완쾌된 후 마음을 터놓던 지기가 없어진 듯한 공허함에 자기도 모르게 산사의 암자를 찾아 오른 것이다.

천수암에 기거하던 이천년은 어디로 갔는지 보이지 않았다. 마당은 쑥대가 무성한 것이 한동안 그가 암자를 비우고 어디론가 떠난 모양이었다. 머리를 길게 늘어뜨린 처사 이천년이 행각승처럼 운수행을 하는 일이 어제 오늘이 아닌 터라 그리 이상할 것도 없었다.

우치는 부엌으로 들어가 벽에 걸린 낫을 들고 나와 마당에 자란 잡초를 말끔하게 벤 후 걸레로 툇마루와 방 안을 깨끗하게 문질렀다. 또 암자 이곳저곳에 걸린 거미줄을 치우고 부엌에 걸린 솥도 윤이 나도록 닦았다.

암자 안팎을 깨끗하게 치운 우치는 암자 앞에 있는 벼랑가에 서서 아래를 내려다보았다. 천마산의 줄기들이 구불구불하게 흘러가는 모습이 한눈에 보였다. 뻗어간 산줄기 끝에 인가들이 있고 그 앞에 너른 들과 강이 오밀조밀하게 펼쳐져 있었다.

우치는 두 팔을 펼쳐 크게 심호흡을 하였다. 맑고 상쾌한 공기가 몸 안으로 가득 들어와 그동안 지친 심신을 맑게 바꾸어주는 것 같았다.

그때였다. 나래를 펼친 매 한 마리가 우치의 시야에 들어왔다. 매는 허공에서 빙글빙글 돌다가 선회하여 벼랑 중턱에 자라난 작은 소나무 아래로 내려앉았다.

우치가 고개를 기울여 자세히 살펴보니 그곳에 나뭇가지로 오밀조밀하게 만든 매 둥지가 있었는데 방금 그 매가 어미인 듯 깃털이 제법 자란 새끼들에게 먹이를 주고 있었다.

새끼 매는 모두 세 마리로 커다란 나래를 버둥거리며 어미 매가 물어준 먹이를 걸신들린 것처럼 허둥지둥 받아먹고 있었다.

'저곳에 매 둥지가 있었구나.'

우치가 매 둥지를 우두커니 바라보다가 암자를 내려가려고 몸을 돌리는데 마침 누더기 옷을 입은 이천년이 지팡이 하나를 짚고 암자로 올라오고 있었다.

"스승님."

"우치야. 네가 어쩐 일이냐?"

"네. 스승님 뵌 지도 오래되고 하여서 문안 인사나 드릴까하고 왔습니다. 어디 다녀오시는 길입니까?"

"묘향산에 다녀오는 길이다."

이천년이 우치에게 다가와 벼랑 아래를 내려다보고는 물었다.

"매를 보고 있었느냐?"

우치가 다시 매 둥지를 보니 어미 매가 둥지 위에 있는 소나무 가지 위에서 날개를 세차게 펄럭이고 있었고, 새끼 매는 둥지 위에서 어미를 보며 두 날개를 펄럭이고 있었다.

"어미 매가 새끼들에게 나는 연습을 시키는 모양이로구나."

"저것이 나는 연습입니까?"

"그렇단다. 조금 있으면 저 새끼 매들은 스스로 독립하여 먹이를 구해야 한단다. 떠나기 위한 준비인 게지."

"떠나기 위한 준비?"

"사람도 떠나는 존재지. 한곳에 머물러 있을 수 없는 이유를 너도 깨닫고 있지 않느냐?"

우치는 말없이 고개를 끄덕였다.

"저 매가 이곳에 날아든 지 이 년이 지났다. 벌써 일곱 마리의 새끼를 쳐서 떠나보냈다."

이천년은 말을 마치고는 암자를 향해 걸어 들어갔다. 이천년이 툇마루에 앉아 깨끗해진 마당과 마루를 보고는 말했다.

"청소를 말끔하게 하였구나."

"예, 저는 스승님을 못 뵙고 가는 줄 알았습니다."

"내가 때를 잘 맞춰서 돌아왔구나."

이천년이 미소를 지었다.

"참, 스승님. 며칠 전에 최 참봉 집에서 전에 시자를 하던 김륜의 이야기를 들었습니다. 사주를 잘 보아 뜨르르하게 소문이 났대요."

"그 아이가 심지가 얕고 성정이 곧지 못해서 마침내 사주쟁이가 되

91

고 말았구나."

"스승님, 명경수가 사주 보는 점책이 아닙니까?"

"명경수는 사주만 보는 책이 아니다. 기이한 술법도 부릴 수 있는 주문도 숨어있는 책이지. 김륜이 김숙중 빰치게 사주를 잘 본다하는데 사실은 김숙중의 발끝에도 미치지 못하지. 원래 재주 있는 사람은 오히려 그 재주를 드러내지 않는 법이거든."

우치는 이천년이 자신과 최 생원의 이야기를 바로 옆에서 들은 사람처럼 말하는 것을 보고 속으로 놀라며 물었다.

"그렇다면 스승님의 술법이 대단하시겠습니다."

"내 재주가 얼마 전까지는 두 사람에게 못 미쳤지."

"그게 누구입니까?"

"한 사람은 나주 보리나루에 살았던 멍태공이지. 백우자 혜손이라고 내 스승이셨는데 얼마 전에 돌아가셨고, 또 한사람은 오순형이라는 사람인데 나에게 명경수를 주었던 인물이야. 명경수는 맹인들에게 전하는 것인데 김숙중이 전인을 만나지 못해서 주부 오순형에게 전수하였고, 오순형은 그 책을 나에게 전했지."

"스승님, 명경수가 그렇게 용한 책인가요?"

"왜 이제 와서 배울 생각이 드느냐?"

"그건 아니구요, 최 참봉 집에서 이상한 이야기를 들었습니다. 경복궁 함원전 배나무 잎에 주초위왕이란 글자가 적혔다 하는데 조대헌이 앞으로 어떻게 될까요?"

"너도 앞날이 궁금하느냐?"

"앞날이 궁금하기는 세상 사람이 한가지겠지요."

"그래서 배울 생각이 있느냐?"

"배우겠다면 가르쳐주시겠습니까?"

"글쎄다. 네 눈을 보니 아직은 배울 때가 아닌 것 같구나."

"스승님께서 제 마음까지 읽으시네요."

"녀석, 학식 높은 의원을 따라 다니더니 말만 늘었구나."

"스승님, 조대헌이 보기 드문 훌륭하신 분 같은데 앞으로 어떻게 될까요?"

"나라가 흥하려면 도덕이 바로서야 한다는 조대헌의 뜻은 지극히 옳은 말이지만 임금의 귀가 얇고 시기하는 무리가 많아서 조대헌이 끝내 화를 입을 게다. 옛사람들은 세상을 일컬어 흙탕물과 같다 하였으니 맑은 물에 사는 고기가 흙탕물에서 살 수 없는 이치와 같은 것이지."

"조대헌 같은 이를 살릴 수 있는 방법은 없나요?"

"조대헌도 스스로 알고 있을 거다. 그러나 불나방이 불을 보고 달려가는 형국이라서 막을 도리가 있을까?"

이천년이 길게 한숨을 내쉬다가 우치에게 말했다.

"집에는 다녀왔느냐?"

"아뇨."

"어서 가보거라. 네가 나를 다시 찾아올 일이 있을 것이다."

우치가 고개를 갸웃거리다가 꾸벅 인사를 하고 천수암을 내려갔다.

2

가을이라 해가 짧아져서 산중의 어둠은 더욱 일찍 찾아들었다. 우치가 꼬불꼬불한 산길을 내려와 봉팔의 집에 다다랐을 즈음에는 이미 황혼이 서산 위로 사라지고 별이 하나 둘 먹장 같은 하늘 위로 모습을 드러내고 있었다.

우치는 아주 오랜만에 집에서 잘 생각을 하니 마음이 사뭇 두근거렸다. 원래 우치의 집은 작은 움막이었는데, 산삼을 팔아 집을 늘여서 모두 세 칸이 되었다. 한 칸은 부엌이고, 한 칸은 봉팔 부부가 거처하는 방이요, 또 한 칸은 우치의 방이었다. 그러나 우치가 이천년의 시자 노릇을 하다가 산 아래 마을 이회의 집에서 살면서, 우치의 방은 헛간처럼 사용되었다.

우치가 집에 자주 들르지 못한 이유는 이회의 집에서 의술을 배운 까닭도 있지만 잘 곳이 마땅찮은 때문이기도 하였다.

우치가 봉팔의 집에 당도했을 때는 초가집에서 호롱불빛이 반짝이고 있었다. 우치가 부모님을 놀래줄 생각으로 사립문 앞으로 다가가니 봉당 마루 아래에 엎드려 있던 삽살이가 울안에서 팔딱거리며 먼저 알아보았다.

우치가 사립문을 훌쩍 뛰어넘어 삽살이를 잠시 쓰다듬어주다가 살금살금 소리를 죽여 불빛이 비치는 안방으로 다가가니 두런두런 말소리가 들려왔다.

"우치가 올해 몇 살인가?"

"올해 스무 살이지요."

"뭐? 벌써 그렇게 되었어? 나이 스물이면 관례를 치루고 자식을 볼 나인데 자네는 대체 뭘하는 건가?"

혼사 문제로 봉팔이 순이를 다그치는 모양이었다. 우치가 미소를 지으며 방문 앞으로 다가갔을 때에 순이의 목소리가 들렸다.

"당신도 생각해보세요. 우치가 우리처럼 상사람도 아니고 본래 양반의 자식이 아닙니까? 모르고 있다면 모를까 알면서 상사람의 처자를 데려와 혼인시킬 수도 없는 노릇이지 않아요. 당신은 영영 우치에게 비밀로 하실 건가요? 우치의 나이도 스물인데 이제는 출생의 비밀을 말해줘도 되지 않을까요?"

우치는 순간 온몸이 얼어붙는 것 같아서 문고리를 잡으려다 말고 우뚝 멈추었다.

"자네 누가 들으면 어쩌라고 그러는가?"

누군가 문 앞으로 다가오는 기척이 느껴졌다. 우치는 정신이 퍼뜩 들어 재빨리 부엌으로 몸을 피했다. 방문이 열리더니 봉팔이 바깥을 살피고는 문을 닫고 들어갔다.

우치는 숨을 죽이고 부엌에서 방으로 통하는 문에 귀를 기울였다.

"우치가 들으면 어쩌려고 그런 소릴 해?"

봉팔이 책하는 목소리가 들려왔다.

"산 아래 마을에 있는데 어때요? 우치가 우리 자식이 아닌 것은 천수암의 이 처사님도 아는 일인데 언제까지 숨기려고 하세요? 피를 속일 수 없는지, 저는 하루가 무섭게 당신과 다르게 변해가는 우치를 볼 때마다 마음이 답답해요."

긴 한숨소리가 들리더니 봉팔의 목소리가 이어졌다.

"우치가 잘나긴 했지. 나도 말을 하고 싶지만 우치의 얼굴을 보면 말이 입 밖으로 안 떨어지는 걸 어떡해? 우리가 저희 부모가 아니라고 우치가 다시는 우리를 안 보면 어쩌나 하는 걱정도 되구……."

"처사님께 말씀드리는 것은 어떨까요? 처사님이라면 우리보다 낫지 않을까요?"

"내일이라도 찾아가서 말씀드려야겠구먼."

"묘향산 가신다더니 돌아오셨어요?"

"낮에 뵈었어. 천수암으로 돌아오시는 길이더라구."

"잘되었네요. 내일 함께 찾아뵈어요."

"그러지."

우치는 두 사람의 이야기에 망치에 머리라도 맞은 것처럼 하늘이 가물가물하고 눈앞이 희미해지는 것 같았다.

'아. 내가 부모님의 친자식이 아니라니? 그럼 내 친부모는?'

우치는 온몸에 힘이 빠져 그 자리에서 털썩 주저앉았다.

'스승님이 알고 계신다 그랬지? 그래, 스승님께 물어보자.'

우치는 발걸음을 죽여 살그머니 집을 나섰다. 어두운 숲 속에서 희미하게 비치는 달빛을 밟으며 깜깜한 숲길을 올라가노라니 일시에 마음이 공허하여 마치 모든 것을 다 잃어버린 것만 같았다.

한참을 걸어가다보니 커다란 달이 눈앞에 환하게 나타났다. 취적봉 봉우리에 둥근 달이 걸려있었다.

우치는 벼랑 앞 바위 위에 걸터앉았다.

'내가 부모님의 친자식이 아니라면 내 친부모는 도대체 누구란 말인가? 왜 나의 부모는 나를 버리고 간 것인가? 내 부모님은 어떻게 생긴 분일까?'

창천에 높이 뜬 달을 보자 문득 연전에 읽은 이백의 시 한 수가 떠올랐다.

牀前看月光　침실로 스며드는 달빛을 보매
疑是地上霜　어찌 보면 서리가 내린 듯도 하다.
擧頭望山月　고개 들어 산 위에 뜬 달을 바라보고
低頭思故鄕　고개 숙여 머나먼 고향을 생각한다.

'이백李白의 시가 참으로 절묘하구나. 고향이 무엇인가? 사람이 태어나 살아가는 근본이 되는 곳이 아닌가. 사람에게 있어서는 부모와도 같은 것이 아닌가. 사람의 두 가지 큰 비극의 하나가 망국인亡國人이 되는 것이요, 또 하나가 부모 없는 고아라 하였거늘 내가 바로 그 꼴이 되었구나! 고향이 없는 자! 근본이 없는 자! 나는 근본이 없는 자, 전우치로구나!'

우치는 달빛을 바라보며 길게 한숨을 내쉬었다.

"우치 왔느냐? 밖에 있으면 들어오너라."

우치는 이천년이 부르는 소리를 듣고 자리에서 일어나 암자 안으로 들어갔다.

호롱불을 앞에 두고 이천년은 가부좌를 틀고 있었는데 그 앞에 보자기로 싼 물건 하나가 있었다.

"풀어 보거라."

이천년은 이미 모든 정황을 알고 있다는 듯 태연하게 말했다. 우치는 이천년의 말을 좇아 보자기를 풀었다. 보자기 안에는 어린아이의 배냇저고리와 포대기, 한지로 똘똘 싼 물건이 하나 있었다. 한지를 풀자 그 안에서 옥으로 만든 둥근 목걸이가 하나 나왔다. 목걸이 가운데에 전우치라는 이름과, 생년과 생월생시가 새겨져 있었다.

우치는 갑자기 가슴이 뛰었다. 집에서 엿들은 이야기와 이 물건이 관계가 있을 것 같다는 생각이 들었기 때문이다.

"우치야, 이것이 무엇인지 아느냐?"

우치는 이천년의 물음에 비로소 이 물건들에 자신의 출생의 비밀이 숨어있다는 것을 확신할 수 있었다.

"우치야, 너는 원래 전 서방의 친아들이 아니다. 전 서방이 산중에서 갓난아기인 너를 발견하고 데려와 키웠지. 이것은 전 서방이 너를 데려왔을 때 네가 입고 있던 옷과 포대기, 그리고 네 목에 걸려 있던 목걸이다."

우치는 떨리는 손으로 작은 배냇저고리와 포대기 그리고 파란 옥목걸이를 어루만졌다.

'이 배냇저고리는 나의 어머님이 만들어주신 것이리라! 이 옥 목걸이는 아버님이 나에게 주신 증표이리라.'

증표를 어루만지는 우치의 눈에 뜨거운 눈물이 뚝뚝 떨어졌다.

"제 부모님은 어떤 분이신가요?"

"그것은 네가 찾아야 할 숙제다."

한동안 흐느끼던 우치는 소매 끝으로 눈물을 닦고 이천년을 바라보았다. 이천년의 말 속에는 우치에게 스스로 부모를 찾으라는 의미가 내포되어 있었다.

우치가 이 말뜻을 모르는 것은 아니나 당장에 어떤 방법이 있는지 생각나지 않아 물끄러미 이천년을 바라보았다.

"우치야. 내일 나와 세상구경을 떠나지 않으련?"

"떠난다고요?"

이천년이 말없이 고개를 끄덕였다.

"네 나이 벌써 스물인데 천마산을 벗어난 적이 없으니 우물 안 개구리와 무엇이 다르겠느냐. 나와 함께 세상을 돌아다니며 명산대첩도 살펴보고 세상 구경을 하면 답답한 마음을 조금이나마 풀 수 있지 않겠느냐? 네 생각은 어떠냐?"

우치는 이천년을 따라다니며 우울한 심사도 풀고 세상에 대한 견문도 넓히리라 다짐하였다.

3

다음날 아침, 우치는 벼랑 위에서 우두커니 매 둥지를 바라보고 있었다. 오늘은 새끼 매 하나가 소나무 등걸 위에서 세차게 날갯짓을 하고 있었는데 마치 허공으로 비행을 하려는 것 같았다. 어미 매는 그보다 조금 높은 나뭇가지 위에 앉아 새끼 매를 보고있었다. 새끼는 처음 시도하는 비행이 무서운지 어미 매를 바라보며 서툰 날갯짓을 하였고 어미 매도 따라서 날갯짓을 해가며 독려하는 모습이었다.

어미 매가 독려하는 듯 날개를 펄럭이자 새끼는 잠시 머뭇거리는 듯 하더니 세차게 날갯짓을 하며 허공으로 훌쩍 뛰어올랐다. 그러나 나래를 펼치기도 전에 새끼 매는 깊은 계곡으로 힘없이 떨어지는 것이었다.

"아!"

우치는 안타까움에 자기도 모르게 탄성을 질렀다. 저대로 바위에 떨어지면 한 번 날지도 못하고 산산조각이 나고 말 것이었다.

바로 그 때, 어미 매가 나뭇가지를 차고 벼랑 아래로 쏜살같이 내려갔다. 두 나래를 접고 화살처럼 벼랑으로 떨어지던 어미 매가 새끼 매를 추월하는 순간 두 날개를 크게 펼쳤다.

어미 매가 유선형으로 바람을 타고 솟구쳤다. 아래로 떨어지던 새끼 매 역시 어미와 똑같이 나래를 펼쳤다.

새끼 매가 바람을 타고 공중으로 솟아올랐다. 이내 새끼 매는 날개를 휘저으며 어미 매와 더불어 푸른 하늘 위를 마음껏 날고 있었다.

"날았다. 날았다!"

우치는 저도 모르게 박수까지 치며 펄쩍펄쩍 뛰었다. 하늘을 날고 있는 새끼 매가 자신같이 느껴졌기 때문이다.

둥지에 있던 다른 새끼 매들도 둥지에서 폴짝 뛰어 바람을 타고 날았다. 창천을 유유히 나는 매들을 넋 나간 사람처럼 바라보던 우치는 생각했다.

'저들은 떠나기 위해 날갯짓을 하고 있다. 이곳을 떠나 너른 세상을 마음껏 누비며 또 다른 삶을 시작하겠지. 나 역시 저들처럼 떠나야 한다.'

이천년은 채비를 마친 듯 삿갓에 봇짐을 지고 지팡이 하나를 들고 서서 허공을 바라보며 시 한 수를 읊었다.

哀哉誰不知　　슬프다 누가 알겠는가
世事耶隆降處　세상사 흥망의 자리.
秋鳶飛魚躍　　가을 솔개 날고 물고기 뛰노는데
孤影乾坤去　　외로운 그림자 홀로 세상을 걷노라.

우치가 이천년의 시를 들으며 생각하니 인생이란 외로운 그림자를 끌고 끝없는 나그네 길을 떠나가는 것이라 여겨졌다. 이제 우치도 둥지를 떠나 인생이라는 외로운 길을 홀로 걸어 가야하는 것이다.

우치는 이천년과 함께 산을 내려가다가 봉팔의 집에 도착하였다.

이천년이 우치에게 조용히 말했다.

"키운 정도 정이다. 키워주신 부모님의 은혜를 잊지 마라."

"예, 스승님."

우치는 집으로 가 봉팔과 순이에게 이천년과 함께 세상구경을 떠난다 여쭈었다. 갑작스런 우치의 말에 두 사람은 놀랐지만 이내 먹을 양식과 봇짐을 싸주며 이천년과 떠나는 것을 허락해 주었다.

우치는 두 사람에게 큰절을 올리고 이천년과 함께 산아래로 걸음을 옮겼다. 집을 떠나오는 동안 우치는 침울한 얼굴로 말이 없었다. 말없이 앞서 가던 이천년이 고개를 돌려 우치에게 말했다.

"우치야. 슬프냐?"

"아닙니다."

"그렇다면 기쁘냐?"

"모르겠습니다."

이천년은 우치의 손을 잡고 고개를 치켜들어 푸른 하늘을 바라보았다.

"그렇다. 세상일이라는 것은 희비가 교차하느니 어느 것이 기쁜 일이고 어느 것이 슬픈 일인지, 자식을 낳는 기쁨 이전에는 어머니가 위태롭기 마련이고, 돈 보따리를 쌓아두어 기뻐하여도 도둑이 엿볼까 근심하기 마련이다. 가난은 모두들 나쁘다 하지만 쓸쓸이를 절약

할 수 있게 하여 후일 부하게 만들고, 병은 몸을 보전할 수 있도록 자중하게 만드니 가만히 생각해보면 어느 근심인들 기쁨이 아닌 것이 있고 어느 기쁨인들 슬픔이 아닌 것이 있겠느냐? 네가 비록 전 서방의 친자식이 아니지만 이 하늘 아래에 너의 혈육이 있다면 슬픔 속에 기쁨이 있는 것이요, 비록 친혈육이 없더라도 너를 친자식으로 생각하는 부모가 이곳에 있으니 그 또한 슬픔 속에 기쁨이 있는 것이다. 바로 이것이 세상사의 미묘한 이치인 것이다."

우치는 이천년의 말을 가슴에 새기며 파아란 하늘을 올려다보았다. 구름 한 점 없는 파란 하늘 안에 매 네 마리가 유유히 나래를 펴고 날고 있었다.

이천년과 우치는 천수암을 뒤로하고 남쪽으로 내려왔다. 두 사람이 개성에서 하룻밤을 묵고 다음날 아침 일찍 출발하여 정오 무렵에 임진강을 건너 한참을 걸어가자니 쇠락한 정자 하나가 눈앞에 나타났다.

"화석정이로구나. 여기서 잠시 쉬었다 가자꾸나!"

두 사람은 화석정에서 지친 다리도 풀겸 잠시 쉬어가기로 하였다.

화석정 일대에는 푸른 노송이 군자의 풍모를 간직한 듯 하늘 높이 우거져 짙은 솔향기를 풍기고 있었으며 아래로는 임진강이 하얀 백사장 위로 푸른 물길을 구불거리며 흘러가고 있었다.

"참으로 아름다운 경치로군요!"

우치는 그 아름다운 풍광에 감탄하며 정자 안에 걸려 있는 화석정기花石亭記를 바라보았다. 기문의 내용은 고려 말의 문신인 길재吉再가 죽은 자리에 이명신李明晨이 건립하고 이숙함李淑瑊이 당나라 때의 재상 이덕유李德裕의 별서인 평천장平泉莊의 기문 중에 보이는 화석을 따서 화석정이라 이름 지었다고 적혀 있었다.

이천년이 정자 안에 서서 둘러보니 장단長湍을 향하여 바로 밑을 흐르는 임진강臨津江을 굽어볼 수 있었고, 난간에서 보면 삼각산三角山과 개성의 오관산五冠山이 아득하게 보였다.

이천년은 정자 기둥을 쓰다듬으며 조용히 중얼거렸다.

"훗날 나라의 병화가 미쳤을 때 부싯돌의 용도가 되겠구나."

"스승님, 나라에 병화가 미친다고요?"

이천년은 말없이 고개를 끄덕였다.

"그것을 면할 수 있는 방법은 없나요?"

"천도의 운행을 마음대로 바꿀 수 있겠느냐? 어쩔 수 없는 일이지."

두 사람은 화석정을 뒤로하고 내려와서 임진나루를 지나 파주에 도착하였다. 이들이 파주에 도착했을 때는 해가 저물어 하늘이 이미 어둑해져 있을 때였다.

길가에 보이는 주막의 등롱을 보고 우치가 앞장서는데 뒤따라가는 이천년이 불현듯 말했다.

"우치야. 네가 암행어사가 되어보고 싶은 마음이 있느냐?"

"예?"

"아니다."

이천년이 뜻 모를 말을 하더니 싱글거리며 웃었다.

두 사람은 요기도 할 겸 하룻밤을 쉬기 위하여 가까운 작은 주막으로 들어갔다.

"주모, 방이 있습니까?"

객주에 들어서는 이천년을 보고는 주모가 행주치마에 젖은 손을 닦으며 다가와 말했다.

"봉놋방에는 사람이 차서 어렵고, 행랑방에 고뿔이 걸린 손님 한 분이 계신데 거기라도 괜찮으시겠어요?"

"아무려나. 그렇게 해주시오."

주모는 말을 마치자 냉큼 마당 맞은편의 행랑방으로 달려갔다. 소여물간 옆에 있는 행랑방의 문을 연 주모가 몇 마디를 나누다가 손짓을 하며 불렀다.

"손님이 괜찮다 하시네요. 어서 들어가 보세요."

이천년과 우치가 행랑방 안으로 들어가니 아랫목에 이불을 덮어 쓴 선비 하나가 끙끙거리며 되우 앓고 있었다.

이천년과 우치는 조용히 방 한편에 봇짐을 풀었다. 아랫목에 누워 있는 선비의 행색이 과히 불쌍하였다. 누덕누덕 기운 옷에 떨어진 망건을 보니 약은커녕 밥 한 그릇 먹기조차 어려운 가난한 선비 같았다.

끙끙 앓는 것이 보기 딱하여 우치가 이마를 만져보다가 바깥으로 나가 수건을 가져와서 이마와 목을 닦아주었다.

선비가 정신을 차리고 우치를 올려다보았다. 뭔가 말을 하려는 것 같은데 목이 잠겨서 말이 안 나왔다.

"목이 많이 부었습니다. 고뿔이 단단히 걸렸으니 누워서 쉬십시오. 제가 의원인데 침이라도 놔드리지요."

우치가 침을 꺼내어 선비의 몸에 찔러주고 주모에게 방에 불을 넣고 고뿔에 좋은 음식을 해달라고 부탁하였다.

우치는 침을 뺀 후 선비를 아랫목에 눕히고 이불을 덮어주었다.

"그저 아플 때는 땀을 내는 것이 최곱니다. 한기가 물러가면 몸이 한결 나을 겁니다."

선비가 말을 못하고 눈물을 글썽이며 우치의 손을 잡았다. 가난한 상사람들의 집에 찾아가 병구완을 해주면 그들은 늘상 눈물을 글썽이며 우치의 손을 잡곤 하였다. 줄 것이 없으므로 고마운 마음과 정리를 표시하는 것이리라.

"너무 고마워하실 것 없습니다. 의원이 사람을 살리는 것이 당연한 업이니 몸조리나 잘하십시오."

선비가 눈물을 글썽이며 고개를 끄덕끄덕거렸다. 그때였다.

"의원님 계시오?"

방문이 덜컥 열리며 주모가 얼굴을 내밀었다.

"무슨 일이오?"

"글쎄 이 동네에 급한 환자가 하나 생겼는데 다 죽게 생겼습니다요. 병든 손님을 고치시는 것을 보니 의원님 맞으시죠?"

"눈치도 빠르시오."

"주막을 하다보면 눈치만 늡지요."

"갑시다."

우치가 이천년에게 인사를 하곤 선뜻 일어나 바깥으로 나왔다.

"어서 가십시다. 사람이 다 죽게 생겼소. 어서 갑시다."

주모가 치맛바람을 일으키며 앞서나갔다. 우치가 주모를 따라 마을 안으로 들어갔다. 어두컴컴한 마을로 한참을 따라가니 주모는 길에서 멀찍이 떨어진 골짜기로 들어가는 것이었다.

골짜기 안으로 한참을 따라가니 불빛이 비치는 초가 한 채가 나왔는데 집 안에서 여자와 아이들 우는 소리가 사립문 바깥까지 들려왔다.

"에구, 벌써 죽은 거 아냐?"

주모가 자개바람을 일으키며 사립문 안으로 달려 들어가 재빨리 방문을 열었다. 우치도 주모를 따라 방으로 들어가니 작은 방 안에 들어설 자리가 없었다. 가장인 듯한 남정네 하나가 아랫목에 반듯이 드러누워 있고 그 옆에 아낙과 아이 네 명이 가장을 부여잡고 울고 있었다. 주모가 방으로 들어가 아이들을 내몰고 엉덩이를 비집어 간신히 우치가 앉을 자리를 마련해주었다.

주모는 얼굴이 퉁퉁 부은 사내의 모습에 놀라,

"에구머니나! 이게 어떻게 된 거야? 개똥이 아범 죽는 거 아니여?"

하니 아낙이 치마 섶으로 눈물을 훔치며 우는 소리를 했다.

"아이구, 아주머니. 저는 어쩌면 좋아요. 이이가 죽으면 이 어린 새끼들과 저는 어찌해요."

"의, 의원을 불러왔으니 어떻게든 되겠지. 마침 우리 주막에 의술을 아는 분이 있었지 뭔가."

주모가 아낙을 안심시키는 동안 우치는 개똥 아범의 맥을 살피었다.

"아직 괜찮습니다. 살아 있습니다!"

아낙이 우치의 옷자락을 붙잡으며 애원하였다.

"아이구, 의원님. 제발 이 사람 좀 살려주세요. 이이가 없으면 우리 집은 끝장이에요."

주모는 침착하게 그 여인의 손을 감싸안고는,

"걱정하지 말게. 이 양반이 의원이라니 걱정하지 말고 지켜보자구."

하고 안심을 시킨후에 우치에게 고개를 돌려 말했다.

"개똥 아범이 수일 전부터 가슴이 답답하고 숨이 가쁜 증세가 있었다우."

우치는 주모의 말을 듣고는 사내를 자세히 살펴보았다. 사내는 목이 부어 있고 입을 악물고 있었는데 목구멍에서 바람 새는 소리가 꺽꺽하며 걸리었다.

우치는 허리춤에서 침을 꺼내서는 개똥 아범의 소상혈과 연곡혈然谷穴에 침을 놓았다. 두 군데를 찌르자 새까만 피가 흘러나왔다. 개똥 아범은 음 하고 신음을 토하였다.

"인후가 막혀 숨을 쉬지 못하다가 이제야 숨을 돌릴 수 있게 되었습니다. 조금만 늦었어도 큰일날 뻔했습니다."

주모는 개똥 아범을 보며 중얼거렸다.

"그래, 숨을 쉬는 것을 보니 이제야 구명한 것 같군. 여보시오, 의원 나리, 이제 그럼 다 된 거요? 살긴 사는 거요?"

"위험한 고비는 지났습니다. 그러나 이것으로 끝난 것은 아니고, 치료하는 데 시간이 좀 걸리겠습니다."

"그럼 내가 있을 필요까진 없겠네. 나는 손님 때문에 먼저 가우. 우리 주막 오는 길 아시쥬? 내가 나중에 의원님 밥상을 따로 잘 차려 드리리다."

주모는 아낙에게 위로의 말을 몇 마디 더 하고는 허둥지둥 문 밖으로 나가버렸다.

우치는 개똥 아범의 상태를 살펴보다가 잠시 후 침통 안에서 삼릉침三稜鍼을 꺼내었다. 소상과 연곡에서 피를 뺐기 때문에 환자의 꼭 다문 입이 조금 벌어져 있었다. 우치는 호롱불을 환자의 목 가까이 가져가서 목구멍을 살펴보았다. 예상대로 목구멍 좌우에 벌겋게 부르튼 곳이 있었다.

우치는 삼릉침을 두 군데 부르튼 곳에다 찔렀다. 어린아이들이 고사리 같은 손으로 자기들의 두 눈을 가렸다. 검은 피와 고름이 상처에서 흘러나왔다. 우치는 침을 호롱불에 달군 후 닦아서 침통에 넣으며 말했다.

"이제 하루, 이틀 몸조리만 잘하면 괜찮아질 것입니다. 상처가 덧나지 않도록 물을 데워드세요."

말이 끝나기도 전에 개똥 아범이 천천히 눈을 떠서 주변을 둘레둘레 살폈다.

"아이구, 우리 개똥 아부지 이제 살았네. 이제 살았어!"

"아부지가 살았다!"

아낙과 아이들은 좋아라 정신을 차린 가장에게 달려들어 얼굴을 부비기도 하고 손을 만지기도 하며 기뻐하였다.

"고맙습니다. 고맙습니다. 의원님이 없었다면 이 사람은 벌써 저세상으로 갔을 거예요. 정말로 고맙습니다."

아낙이 연방 머리를 조아리며 우치에게 인사를 하였다. 우치는 자신의 침술로 한 가족이 회생한 것을 보니 일변 기쁘고 일변 부러운 마음이 들었다.

109

4

병자의 집을 나와 오솔길을 따라 내려온 우치는 주막을 찾기 위해 어둔 밤길을 걸었다. 구름이 달을 가려 먹장같이 어둔 밤하늘에 별 몇 개가 반짝이고 있었다.

골짜기를 나와 마을에 들어선 우치는 주막이 어디에 있는지 알 수가 없어 마을 입구에 우두커니 서있었다. 왔던 길을 더듬어 보았으나 거기가 거긴 것 같았다. 어두운 밤길에 황망히 주모를 따라왔기 때문에 주막을 찾아갈 수 없었던 것이다. 우치는 주막을 찾기 위해 마치 소경이 길을 헤매듯 서툴게 밤길을 헤매었다. 밤길을 한참 헤매고 있을 때였다. 한 집의 울타리 안에서 시끌벅적한 목소리가 들려왔다. 우치는 길이라도 물을까 하여 그곳으로 다가갔다.

"오늘 우리 어사또 놀이 한 번 해볼까?"

우치는 처녀의 또랑또랑한 목소리에 걸음을 멈추고, 호기심에 울타리 밖에 서서 물끄러미 집 안을 들여다보았다. 울타리 안에 너댓 명의 처녀들이 저희들끼리 어울려 놀고 있는 모양이었다.

'이런 야밤에 다 큰 처녀들이 웬 어사또 놀이?'

우치는 과년한 처녀들이 하는 어사놀이가 어떤 것인지 궁금하여 숨을 죽이고 그들의 행동을 지켜보았다.

마당 가운데에는 머리를 땋은 처녀 다섯 명이 웅긋쭝긋 서있었는데 그 가운데 키가 주먹 하나 정도는 더 큰 처녀가 둘러서있는 여식들에게 일일이 너는 형방刑房, 너는 급창及唱, 너는 사령使令, 너는 딸부자 민 생원을 하라고 말한 후 자신은 어사御史가 되겠다고 하였다. 그렇게 역할을 정하고는 어사를 맡은 처녀가 형방을 맡은 여식에게 말했다.

"너는 어서 가서 딸부자 민 생원을 잡아들여라!"

형방이 어사의 분부를 급창에게 전하고, 급창이 사령에게 전하니, 사령은 크게 대답을 한 후 민 생원의 역을 맡은 처녀를 잡아끌고 와서 어사 아래에 꿇어앉히며 말했다.

"잡아들였나이다!"

'과년한 처녀들이 하는 짓이 참으로 맹랑하구나.'

우치는 속으로 웃음을 참으며 그들이 하는 짓을 지켜보았다.

어사 역할을 맡은 처녀가 제법 위엄 있는 표정으로 민 생원에게 손가락질을 하였다.

"민 생원은 듣거라! 여자아이를 낳았으면 시집을 보내는 것이 인간의 크나큰 윤리가 아니냐. 이 같은 부모 마음을 인간이라면 모두 가지고 있거늘, 너에게는 딸이 다섯이 있어 모두 과년한 데도 여태껏 혼사를 의논하는 법이 없으니, 장차 인륜을 저버리려는 것이냐? 너는 가장이면서도 이같은 일을 고려할 줄을 모르고 혼담을 구하는 데 뜻이 없으니 어찌 아비 된 자의 도리를 다하였다고 하겠느냐?"

형장을 맡은 처녀가, 그 말을 급창에게 전하였다.

"어서 분부를 받들어라!"

급창이 민 생원을 다그치자 민 생원을 맡은 아이가 무릎을 꿇고 머리를 조아리며 대답하였다.

"저도 역시 사람입니다. 어찌 그일을 생각할 줄 모르겠습니까? 저도 마음속으로는 항상 걱정하고 근심합니다만, 저의 집안이 워낙 가난하여 쥐꼬리만한 재산도 없이 딸부자란 소릴 들으니 이런 기막힐 일이 어디 있습니까? 제가 웃대의 재산을 과거에 탕진하고 자식만 남겨서 패가망신한 처지가 되고나니, 사람들이 가난한 집안의 여식에게 장가들려고 하지 않고, 게다가 신랑감도 없어 혼인을 정하지 못하였으니 어사 나리께서 이 몸의 사정을 통촉하여 주시옵소서."

"내 그럴 줄 알았다."

어사는 한참을 생각하다가 좌수에게 말했다.

"흰 바윗골 이 좌수 댁에 스무 살 먹은 수재秀才*가 있고, 향양리 김 좌수 댁에는 열아홉 먹은 수재가 있고, 목령동 서 별감 댁에도 스무 살 먹은 수재가 있고, 용미동 최 도감 댁에는 열여덟 먹은 수재가 있고, 용주동 김 참봉 댁에는 열 일곱 먹은 수재가 있는데도, 어찌 합당한 곳이 없다고 말할 수 있는가? 이 좌수 댁 수재는 첫째 봉단이를 짝지어주면 될 것이고, 향양리 김 좌수댁 자네는 둘째 옥란이를 짝지

---

* 수재 : 예전에, 미혼 남자를 높여 이르던 말

어주면 될 것이고, 목령동 서 별감 댁에는 셋째 꽃분이를, 용미동 최 도감 댁은 넷째 향단이, 김 참봉 댁은 다섯째 묘련이를 주면 되겠구 나. 너는 이 길로 돌아가서 속히 통혼하여 택일한 후에 혼례를 성사 시키도록 하여라."

민 생원을 맡은 처녀가 허리를 굽실거리며 말했다.

"아이쿠, 진실로 지당하신 분부시옵니다. 삼가 속히 도모하겠사옵 니다."

어사가 말했다.

"민 생원을 어서 끌고 나가거라!"

사령이 높은 소리로 말했다.

"내보내라!"

처녀들이 박장대소를 하며 일어서서는 조잘거렸다.

"정말 이렇게 되면 얼마나 좋을까?"

"그러게 말이야."

우치는 그들의 어사놀이가 끝나기를 기다려 울타리 밖에서 길을 물었다.

"여보시오. 길 좀 물어봅시다."

처녀들이 비명을 지르며 우루루 방 안으로 뛰어 들어갔다. 그 중에 어사를 하던 처녀가 홀로 울타리 앞으로 다가와 고개를 돌리고 점잖 은 목소리로 말했다.

"물어보시오."

"주막을 찾고 있소."

"주막이라면 심 과부댁 주막 말이오? 말뚱이네 주막 말이오?"

"늙수그레한 여자가 주인인 것 같았소."

"그럼 심 과부댁인 모양이오. 이 길을 따라 곧장 가다가 세 번째 골목 오른편으로 꺾으면 나타나오."

"고맙소, 그런데 이름이 어떻게 되오?"

"내 이름은 알아 뭐하오?"

처녀가 퉁명스럽게 대답하곤 성큼성큼 집안으로 들어가버렸다.

우치가 처녀의 말을 좇아 어렵지 않게 주막을 찾았다. 주막에 들어서니 주모가 우치를 반겨 맞이하였다. 개똥 아범을 고쳤다하니 주모가 용하다고 수다를 떨었다.

행랑방으로 들어가니 이천년이 젊은 선비의 병구완을 하고 있었다.

"스승님, 저 돌아왔습니다."

"우치야, 뭐가 그리 즐거우냐?"

"네, 오는 길에 처녀들이 늦은밤에 모여 어사또 놀이를 하는 것을 보았습니다."

우치는 방금 보았던 것을 이천년 앞에서 하나 빠짐없이 들려주었다. 이야기를 다 듣고 난 이천년이 혀를 차며 말했다.

"쯧쯧쯧. 옛날 주문왕周文王이 어진 정치를 시행할 때 반드시 사궁四窮*에 대한 것을 제일 먼저로 하였거늘 이곳 사령이 무능하여 이렇게 과년한 처자들을 시집, 장가보내지 못하였으니 참으로 안타까운 일이로구나. 파주에 가뭄이 든 것이 무관한 일이 아니지. 우치야, 네

———————————

* 사궁 : 환과고독鰥寡孤獨이라 하여 늙어서 아내가 없는 사람, 늙어서 남편이 없는 아낙, 어려서 부모가 없는 아이들, 늙어서 아들이 없는 사람을 일컫는 말인데, 혼기를 놓친 사람들도 이 중에 포함되었다.

가 어사라면 이 일을 해결할 수 있겠느냐?"

"제가요? 계집아이도 하는 일을 왜 못해요? 하라면 할 수는 있지만 어사도 아닌 제가 어사노릇을 할 수 있나요?"

아랫목에 죽은 사람처럼 누워 있던 선비가 힘겹게 몸을 일으키더니 우치에게 손짓을 하였다. 우치가 다가가니 선비가 무어라고 말을 하는데 말이 목구멍으로 쉬이 나오지 않는 모양이었다.

"목이 잠겨서 이삼 일은 되야 말이 나올 겁니다. 자꾸 말을 하면 안 좋으니 가만히 계십시오."

우치의 말에 선비가 고개를 끄덕이다가 방 안 벽에 걸린 괴나리봇짐을 가리켰다. 모습을 보니 가져다달라는 것 같았다. 우치가 괴나리봇짐을 가져다 사내 앞에 놓아주니 사내가 봇짐 안에서 동그란 동패 하나를 꺼내었다.

"이, 이게 뭡니까?"

선비가 봇짐에서 필묵을 꺼내 종이쪽 위에 글자를 썼다.

馬牌마패

"마패?"

우치의 두 눈이 휘둥그레졌다. 선비가 부들거리는 손으로 연달아 종이쪽 위에 글을 썼다.

이 선비는 경기재상어사京畿災傷御史로 파견된 이희민이라는 사람이었다. 재상어사란 관내의 가뭄·홍수 등으로 인한 피해를 살피기 위해 파견된 어사로 관내를 돌며 억울한 일이나 원통한 사정을 가진 이를 찾아내어 그것을 해결해주는 역할을 하였다. 그는 경기 일대를 돌아보라는 어명을 받고 마패와 금척을 받아 돈화문 밖으로 나와 고양을 둘러보고 파주에 이르렀을 때 갑자기 으스스하더니 몸이 떨리고 온몸을 사다듬이질하듯 아파서 그 길로 몸져누워 하루 밤낮을 앓았다. 아는 사람 하나 없는 외지에서 갑자기 병을 얻어 앓아눕게 되니 희민은 공무 수행을 못하게 된 것은 물론이거니와 객사하지 않을까 걱정이 되었다.

몸이 아파 운신이 어렵고 말도 할 수 없는 상황에 차가운 방구석에 누워 있으니 자신의 처지가 서러워서 눈물만 뚝뚝 흐르는데 뜻밖에 처음 보는 의원에게 극진한 치료를 받게 되자 고마운 마음을 표현 할 길이 없었다.

이희민이 가만히 아랫목에 누워 이천년과 우치의 말을 듣고 생각하니 의원에게 어사또를 대신케 하면 고을의 문제를 풀 수 있으리라 생각되었다. 어사의 일이 암행을 원칙으로 하므로 자신만 입을 다물면 문제가 될 것도 없었다.

나 대신 목사를 만나서 이 일을 해결해주셨으면 좋겠소.

이희민이 종이에 글을 써서 우치에게 보여주었다. 우치가 글을 보고 손을 내저으며 말했다.

"그런 일은 제가 할 수 없습니다."

이희민이 종이 위에 붓으로 다시 썼다.

처녀가 했던 대로만 하면 됩니다.

이희민이 우치의 얼굴을 바라보았다. 간절히 부탁하는 눈치였다.

"이, 이래도 되는 건가요?"

이희민이 머리를 끄덕이며 마패를 내밀었다.

우치가 멍하게 마패를 내려다보고 있으니 이천년이 빙그레 웃으며 말했다.

"어사또께서 저렇게 아프시니 어쩌겠느냐? 처녀도 하는 일을 네가 못한단 말이냐? 네가 배포가 없는 모양이로구나."

우치는 그제야 이천년이 했던 말의 의미를 깨달았다.

"처녀도 하는 일을 제가 못할 일이 없지요. 어사또께 허락을 맡았으니 그대로 해보지요."

우치가 마패를 잡고 이희민을 대신해서 어사또 노릇을 하기로 작정하였다.

다음 날, 우치는 머리를 올려 상투를 틀고 탈망에 헌 제량갓을 쓰고 때묻은 누더기 두루마기를 입고 주막을 나섰다.

우치가 사람들에게 물어 민 생원의 집을 알아보니 어제 우치가 어사놀이를 구경했던 바로 그 집이었다. 민 생원의 가계를 알아보니 딸이 다섯 있는데 장녀는 스물이요, 차녀는 열여덟, 셋째는 열일곱, 넷째는 열여섯, 막내는 열한 살이었다. 민 생원의 장녀가 어사 노릇을 했던 첫째 봉단이었다.

민 생원이라는 사람은 딸 다섯을 가진 딸부자로 과거에 평생을 바친 위인이라 가계가 매우 빈한하였다. 가계가 가난하니 양반댁에서 혼담이 오지 않았고, 간혹 중인의 집에서 매파가 오가고는 하였는데 민 생원이 '명색이 삼한갑족의 자식을 중인에게 보낼 수 없다'고 고집하여 딸들이 과년한 나이가 되도록 시집을 가지 못했던 것이다.

우치는 허리에 찬 마패를 두드려보곤 파주 관아를 찾았다.

파주 관아의 삼문 앞에 도착하자 우치는 아랫배에 힘을 주고 무작정 관아 안으로 성큼성큼 들어갔다.

삼문을 지키던 수문장이 우치의 앞길을 막더니 육모방망이를 휘두르며 소리쳤다.

"웬놈이냐? 네까짓 놈이 여기가 어디라고 겁 없이 들어오려는 것이냐?"

우치가 두말 않고 허리춤에서 마패를 꺼내 그 포졸에게 건네주었다.

"이것을 수령에게 전하거라. 그러면 알 것이다."

포졸은 마패를 보고는 얼굴색이 새하얗게 변하더니 살 맞은 뱀처럼 삼문 안으로 내뺐다. 잠시 후 파주 목사와 육방관속들이 달음질을 하듯 삼문 앞으로 몰려나왔다. 파주 목사가 우치에게 목례를 하며 말했다.

"아이구, 어사또께서 이런 누추한 곳에 어인 일이십니까?"

사또는 사시나무 떨듯 몸을 떨며 좀체 얼굴을 들지 못하였다. 문 앞을 가로막던 포졸은 어진혼이 나간 사람처럼 바닥에 엎드려 머리를 땅에 박고 두 손을 싹싹 빌었다.

"아이고 제가 어사나리를 몰라보고 죽을죄를 지었습니다. 죽을죄를 지었습니다. 제발 목숨만은 살려주십시오!"

우치는 말로만 듣던 암행어사의 위세를 경험하자 마음이 우쭐하였다.

"네 직분을 다한 것이니 호들갑 떨 것 없느니라."

우치는 관졸에게 한마디 이르곤 고개를 돌려 파주 목사에게 말했다.

"이 지방을 돌다가 시급히 해결할 일이 있어 관아를 찾았으니 어서 가서 민 생원이라는 자를 잡아 동헌으로 불러들이시오. 또한 흰 바윗골 이 좌수 댁의 스무 살 먹은 수재와 향양리 김 좌수 댁의 열아홉 먹은 수재, 목령동 서 별감 댁의 스무 살 먹은 수재, 용미동 최 도감 댁의 열여덟 먹은 수재, 용주동 김 참봉 댁의 열 일곱 먹은 수재를 불러 들이시오!"

사또는 황급히 일어나 아전에게 명하고 우치를 이끌고 동헌으로 들어갔다. 어사가 행차하여 민 생원을 잡아갔다는 소문이 삽시간에 파주에 퍼졌다. 사람들은 어사의 얼굴이 어떻게 생겼는가 보기 위해 하나 둘 동헌으로 모여들었다.

포졸 두 사람이 민 생원의 어깨를 잡아 동헌 뜰에 무릎을 꿇렸다. 얼마 되지 않아 포졸들이 이 좌수, 김 좌수, 서 별감, 최 도감, 김 참 봉이 그의 자재들을 데리고 동헌 마당으로 들어왔다.

우치가 민 생원에게 호령하였다.

"민 생원은 들어라. 너는 삼한갑족 양반의 자식으로 네 딸을 과년 한 나이가 되도록 시집을 보내지 않으니 이런 죄가 어디에 있는가?"

"소생이 어찌 딸들을 치울 마음이 없었겠습니까? 모두 제 부덕의 소치올시다."

"옛날 주나라 문왕이 어진 정치를 시행할 때 반드시 사궁四窮에 대 한 것을 제일 먼저로 하였다. 파주에 혼기가 찬 과년한 처녀들과 총각들이 시집 장가를 못 가고 있으니 가뭄과 수재의 피해를 입은 이유를 알 만하다. 이곳 사령이 무능하여 이렇게 과년한 처자들을 시집, 장가보내지 못하였으니 내가 사또를 대신하여 매파를 설 것이다.

이 좌수댁 수재는 첫째 봉단이를 짝지어 주면 될 것이고, 향양리 김 좌수댁 자제는 둘째 옥란이를 짝지어 주면 될 것이고, 목령동 서 별감댁에는 셋째 꽃분이를, 용미동 최 도감댁은 넷째 향단이, 김 참봉댁 자제는 다섯째 묘련이와 짝지어주면 되겠구나. 너희들은 이 길로 돌아가서 속히 통혼하여 택일한 후에 혼례를 성사시킬 것이로되 다른 생각이 있는 이는 내게 말하라!"

어사의 추상 같은 명이 떨어지고, 더구나 가뭄과 수재의 피해가 모두 여기에서 비롯되었다 하니 명을 받은 혼주들이 꿀 먹은 벙어리마냥 한 마디 변명도 못하고 같은 날로 택일하여 다섯 처녀를 일시에 구처하기로 하였다.

우치가 파주 목사에게 고개를 돌려 엄하게 말했다.

"이 일은 파주 목사의 책임도 크니, 그들을 독촉하여 혼인을 치르도록 할 것이며, 혼인을 치른 후에는 일이 되어가는 형편을 즉각 보고하라!"

"예."

파주 목사가 혼주들과 술자리를 마련하여 동헌 안에서 한바탕 술자리가 벌어졌다. 우치는 목사와 혼주들과 더불어 술 몇 잔을 마시곤 공무를 핑계하여 도망치듯이 주막으로 달려왔다.

툇마루 앞에서 기다리고 있던 이천년이 수염을 쓸면서 물었다.

"어사또 노릇이 재미 있더냐?"

"도둑 사모를 쓴 터라 간이 조마조마 하던데요. 그래도 관장과 양반들을 호령하는 맛은 천하일미였습니다."

우치가 방 안으로 들어가 이희민에게 자초지종을 이야기해주었다. 이야기를 듣고 난 이희민이 잘했다고 치사하곤 마패를 받아 다시금 아랫목에 끙끙 앓아누웠다.

"어사또 나리, 덕분에 어사노릇 잘 해보았습니다. 푹 쉬시면 곧 쾌차하실 것이니 염려 마십시오."

우치가 이희민에게 큰절을 올리고 머리를 풀어 땋고 옷을 갈아입은 후에 마당으로 나오니 주막집 주모가 치맛자락을 붙잡고 어쩔 줄을 몰라 하였다.

"어사또 나리, 제가 눈이 어두워 사람을 몰라봤지 뭡니까?"

"쉿, 내가 어사또라는 사실을 누구도 알아서는 안 되네."

"예."

주모가 손으로 입을 막으며 둘레둘레 주위를 살폈다.

"방 안에 누운 선비를 나처럼 잘 대해주게."

"예. 누구 말씀이라고 거역하겠습니까? 제가 정성으로 보살피겠습니다요."

"주모만 믿겠네."

"예. 걱정 붙들어 매시고 다녀오십시오."

두 사람은 주모의 배웅을 받으며 주막집을 나와 파주를 벗어났다.

5

다음날 이천년과 우치는 한양도성으로 들어올 수 있었다. 궁벽한 산골에 살던 우치는 한양도성의 화려함과 장엄함에 정신을 잃을 지 경이었다. 옹성이 있는 커다란 동대문은 으리으리하여 절로 입이 벌 어졌다. 동대문을 들어서니 오가는 사람들이 끝없이 이어져 벌린 입 을 다물지 못하였다.

우치는 청계천의 돌다리도 건너보고, 종각에 들러 대종 구경도 하 고, 임금님이 사신다는 커다란 궁궐도 둘러보고, 수표교를 건너, 없 는 것이 없는 남대문 시장 구경을 하던 중에 남대문 밖으로 사람들이 우르르 몰려가는 것을 보았다.

우치가 또 재미있는 구경거리가 있는가 머리를 들어보니 한 선비 가 사람들에게 둘러싸여 인사를 받고 있었다.

의관을 정제한 그 선비는 탐스러운 수염이 보기 좋았는데 사람들 이 "우리 스승님. 우리 스승님" 하며 공경하는 모습이 무척 부럽게 생각되었다.

"누구시기에 사람들이 저렇게 공경하는 거지요?"

이천년이 조용히 우치에게 말했다.

"저분이 네가 말하던 대사헌, 조정암 어른이시다."

"나라에서 큰 벼슬을 하시는 분 치고는 단출하시네요."

"대사헌은 청직淸職이라 맑고 깨끗한 사람만이 할 수 있는 자리지. 조정암의 상象이 고봉高峰의 봉학鳳鶴이라 호호불호好好不好로구나."

"좋고 좋으나 좋지 않다고요?"

"나라가 바르면 크게 쓰이겠으나 물이 맑아 고기가 살 수 없으니 아까울 따름이구나. 사람이 때를 만나지 못하면 아무리 재주가 있어도 소용없는 일이지."

"조정암이 화를 입을까요?"

"호랑이는 고기를 먹고, 사슴을 풀을 먹는다. 호랑이가 풀을 먹을 수 있겠느냐?"

이천년이 뜻 모를 말을 중얼거리곤 우치에게 말했다.

"우치야. 어디로 갔으면 좋겠느냐?"

우치는 경상도 예안으로 떠난 이회를 떠올렸다.

"스승님, 경상도 땅으로 가시죠."

"알겠다."

이천년이 두말 않고 우치와 함께 남대문을 나섰다.

두 사람이 남대문을 나가니 머리를 땋은 열네다섯 정도 되어 보이는 아이 하나가 기다렸다는 듯 서있다가 이천년에게 두 손을 모아 공손하게 인사를 하였다. 두 눈썹이 짙고 눈빛이 초롱초롱한 아이였다.

이천년이 물끄러미 소년의 얼굴을 바라보다가 물었다.

"네가 나에게 볼 일이 있느냐?"

"예."

"누가 보내서 왔느냐?"

"오순형 나리가 보내서 왔습니다. 나리께 맡겼던 것을 찾아오라고 하셨습니다."

"네 이름이 무어냐?"

"정렴입니다."

"네가 정순붕의 아들이로구나!"

이천년이 기억을 더듬더니 정렴에게 물었다.

"지금 네 나이가 몇이냐?"

"열네 살입니다."

"스승에게서는 얼마나 배웠느냐?"

"1년 정도 됩니다."

"알겠다."

이천년이 두말 않고 봇짐 속에서 보자기에 싼 책을 꺼내어 정렴에게 건네주었다.

"잘 보았다고 전하고 따로 「부주비전符呪秘傳」한 권을 넣었으니 훗날 내 제자를 잘 부탁한다고 전해다오."

"예."

정렴이 보자기를 받곤 이천년에게 꾸벅 인사를 하였다.

이천년이 몸을 돌려 남대문을 나섰다. 정렴이라는 소년이 책보자기를 들고 몸을 돌려 한양도성 안으로 걸어 들어가고 있었다.

우치가 이천년의 뒤를 따라오며 말했다.

"저 아이가 오순형 나리의 제자인 모양이지요?"

"그래, 오순형이 전인을 만난 모양이구나."

"스승님은 그분의 전인이 아닌가요?"

"오순형과 나는 전인이라기보다는 도반道伴이라고 해야겠지."

두 사람이 이태원을 지나 서빙고 근처의 주막에서 자고 다음날 아침 일찍 반포나루에서 배를 타게 되었다.

반포나루 근처에 사람들과 아이들이 한데 모여 있기에 무어 재미있는 일이 있나 싶어 우치가 다가가보니 떠꺼머리 사내 하나가 자루에서 뱀을 꺼내어 희롱하고 있었다.

장가를 가지 않은 총각인지 긴 머리를 이마에 칭칭 감고 웃통을 벗어 재꼈는데 굵기가 손가락만한 작은 뱀의 꼬리를 잡고 휘휘 돌리다가 바닥으로 힘차게 패대기를 치자 뱀이 축 늘어졌다.

총각이 씨익 웃더니 이번에는 자루에서 팔뚝만한 큰 뱀을 꺼내었다.

아이들이 놀라 와, 하고 물러나고 어른들도 뒷걸음을 치는데 뱀을 쥔 총각이 씨익 웃다가 갈대숲 사이로 뱀을 던져버리는 것이었다. 그러자 큰 뱀은 갈대숲 사이로 쏜살같이 기어가더니 버드나무를 타고 꾸물꾸물 올라갔다. 큰 뱀이 버드나무 가지를 감고 죽은 듯이 있으니 뱀의 비늘이 햇살에 받아 반짝반짝거렸다.

우치가 버드나무 가지를 감고 있는 뱀을 올려다보며 물었다.

"이보시오. 작은 뱀은 죽이더니 큰 뱀은 왜 살려주는 거요?"

"큰 뱀은 영이 있어서 죽일 수 없어요. 작은 뱀은 영이 없어서 상관

없지만 큰 뱀은 죽으면 사람에게 앙갚음을 하거든요."

총각이 자루를 털털 털고는 나루터로 난 길을 따라 걸어가버렸다.

한동안 사람들이 나무 그늘에 앉아서 뱀을 올려다보며 먹구렁이니 황구렁이니 살모사니 하며 갑론을박을 하다가 흥이 다했는지 하나둘씩 자리를 뜨기 시작하였다.

우치가 강변에 죽은 뱀을 내려다보다가 버드나무 가지를 감고 있는 뱀을 올려다보고 있으니 이천년이 혀를 차며 말했다.

"뱀은 이슬을 마시고 독을 만들며 포악한 음심으로 속이 찬 사악한 짐승이다. 큰 뱀은 사악함이 큰 반면 작은 뱀은 사악함이 작을 것이다. 그런데 지금 큰 것은 사악함이 커서 죽음을 면하고 작은 것은 사악함이 작아서 죽임을 당하였다. 이것이 어찌 짐승에게만 해당할 것인가. 사람도 크게 사악한 자는 그 악이 크기 때문에 힘을 가지게 되고, 사악함이 작은 자가 도리어 횡액을 당한다. 살인자는 버려두고 좁쌀 한 되 훔친 좀도둑은 죽인다. 큰 사악한 자들은 작은 사악한 자들을 부르니 세상이 온통 사악한 자 투성이 된다. 그런 이유로 큰 현자는 기용되지 못하고 작은 현자는 기용되는 것이다. 충성과 의리, 청렴과 정직은 점점 사라지고 거짓과 절도, 사기와 속임수가 성행하니, 지조도 염치도 없는 자들이 깨끗하고 바른 자들을 시류를 모르는 자라고 비웃는다. 정치가 타락하고 도덕이 땅에 떨어졌다. 사람들은 잘못을 해도 부끄러워하지 않으니 이를 어찌 되돌릴 것인가? 미친 사람이 사는 나라에서는 미치지 않은 사람을 미친 사람으로 여긴다는 옛이야기가 있으니 참으로 안타까운 일이로다."

이천년이 한숨을 길게 내쉬다가 무언가 입으로 중얼거렸다. 그때였다. 갑자기 마른하늘에 대포 같은 소리가 들리더니 버드나무에 하얀 벼락이 떨어졌다.

벼락 맞은 버드나무가 불이 붙어 강물 속으로 떨어질 때에 새까맣게 불에 탄 큰 뱀 한 마리도 함께 떨어져 강물 위에 둥둥 떠올랐다.

우치가 놀란 얼굴로 이천년을 바라보니,

"하늘의 뇌사雷師께서 크게 사악한 뱀을 벌하신 모양이구나. 이로써보면 하늘에 눈이 없다고 할 수는 없구나."

하고는 아무 일도 없었던 사람처럼 나루를 향해 걸어갔다. 이때에 우치는 이천년이 앞일을 내다보는 추수뿐 아니라 기이한 술수까지 익힌 도사라는 것을 깨닫게 되었다.

두 사람이 한강을 건너 신원新院에서 중화하고 용인에서 자고, 둘째날은 양지에서 중화하고 음죽에서 숙소하고, 셋째날은 동트기 전에 출발하여 정오 무렵에 충주忠州 달천에 이르렀다. 이천년은 충주에 이르자 탄금대彈琴臺 위에서 구불구불한 달천을 바라보며 말했다.

"이곳이 신라의 우륵선인于勒仙人이 가야금을 타던 곳이다."

누각의 좌우로 푸른 소나무가 즐비하고 강 위로 백로와 홍학이 너울거리며 춤추듯 날아다니니 선인들의 자취가 아득하여 고적하고 담박한 맛이 있었다.

누각 아래 빽빽하게 펼쳐진 소나무 위에서는 백로와 두루미가 집을 짓고 살고 있었는데 푸른 솔가지 위에서 날개를 펄럭일 때면 마치 옛 우륵의 가야금 선율에 맞추어 춤을 추는 듯 보였다.

이천년은 한동안 탄금대 위에서 경치를 조망하다가 시 한 수를 지었다.

雙虎盡力潛達川
可憐琴聲貫太淸

백호 두 마리 힘이 다하여 달천에 잠기니
슬픈 가야금 소리 하늘을 꿰뚫는구나.

우치는 이천년의 시가 무슨 뜻인지 알 수 없어 고개를 갸웃거렸다.
백호란 무관의 흉배에 자수된 그림으로 무인을 뜻하는 것이니 이는
후일 임진란이 일어났을 때 이곳 탄금대에서 신립과 김여물이 죽을
것임을 예언하고 애도한 시이다. 우치가 그 뜻을 모름은 지극히 당연
한 일이었다.
두 사람은 탄금대에서 충분히 쉰 후 산아래로 내려가 목계나루를
건너 충주에 도착했다.
충주에 도착하자 해가 기울어 붉은 노을이 서산에 아득히 깔리고
있었다. 우치는 나루에서 가까운 주막을 발견하고는 이천년을 이끌
었으나, 이천년은 머리를 내저으며 촌락을 향해 걸었다.
"스승님, 오늘 마을에서 자고 가실 겁니까?"
"그러자꾸나."
이천년은 말없이 걸었고 우치는 그의 뒤를 따라 무작정 걸어갔다.
두 사람이 마을로 들어섰을 때 날은 이미 어두워져 하늘에 별이 총총
히 떠있었다.
"스승님. 어서 거처할 곳을 찾아야지요?"
"서두를 것 없느니, 가다보면 쉴 곳이 나타날 것이다."

우치의 재촉에도 이천년은 느긋하게 걸음을 옮길 뿐이었다. 우치는 이천년이 충주에 아는 사람이 있으리라 생각하고는 무작정 그의 뒤를 따라갔다. 그렇게 얼마나 걸었을까? 이천년은 커다란 기와집 앞에서 걸음을 멈추었다.

기와집 안에서는 늦은 밤이건만 불빛이 환하고, 고기 굽는 냄새, 전 지지는 냄새 같은 음식 냄새가 진동하였다. 대문 앞에 청사초롱이 걸린 것으로 보아 잔칫집 같았다.

우치가 문 앞에서 이천년에게 말했다.

"스승님, 이 집에 잔치가 있는 것 같은데 혹시 스승님과 아는 사람이 있습니까?"

"아니다."

"그런데 왜 이 집에서?"

"이 녀석아, 오늘이 길일이니 반드시 잔치하는 집이 있을 것이 아니냐. 잔칫집에는 인심이 있으니, 주막에서 거처하는 것보다 과객질하기가 더 좋을 테고."

"그건 그렇군요."

우치가 이천년과 함께 대문 안으로 들어갔다. 바로 그때였다. 안중문이 벌컥 열리며 아낙 하나가 놀란 사람처럼 뛰어나왔다.

"아이구, 서방님이 갑자기 돌아가셨다. 서방님이 돌아가셨다!"

난데없는 횡사에 집안이 떠들썩하게 소동이 일어나자 횃불을 든 머슴 하나가 곤두박질하듯 대문간으로 달음질하였다.

이천년이 대문간 앞에서 머슴을 막아섰다.

"왜, 왜 이러시오? 비키시오. 급하오."

"여보시오? 의원을 찾는 것이 아니오? 의원이 여기 있으니 데려가
시오."

이천년이 우치를 가리켰다.

"처사님, 방금 뭐라 하셨습니까?"

"의원이 여기 있다고 하였소. 급한 일 같은데 시각을 지체하다가는
큰일나겠소."

머슴이 정신이 번쩍 들어 재빨리 우치의 손을 끌고 들어가며 말
했다.

"어서 들어가십시다. 우리 아가씨 첫날밤도 치러보지 못하고 청상
과부가 되게 생겼소."

우치와 이천년이 머슴을 따라 안중문을 나서서 내당으로 들어갔다.

잔칫집은 벌집을 쑤셔놓은 듯 발칵 뒤집혀서 온 집안 사람들이 중
문 밖에 모여서 수군거리고 있었다.

내당의 신방 안에는 녹의홍상 입고 연지곤지 찍고 족두리를 쓴 열
일곱 정도의 처녀가 어머니를 붙잡고 오들오들 떨고 있었는데 어린
신랑이 비단 금침 위에 개구리처럼 사지를 뻗고 쓰러져 있었다.

"나리, 의원이시랍니다."

노복이 대청 위에서 어쩔 줄 모르는 탕건 쓴 주인에게 말하니, 그
는 버선발로 뛰어내려와 이천년의 손을 부여잡고 애원하였다.

"첫날밤을 지내기도 전에 신랑이 죽고 말았으니 어떡하면 좋겠소?
우리 사위를 좀 구해주시오. 우리 사위를 구해주시오!"

"안심하십시오."

이천년은 고개를 돌려 우치를 바라보며,

"어서 살펴보거라."

하고 말하니 우치가 재빨리 방 안으로 들어갔다. 우치는 방 안에 들어가자 코를 찌르는 향기에 얼굴을 찡그렸다.

"어서 신부를 다른 방으로 옮기시고 이불을 치워주시오."

우치는 이천년의 옆에 서있는 주인에게 말했다.

"제가 이 사람을 깨어나게 할 터이니 어서 헛간에 가서 똥물 한 바가지를 퍼오십시오."

"여보시오. 지금 장난하자는 것이오? 똥물을 가져오라니?"

이천년이 대답했다.

"사위를 살리고 싶으면 의원의 말에 따르십시오."

주인이 머리를 갸웃거리며 하인을 시켜 똥물을 퍼오도록 명하였다. 잠시 후 하인이 똥물 한 바가지를 퍼오자 우치는 그것을 신랑의 코앞에 갖다 대었다. 탕건 쓴 주인과 마님이 그 광경에 얼굴을 찡그렸다.

"헉!"

신랑이 갑자기 두 눈을 크게 떴다.

장인의 두 눈이 휘둥그레졌다. 우치가 똥물을 치우자 눈을 뜬 신랑이 천천히 자리에서 일어나 앉아 길게 숨을 내쉬었다.

"신랑이 살아났네!"

사위 사랑은 장모라고, 그 광경을 지켜보고 섰던 장모가 비호처럼 달려들어 신랑 곁에 다가와 몸을 만져보고 여기저기 살펴보며 기뻐하였다.

"우리 사위가 살아났으니 우리 딸 청상과부 신세는 면하였다."

주인 영감은 죽은 줄 알았던 사위가 멀쩡하게 정신을 차리자 펄쩍 펄쩍 뛰며 기뻐하였다.

안중문 밖에 있던 사람들이 수군거렸다.

"똥도 약이 되긴 되는구먼!"

"살다 살다 급사한 사람이 똥내 맡고 살아난 경우는 첨 봤네!"

"신랑이 평생토록 똥한테 감사하며 살아야겠네그려!"

"똥이 은인일세!"

주인이 놀란 얼굴로 우치에게 물었다.

"도대체 어떻게 된 일이오?"

"혹, 이 방에 사향麝香을 뿌리셨나요?"

"그, 그걸 어떻게?"

"원래 사향麝香은 홍분제나 강심·진정의 약제로 사용하는데, 인체의 막힌 곳을 뚫어주고 해독작용까지 있지요. 그러나 너무 많이 쓰면 반대로 인체의 혈맥을 모두 막아버려 급사를 시킬 수도 있습니다. 신랑의 경우가 그러하여 혈맥이 모두 막힌 터라 침으로는 살릴 수가 없어서 부득이하게 묵은 대변을 쓰게 된 것입니다. 이제 신랑은 괜찮으니 이 방에 신방을 차리지 말고 다른 방에 신방을 차리도록 하십시오."

주인이 우치의 손을 잡고 눈물을 글썽이며 말했다.

"아무튼 의원이 없었다면 내 딸아이는 청상과부로 평생 수절할 뻔했소이다. 두 분들이야말로 우리 집안의 은인이오. 은인!"

주인이 크게 기뻐하며 자리를 큰사랑으로 옮겨 우치에게 술을 권하였다. 주인이 기쁜 마음에 권거니 자시거니 한바탕 법석을 부린 후거나하게 취해서 물러가고 우치는 이천년과 함께 행랑방 처소로 들어가며 말했다.

"명경수가 앞일과 뒷일을 훤하게 안다더니 참으로 용하십니다."

"왜? 네가 나에게 배울 마음이 있느냐?"

"글쎄요. 벼락을 치게 하는 술법을 가르쳐주신다면 한 번 생각해 보지요."

"허허. 너는 그리 말하지만 배우고 싶다고 누구나 배울 수 있는 것이 아니니라."

이천년이 빙그레 웃었다.

133

　　두 사람은 다음날 아침, 집 주인의 만류를 뿌리치고 단양을 향해 걸음을 재촉했다. 충주에서 새재를 넘으면 경상도 땅이 더 가까우나 이천년이 단양으로 방향을 꺾은 터라 우치도 어쩔 수 없이 그 뒤를 따를 수밖에 없었다.

　　정오 무렵 이천년은 충주를 벗어나며 이야기를 꺼내었다.

　　"충주는 예부터 과거에 급제한 이가 많으니 명도名都라 칭할 만한 곳이다. 또한 강에 연하고 있어 뱃길에 의한 운송이 많고 경상좌도로 는 죽령으로 통하고, 경상우도로는 새재를 거쳐 이곳을 지나기 때문 에 육로와 수로가 모두 한양으로 통하는 교통의 요충지다. 때문에 경 기와 영남의 요충지일뿐만 아니라 한 나라의 중앙에 위치하고 있어 중국의 형주荊州·예주睿州와 맞먹을 만하다. 그러나 산이 높아 낮에 도 햇빛이 없고, 살기가 충천하여 후일 반드시 병란의 해를 입을 것 이다."

우치가 물었다.

"그것은 무엇 때문입니까?"

"땅의 형세를 보면 알 수 있지. 충주의 형세가 서북쪽으로 달아나니 땅이 정기를 잡아두지 못하는 것이다."

"산의 정기라는 것도 있습니까?"

"무릇 모든 만물은 타고난 정기가 있다. 하늘이 천지를 만들 때 그 기운을 부여하고 형태를 땅에서 갖추니 그 기운이 산세를 타고 끊어지기도 하고 뭉쳐지기도 하는 것이지. 사람이 풍수를 살핀다 하는 것은 땅의 형세와 기운을 살피는 것을 말하는 것이고 사람의 관상을 살핀다는 것도 그 타고난 정기를 사람의 인물 안에서 살핀다는 것이니 그 상의 좋고 나쁨을 말하는 것이 풍수를 보는 것과 같은 이치다."

"그렇다면 인물이 좋으면 관상도 좋다는 뜻인가요?"

"꼭 그렇지만은 않다. 인생이란 손바닥의 양면과 같아서 좋을 때가 있으면 나쁠 때가 있는 법이다. 중요한 것은 그 사람의 마음 씀씀이인 게지. 관상에서도 그 사람의 얼굴이나 신체보다 그 사람의 마음을 가장 중요시하는 이유가 그것 때문인 것이다.

사람의 마음이란 얼굴에 그대로 나타나는 것이니 태어난 상이 좋지 않더라도 마음을 아름답게 쓴다면 그것이 얼굴에 나타나 누구나 호감을 가지게 될 것이다. 반대로 잘난 사람도 마음을 험하게 쓰면 세월이 가면서 험한 얼굴로 변화되기 마련이니, 정말로 중요한 것은 마음에 달려있다는 것이다. 근래에 얼굴을 아름답게 가꾸려는 이는 많으나 마음을 아름답게 가꾸려는 이는 찾아볼 수 없으니 이것이야말로 우리 도의 큰 해독이고, 안타까운 일이 아니겠느냐?"

"그렇다면 하늘도 정기가 있습니까?"

"하늘에도 정기가 있지. 그러니 하늘의 관상을 보기 위해 나라에서 관상감이란 것을 두어 별을 관측하는 것이 아니겠느냐? 하늘은 앞으로 일어날 일에 대해 사람들에게 먼저 재해로써 말하는 법이니, 옛날 한漢나라의 동중서董仲舒는 무제武帝에게 이런 글을 고하였지.

'국가가 장차 도를 잃을 때가 있게 되면 하늘이 먼저 재해를 내어 이를 견책하여 고하고, 그래도 스스로 반성할 줄 모르면 또 해괴한 변고를 내려서 이를 경계하며 두렵게 하고, 그래도 고칠 줄 모르면 상하고 패하는 것이 이에 이르나니, 이로써 천심이 임금을 사랑하여 그 난을 방지하고자 함을 볼 수 있다.'"

"기이한 말이군요. 하늘이 재해로써 사람에게 징조를 말한다니?"

"천지가 온갖 생물을 낼 때 그 모든 생물을 다 사랑하고 보듬어주건만 하물며 가장 신령한 인간에게야 오죽하겠느냐? 중국 양회공 허진許進이 단현單縣이라는 고을을 지나다가 가뭄이 극심한 것을 보고 관가로 찾아가 수감된 죄수들을 모두 불러 그 죄상을 일일이 조사하였지. 그 가운데 남편을 독살한 여인이 한바탕 통곡을 하고 사정을 이야기한즉 허진이 이치를 따져서 그 여인의 누명을 풀어주었다. 그러자 하늘에서 큰 비가 내렸으니, 나라에서 재상어사를 파견한 뜻이 이와 같은 것이다."

우치와 이천년은 이런 얘기 저런 얘기를 나누다가 그날 밤이 되어서야 단양 땅에 도달할 수 있었다.

이미 밤은 깊어 하늘에 초승달이 날카로운 칼날처럼 두 뿔을 곧추세우고 중천에 떠있었다. 어두운 산중에서는 여우와 올빼미 같은 산

짐승들이 으스스한 소리를 내며 울부짖었다. 이따금 바람이 일면 나뭇잎이 바람을 맞아 기괴한 소리를 만들었다. 밤이슬이 우치와 이천년의 어깨 위로 내려앉아 두 사람의 옷이 축축하게 젖어왔다.

두 사람이 인가를 찾아 얼마간을 헤매고 있었을까? 어둠 속에서 깜빡이는 불빛을 발견할 수 있었다. 여기저기 흘러나오는 불빛의 수를 미루어 마을임을 짐작할 수 있었다.

"다행이에요, 스승님. 인가가 있는 마을이니 오늘밤은 편히 쉴 수 있겠어요."

이천년과 우치가 마을로 다가가니 마을 주위에 목책이 쳐있고 목책 뒤에는 횃불을 밝히고 창과 활을 든 사내 서너 명이 서있었다.

우치와 이천년이 다가가니 이야기를 나누던 사내들이 창과 활을 꼬나 잡고 소리쳤다.

"누구냐?"

"길 가던 행인이오."

이천년의 말에 장정들이 손짓을 하였다.

"어서 오시오."

두 사람이 목책 안으로 들어가니 늙은 노인 하나가 말했다.

"산길에 별고 없어서 다행이오."

우치가 물었다.

"무슨 말입니까?"

"소문 못 들었소? 산중에 호랑이가 나타나서 짐승을 물어가더니 어저께는 변소 가던 사람을 물어갔지 뭐요? 마을사람들이 겁에 질려서 밤이면 목책을 쳐놓고 불을 밝혀 호랑이를 쫓고 있다오. 죽령 살던 호랑이가 여기까지 내려온 것 같은데 죽령을 넘어가실 양이요?"

"그렇소."

이천년이 태연하게 말했다.

노인이 떼어놓은 방을 꺼내 보여주었다.

『죽령에는 호랑이가 있어 인명을 해치므로 본 현의 간부들과 각 향의 사냥꾼들로 하여금 잡으라 하였건만 아직 잡지 못하였으니, 만약 이곳을 지나는 객상인이 있거든 사巳·오午·미未 삼개시진三個時辰에 떼를 지어 넘어갈 것이고, 그 외의 시분時分과 혼자 몸으로는 넘어가지 말 것이니 불행히 목숨을 잃을까 두려워함이다. 모두들 이 뜻을 알지어다.』

"이보시오. 되도록 죽령을 넘지 마시구, 문경새재를 넘으시오."

노인의 말에 이천년이 말했다.

"상을 당한 집이 어딥니까? 저희가 호랑이를 잡아줄 것이니 우리를 그집으로 안내하시구려."

노인이 삿갓 쓴 이천년과 우치를 번갈아보다가 젊은 사내를 시켜 상을 당한 이 생원집으로 안내하라고 일렀다.

젊은 사내는 횃불을 들고 마을 뒷산에 인접한 커다란 기와집으로 두 사람을 인도하였다. 그집에서는 밖으로 곡성이 흘러나왔는데 대문에 상중喪中이라는 등롱이 걸려있었다.

이천년이 사내에게 물었다.

"누가 호환을 당했소?"

"노마님께서 어저께 호랑이에게 물려 돌아가셨어요. 호랑이가 죽령에서 사람을 해치기 시작하더니 어찌된 일인지 이곳으로 내려와서 처음에는 가축들이 하나둘 없어지더니 사람까지 물고가니 온 동네가 흉흉해졌지 뭡니까? 착호군을 부르면 된다하는데 먼 한양에서 여기까지 오는 것도 그렇고, 와도 민폐가 작심하여 동리 사람들이 죽을 고생이지요. 하늘이 무너져도 솟아날 구멍이 있다고 그렇잖아도 오늘 아침에 활 잘 쏘는 육 선달께서 호랑이를 잡으러 와서 이 집에 머물고 계시지요."

젊은 사내가 집 안으로 뛰어 들어가서 호랑이를 잡으러 오신 사람이라고 전하니 누런 베로 만든 장의葬衣를 입은 상주가 맨발로 뛰쳐나와 이천년의 두 손을 부여잡고 울면서 말했다.

"아이구, 어서 오시오. 이틀 전에 자친께서 호랑이에게 물려가고 시신을 찾지도 못하였으니 하늘 아래 이런 불효가 어디에 있겠소? 다행히 소문을 듣고 호랑이를 잡겠다고 와주셨으니 이 원수를 갚아주신다면 사례는 단단히 하겠습니다."

이 생원은 초췌한 얼굴에 광대뼈가 앙상하고 눈이 충혈되어 보기에도 병자 같았다. 홀어머니를 호환으로 보내고는 식음을 전폐하고 눈물만 흘린 까닭이었다.

이천년이 큰 소리를 쳤다.

"걱정하지 마십시오. 내가 그 요망한 호랑이를 잡아드릴 테니 말이오."

"고맙소이다."

이 생원은 하인들에게 명하여 이천년과 우치에게 방을 내주고 저녁밥을 내주었다. 밥상이 부러질 정도로 대접이 극진하여 두 사람은 오랜만에 포식을 하였다.

"스승님, 어떻게 호랑이를 잡으시려고요?"

"내게 다 생각이 있느니라. 너는 푹 자 두거라."

이천년이 숭늉을 먹은 후 행랑채에서 좌선하여 행기에 들어갔다.

우치가 밥을 먹고 행랑마루로 나가니 상투 입은 사내 하나가 화살을 꺼내놓고 이리저리 살펴보고 있었다. 육 선달이라는 활 잘 쏘는 사내 같았다. 큰 활을 옆에 두고 날카로운 화살을 다듬고 있는 사내는 척 보기에도 신체가 단단하고 옹골져보였다.

육 선달이 우치를 곁눈질로 힐끔 보곤 물었다.

"거기가 나처럼 호랑이 잡으러 온 사람이오?"

"예."

"해시시해 보여서 사냥질과는 거리가 멀어 보이오만 무슨 무기로 호랑이를 잡을 생각이오?"

"그, 그게……."

우치는 말문이 막혀서 말끝을 얼버무리며 되려 물었다.

"그보다 성함이 어떻게 되십니까?"

"나? 난 육견지라고 하우. 충주 배나무골에 살우."

육견지는 바닥에 펼쳐놓은 화살 중에서 매의 깃을 단 기다란 화살 하나를 골라 날카로운 촉을 살펴보았다.

"저는 전우치라고 합니다."

육견지는 화살촉을 살펴보느라 말을 듣는 둥 마는 둥 하였다.

우치는 육견지의 앞에 놓여 있는 화살들을 호기심 어린 눈초리로 살펴보다가 입을 열었다.

"여기 있는 화살들은 모두 길이와 깃이 다른데 쓰임새가 다 다른 건가요?"

"화살을 처음 보시오?"

"예."

"화살도 처음 보는 사람이 어떻게 호랑이를 잡으러 왔다는 거요?"

육견지가 고개를 젓다가 나무 화살을 가리키며 말했다.

"이것은 나무로 만든 화살로 목전木箭이라고 부르는데 무과시험을 볼 때 쓰인다오. 그 옆에 있는 하얀색의 깃이 있는 화살은 동개살이라고도 하는데 말을 타고 달리면서 사용하는 화살로 대우전大羽箭이라고 한다오. 그 옆에 제일 두툼하고 무거워 보이는 화살은 육량전六兩箭이라는 것인데, 철전鐵箭이고 정량궁正兩弓에 쓰인다 해서 정량正兩이라고 하지요. 나머지는 연습용 각궁에 쓰이는 촉이 무딘 화살인데 유엽전柳葉箭이라고 부르오."

우치는 육견지의 손에 있는 두 개의 화살을 가리키며 말했다.

"손에 쥔 화살은 뭔가요?"

"이 화살은 편전片箭인데 '아기살'이라고도 부르지요. 개인적으로 내가 좋아하는 화살인데 사정거리가 천 보 정도에다가 착력이 강하고 화살촉이 예리해서 철갑을 뚫는 위력을 지녔지요. 나는 내일 이놈으로 호랑이를 잡을 작정이우."

육견지는 정량궁의 시위를 팽팽히 당기더니 말했다.

"그런데 도대체 무엇으로 호랑이를 잡는다는 거요?"

"저도 잘 모르겠습니다. 우리 스승님께서 따로 생각이 있으시겠지요."

"스승이란 분은 지금 뭘 하고 계시오?"

"스승님은 행기를 하고 계십니다."

"도사님인 모양이구려. 도술로 호랑이를 잡을 모양인가?"

육견지가 껄껄거리며 웃는데 그 웃음이 비웃음처럼 들리었다.

7

다음날 아침에 이 생원이 육견지와 함께 우치의 방을 찾았다.

"손님들께서 어떻게 호랑이를 잡을 것인지 이야기를 해주십시오."

우치가 눈치를 살피니 육견지라는 선달이 이 생원에게 무슨 이야기를 한 것 같았다. 우치는 반포나루에서 벼락으로 뱀을 잡은 이천년의 술수를 알기에 태연자약하게 이천년을 바라보았다. 그러자 이천년이 태연하게 우치의 어깨를 두드리며 말했다.

"이 아이가 침으로 호랑이를 잡을 것이오."

육견지는 멍하니 우치를 바라보다가 배를 잡고 웃고, 이 생원은 얼굴이 울그락불그락해졌다.

우치는 뒤로 넘어져서 코가 깨진 격이라 기가 막힌 얼굴로 만상을 찌푸리며 이천년을 바라보니, 그는 천연덕스럽게 미소를 짓고 있을 따름이었다.

"이노옴! 도대체 창이나 칼도 아니고 침으로 어떻게 호랑이를 잡을 수 있단 말이냐. 내가 그 말을 곧이곧대로 믿으리라 생각했느냐?"

대로한 이 생원이 하인들을 시켜 우치와 이천년을 결박하여 헛간 기둥에 묶어놓게 하였다.

사람들이 모두 흩어진 후에 우치가 옆에 묶여있는 이천년을 원망스런 얼굴로 바라보며 물었다.

"스승님, 어쩌자고 그런 말씀을 하셨습니까?"

"왜 침으로는 호랑이를 못 잡겠느냐?"

"침과 같은 가는 것으로 어떻게 호랑이를 잡을 수 있겠습니까? 저는 스승님이 벼락을 치는 술수로 호랑이를 잡으리라 생각했습니다. 그런데 제가, 그것도 침으로 호랑이를 어떻게 잡는다고 그런 말씀을 하십니까?"

"세치 혀로 사람도 잡는데 작은 침으로 어찌 호랑이를 못 잡을꼬? 한 사람은 고칠 생각을 하면서 한 마을을 고칠 생각은 어찌 안 하누. 생각을 돌리면 간단한데, 네 도량이 고작 그 정도 밖에 안 되는 것이냐?"

이천년이 우치에게 되려 꾸지람을 하곤 혀를 찼다.

"이제 어떡한담?"

우치가 한숨을 내쉬며 고개를 돌리니 마침 마당에서 모이를 뒤지며 놀고 있는 닭들이 시야에 들어왔다. 갑자기 좋은 생각이 들어서 우치가 마당을 지나가는 머슴을 불렀다.

"왜 그러시우?"

쟁기를 다듬던 머슴이 다가와 물었다.

"말 좀 물읍시다. 호랑이가 처음에는 뭘 물어갔소?"

"처음에는 닭을 물어가더니, 그다음엔 개를 물어가고, 그다음엔 소를 물어가더니 나중에는 사람을 물어갑디다."

"내게 호랑이를 잡을 묘안이 있으니 이 줄을 풀어주시오."

머슴이 안중문으로 들어가더니 잠시 후 이 생원과 함께 나왔다.

"호랑이를 잡을 묘안이 있다니 어디 한번 들어나봅시다."

"일단 묶은 줄을 풀어주시면 말씀드리겠소."

이 생원의 지시로 머슴이 우치의 포승줄을 풀었다.

"스승님을 묶은 줄도 풀어주시오."

"그건 안 되오. 잔말 말고 묘안이 뭔지나 말해보시오."

"저기 놀고 있는 닭 한 마리를 잡아오시오."

"닭은 뭐하게?"

"두고 보면 알게 될 것이니 어서 한 마리 잡아오시오."

머슴이 마당에서 노는 닭을 쫓아다니다가 한 마리를 잡아가지고 왔다. 우치가 허리에 찬 침통을 꺼내어 닭의 몸에 침을 박아 넣었다.

"이보시오. 꾀는 좋소만 닭이 견디어낼 수 있겠소? 호랑이는 병든 닭은 거들떠보지도 않을 게요."

"생생한 닭이면 될 것 아닙니까?"

우치가 연달아 시침을 찔러넣었다. 구침희는 이회와 함께 해본 적이 있었는데 「원시침경」을 본 후로 침술이 더욱 발전되어 아홉 개의 침을 연달아 찔러넣어도 닭이 고통을 느끼지 않았다.

"내 보다보다 이렇게 절묘한 침술은 처음 보오."

침을 찔러넣은 모습을 본 이 생원이 혀를 내둘렀다. 우치가 닭의 날개를 잡아들고 마당에 던지자 닭이 홰를 치며 날아 마당에 떨어져

145

서는 아무렇지도 않게 돌아다녔다.

"저 닭을 오늘밤에 마을 앞 목책 앞에 놔두십시오. 호랑이가 이 닭을 잡아먹게 된다면 반드시 내장에 탈이 나서 기광을 부릴 것이니 호랑이를 쉽게 잡을 수 있을 겁니다."

"그거 참으로 묘책이오."

이 생원이 이천년을 풀어주고 미안하다고 사죄하였다. 우치가 서너 마리의 닭을 잡아 대침을 찔러넣어 머슴에게 건넨 후에 이천년과 함께 행랑방으로 되돌아왔다.

그날저녁 무렵, 온 산을 돌아다니던 육견지가 돌아와서는 행랑마루에 우치가 버젓이 앉아있는 것을 보고 퉁명스럽게 말했다.

"아직도 쫓겨나지 않았나? 망신만 당하고 쫓겨날 줄 알았더니?"

우치가 웃으며 말했다.

"호랑이는 찾으셨습니까?"

"코빼기도 못 봤네. 마을 근방이 모두 산이라 오늘은 계두산을 뒤졌는데 누런 줄무늬 하나 안 보이더군. 너른 산중에서 호랑이 찾기가 백사장에 바늘 찾는 것과 다를 바가 없네."

"그렇다면 육 선달께서는 굿이나 보고 떡이나 잡술 생각이나 하십시오."

육견지가 고개를 갸웃거렸다.

다음날, 아침부터 산중에 호랑이 우는 소리가 쩌렁쩌렁 울렸다. 육견지가 활과 화살을 들고 마당으로 뛰쳐나와 소리가 들리는 산을 바라볼 때에 안중문이 열리며 이 생원댁 머슴이 곤두박질하듯 장달음을 쳐서 다가왔다.

"도대체 무슨 일인가?"

육견지의 물음에 머슴이 대답했다.

"호랑이놈이 어젯밤에 마을 근처에 왔다가 침 박은 닭을 산채로 꿀꺽 삼키곤 기광을 부리는 모양입니다."

"침 박은 닭이 무어야?"

"아직도 모르십니까? 어제 행랑방 젊은 의원께서 닭의 몸에 침을 박아 넣었습지요. 호랑이가 닭을 먹으면 반드시 탈이 날 것이라고 하면서 말입니다요."

육견지가 그제야 어제 우치가 했던 말뜻을 알아차렸다.

"공을 빼앗길 수 없지. 어서 장정들을 모으게. 놈의 위치를 알았으니 잡는 것은 내 몫일세."

육견지가 이 생원의 집을 나가 바깥에 모아놓은 마을의 장정들을 데리고 산중으로 올라가다가 뒤따라오는 우치를 보고 말했다.

"의원두 호랑이를 잡으러 갈 생각이우?"

"가만 놔두면 저대로 죽을 것인데 굳이 잡으러 가실 생각입니까?"

"호랭이 놈이 사는 곳을 알아야 이 생원 모친의 시신을 찾을 것 아니오? 갈 거면 가고 말 테면 마시우."

"반은 내가 잡은 것인데 함께 가지요."

우치가 장정들의 뒤를 따라 걸었다.

한참을 올라가던 육견지는 고갯길을 올라가다가 허물어져가는 산신당山神堂을 발견하고 말을 멈추었다. 신당 앞에 단양 군수가 고시한 방문이 붙여져 있었다.

멀리서 호랑이가 울부짖는 소리가 들려왔다. 육견지가 소리 나는 방향을 가리켰다.

"자, 저리로 가봅시다!"

장정들이 육견지가 가리키는 방향으로 숲을 헤치고 들어갔다. 한 장정이 풀숲에서 깜짝 놀란 듯 소리를 질렀다.

"여깁니다요. 여기 호랑이의 흔적이 있습니다요!"

그가 가리킨 곳의 수풀은 온통 어지러이 짓밟혀 있는데 노린내가 진동하고 누런 호랑이 털이 여기저기에 흩어져 있었다.

우치가 말했다.

"호랑이가 여기서 한바탕 기광을 부린 모양입니다."

육견지가 고개를 끄덕였다.

"그런 모양이오. 위장에 구멍이 났을 테니 아프기도 하겠지."

육견지가 다시 멀리서 들려오는 소리를 따라 장정들을 이끌었다.

첩첩산중으로 들어가자 커다란 나무들이 하늘을 가려 어두침침하고 을씨년스러웠다. 얼마쯤 소리를 따라갔을까? 사람들은 커다란 바위 아래에서 사람의 머리뼈를 발견하고는 깜짝 놀라 소리쳤다.

"머리뼈가 있다. 머리뼈가 있다!"

바위 아래에는 허연 머리카락이 숭숭 붙어있는 흉측한 머리뼈가 뒹굴고 뼈부스러기가 널려 악취를 풍기고 있었다.

장정들이 코를 막으며 눈을 찌푸렸다. 육견지가 활과 화살을 빼어 주변을 살피며 말했다.

"가까이서 들리던 소리가 뚝 끊긴 것을 보면 그놈이 가까이 있소."

"저기 바위굴에서 이상한 소리가 들립니다."

장정 하나가 바위굴을 가리켰다. 육견지가 천천히 다가가니 바위

굴 안쪽에 두 마리 새끼 호랑이가 장난을 치며 놀고 있는데 또 다른 새끼 호랑이 한 마리가 바위 구멍에서 해골을 가지고 놀다가 사람들을 발견하고는 날카로운 이를 드러내었다.

육견지가 활을 쏴서 굴 앞에 있는 새끼들을 차례로 쓰러뜨렸다. 그때였다. 우치의 코 끝에 노린내가 스쳐 지나갔다.

우치가 고개를 돌리자 뒤편 바위 위에서 집채만 한 커다란 호랑이 한 마리가 이글거리는 눈빛으로 내려다보고 있었다.

호랑이는 바위굴 앞에 죽어 나자빠진 새끼 호랑이를 보고 산이 떠나갈 듯 포효하며 솥뚜껑 같은 앞발을 번쩍 들었다.

핑!

육견지의 화살이 허공을 가르고 호랑이의 목덜미에 꽂혔다.

어흥!

산천이 떠나가도록 소리를 지르며 호랑이는 앞발로 목덜미에 깊숙하게 꽂힌 화살을 부러뜨렸다. 시뻘건 피가 목덜미에서 분수처럼 솟아 나왔다.

우치가 육견지를 향해 뛰었다.

호랑이가 붉은 아가리를 벌리고 바위 위에서 굴로 풀쩍 뛰어내렸다. 육견지가 그 순간을 놓치지 않고 시위를 놓으니 다시금 편전이 벼락처럼 날아가 호랑이의 모가지에 박혔다. 호랑이의 큰 몸뚱이가 허공에서 힘을 잃고 바닥으로 떨어졌다.

바닥에 떨어진 호랑이가 가쁜 숨을 몰아쉬고 긴 혀를 늘어뜨리며 다시금 일어났을 때 또 하나의 화살이 호랑이의 미간에 박혔다.

크허엉!

한 차례 포효를 내지르던 식인 호랑이가 맥없이 꼬꾸라지고 말았다. 호랑이는 숨이 끊어진 듯 긴 혀를 늘어뜨리고 이따금 꿈틀거릴 뿐이었다.

육견지가 가까이 다가가 다시금 화살을 들어 호랑이 가슴 한가운데를 쏘았는데 화살이 박혀도 아무런 반응이 없었다.

"죽었소! 이제 아무 걱정할 것 없소!"

사람들은 죽은 호랑이를 보고 환호성을 질렀다. 우치는 화살 세 대로 집채만 한 호랑이를 잡은 육견지를 보고 두 눈이 휘둥그레졌다. 따라온 장정들은 죽은 호랑이 주위에 둘러서서 저희들끼리 호랑이의 아가리를 벌려보고 커다란 뱃가죽을 쿡쿡 찔러보다가 새끼 호랑이를 내려다보았다.

육견지는 장정들을 시켜 굴속에 있는 사람들의 시신을 수습하고 죽은 호랑이를 메고 산 아래로 내려왔다.

이 생원은 육견지의 노고를 치하하고 호랑이의 배를 가르니 위장에 침이 여러 개 박혀 있었다. 이 생원이 뒤늦게 우치에게 감사하고 호랑이의 간과 심장을 꺼내어 어머니 영전 앞에 제사 지내고는 시신을 수습하여 장례를 치렀다.

죽령을 횡행하던 식인 호랑이가 잡혔다는 소문이 퍼져서 근방의 사람들이 떼를 지어 이 생원의 집으로 구경을 나온 탓에 상갓집이 일시에 떠들썩해져서 잔칫집이나 다를 바가 없었다. 우치와 이천년이 상객으로 호사를 누린 것은 더 말할 것도 없었다.

8

다음 날 아침 동트기 전에 우치와 이천년은 이 생원의 집을 나섰다.

두 사람이 매포買浦나루를 지나 물 가운데 큰 돌이 세 개 솟아난 도담삼봉島潭三峯을 구경하고 죽령사竹嶺祠 앞에서 점심을 해결하곤 정오 무렵에 죽령을 올라갔다.

죽령은 백두산에서 내려오는 태백산맥과 한 줄기로 뻗어난 소백산맥의 줄기에 있는 고개로, 단양과 풍기를 연결하는 고개였다.

산이 험하고 길이 꼬불꼬불하여 보이는 것은 첩첩한 수목과 작게 난 오솔길밖엔 없었다.

"스승님, 죽령이라는 이름이 어떻게 생겨난 것입니까?"

"옛날 어느 도승이 이 고개가 너무 힘이 들어 짚고가던 대나무지팡이를 꽂은 것이 살아났다 하여 죽령이라 부른다 하더구나."

"오다가 죽령사竹嶺祠라는 사당을 보았는데 그 스님을 위해 지어놓은 사당입니까?"

"그것은 스님을 위해 지은 것이 아니라 이 산의 산신을 위해 지어 놓은 사당이다. 신라 때 죽령에 도적이 많아 행인들이 마음 놓고 다닐 수가 없어서 나라에서 관군을 풀어 이들을 토벌하려 하였는데 산이 험하고 넓어서 쉽게 잡을 수가 없었지."

우치는 하늘을 찌를 것 같은 빽빽한 침엽수림을 올려다보며 중얼거렸다.

"그럴 만해요. 정말 험한 산이에요."

"그런데 어느날 어떤 노파가 관군에게 나타나, 자신이 도적의 소굴로 들어가서 도적이 잠이 들지 않았으면 '더자구야' 하고, 잠이 들면 '다자구야' 할 테니, '다자구야' 하는 소리가 들리면 얼른 쳐들어오라고 했다는구나. 별다른 방책이 없던 관군은 그 말을 따르기로 하였지. 그날 노파는 도적의 소굴로 들어가 '더자구야, 더자구야.' 하며 외치고 돌아다니기 시작했단다. 도적의 괴수가 이상히 여겨 잡아 물어보니, 자기 아들들을 찾느라 이름을 부르며 다닌다고 대답했는데 괴수는 이 말을 의심하지 않고 노파를 소굴에서 살도록 허락하였지."

"그래서 어떻게 되었나요?"

"노파가 도적의 소굴에서 머문 어느날 도적 괴수의 생일이 찾아왔단다. 그 괴수의 잔치에서 모두들 술에 취하여 쓰러져 잠들었을 때 그 노파가 갑자기 '다자구야. 다자구야.' 소리를 치기 시작했지. 도적들은 노파가 만날 하던 소리라 의심하지 않았는데 신호를 기다리고 있던 관군들은 이 소리를 듣고 습격하여서 도적을 모두 잡을 수 있었다지."

"하하하, 그런 이야기가 있었군요. 그런데 그 이야기가 죽령사와 무슨 상관이 있단 말이에요?"

"허허, 녀석도 급하긴. 관군이 도적을 모두 잡은 후에 일등 공신인 그 노파를 찾았을 땐 어디론가 자취를 감춰버리고 난 후였지. 그후 사람들은 그 노파가 대재산신대재는 죽령의 옛 이름이 현신한 것이라고 생각하게 되었고, 대재산신을 '다자구 할머니'라 부르며 해마다 그 곳에서 제사를 지내게 되었단다."

"그렇군요."

이야기를 하며 가는 사이 중천에 떠있던 해가 벌써 서산에 걸려 붉은빛을 뿌리고 있었다. 우치는 산중에서 날이 어두워져 길을 잃고 식인 호랑이 같은 맹수를 만나지나 않을까 걱정이 되어 이천년을 바라보았다.

바로 그때였다. 길가의 큰 나무와 수풀 뒤에서 칼과 도끼를 든 험상궂은 사내들이 나타나더니 길을 막고 말했다.

"잠깐 우리 좀 보시지!"

우치는 그들의 흉흉한 기세에 깜짝 놀라 걸음을 멈추고 말했다.

"다, 당신들은 누구요?"

"네놈들의 행색을 보아하니 양가집의 자제 같은데 가진 것을 우리에게 다 내어놓는다면 목숨만은 살려주마!"

우치가 말했다.

"우리는 가난해서 마땅히 내어드릴 게 없습니다."

우치가 그렇게 말하고 돌아보니 옆에 있던 이천년은 묵묵부답 아무 말이 없었다.

이때 사내들이 눈에 핏발을 세우며 서서히 우치와 이천년에게 다

153

가왔다.

수염이 덥수룩한 사내 하나가 우치의 목에 걸린 옥 목걸이를 발견하고는 눈을 치켜뜨면서,

"이것 봐라, 네놈에게 이런 귀한 옥 목걸이가 있으면서 재물이 없다고 하다니! 이 나쁜 놈, 마빡을 두 동강 내어버릴까부다."

사내가 우치의 멱살을 움켜잡더니 옥 목걸이를 덥석 손에 쥐었다.

우치는 깜짝 놀라 사내의 손목을 잡으며 소리쳤다.

"안 되오. 이것은 내게 있어 하나 밖에 없는 보물이오. 안 되오, 안돼!"

사내는 도끼를 치켜들며, 우치의 다리를 걸어 넘어뜨린 후 목걸이를 잡아채었다.

"시끄럽다. 뭐가 안 된단 말이냐! 네놈 같은 양반들은 가난한 사람들이 피땀 흘려 일궈놓은 재산을 힘도 안 들이고 가로채도 되고, 우리 같은 천한 것들은 네놈들의 재물을 가져가면 안 된단 말이냐?"

"안 되오. 그것만은 안 돼!"

우치가 필사적으로 그 사내의 다리에 매달려 소리쳤다.

"이놈이 죽으려고 환장을 했나? 안 되기는 뭐가 안 된다는 거여?"

사내가 이번엔 우치의 몸을 걸어찼다. 우치는 뒤로 떠밀려 땅바닥에 쓰러졌으나 다시 사내의 다리에 매달려 애걸하였다.

"그것은 하나 밖에 없는 내 물건이오. 어서 돌려주시오. 어서 돌려주시오."

"이놈이 정말 죽으려고 환장을 했구나. 오냐! 네놈의 마빡을 쪼개주마."

사내가 도끼를 높이 치켜들었다.

픽, 하는 소리와 함께 찢어질 듯한 사내의 비명소리가 들려왔다. 우치가 고개를 들어보니 도끼를 든 사내의 팔에 화살이 꽂혀 덜렁거리고 있었다.

"이놈! 그 손을 놓지 못할까?"

커다란 호통소리가 산 아래에서 들려왔다.

우치가 고개를 돌려보니 고개 아래에서 한 사내가 활을 들고 있었는데 이 생원댁에서 보았던 육견지, 육 선달이었다.

도적 하나가 육 선달에게 달려들었다가 장딴지를 꿰이곤 바닥으로 꼬꾸라져 죽는다고 비명을 지르자 도적들이 살 맞은 뱀처럼 숲 속으로 내뺐다.

육견지가 화살을 어깨에 매곤 다가와서 우치와 이천년에게 인사를 하였다.

"작별인사도 아니하고 가시는 법이 어디 있소?"

이천년이 말했다.

"그래서 육 선달께서 인사하시느라 오셨소?"

"예, 말도 없이 떠나셨기에 부랴부랴 따라왔습지요. 호랑이가 사라진 죽령에 도적들이 들끓는다고 하기에 안심이 되지 않아 따라왔더니 큰 봉변을 당하실 뻔하셨습니다."

육견지가 바닥에 데굴데굴 구르는 도적 두 명을 잡아서 포박을 하였다.

우치는 바닥에 떨어진 옥 목걸이를 주워 목에 걸며 육견지에게 거듭 고맙다고 절을 하였다.

"육 선달님, 목숨을 구해주셔서 감사합니다."

"별말씀을 다 하시우. 서로 돕고 사는 것 아니우."

육견지가 찡긋 눈웃음을 쳤다.

"어떤 놈이냐?"

숲속에서 우렁우렁한 목소리가 들리더니 불쑥 한 사내가 큰 길 가운데로 나타났다. 그는 한 손에 시커먼 귀두도鬼頭刀를 들고 부리부리한 눈으로 우치 일행을 쏘아보았다.

귀두도를 들고 있는 사내는 스물네다섯 정도 되어 보였는데 칠척 장신에 풍채가 좋아 귀두도를 들고 서있어도 어색해보이지 않았다. 그의 눈썹은 짙고 뚜렷하고 눈은 네모졌으며 입술은 두툼하고 큰 코 옆에 작은 점이 하나 있었다. 그는 호랑이 가죽으로 만든 옷을 걸치고 있었는데 그 모습이 마치 산군山君처럼 위풍당당한 모습이라 장수의 기상이 절로 풍겨 나왔다.

"어떤 놈이 우리 일을 방해하고 내 부하들을 잡아가려는 게냐?"

육견지가 손을 번쩍 들었다.

"나다."

"네놈이 누군데?"

"충주 사는 육 선달님이시다. 산골짝에 살아도 내 이름자는 들어봤겠지?"

"옳아! 네가 싸움 잘하고 활 잘 쏜다는 육 선달이로구나."

"알아봐주니 고맙군. 그러는 네 이름은 뭐냐?"

"내 이름은 백무직白武稙이다. 선성*을 들어는 보았느냐?"

"죄 없는 백성들의 짐 꾸러미를 터는 도적 주제에 선성은 무슨 얼어 죽을? 잔말 말고 나와 관아로 가자."

"하하하. 내가 무슨 죄를 지었다고 너를 따라간단 말이냐? 죄 없는 백성들의 재산을 착복하는 것이 누구인데 그런 소리를 한단 말이냐? 잔말 말고 힘이나 한번 겨뤄보자."

"나와 겨루잔 말이냐?"

"네 싸움 실력은 익히 들었다. 한번 겨뤄보고 싶었는데 잘되었다. 내가 이기면 내 부하들을 풀어주고, 네가 이기면 네 처분대로 하지."

백무직은 가까운 나무에 귀두도를 박고는 싸울 태세를 취했다.

"좋다. 정 네 뜻이 그렇다면 받아주지!"

육견지가 두루마기를 벗고 두 팔을 걷은 후에 성큼성큼 다가가더니 번개처럼 백무직에게 달려들었다.

육견지는 번개처럼 허공으로 솟구쳐 마치 통나무가 된 것처럼 백무직의 머리통을 향해 박치기를 하였다. 백무직이 깜짝 놀라 몸을 숙여 피하니 육견지가 바닥으로 가볍게 착지하기 무섭게 몸을 튕기듯이 그의 가슴을 향해 발길질을 하였다.

백무직이 활갯짓을 치니 어느덧 육견지의 몸이 찰싹 달라붙는 동시에 무릎이 백무직의 가슴팍으로 꽂혔다. 백무직이 한 손으로 무릎을 막으니 어느새 육견지의 머리가 백무직의 얼굴을 향해 번개처럼 꽂혔다.

"어딜?"

백무직의 왼 팔뚝이 재빨리 육견지의 이마를 막으면서 힘껏 밀어

157

---

* 선성 : 전부터 알려져 있는 명성

내었다. 육견지의 권술은 번개처럼 빠르고 송곳처럼 날카롭기 이를 데 없어서 구경만 하는 데도 우치는 두려운 생각이 들었다.

"흥, 제법이구나!"

백무직은 손뼉을 한번 치더니 커다란 손으로 육견지의 얼굴을 향해 가로쓸 듯이 휘둘렀다.

육견지가 몸을 숙여 피하며 박치기 동작을 취하는 순간 백무직의 오른발이 육견지의 얼굴을 향해 날아갔다. 육견지가 살짝 몸을 비트니 어느 사이엔가 백무직의 왼손이 칼날처럼 육견지의 목을 노리고 날아왔다.

슙 하고 바람을 가르는 소리가 우치의 귓가에 들려올 정도였으니 피차에 한 주먹이라도 맞게 되면 큰 부상을 당하겠다는 것은 누구나 짐작할 수 있었다.

육견지는 몸을 한껏 숙여 백무직의 손날을 피하며 살처럼 몸을 퉁겨 백무직의 머리통을 향해 박치기를 하였다. 그러자 백무직이 오른손을 재빨리 당겨 육견지의 머리를 막고는 뒷걸음질치며,

"어! 대단한 실력인데……."

하며 감탄을 하였다.

"흥, 운이 좋았구나. 하지만 아직 멀었다!"

육견지가 다시금 백무직을 향해 달려들었다.

백무직은 나무에서 귀두도를 빼들어 육견지를 향해 힘차게 휘둘렀다.

"어, 어?"

육견지가 뒤로 물러나며 큰소리를 쳤다.

"이놈아, 난 무기도 없는 사람이다."

백무직이 바닥에 떨어져 있는 박도를 빼내어 육견지에게 던져주었다.

"권법이 그 정도면 검술도 자신 있겠지?"

"네가 정말로 피를 보고 싶은 모양이구나. 좋다! 나도 이제 사정을 봐주지 않겠다."

"좋을 대로 하시지."

백무직의 얼굴에서 미소가 흘렀다.

"그놈, 참!"

육견지도 이 범상치 않은 도적과 한바탕 싸움을 하게 되니 왠지 기분이 좋아졌다.

두 사람이 일시에 한 덩어리가 되었다. 칼과 칼이 부딪칠 때마다 불꽃이 튀었고 챙챙거리는 소리가 메아리가 되어 골짜기에 울렸다. 백무직과 육견지는 한 치의 빈틈도 없이 공방을 계속하였다.

육견지의 검술은 권술과 같아서 마치 송곳으로 찌르는 듯 백무직의 급소를 찔러들고, 백무직은 묵직한 귀두도를 가볍게 휘두르며 육견지의 검을 일일이 막아내며 반으로 쪼갤 듯이 육견지를 공격하였다.

오랫동안 두 사람의 공방은 계속되었는데 시간이 갈수록 두 사람은 흥이 난 사람처럼,

"좋다!"

하는 소리를 지르며 공방을 계속하였다.

백여 초가 넘도록 싸움이 계속되자 주변에서 구경하던 도적들은 살벌한 기세에 놀라 뒤로 멀찌감치 물러나 우두커니 구경을 하였고,

그중 몇 명은 나무 뒤에 숨어서 숨을 죽여가며 지켜보고 있었다.

우치도 두 사람의 싸우는 모습을 보니 누군가 한 사람이 죽을까 싶어 겁이 나고 두려워 연신 이천년에게 고개를 돌리는데 이천년은 차분하게 서서 빙그레 웃고 있는 것이 아닌가!

'스승님이 저렇게 여유로운 것을 보면 큰 해는 없을 것 같구나.'

우치가 이런 생각을 하고 있을 때 쨍그랑, 하는 쇳소리와 함께 육견지의 박도가 반 토막이 나서 땅 위에 떨어졌다.

육견지가 몇 발자국 물러서자 백무직이 검을 뒤로 하더니 말했다.

"피차 싸워봐야 승부도 날 것 같지 않은데 이제 그만 합시다!"

"좋은 칼이 내게 있었다면 너는 오늘 황천 구경간 줄이나 알어라!"

육견지가 팔짱을 끼며 콧방귀를 끼니 이제까지 잠잠하게 구경하던 이천년이 끼어들었다.

"그나저나 높은 고개라 그런지 날이 일찍 저무는구려."

사람들이 일제히 하늘을 쳐다보았다.

벌써 해가 서산으로 기울어 노을이 보랏빛으로 물들고 있었다. 싸움 구경하느라 정신이 없던 졸개들도 이제야 해가 저무는 것을 깨닫고는 백무직의 뒤로 우르르 몰려왔다.

"육 선달, 이럴 것이 아니라 저희 산채로 갑시다."

육견지가 콧방귀를 끼며 이천년에게 말했다.

"도사님, 첩첩산중 고개라서 날이 저물면 맹수도 출몰하는 곳이지만 제가 호위할 테니 저를 따라가시지요."

이천년이 손을 가로저으며 말했다.

"나는 그만두겠소. 이 늙은 몸이 밤길에 죽령을 넘어가면 몸이 남아나지 않겠소? 나는 못 가오."

우치가 육견지에게 말했다.

"육 선달님, 우리 스승님께서 할 수 없으시다 하시니 도적의 소굴에라도 하룻밤 머무르는 수밖에요. 백모라는 도적 두목이 호의적인데 큰일이야 있겠습니까?"

육견지는 우치의 말에 기색이 누그러져서,

"그렇다면 할 수 없지."

이내 고개를 돌려 백무직에게 소리쳤다.

"그렇다면 어서 네놈 산채로 인도하거라."

"알았수다. 나를 따라오시구려."

백무직은 히쭉 웃으며 앞장서서 우치 일행을 인도하였다.

161

9

백무직은 졸개들을 이끌고 우치 일행을 안내하여 깊은 산골로 들어갔다.

깊은 수림을 뚫고 한동안 걸어가던 이들은 땅거미가 완전히 내려앉을 무렵에야 도적의 산채에 도착할 수 있었다.

산채는 빽빽한 수림 가운데에 오밀조밀하게 이십여 채의 초가가 들어서 있었는데 맞은편 산기슭에는 화전을 일구어 놓은 듯 바둑판 모양의 계단 같은 작은 논과 밭을 듬성듬성 찾아볼 수 있었다.

백무직은 산채 가운데 위치한 커다란 초가로 우치 일행을 안내하였다.

백무직은 처음에는 이천년과 우치를 크게 신경 쓰지 않았으나 육견지가 두 사람에게 대하는 태도가 공손하여 유심히 살펴보니, 이천년의 동작과 풍모가 법도가 있어 속기가 보이지 아니하고, 우치는 머리를 땋은 총각일망정 인물이 준수하여 범상치 않은 사람같이 생각되었다.

백무직은 처음에 깔보던 마음이 사라져 이천년에게 성큼 다가와 머리를 굽혀 읍하였다.

"산속에 사는 사람이라 사람을 분간하는 식견이 좁습니다. 무례를 용서하십시오."

백무직이 이렇게 말하니 육견지는 기분이 풀리는 것 같아,

'이놈이 비록 산적이지만 호걸다운 기상이 있구나. 나라에 쓰이면 장수감인데 이런 사람이 산적질이나 하고 있다니 아깝다, 아까워!' 하고 생각하였다.

잠시 후 몇 동이의 술과 안주가 마련되어 안으로 들여졌다.

술이 몇 순배 돌아가자 육견지가 단양에서 호랑이 잡은 이야기를 자랑삼아 늘어놓았다.

백무직이 이야기를 듣곤 우치가 용한 의원이라는 것을 알았다.

"아, 그때 도망간 놈이 단양으로 흘러들어갔구나!"

육견지가 솔깃하여 백무직에게 물었다.

"그때 도망간 놈이라니?"

백무직은 머리를 긁적이다가 말했다.

"원래 저는 성주星州사람으로 죽령에 식인 호랑이가 출몰하여 사람을 죽인다기에 호랑이를 잡으러 이곳에 왔다가 머물게 되었습지요. 제가 이곳에서 호랑이를 몇 마리 잡았습니다."

"그럼 지금 입고 있는 가죽옷이 그 호랑이요?"

"예."

"검술 실력이 보통이 아니던데 도대체 누구에게 배웠습니까?"

"저는 성주에서 백정을 하고 있는 양주봉楊柱奉이라는 어른께 무술을 배웠습니다."

"백정에게 배웠단 말인가?"

"백정은 사람 아니오? 내가 살다 보니 천한 사람 중에 양반보다 잘난 사람이 더 많습디다. 우리 스승님 같은 분도 신분이 양반이었다면 큰 장수가 되었을 것이오."

육견지가 백무직의 노기를 풀려고 비위를 맞추었다.

"미안하게 되었네. 화를 풀게."

"뭐 세상이 원래 그런 걸 어떡합니까? 할 수 없는 일이지. 하지만 천한 사람이라고 아무나 깔보지는 마시우. 육 선달님이 우리 스승님을 만나보면 자연히 알게 될 거요. 이 귀두도도 스승님께서 저에게 주신 거요."

백무직은 귀두도를 들어올렸다. 거무스름한 도검의 몸통은 차가운 푸른빛이 돌았다.

육견지가 손가락으로 귀두도를 몇 번 튕기니 두꺼운 쇠에서 맑은 소리가 났다.

"철중쟁쟁이라 하더니 쇠가 참 좋소. 참말 좋은 도검이오."

육견지가 엄지손가락을 치켜올렸다.

백무직이 귀두도를 갈무리하고 물었다.

"육 선달님두 무예가 상당하시던데 그런 무예는 누구에게 배웠소이까?"

"그것은 우리 가문에서 전해 내려오는 육가검법이지. 내 선조이신 육명산陸命山 어른은 선초에 대장군까지 하신 분이라고."

"어쩐지 검법이 정미하고 날카로워 보기 힘든 검법이라 하였는데 가문의 비전이었군요. 그런데 권술은 검법과 다르던데?"

"눈치가 빠르군. 내가 운이 좋아서 어릴 적에 조원술 어르신에게 택견을 조금 배웠지."

"어쩐지 권술이 무섭다 하였더니 택견 명인에게 배우셨습니다그려."

두 사람이 이야기를 듣고 있던 우치가 백무직에게 물었다.

"이 산채에 있는 사람들은 어디서 온 사람들입니까?"

"이곳에 살고있는 사람들은 연산주 때 상주에서 세금을 견디지 못하고 도망쳐온 사람들이지요. 지금은 이십여 가구 정도 되는데 올해 작황이 어려워서 먹고살려고 행인을 털게 되었고, 행인을 털다보니 결국 도적이 되고 말았지요. 산채에 있던 사람들 대부분은 선량한 농민들인데, 평생 삽과 곡괭이만 들고 땅을 파던 사람들이 칼과 도끼를 들고 사람을 해치는 도둑이 되었으니 그 심정이 오죽하겠습니까? 농민은 농토를 업으로 사는 사람인데 이들을 도둑이 되도록 만든 원인이 도대체 무엇입니까? 나라가 백성을 이 지경으로 몰아내지만 않았더라도 이런 기막힌 일이 일어났겠습니까?"

백무직은 그동안 억눌렸던 생각을 토해 내기라도 하듯 열변을 토하고는 얼굴이 붉게 달아올라 혼자 씨근덕거렸다. 듣고 있던 육견지도 길게 한숨을 쉬었다.

"그러게 말이오. 백 두령의 말이 지당하외다. 생활이 윤택해진다면 어찌 백성들이 무리를 지어 도둑질을 하겠소. 에휴, 언제나 살기 좋은 세상이 올꺼나!"

방 안의 공기가 무거워지자 말없이 듣고 있던 이천년이 분위기를 바꿀 요량으로 입을 열었다.

"백 두령, 이참에 죽령에서 호랑이를 잡았던 이야기나 한 번 해보시구려."

백무직은 호방하게 웃으며 말했다.

"하하하, 그거 좋습니다. 원래 이 죽령 고개가 험하고 대나무가 많아서 예부터 호환이 끊이질 않았지요. 제가 성주에서 우리 스승님으로부터 도법을 배울 때 이웃 사람이 이 고개를 지나다가 호환을 당했지 뭡니까. 한바탕 난리가 났지요. 아낙이 미친년처럼 관아를 싸돌아다니며 호랑이를 잡아달라 원님에게 사정을 하였건만 대답이 명색뿐이라 아무리 기다려도 소식이 없자 기어코 원수를 갚는다고 사냥꾼에게 돈을 주어 호랑이를 잡으러 보냈답니다. 그런데 호랑이를 잡으러 간 사냥꾼이 다시 돌아오지 않더라나요. 알아보니 죽령에서 도리어 호랑이에게 잡아먹혀 해골만 돌아왔지요. 이번에는 사냥꾼의 집안에서 난리가 나서 단양과 영천 관아가 한동안 시끌벅적하였지요. 감영에서 이 소리를 듣고 호랑이를 잡으라는 명을 내려 두 관아가 사냥꾼을 고용하여 덫을 놓는다 수선을 부리다가 종내 잠잠해지고 말았습지요."

"그럼 호랑이가 잡힌 건가요?"

"웬걸요? 죽령이 고개가 깊기도 하지만 끝도 없이 넓어서 호랑이를 찾을 수 있어야지요. 자기 일도 아니고 관리들이 하는 일이란 것이라서 잠잠해지자 슬그머니 발을 빼버린 거지요. 관에서 이방이 나와서 죽은 이들의 집안에 말하길 '산신령이 데려간 것을 어떻게 하느냐고 참고 살아라' 하더라나요."

육견지가 가슴을 쳤다.

"허허, 기가 막힐 노릇이군. 기가 막힐 노릇이야!"

"그렇지요? 내가 그 이야기를 듣고 기가 막혀 우리 스승님의 칼을 몰래 훔쳐서 호랑이를 잡으러 이곳으로 오게 되었지요."

육견지가 물었다.

"담이 크구려. 백 두령의 스승님께서 가만히 계셨소?"

"가만히 계실 리가 없지요. 우리 스승님께서는 일 년에 한 번씩 아래 지방으로 가십니다. 그래서 스승님이 그곳에 가신 때를 틈타 귀두도를 훔쳐 이곳으로 온 것이지요. '호랑이를 잡아가면 설마 큰 벌이야 주시겠나' 하구요. 하하하하!"

백무직이 크게 웃다가 정색을 하며 말을 이었다.

"원래 이곳을 자세히 살펴보면 아시겠지만 집 주위에 목책을 쳐놓았습니다. 올 봄부터 갑자기 호랑이가 출몰해서 밤이면 호랑이 때문에 집 밖을 나다니지 못했습니다. 여덟 가구 중에 두 가구가 호환을 당해 밤이면 집 앞에 불을 피워놓고 뜬눈으로 지샜으니 그 고통이 오죽하였겠습니까?"

"그렇다면 다시 마을로 내려가 살면 되지 않소?"

육견지의 물음에 백무직은 고개를 좌우로 흔들며 대답했다.

"마을에 내려가면 호랑이보다 가혹한 세금이 기다리고 있으니 차라리 이곳에서 사는 게 편하다는 것이 사람들의 얘기지요."

육견지는 혀를 차고 우치는 한숨을 쉬었다.

백무직은 계속해서 말했다.

167

"저는 산중에서 우연히 이곳을 발견해 호랑이를 잡기 위해 며칠을 머물렀는데 이상하게도 호랑이 그림자도 보질 못했지요. 가만히 앉아서 화전을 일궈 근근이 살아가는 사람들의 밥만 축내기도 미안하고 면목도 없어서 직접 산으로 찾아 나섰지요. 듣기로 인육을 먹은 호랑이는 그 맛을 잊지 못하여 다시 사람을 잡아먹으려 한다기에 나무꾼인 양 지게를 지고 사냥꾼이 호랑이에게 당했다는 장소 근처로 가서 나무를 하였지요. 그렇게 며칠이 지나고 연이어 그 장소를 찾아가 나무를 하고 있을 때 어디선가 노린내가 심하게 풍겼어요. 머리칼이 쭈뼛 서고 섬뜩한 마음에 뒤를 돌아보니 바위 위에서 큰 호랑이 한 마리가 나를 노려보는 것이 아니겠습니까? 직접 보면 아시겠지만 정말로 덩치가 황소보다 큰 것이 다리가 후들후들 떨리더군요. 내가 침착하게 얼른 지게에서 귀두도를 빼들어 그놈을 노려보니 이놈이 한동안 나를 노려보다가 어슬렁거리며 사라지는 것이 아니겠습니까?"

우치는 상기된 얼굴로 물어보았다.

"그래서 어찌 되었나요?"

"나는 조심스레 주위를 살폈지요. 그런데 숲에서 나를 노려보는 눈이 하나가 아니었어요."

육견지가 물었다.

"그게 무슨 말인가? 하나가 아니라니?"

"그러게 말입니다. 원래 호랑이는 무리를 짓지 않는데 내가 본 호랑이들은 무려 세 마리가 무리를 지어 나를 둘러싸고 어슬렁거리며 돌고 있는 것이 아니겠습니까? 완전히 포위되고 말았지요."

육견지가 혀를 차며 말했다.

"저런, 저런. 그래서 노련한 사냥꾼들도 허망하게 당한 것이로군."

"그렇지요. 아마도 새끼를 낳은 어미 호랑이가 사람을 잡아먹곤 그 맛을 잊지 못해서 함께 사냥을 나선 것 같았어요. 나는 정신을 바짝 차리고 왼손에는 도끼를, 오른손에는 귀두도를 들고 그놈들의 동작을 주의 깊게 살펴보았지요. 아니나 다를까, 그중에 가장 덩치가 큰 녀석이 어미 같았는데 이마에 왕王 자가 선명하게 새겨져 있고 두 눈에 붉은빛이 형형하더군요. 어미의 눈을 보아하니 사람을 가장 많이 잡아먹은 듯 보입디다. 그래서 나는 그놈을 먼저 죽이기로 마음을 먹었지요. 독사란 놈도 대가리를 잘라내면 수족이 힘을 못 쓰지 않습니까?"

169

백무직은 술동이에서 막걸리 한 사발을 떠마셨다.

"그래서 어떻게 되었나? 어서 이야기해 보게."

육견지의 재촉에 백무직은 입가에 묻은 술 찌꺼기를 닦고 입을 열었다.

"나는 그놈을 유심히 살피며 호랑이들의 움직임을 지켜보았지요. 그놈들은 법도 있게 내 주위를 돌며 나의 정신을 흐뜨리고 있었는데 아마도 그놈들은 내가 들고 있는 도끼와 귀두도를 보고 쉽게 덤벼들지 못하는 모양이었지요. 시간이 갈수록 정신이 혼란스러워지는 것 같아서 나는 이대로는 안 되겠다 싶어 아랫배에 힘을 주어 고함을 지르면서 곧장 그 우두머리 녀석에게 달려들었지요. 그러자 그놈은 다른 호랑이에게 명령이라도 하는 듯 산자락이 쩌렁쩌렁 울리도록 크게 포효하였고 그와 동시에 두 마리 호랑이들이 일제히 나를 향해 달려들었답니다."

우치와 육견지는 두 주먹을 불끈 쥐었다.

"그, 그래서?"

"산더미 같은 호랑이 두 마리가 동시에 달려들자 나는 일시 당황하였으나 정신을 바짝 차리고 몸을 솟구치며 왼손에 들고 있던 도끼로 달려드는 호랑이의 대가리를 바수었지요. 대가리에 도끼가 박힌 놈은 미친 듯이 포효하며 지랄발광을 하는데 허공에 그놈의 피가 튀고 뇌수가 바닥에 뿌려지니 피 냄새를 맡은 호랑이들은 더욱 광폭하게 변하여 울부짖었지요. 침엽수림 사이에서 호랑이가 한꺼번에 울어대니 죽령이 쩌렁쩌렁 울리는 듯하고 살기가 충천하여 나는 그 광경에 간이 콩알만해져서 하마터면 칼을 떨어뜨릴 뻔했습니다그려."

무직은 목이 타는 듯 얼른 술상에서 한 사발의 술을 벌컥벌컥 들이키고는 이야기를 계속하였다.

"대가리에 도끼를 박힌 놈이 한동안 발광을 하다가 비실거리며 꼬꾸라지자 그 우두머리 대장놈까지 합세하여 내 주위를 둘러싸고 빙글빙글 도는 것이 아니겠습니까. 지금 생각해봐도 머리털 나고 그렇게 무시무시한 싸움은 해본 적이 없는 것 같습니다. 그놈들은 마치 고양이가 쥐를 가지고 놀듯이 한 마리씩 앞다리를 휘두르며 나를 공격하기 시작하였지요. 호랑이의 앞발은 곰도 기절시킬 수 있을 정도의 괴력이 있지요. 더구나 그 발톱은 정말 지독하게 날카롭지요."

육견지가 머리를 끄덕거리며 말했다.

"노루 뒷발에 채여도 죽을 수 있는데 하물며 백수의 왕인 호랑이니 오죽하겠소?"

"맞습니다. 맞아요! 그래서 나는 미친 말 뒷발치기 피하듯이 요리조리 몸을 피하며 대항하였지만 팔과 다리가 그놈들의 억센 발톱에 상처를 입고 말았지요."

백무직은 소매를 걷어 팔뚝과 다리에 길게 난 상처를 보여주고는 말을 이었다.

"나는 이래선 안 되겠다 싶어 죽음을 각오하고 그 우두머리 녀석에게 달려들어 귀두도를 아래위로 휘둘렀지요. 그놈의 숨통을 끊어놓으려고 말이에요. 그때 내 발 아래로 검은 그림자가 갑자기 나타났지요. 호랑이가 등 뒤에서 껑충 뛰어 나를 덮친 것이 아니겠습니까. 나는 경황이 없어 재빨리 청룡번신青龍飜身이란 수법으로 몸을 뒤집으며 죽을 힘을 다해 두 손으로 귀두도를 찔렀습니다. 그때 얼마나 힘을 썼는지 귀두도가 호랑이의 뱃가죽을 시원하게 관통하여 일격에 그만 호랑이가 두 조각이 나버렸지 뭡니까."

육견지가 웃으며 말했다.

"일격에 두 조각이 났다는 말은 과장이 심하오."

"모르는 말씀 마십쇼. 젖 먹던 힘까지 쏟아부으면 뭘들 못하겠습니까? 약간 과장되긴 하지만 전 그때 너무 놀라 똥을 싸는 줄 알았습니다."

육견지와 우치가 손뼉을 치며 웃었다.

"그럼 잠시 목을 축이고 시작하겠습니다."

백무직은 호탕하게 웃으며 술 한 사발을 따라 단숨에 마시고는 다시금 입을 열었다.

"남은 어미 호랑이가 기가 죽어서 숲 속으로 도망치는 바람에 놓쳐버렸는데 그놈이 단양으로 내려간 모양입니다. 그 때, 그놈을 마저잡았다면 단양에 호환이 날 리 없었을 것인데 안타깝습니다."

백무직의 호랑이 잡은 이야기가 끝났다. 술기운이 동해서 백무직은 일일이 술을 따라주며 술잔을 권하였다.

이천년은 밥만 먹고는 일찌감치 다른 방으로 건너갔으나 우치는따라갈 수 없었다. 백무직과 육견지가 애써 만류하였기 때문이었다.우치는 어쩔 수 없이 그들과 술잔을 같이하며 어울리게 되었다. 육견지는 충주에서 알아주는 활량이며 술꾼이었고 백무직도 원체 술을좋아하는 호걸이었기 때문에 우치는 그 가운데 끼어 고래싸움에 새우 등 터진 격이 되었으나 두 사람의 용력이 뛰어나고 의협심이 남달라 분위기에 취하다보니 정작 술이 취하는 줄 모르고 연거푸 술잔을들게 되었다.

"경진년 무과가 수두룩하게 많은 세상에 성님 같은 실력이면 무과급제는 따놓은 당상이겠습니다."

"활 실력만 가지고선 무과 급제야 식은 죽 먹기보다 쉽지. 하지만이 빌어먹을 눈이 까막눈이야."

육견지가 손가락으로 눈을 찌르는 흉내를 내었다.

"글이야 배우면 될 것 아닙니까?"

"하나를 배우면 다음날 하나를 까먹으니 문제 아닌가? 오른쪽 귀로 문자가 들어가면 왼쪽 귀로 빠져나오니 기가 막힐 노릇이지. 내나이 서른이 다 되도록 이름자를 겨우 쓰네. 싸움하고 칼 쓰고 활 쏘는 재주는 타고났는데 천생이 먹물을 싫어하니 난들 방법 있나? 눈알을 바꿀 수도 없으니, 만년 활량질이나 하면서 사는 게지."

육견지가 쓴 입맛을 쩝쩝 다시다가 말했다.

"자네도 신분이 천하지 않았다면 무관 한 자리는 했을 것인데 아깝구먼."

홀아비 사정을 과부가 안다고 육견지와 백무직이 동병상련이라 쉬이 호형호제 하였다. 가장 어린 우치는 자연스럽게 막내가 되어서 술잔이 오고갔다.

달이 산중에 떠올라 고즈넉한 분위기가 좋았고 어느덧 마신 술이 몇 동이가 되자 세 사람 모두 취기가 돌아 얼굴이 붉어졌다. 중천에 둥그런 보름달이 걸려 호기로 가득한 세 사람을 비춰주었다.

육견지는 방 안에 걸려 있는 장검長劍을 꺼내들고 마당으로 나왔다.

"이렇게 좋은 날 어찌 가만히 있을 수 있겠는가? 술이 있으면 춤이 있어야 할 것이니 나의 육가검법을 보여주지."

육견지는 달빛 아래에서 검법을 시전하기 시작했다.

교교한 달빛 아래 육견지가 휘두르는 검이 달빛에 반사되니 마치 은빛 물고기가 수면 위를 뛰노는 것도 같고, 한 마리의 학이 두 나래를 펄럭이며 춤을 추는 것도 같았다. 그것은 검술이라기보다는 아름다운 검무劍舞였다. 우치는 그 모습에 동화되어 멍하니 육견지를 바라보았다.

이때 백무직은 어디서 가져왔는지 술 한 동이를 마당에 내놓고는 육견지의 검술을 넋을 잃고 바라보다가 재빨리 방 안으로 들어가서는 귀두도를 꺼내서 마당으로 뛰어나와서 소리쳤다.

"육 성님, 나도 끼워주시오. 나도 백정 춤 한번 추겠소."

백무직은 마당으로 풀쩍 뛰어들어서는 육견지와 어울려 검무를 추었다.

육견지는 고고한 학처럼 우아하고 아름다웠고 백무직은 한 마리 들소처럼 우직하고 무게가 있었다.

두 사람이 한데 어울려 검무를 추니 그야말로 다시없는 절경이라 우치는 술에 취해 이들의 모습을 정신없이 바라보다가 심중에서 시상詩想이 울컥 하고 치밀어 솟아나 더 이상 참지 못하고 시 한 수를 읊었다.

乾坤若爭覇	하늘과 땅이 패권을 다투듯이
龍虎如逐鹿	용과 호랑이가 사슴을 쫓듯이
銀劍貫太淸	은검은 하늘을 관통하고
鬼刀斷地獄	귀도는 지옥을 가른다.

호기는 하늘을 치솟고 시상은 무궁하게 흘러나와 우치는 연달아 시를 지어 읊었다.

彈指碎崑崙	손가락을 튕기니 곤륜산이 박살나고
噓氣驚大海	입김을 불어내니 큰 바다가 놀란다.
如是鴻門宴	홍문의 연회가 이와 같다면
不亦痛快哉	또한 통쾌하지 아니한가!

우치가 호방하게 시를 읊으니 검무와 어울려 죽령 아래 산채의 마

당은 세 사내들의 힘찬 기운이 넘실거렸다.

이천년과 우치는 다음날 백무직과 육견지의 배웅을 받으며 죽령을 내려왔다. 오랫동안 산채에서 머물 수 없다는 이천년의 말 때문이었다.

의기통합한 세 사람이라 헤어지기가 서운하였으나 우치의 스승님 말씀이라 거역할 수가 없어 다음에 만날 것을 약속하고 죽령 아래에서 이별하였다.

"동생, 잘 가게. 언제고 죽령에 오거든 나에게 들르게."

육견지도 말했다.

"나도 단양에 있을 테니 언제고 나를 찾게."

"예, 형님들."

우치는 두 사람에게 꾸벅 인사했다.

"참, 동생. 나중에 과거를 꼭 치르게. 동생은 글을 잘해서 과거를 치게 되면 반드시 급제할 거야. 그럼 그때 나를 좀 데려가주게."

육견지가 이렇게 말하니,

"나도 따라갈 수 있어."

하고 말하는 것은 백무직이었다.

이천년이 육견지에게 말했다.

"육 선달은 내년에 관운이 있겠소. 십추북방十推北方이니 십 자 성을 가진 사람에게 뽑히어 북방으로 가시겠소."

육견지과 백무직이 우치에게서 이천년이 신묘한 추산을 한다는 말을 들은 까닭에 백무직이 물었다.

"나으리, 저는 그럼 어떻게 처신하는 것이 좋을까요? 이곳에 머무르는 것이 좋을까요? 떠나는 것이 좋을까요?"

"내년 4월 보름쯤에 육 선달과 함께 한양성중에 가면 반드시 좋은 일이 있을 거요."

"감사합니다, 나으리!"

두 사람이 서로의 얼굴을 바라보다가 화색이 돌아 이천년에게 큰 절을 하였다.

이천년은 절을 받고 이번에는 우치를 돌아보며 말했다.

"우치야, 이제 그만 가자꾸나."

우치는 두 사람을 뒤로하고 죽령을 내려왔다. 죽령을 내려오며 이천년은 우치에게 말했다.

"우치야, 술맛이 어떻더냐?"

"처음 마셔본 것이라 잘 모르겠으나 마음을 즐겁게 해주고 약간은 맛이 있는 것 같더군요. 그런데 스승님께서는 저희가 의형제를 맺는 것을 보셨습니까?"

"너희가 그렇게 크게 떠드는데 어찌 모르겠느냐? 옆방에서 다 들었느니라. 자사가 말하길 '그 중中을 취하라.' 하였다. 이 말이 무슨 의미인지 아느냐?"

우치는 갑자기 중용中庸의 어구가 이천년의 입에서 나오자 숙연하여 말했다.

"너무 과하지도 말 것이며, 너무 모자라지도 말라는 뜻입니다."

이천년은 고개를 끄덕였다.

"그렇단다. 옛날 우禹임금 때 의적義狄이라는 사람이 술을 발명하였느니라. 그 의적이 우임금께 술을 가져와 우임금이 한 잔을 마시고는 말하길, '너무나 맛이 있구나. 이렇듯 맛이 좋으니 경계하지 않으면 집안을 망치는 자, 나라를 망치는 자가 속출하겠구나.' 하며 다시는 술을 입에 대지 않고 의적을 멀리하였다. 만승萬乘의 나라인 하夏나라와 은殷나라가 망한 것도 따지고보면 술 때문인 것이다. 하나라 걸왕桀王이 주지육림酒池肉林의 쾌락에 빠져 멸하였고, 은나라 주왕紂王이 또한 그와 똑같은 절차를 밟아 멸하였다.

이규보李奎報는 술은 사람을 미치게 하는 광약狂藥이라 하였으니 이 말이 그른 말이 아니다. 술이 미친 약이 되는 것은 사람이 그 마음에 중中을 지키지 못하고 몸을 이기지 못하게 마시는 것이니 결국에는 사람이 술을 먹는 것이 아니라 술이 사람을 먹어 사람을 지배하게 되는 것이다. 우임금이 이것을 경계하여 의적을 멀리한 것이니 이것은 이른바 그 중中을 지키기 위한 것이다.

걸주桀紂가 이런 뜻을 헤아리지 못했기 때문에 만승의 나라를 멸망 당하게 하였으니 비단 작은 가정인들 어떠하겠느냐? 가까이를 보더라도 폐주연산군가 술과 여자를 너무 가까이 하여 임금의 자리에서 쫓겨난 것이니 과하면 스스로를 망치고 집안을 망치고 나라를 망치는 것이 술의 폐해인 것이다. 네가 나중에 두 사람을 어떻게 보려고 호형호제를 했느냐?"

"스승님, 제가 잘못했습니다."

이천년이 빙그레 웃었다.

"술은 알맞게 마시면 몸에 이롭지만 너무 과하면 사람의 몸을 상하게 하고 정신을 다치게 하니 앞으로는 마음속에 경계하는 마음을 가지고 알맞게 마시도록 하거라."

177

"예, 스승님. 앞으로 명심하겠습니다."

우치는 이천년의 말을 마음속에 깊이 새기며 죽령 험한 길을 내려 왔다.

1

우치와 이천년은 죽령을 내려와 경상좌도인 풍기豊基에서 중화하
고 저녁 무렵에 영풍에 도착할 수 있었다. 그곳에서 저녁을 먹고 다
시금 길을 가니 해가 뉘엿뉘엿 저물어 갈 무렵 산 위에 있는 절에 도
착할 수 있었다.

부석사浮石寺라는 현판이 붙은 절은 퇴락한 구릉이 좌우로 펼쳐진
산 위에 있었는데 산길을 따라 조금 올라가다 보니 그 장엄한 광경에
입이 절로 벌어졌다.

부석사는 신라 문무왕文武王 16년676년에 해동 화엄종의 종조宗祖인
의상국사가 왕명으로 창건한 화엄종의 수사찰首寺刹인데 고려 때 원
나라의 침입으로 절이 소실되어 옛날의 영화로운 모습은 찾을 길 없
고 터 자리만 드문드문 나있었으며 부석사로 올라가는 길목에는 커
다란 당간지주幢竿支柱만이 풍상을 견디며 말없이 자리하고 있었다.

산문에 들어설 때쯤 회색 승복을 입은 나이 든 스님이 두 사람의

시야에 나타났는데 그의 팔다리에는 쇠사슬이 치렁치렁 감겨 있고
그 사슬 끝에 육중한 철추가 매여 있었다.

이천년은 산문 앞에서 그 스님에게 두 손을 모아 공손히 읍하였다.
그 스님은 이천년의 인사에 답례하자마자 횅하니 산 위로 사라졌다.

나이가 오륙십은 된 것 같은 노승이 무거운 쇠사슬을 온몸에 묶고
바람처럼 사라지는 것을 본 우치는 눈이 휘둥그레졌다.

"스승님, 저 스님은 정말 힘이 대단하신 분 같네요. 무거운 철추를
몸에 묶고도 저렇게 빨리 다니실 수 있다니."

"그러게 말이다."

이천년이 빙그레 웃었다.

이때 나한전 앞에서 붉은 가사를 입은 스님과 어린 동자승이 나와
있다가 이천년을 발견하곤 돌계단을 내려와 그의 손을 잡으며 반기
는 것이었다.

"허암. 자네가 이곳에 어쩐 일인가? 세상에서 사라진 줄만 알았더
니……."

"내가? 허허허! 자네가 보고 싶어 잠시 들렀지."

이천년이 고개를 돌려 우치에게 말했다.

"우치야, 인사드리거라. 부석사 주지스님이신 해운 스님이시다."

"해운 스님, 처음 뵙겠습니다. 저는 전우치라고 합니다."

우치가 스님을 향하여 합장을 하니 해운 스님은 부드러운 미소를
지으며 말했다.

"허암을 따라다니시다니 시주는 복이 많습니다."

허암은 우치도 처음 듣는 이름이었는데 아마도 이천년의 호인 모

양이었다.

"복이 많기는? 이 녀석은 천자문밖에 가르친 것이 없네."

"설마 천자문만 가르쳤을라구."

이천년과 해운 스님은 돌계단을 올라가서 무량수전無量壽殿으로 들어갔다. 두 사람이 차를 마시며 한담을 나누는 동안 무량수전 앞에서 하릴없이 주위를 서성이던 우치는 불전 뒤의 커다란 바위 앞에서 걸음을 멈추었다.

큰 바위 하나가 지붕처럼 내리덮어 언뜻 보기에는 서로 접하여 이어진듯 하였으나 자세히 살피니 두 개의 돌 사이가 벌어져 빈틈이 있었다.

"뜬 돌이에요."

나이가 열 살쯤 되어 보이는 조그만 동자승 하나가 다가와 말했다. 우치는 동자승을 보는 둥 마는 둥 바위의 틈새를 바라보며 대답했다.

"뜬 돌이라구?"

"예, 제가 신기한 것 보여 드릴까요?"

동자승은 말을 마치자마자 불전 뒤에서 새끼줄을 가져오더니 바위의 빈틈으로 새끼줄을 집어넣었다. 그러곤 반대쪽으로 가서는 새끼줄을 잡아서 왔다 갔다 하였다. 과연 새끼줄이 드나드는 데 걸림이 없었다.

"신기하지요?"

동자승이 의기양양하게 말했다.

'이 돌은 서로 떨어진 돌이로구나. 그래서 뜰 부浮 자에 돌 석石 자, 부석사浮石寺란 이름이 붙은 것이로구나.'

동자승이 당기며 말했다.

"이렇게 큰 바위가 어떻게 이렇듯 떨어져 있는지 아세요? 사람들은 옛날에 용이 이걸 들어올렸대요. 무량수전 아래에 아직도 용이 있다고 그러던데요? 근데 다른 스님들은 의상 조사님께서 들었다고 그래요."

우치는 용이 들었다고도 하고 사람이 들었다고도 말하는 어린 동자승의 총기 어린 눈을 바라보다가 물었다.

"애야, 네 이름이 뭐니?"

"내 이름은 대주大珠라고 해요. 큰 구슬이라나요?"

대주라는 동자승이 밝게 웃었다.

"대주야, 이 바위를 의상 조사님께서 들었다고 누가 말하더냐?"

"이 절에 있는 다른 스님들이 나한테 그랬어요. 이것 말고도 신기한 게 또 있는데……."

우치는 귀여운 동자승의 의기양양한 태도에 미소를 지으며 물었다.

"그럼 다른 것을 보여줄 테냐?"

"따라와보세요."

대주는 손가락을 까닥거리곤 앞장서서 걸었다. 그는 무량수전 우측에 서있는 삼층석탑으로 난 작은 길로 우치를 이끌었다. 탑 뒤에는 무성한 대밭이 있었는데 그 사이로 난 길을 따라 대주는 산 위로 올라갔다.

산 위로 올라가니 조사당祖師堂이라는 승방이 있었는데 대주는 승방 앞에 가슴 높이만한 지팡이 앞에서 멈추더니 공손하게 합장을 한 후 우치를 돌아보며 말했다.

"이거예요."

"이건 나무 아니냐?"

"이 나무는 보통 나무가 아니에요. 이 나무는 옛날 의상 조사님께서 도를 깨달은 후 서역 천축국이라는 곳에 가기 전에 거처하던 방문 앞에 꽂았던 지팡이에요."

"지팡이라고?"

우치가 살펴보니 과연 지팡이임에 틀림없었다.

'이 나무가 지팡이라면 죽령에서 스승님에게 들은 이야기와도 비슷하구나. 옛날 고승이 대나무 지팡이를 꽂았는데 잎이 돋아 살아났다 하여 죽령이란 이름이 생겼다 하였는데 그 고승이 의상 조사님이 아닐까?'

우치는 나무를 자세히 살펴보았다. 지팡이 같은 나무에 가지와 잎이 돋아 상서로운 기운이 안개처럼 풍기는 것 같았다.

'의상 조사는 신라의 고승으로 나무의 나이를 추측해 보면 거의 천년 동안 나무가 자라지 않고 있다는 것인데, 참으로 신기한 일이로구나!'

"이 나무는 비와 이슬에 젖지도 않고 벌레도 접근하지 않는데요. 신기하죠?"

대주는 말을 마치자 우치에게 다가와 팔을 잡고는 그를 바라보며 물었다.

"시주님 이름은 뭐예요?"

"나는 전우치라고 한단다. 대주야, 이 절에 네 또래의 스님은 없니?"

"여긴 제 또래의 아이는 저밖에 없어요."

"대주야. 배고프지 않니?"

"그건 왜 물어봐?"

"나한테 엿이 있는데 먹을래?"

"엿?"

대주는 반짝이는 두 눈을 동그랗게 뜨고 고개를 끄덕끄덕하였다.

떡은 큰 불사가 있는 날이면 간혹 먹을 수 있지만 엿처럼 달콤한 것은 예전에 주지스님이 한 번 사주어 먹어보았을 뿐 먹어본 적이 없었다. 대주는 엿이라는 얘기에 입맛을 다시며 고사리 같은 손을 모았다.

우치는 등에 진 봇짐에서 풍기에서 산 엿을 꺼내어 대주의 벌린 손에 얹어주며 말했다.

"대주야. 숨겨뒀다가 너 혼자 먹어라."

"예."

대주는 엿을 얼른 허리춤에 숨겼다.

"이곳에는 참으로 신기한 것이 많구나. 그런데 오다가 보니까 나이든 스님 한 분이 손이며 다리에 철추를 묶고 산중을 왔다 갔다 하시던데 그분은 누구니?"

"아! 해지 스님."

대주는 우치에게 친숙함을 느꼈는지 허물없이 말했다.

"해지 스님은 주지스님과 항렬이 같은데 옛날에 다른 곳에서 비무대회 중에 나쁜 일을 했다고 스스로 저렇게 다니신대요. 내가 태어나기도 전부터 저렇게 다니셨는데 아래에 있는 승방에서 같이 생활하지 않고 산 위의 불당에서 홀로 수도하시는데 가끔씩 산 아래를 왔다 갔다 하시곤 해요."

대주의 말이 끝나자마자 법당에서 대주를 부르는 소리가 들렸다.

"스승님이 우릴 찾는 모양인데, 가자!"

대주는 우치의 손을 잡고 무량수전 앞으로 다가갔다.

"대주야, 어딜 갔었느냐?"

허연 수염을 길게 늘어뜨린 해운 스님이 부드럽게 말했다.

대주는 어린아이 같은 기색을 어디에 흘려버린 듯 엄숙하고 예의 바르게 합장하며 말했다.

"시주님을 구경시키느라고 그랬습니다."

옆에 있던 이천년이 대주의 머리를 쓰다듬으며,

"대주라 하였더냐? 참 총명하게 생겼구나."

하곤 고개를 돌려 우치에게 말했다.

"우치야. 구경 많이 했느냐?"

"예."

"늦었으니 객방에서 쉬도록 하거라. 저녁 공양은 행자를 시켜 들여보낸다 하니 내가 없더라도 맘 편히 쉬고 있거라."

"예."

우치는 대주의 안내로 객사로 들어갔다. 암자 후미진 아래쪽에 조그맣게 지어진 객사에서 우치는 짐을 풀었다. 저녁밥을 먹은 후 우치는 객사에서 피곤한 몸을 뉘였다가 곤하게 잠이 들고 말았다.

철그렁. 철그렁.

185

우치는 눈을 번쩍 떴다. 귓가에 쇠사슬 소리가 들려왔다. 우치가 거처하는 객사는 암자 후미진 곳이라 사람의 내왕이 없는 곳이었다.

우치는 쇠사슬 소리에 잠이 깨어 자리에서 일어나 문틈으로 바깥을 살펴보았다. 바깥 공터에 회색 승복을 입은 승려가 어디론가 가고 있었는데 쇠사슬 소리가 쉴 새 없이 들리는 것으로 보아 낮에 보았던 해지라는 노승 같았다.

우치는 호기심이 발동하여 조심스레 방문을 열고는 가만 가만 노승의 뒤를 따랐다. 노승은 인적이 드문 산중으로 하염없이 올라가고 있었다.

초승달이 허공에 걸려 있었지만 빛이 너무 미약하였고 밤에 초목이 무성한 산길을 가노라니 눈앞의 사물을 분간하기 어려워 간간이 들려오는 쇠사슬 소리를 의지하여 따라갈 수밖에 없었다.

쇠사슬 소리는 산 위쪽으로 향하고 있었는데 우치는 그 방향으로 귀를 기울이며 열심히 따라갔다. 잠시 후 쇠사슬 소리가 멈추더니 사방이 일시에 고요해졌다. 무거운 정적이 흐르고 숲은 어둠의 장막을 친 것처럼 어둡고 음산하게 다가왔다.

귀를 기울이니 이따금 산짐승이 지나가다가 작은 가지를 부러뜨리는 소리가 들릴 뿐 쇠사슬 소리는 어디에서도 들리지 않았다.

우치는 사방을 둘러보았다. 첩첩이 제멋대로 자라난 나무들이 희미한 초승달의 빛을 받아 바닥에 드리워진 그림자가 괴수의 모습처럼 흉측하게 비쳐졌다. 부엉이 울음소리가 음산한 분위기를 돋우었다.

"흐음."

우치는 두려운 마음을 떨치려 크게 숨을 한 번 쉬고 아랫배에 힘을 주었다. 그러고는 수풀을 헤치고 산 위쪽으로 올라갔다. 얼마나 올라 갔을까? 깜깜하던 나무와 수풀 사이로 별이 하나 둘 새어 들어왔다. 근처에 나무들이 없는 것으로 봐서 숲을 벗어났다 생각한 우치는 그제야 마음이 놓였다.

희미한 어둠 속에서 사람의 형체가 보이는 것 같아 우치는 가만히 몸을 숙였다. 자세히 바라보니 평상 같은 바위 위에서 밤이슬을 맞으며 정좌해 있는 스님이 있었다. 몸에 쇠사슬을 얼기설기 매단 해지 스님이었다. 참선에 들어간 듯 좌정하고 있는 해지 스님의 수염이 옅은 미풍에 살짝살짝 흔들렸다.

'이런 야밤에 이렇게 깊은 산중에서 도대체 무얼 하는 것일까? 해지 스님은 무엇 때문에 손과 발에 철추를 매달고 있는 거지?'

우치는 살금살금 숨소리를 죽이고 해지에게 다가갔다. 빠직, 하고 나무 부러지는 소리가 산중의 고요를 깨뜨렸다. 우치가 마른 나무를 밟은 때문이다.

"누구냐?"

스님이 고개를 돌리며 소리쳤다. 놀란 우치가 바라보니 우치를 바라보는 해지 스님의 눈이 무섭게 번쩍거렸다. 그 안광이 마치 성난 호랑이의 눈을 보는 듯 우치는 놀란 마음에 가슴이 덜컥 내려앉는 것 같았다.

"이놈!"

해지 스님의 모습이 바위에서 갑자기 사라졌다. 놀란 우치는 몸을 돌려 숲을 향해 허겁지겁 뛰었다.

'어디로 갔을까? 귀신인가, 사람인가?'

우치는 놀란 가슴을 진정시키며 왔던 길을 찾기 위해 고개를 돌렸다. 바로 그때 우치의 눈앞에 해지 스님이 귀신 같은 몰골로 서있었다.

"헉?"

우치가 몸을 돌렸다.

"전유선."

해지 스님이 우치의 먹살을 꽉 움켜쥐었다. 우치는 갑자기 등줄기가 시큰하며 맥이 빠져서 정신을 잃고 말았다.

2

얼마쯤 지났을까? 눈을 떠보니 까만 하늘에 별들이 쏟아질 듯 반
짝이고 있었다. 방금 전의 기억이 악몽처럼 되살아났다. 우치는 자리
에서 벌떡 일어났다. 주위를 살펴보니 바로 옆에 무언가 웅크린 듯한
물체가 있었다.

"해지 스님?"

정신이 번쩍 든 우치가 자리에서 벌떡 일어났다.

"잠깐!"

해지 스님의 목소리에 우치의 발걸음이 우뚝 멈춰졌다.

"여보게, 이리 와보게."

부드러운 목소리가 흘러나왔다. 우치가 조심스레 고개를 돌려보니
바위 위에 앉아 있는 해지 스님이 우치를 향해 미소 짓고 있었다.

금강역사처럼 무섭게 느껴졌던 스님은 자비의 문수보살이 된 것처
럼 자애로운 미소를 짓고 있었다. 우치는 아랫배에 힘을 주곤 해지

스님에게 천천히 다가갔다.

"이리 앉게."

우치는 무언가에 끌린 듯이 해지 스님의 앞에 앉았다. 이때 스님은 손에 쥔 무언가를 보여주며 말했다.

"이것이 자네 것인가?"

"엇? 그것은!"

우치는 자신의 목에 걸려 있던 옥 목걸이가 없어진 것을 확인하고는 황급히 그것을 빼앗으려 손을 내밀었다. 해지 스님은 손을 살짝 틀어 우치가 빼앗으려는 동작을 제지하며 말했다.

"네 이름이 전우치냐?"

"그렇소."

해지 스님이 우치의 얼굴을 물끄러미 바라보다가 물었다.

"네 아버지가 전유선이냐?"

느닷없는 해지 스님의 말에 우치는 멍하니 해지 스님의 얼굴을 바라다보았다. 우치의 멍한 얼굴을 보고 해지 스님이 한 번 더 물었다.

"네 아버지 함자가 어떻게 되느냐?"

그러고 보니 우치가 기절하기 전에 해지 스님이 전유선이라고 외쳤던 것이 생각났다.

"전유선이 누구지요?"

우치의 물음에 해지 스님이 머리를 갸웃거렸다.

우치가 해지 스님에게 물었다.

"뭣 때문에 저를 전유선이라고 하셨지요?"

"네가 전유선과 꼭 닮아서 전유선이 나를 찾아 온 줄로만 알았지."

"전유선이 누굽니까?"

"그와는 20여 년 전 봉정사에서 비무를 겨룬 적이 있다."

"그분이 어디 사시는지 아십니까?"

"그건 나도 모른다. 그가 무술실력이 대단했다는 것과 백림거사의 전인으로 유영검법의 달인이었다는 것밖에는 아는 바가 없다."

해지 스님은 옥 목걸이를 우치에게 건네주었다.

"네가 전씨라는 것과 전유선과 흡사하게 닮은 것을 보면 그와 관계가 있을 법한데 이상하구나."

우치는 해지 스님에게 자신의 성장과정을 소상히 이야기하였다. 어려서 천마산 벼랑 위에서 심마니가 우치를 발견한 일부터 이회라는 선비에게 의술을 배웠으며, 우연히 출생의 비밀을 알게 되어 이천 년 스승과 함께 세상구경을 다닌다고 이야기해주었다.

"나무아미타불. 네 얘길 듣고 보니 전유선이 네 아버지가 틀림없는 것 같구나!"

"스님, 정말로 제 아버지에 대한 것을 더 모르신단 말씀입니까?"

"20여 년 전에 그를 만난 이후에 소식이 끊어져서 네 아버지에 대한 소식을 나도 아는 바가 없다."

우치는 출생의 비밀에 대해 알 수 있으리라 생각한 기대가 무너져서 실망한 얼굴로 고개를 숙였다.

해지 스님이 우치를 물끄러미 바라보다가 말했다.

"참, 네가 의술을 배웠다 하였지? 그럼 기경에 대해 잘 알겠구나."

"네. 침을 배우려면 전신의 혈자리와 기경팔맥 정도는 반드시 알아야 하지요."

"그래? 그렇다면 독맥督脈의 경로를 이야기해줄 수 있겠니?"

밑도 끝도 없는 해지 스님의 물음에 우치가 아무 생각 없이 대답했다.

"독맥은 미골尾骨-꼬리뼈 끝 아래에서 시작하여 장강혈을 거쳐 등골 뼛속을 따라 올라가 머리 뒤에 있는 풍부혈을 거쳐 머릿속에 들어갔다가 정수리로 올라가 이마를 따라 콧마루와 입술에 이르러 여기서 임맥과 만나게 됩니다."

"그래, 그래. 잘 아는구나. 잘되었다. 너, 나를 따라 가자!"

우치는 영문도 모르고 해지 스님을 따라 산 아래로 내려갔다.

우치가 해지 스님에게 끌려가다시피 간 곳은 절 뒤쪽에 자리 잡은 취원루聚遠樓라는 곳이었다. 해지 스님이 누각 안에 있는 방으로 들어가 커다란 촛불을 밝히니 사방에 역대 고승들의 화상이 걸려 있었는데 모두 예스럽고 괴이하며 풍채가 맑고 깨끗하였다.

해지 스님은 의상 조사의 화상 아래 불단서랍에서 작은 금합상자를 꺼내어 상자를 열었다. 그러고는 상자 안에 있는 금빛이 나는 둥근 환약을 꺼내주며 말했다.

"우치야. 이것을 먹어보거라."

"이것이 뭡니까?"

"좋은 약이다. 먹어보면 알게 되느니."

우치는 해지 스님의 재촉에 그 알약을 입에 넣고 씹어 먹었다. 환약을 씹어 삼키니 입 안에서 향기로운 냄새가 가득히 퍼지는 듯하더니 가슴이 뻥 뚫리고 시원해지는 것 같았다.

"이게 뭔지는 모르겠지만 입안에서 사르르 녹는 것이 정말 좋군요."

"그것은 백보환百補丸이라는 몸에 좋은 약이니라."

해지 스님은 말없이 빙그레 웃었다.

'백보환?'

우치가 고개를 갸웃거리며 있을 때에 뱃속에서 불 같은 기운이 솟구쳐 오르더니 갑자기 전신이 불타는 것 같아서 복부를 움켜잡고 비명을 질렀다.

"으, 으. 스님. 스님. 배가, 배가……."

우치는 신음을 하며 해지 스님을 바라보았다.

"잠시만 참거라."

순간 눈앞에 갑자기 별이 번뜩이더니 이내 세상이 암흑으로 변했다. 시커먼 암흑 속에서 뜨거운 붉은 불꽃들이 사방에서 꿈실대며 들어오기 시작했다. 붉은 불들은 뱀처럼 암흑의 공간을 이리저리 돌며 소용돌이치다가 가운데로 서서히 모여들었다. 그것은 태풍의 눈처럼 소용돌이치면서 중앙으로 빨려들어가다가 하나 둘 중심에 모이더니 하나의 둥근 공처럼 변하였다.

맹렬하게 회전하던 붉은 공은 서서히 황금색으로 변하였다. 우치는 온몸이 너무도 뜨거워 자신이 불속에 들어왔구나 생각하였다. 황금공은 또다시 붉은 기운들을 빨아들이면서 서서히 커져 갔다. 이내 황금공이 압축되는 것처럼 서서히 부피가 작아지더니 마침내 콩알만한 크기로 줄어들었다.

우치는 뜨거웠던 몸이 시원한 바람을 맞은 것처럼 상쾌해지는 것을 느꼈다. 이때 콩알만한 황금공이 점점 팽창하면서 눈부신 태양처럼 환한 빛으로 화하였다. 눈이 멀 정도의 밝은 빛에 눈이 부신 우치는 깜짝 놀라 두 눈을 번쩍 떴다.

　방 안에 걸려 있는 화상의 그림이 미소 짓고 있었다. 얼굴과 몸이 땀으로 얼룩진 우치는 등 뒤에 따뜻한 온기를 느끼고 뒤를 돌아보았다.

　등 뒤에는 해지 스님이 두 손바닥을 등에 대고 앉아 있었는데 이마와 얼굴이 땀으로 흥건하게 젖어 있었다.

　해지 스님이 크게 숨을 한 번 내쉬고는 미소를 지으며 말했다.

　"이 백보환은 백 가지 약이 들어갔다 해서 백보환으로 불리는데 기운을 증진시키는 단약이다. 내 너에게 병 없이 살게 해주려고 먹였던 것인데 네 몸 안에 엄청난 기운이 숨어 있어 나까지 위험할 뻔하였다. 네가 행기를 할 줄 아느냐?"

　"예. 어려서부터 스승님에게 행기하는 법을 배웠습니다."

　"그렇구나. 다행히 내 공력이 적지 않아 너의 헝클어진 기운을 정심하게 만들었으니 이제부턴 평생을 무병하게 살 수 있을 것이다."

　우치가 물었다.

　"스, 스님께서 어째서 저에게 이런 호의를 베푸시는 겁니까?"

　"모두 나를 위한 것이다."

　"스님을 위한 것이라니오?"

　"예전에 네 아버지에게 진 빚이 있다. 내가 쇠사슬을 묶은 것은 내 수련의 방편이지만 따지고보면 네 아버지 때문이란다. 20여 년 동안 사슬에 묶여서 많은 생각을 하였고 깨우치는 것도 많았다. 내가 너에게 부석사의 보물인 백보환을 먹인 것은 그것에 대한 보답이라 생각하면 되느니라. 그래, 이것이 우리 두 사람의 인연이라 생각하면 되겠구나."

해지 스님이 밝게 미소를 지었다.

"고맙습니다. 해지 스님."

"그래. 너도 네 출생의 비밀을 반드시 풀어내기 바란다. 나도 전유선이 어떻게 되었는지 궁금하니까 말이다. 살아있다면, 훗날 네가 전유선을 찾게 되면, 부석사의 해지가 정심으로 수련하였으니 비무를 한 번 겨뤄보잔다고 전하거라."

"예."

우치는 해지 스님을 향해 큰절을 올리고는 방을 나왔다. 자세히는 알 수 없으나 해지 스님이 무언가 굉장한 선물을 준 것 같은 느낌이 들었다. 부모님에 대한 실마리를 찾은 것만으로도 우치에게는 큰 소득이라 할 수 있었다.

객사로 돌아오면서 우치는 자신의 몸이 매우 가벼워진 것을 느꼈다. 가볍기가 마치 새털 같았으며 기분이 상쾌하여 방금 목욕을 마친 사람 같았는데 부석사의 보물이라는 백보환의 약효 때문인 것 같았다.

우치는 이날 밤에 잠이 오지 않아 뜬눈으로 밤을 지새웠다. 동트기 전, 산사의 뒷 공터에서 고함소리와 기합소리가 들려왔다.

객방의 문을 열고 소리 나는 곳으로 다가가니 산문 아래 너른 공터에서 스님들이 모여 무술을 연마하고 있었다.

가을의 새벽녘이라 한기가 가시지 않았는데 웃통을 벗은 스님들이 주먹을 내어지르고 발길질을 하고, 공중제비를 돌며 박투를 하고 곤봉을 휘둘러 용맹하게 무예를 수련하였다.

산사에 종이 울리자 웃통을 벗은 스님들이 계곡물에 몸을 씻고 가

사장삼을 입고는 무량수전으로 올라가 예불을 하였다. 스님들이 이렇게 무예와 불법을 함께 연마하는 모양이었다.

아침 예불이 끝이 난 후에 아침공양을 하고 이천년과 우치는 해운 스님과 동자승 대주의 배웅을 받으며 산문 아래로 내려왔다.

"언젠가 또 올 때면 형이 맛있는 떡이랑 엿 많이 가져올게."

대주도 이별이 서운한 듯 고개를 끄덕이다가 주머니를 뒤지더니 고사리 같은 손으로 제기 하나를 꺼내주었다.

"시주님, 이거 가져."

우치는 말없이 대주에게 작은 제기를 건네받았다. 우치가 제기를 건네받자 이천년이 재촉하여 말했다.

"우치야, 그만 가자꾸나."

이천년은 해운 스님과 짧은 인사를 나누고는 우치와 함께 산문을 나섰다.

산문을 내려가다가 고개를 돌려보니 산문 앞에 사슬이 풀린 해지 스님이 물끄러미 서 있다가 손을 흔들어 주었다.

"아!"

우치는 해지 스님께 합장 하였다.

1

이천년과 우치는 부석사를 나와 영천榮川-지금의 영주에서 숙박하고
다음날 봉화로 발걸음을 옮겼다. 첩첩이 깊은 산이 연달아 이어지는
꼬불꼬불하고 험난한 산길로 몇 십 리를 갔을까. 고개 위에서 바라보
니 시원한 계곡물이 흘러내리고 기암괴석이 우뚝 솟아 기괴한 형상
을 하고 있는 산이 하나 나타났다.

"저 산이 청량산清凉山이다. 저 청량산 아래로 내려가면 예안이 나
오지. 청량산은 태백산에서 흐르는 맥이 예안의 강가에서 우뚝하게
맺은 곳이란다. 처음 우리가 멀리서 이 산을 볼 때에는 다만 몇 개의
꽃송이 같은 흙산 봉우리밖에 보이지 않지만 지금 보면 사방이 돌 벽
으로 둘러쳐져 있고, 모두 만 길이나 되는 높고 험악하며 기이하고
신령스러운 산이지. 청량산은 영 등성이의 여덟 산과 더불어 나라 안
에 큰 명산이라, 예부터 수양하는 사람이 세상을 피하여 이곳에서 많
이 살았다. 옛날 최고운이 이곳에서 수양한 흔적이 많이 남아있지."

우치는 이회를 생각하곤 이천년에게 물었다.

"스님, 이 고개를 내려가면 바로 청량산인가요?"

"이 고개를 내려가면 온계溫溪가 나오는데 온계에서 북쪽으로 이십여 리쯤 가면 청량산이 나오고, 온계에서 남쪽으로 토계兎溪를 따라 십여 리 내려가면 예안이 나오지."

"그렇다면 저는 예안으로 갔다가 스님의 뒤를 따르지요. 예안에 저에게 의술을 가르쳐주신 스승님이 계시거든요."

"그렇다면 너는 예안으로 갔다가 청량산으로 오거라. 내가 청량사에 머물고 있을 것이니 너는 그리로 오면 되느니."

이천년은 온계에서 북쪽으로 올라가고 우치는 내를 따라 남쪽으로 내려갔다. 내를 따라 난 오솔길을 내려가니 인적도 없는 길에 수풀만 무성하고 흐르는 물소리가 잔잔하였다. 토계를 스치는 바람이 시원하게 우치의 이마에 흐르는 땀을 씻어 주었다. 내를 따라 생겨난 오솔길은 바위를 만나 산중턱으로 올라갔다. 큰 나무들 사이로 난 오솔길을 따라 우치는 상쾌한 마음으로 성큼성큼 나아갔다. 멀리 구불거리며 흘러가는 강물이 보이고 그 곁에 오밀조밀한 인가가 모여있는 것이 보였다.

마을을 향해 가다보니 지게를 진 머슴 둘이 땔감을 잔뜩 지고 오솔길을 가고 있었다. 우치가 그 뒤를 따라 걸으며 물었다.

"말 좀 물읍시다. 이 길로 가면 예안이 나옵니까?"

"그런데요."

머슴이 퉁명스레 말을 받았다.

"예안 사시오?"

"오천동에 사우."

"혹시 이회라는 분을 아십니까?"

"이회? 찬돌아, 이회라는 분이 누고?"

사내가 앞서 가던 덩치 좋은 머슴에게 물었다.

"이회? 아! 훈장하시는 의원님이재."

"아! 그 의원님을 찾아왔능교?"

"아십니까?"

"알다 뿐잉교. 얼마 전에 우리 마을에 찾아왔는데 우리 도련님 공부도 가르쳐주시고 동네 사람들 병도 치료해주시는 훈장의원님이지예. 우리 따라 오면됩니더."

머슴이 지게를 고쳐지곤 성큼성큼 앞서 나갔다.

우치가 사내를 따라 꼬불꼬불한 오솔길을 가다보니 논과 밭이 나타나고 초가와 기와가 이어진 마을이 나타났다. 마을 앞에는 맑은 강물이 흐르고 있었는데 강을 따라서 몇 개의 정자가 고적하게 세워져 있었으며 맑게 흐르는 개울 좌우로 동네 아낙들이 옹기종기 모여 빨래를 하고 있었고, 그 앞에 어린아이들이 물장구를 치며 놀고 있었다.

앞서 가던 머슴이 지게작대기를 치켜들어 어딘가를 가리키며 말했다.

"보소, 저기 저 분 아잉교?"

우치의 시선이 지게작대기를 따라가다보니 길 왼편의 정자에 누군가 낯익은 사람이 앉아 있었다. 이회였다. 우치가 사내에게 고맙다고 인사를 하곤 고개를 돌려 크게 소리쳤다.

"스승님!"

이회는 한가로이 정자에 앉아 흘러가는 구름과 강물을 바라보다가 누군가 부르는 소리에 고개를 돌려보니 전우치가 뛰어오는 것이었다.

"이게 누구야? 전우치가 아니냐?"

우치는 정자로 훌쩍 뛰어 올라가 이회의 두 손을 움켜잡고 말했다.

"스승님, 그렇게 말도 없이 떠나시면 어떡합니까?"

"미안하구나. 갑자기 집 생각이 많이 나서……."

우치가 이회에게 큰절을 올리고 자리에 앉았다.

"그동안 별고 없으셨는지요?"

"그럼, 그럼. 별일이 있겠느냐? 최 참봉의 풍은 고쳤느냐?"

"예. 말짱하게 고쳤습니다."

"장하구나. 제일 고치기 어려운 것이 풍인데 말이다. 하긴 네가 풍쯤은 쉽게 고칠 줄 진즉에 알았느니라."

"스승님도. 과찬이십니다."

"아냐, 아냐. 네가 일곱 개의 침을 꽂을 때 짐작은 하였다. 그건 그렇고, 여긴 어쩐 일이냐?"

"어쩐 일이라니오? 스승님을 뵈러 왔죠."

"아닌 밤중에 홍두깨 마냥 난 네가 이렇게 빨리 올 줄은 몰랐다. 네부모님은 별고 없으시고?"

"예. 그런데 얼마 전에 깜짝 놀랄 사실을 하나 알게 되었습니다."

"깜짝 놀랄 사실이라니?"

"제 부모님이 따로 있었습니다."

"뭐라고? 네가 봉팔의 아들이 아니었단 말이냐?"

우치가 품속에서 옥 목걸이를 꺼내어 보이며 말했다.

"우연히 부석사에서 제 부친의 함자를 알게 되었습니다. 전, 유자 선자라 하더군요."

"뭣?"

이회가 물끄러미 우치의 얼굴을 바라보다가 우치의 손을 잡았다.

"우치야, 이럴 게 아니라 어서 집으로 가자. 그동안 쌓인 이야기가 산더미 같구나."

이회가 우치의 손을 잡고 정자를 내려왔다.

이회가 머물고 있는 곳은 마을 왼편의 외진 와가로 방 한 칸과 마루 한 칸이 고작이었다.

이회는 우치를 들마루에 앉히곤 뚫어지듯 얼굴을 바라보다가 탄식하며 말했다.

"네, 네가, 아! 네가 바로 그의 아들이었구나. 어쩐지 네가 그와 많이 닮았다고 생각하고는 있었다만. 설마 네가 그의 아들일 줄은 꿈에도 몰랐다. 내가 너를 바로 앞에 데리고 어찌 몰랐을까?"

"그의 아들이라니오? 스승님께서 아버님을 아십니까?"

"알다 뿐이겠느냐? 내가 의술을 익힌 것도 모두 네 아버지 덕분인걸?"

이회는 이십여 년 전에 절친한 친구 김일손의 병을 고치기 위해 권오복의 부탁을 받고 개성의 청하동을 찾았으며, 전유선에게 「원시침경」과 「동의본초경」이라는 책을 선물받았다고 하였다.

"그로부터 얼마 되지 않아 무오사화가 일어났는데 그때 김일손과

전유선이 연루되어 잡혀가고 청하동은 쑥대밭이 되고 말았지. 내가
도망자의 몸으로 이곳저곳을 정처 없이 돌아다니다가 세상이 바뀐
후 청하동을 찾아갔을 때 알게 된 사실이다."

"그럼 더 이상은 스승님도 모르시겠군요."

"그 이상은 나도 아는 바가 없구나."

이회가 우치의 등을 가볍게 두드렸다. 뭔가 실마리를 찾을 것 같았
지만 찾을 수가 없어서 우치는 낙심하여 고개를 푹 숙였다.

"참, 너에게 줄 것이 있다."

이회는 품속에서 주머니 하나를 꺼내었다. 주머니를 여니 작은 대
나무 통이 나왔는데 이회는 대나무 통에서 돌돌 만 작은 종이를 꺼내
어 주었다.

"이것은 「원시침경」의 마지막 부분이다. 일지침一指針이라 하여 손
가락으로 침을 놓는 법이라 하는데 나는 아무리 하여도 이해할 수가
없어서 따로 떼놓았다. 원래 네 것이고, 내가 너에게 물려주려 했던
것이니 내가 공부해서 사용해보거라."

우치가 종이를 꺼내어 펼쳐보니 종이에 기름을 먹여서 훼손되지
않도록 세심하게 공들인 흔적이 보였다. 종이에는 일지침을 배우는
요결이 적혀 있었다. 일지침은 손가락 끝에서 나오는 지경指勁을 사
용하여 병을 치료하는 방법으로 그 시초부터 자세하게 설명이 되어
있었다.

일지침은 직지선直指禪이라고도 하는데 직지사直指寺의 화상 담경
淡敬이 신라시대에 창시한 일법으로 담경은 본래 탱화를 그리는 스님
이었다.

담경은 손가락으로 불화를 그리던 특이한 스님으로 말년에 온 정신이 손가락 끝으로 모여 일지만 갖다대도 사람이건 짐승이건 할 것 없이 쓰러지게 되었다는 것이다. 후에 선인이 이 법을 배워서 손가락으로 침을 대신하여 사람을 치료하는데 효험을 보았으며 불가에서는 직지선直指禪이란 명칭을 갖게 되었다 하였다. 그러고는 설명 외에 불가의 법문 같은 시구 하나를 덧붙여 놓았다.

矢見必防	화살은 보이기 때문에 반드시 막을 수 있지만
不示不避	보이지 않는 것은 피할 수도 없다.
直指人心	직지는 인심이니
見性成佛	불성佛性을 보는 이 성불하리라.

이것이 일지침을 운기하는 법문이었다. 이천년에게 행기를 배웠고, 의술을 배워 혈자리를 잘 아는 우치는 법문의 내용에 기록된 혈의 운행이 쉽게 이해가 되었다.

"네가 보아 알겠느냐?"

이회가 물었다.

"조금 알 것 같아요."

우치의 대답을 듣고 이회가 손가락을 펴며 말했다.

"나도 이 글속에 있는 법문대로 나름 행기를 하여보았다만 손가락 끝으로 기운이 나오기는커녕 피 한 방울 안 나오더라. 대체 손가락으로 어떻게 침을 놓는다는 것인지……."

"이천년 스승님이 보시면 잘 아실 것 같아요."

"천수암에 계시는 네 스승도 왔느냐?"

"예."

우치가 종이를 돌돌 말아서 대나무통에 넣었다.

"스승은 어디 계시냐?"

"청량산 청량사에 가셨어요."

"청량사에? 같이 왔으면 좋으련만, 함께 술이나 마시며 회포도 풀 게 말이다."

"내일 그쪽으로 갈 건데 모시고 올 수 있으면 들르겠습니다."

"좋을 대로 하려무나."

이회와 우치는 그날 밤늦게까지 그동안의 이야기를 나누다가 새벽 녘이 되어서야 잠이 들었다.

2

우치가 다음날 아침밥을 먹고 오천동을 나와 구불구불한 강가를 따라 올라가니 해가 중천에 솟을 무렵에 청량산에 도착할 수 있었다.

우치는 산속으로 난 길을 따라 걸었다. 깊고 험하기가 이를 데 없는 산 양편에는 암벽들이 우뚝 솟아 마치 거인처럼 둘러서있고 깊은 골짜기에서는 이따금씩 싸늘한 바람이 일어 기괴한 소리를 내었다. 사방의 산마루는 창을 든 장수가 서있는 듯 삐쭉삐쭉하고 낙락장송이 우거져 하늘을 가리었으며 계곡물은 천병이 말을 타고 내달리는 것처럼 계곡을 울렸다. 단풍 든 나뭇잎이 바람을 맞아 소리쳐 몸을 흔들고 가끔씩 고라니가 캬악, 하고 울어대니 밝은 대낮이지만 으스스하기까지 했다.

우치가 삐쭉이 튀어나온 바위와 나무뿌리를 잡고 한참을 올라가다 보니 높은 벼랑 위에 산사가 하나 나타났다. 우뚝 솟아난 바위 아래 작은 절이 있고 그 옆에 작은 암자들이 다닥다닥 붙어 있었다.

'저곳이 청량사로구나.'

우치가 이마에 흐르는 땀을 닦고 있으려니 마침 스님 한 분이 유리 보전瑠璃寶殿이라는 암자에서 나왔다. 우치가 다가가 합장하며 이천 년을 찾는다 말하니 손가락을 들어 서쪽 산비탈을 가리켰다.

"어제저녁에 스님께서 토계 선비님의 산당에 다녀오시더니 오늘 아침 일찍 또 그곳에 가신 모양입니다."

"고맙습니다."

우치가 합장하고 스님이 알려 준 곳으로 걸음을 옮겼다. 몇백 년은 묵었을 것 같은 커다란 나무를 지나니 과연 작은 산당이 보였다. 오 산당吾山堂이라는 현판이 걸린 산당은 깊은 산속이지만 기와를 이은 집이었다.

우치가 흙으로 벽을 이은 작은 대문 앞에서 잠시 서성거리다가 문을 열고 마당으로 들어와 보니 마루 위에 짚신 한 짝이 있을 뿐이었다.

'짚신이 작은 것을 보니 스님 것이 아닌데 그럼 다른 곳에 가셨나?'

우치가 돌아서려 할 때에 방 안에서 신음소리가 들려왔다. 이상한 느낌이 들어 들마루에 무릎을 대고 방문을 열어보니 방 안에 상투 튼 선비 하나가 엎드린 채 신음을 하고 있었다.

우치는 재빨리 방으로 들어가 그를 흔들어보았다. 눈에 흰자위가 가득한 것이 혼절한 것도 아닌 것이 보기에도 심상찮았다.

우치는 선비를 바르게 눕힌 후 손목을 잡아 진맥을 살폈다.

'큰일 났구나. 심화心火가 머리로 올라갔구나. 그런데 어쩌다 이렇게까지 되었지?'

우치가 좌우를 둘러보니 방 안에 책만 가득했다. 서안에도 책이 펼쳐져 있는 것으로 보아 공부를 너무 열심히 한 탓으로 기가 머리 위로 올라온 때문인 것 같았다. 허나 공부를 열심히 해서 죽었다는 말은 우치도 들어본 적이 없었다. 우치의 눈에 서안 위에 펼쳐진 책 한 권이 들어왔다.

'참동계參同契?'

우치가 그 책을 펼쳐보았다.

『참동계參同契라는 것은 말은 어눌하되 도는 크고, 말은 적으나 종지는 깊다. 오제五帝에 가지런히 하여 건업建業하고, 삼황三皇에 짝을 이루어 입정立政한다. 만약 군신君臣이 서로 죽여 상하의 법도가 없다면 차례를 정하여 정치를 하더라도 태평太平에 이르지 못한다. 그 법法을 복식服食하면 장생長生할 수 없다.』

몇 장을 읽는 동안 참동계가 주역과 관계가 있는데 연단鍊丹의 연마법이 적힌 책이라는 것을 알 수 있었다.

"그렇다면 이 선비는 참동계를 보고 운기수련을 하고 있었던 것이로구나. 그렇다면 이 증상은 주화입마走火入魔의 증상인데?"

우치가 놀란 눈으로 신음하는 선비를 바라보았다.

주화입마란 몸속의 기를 잘못 운용하여 맥을 타고 온몸을 돌아야 할 기가 몸에 뭉쳐서 내려오지 않는 부작용을 말한다. 선비의 경우는 무리하게 기를 운행하다가 기운이 머리 위에 뭉쳐서 화기가 성하여 정신을 잃어버린 것이었다. 기가 머리에 뭉쳐있어서 빨리 풀어주지 않는다면 바보가 되거나 심한 경우 죽음에 이를 수도 있었다.

우치는 재빨리 「원시침경」을 꺼내었다. 원시침경 안에 주화입마를 제어하는 법이 있었기 때문이다. 책장을 넘겨 찾아보던 우치는 선비의 맥을 잡았다. 시간이 지체되어서 침으로 해결할 수 없는 지경에 이른 것 같았다. 앞날이 창창한 젊은 선비의 미래를 생각할 때에 반드시 살리는 수를 마련해야 할 것 같았다.

우치에게 문득 좋은 수가 생각났다. 일지침이었다. 선비를 살릴 만한 한 가지 방법은 손가락으로 행할 수 있다는 일지침 밖에는 없었다.

우치는 이회에게 받은 법문을 꺼내어 자세히 들여다보았다.

일지침의 법문은 기해氣海, 단전에 축적한 기운을 기경을 통해 움직여 손가락 끝의 십선혈十宣穴을 통해 바깥으로 표출하는 데에 있었다. 지극히 단순하지만 실행하기에는 지극히 어려운 법이었다.

우치는 즉시 글 속에 쓰인 법문에 따라 운기를 시작하였다. 어려서부터 이천년을 따라 오랫동안 행기를 한 탓에 운기가 어렵지는 않았다. 그는 평평한 바닥에 좌정하여 단전의 기운을 손가락 끝의 십선혈로 통하게 하여 기경의 통로를 만들었다.

단전에서 검지손가락 끝으로 기운이 몇 차례 통하고 나니 손가락 끝에 뭉툭한 몽우리가 달린 것 같은 느낌이 들었다. 이회 스승이 어렵다고 한 것이 생각보다 쉽게 되어서 다행이었다.

휴우, 긴 숨을 내쉰 후에 우치는 법문에 나오는 대로 손가락 끝의 십선혈에서 화살을 튕기기라도 하는 듯 기공을 밀어내었다. 무언가가 손끝으로 빠져나가는 듯한 기분이 들었다.

"이것이 일지침인가?"

우치는 몽우리가 생긴 것 같은 손가락 끝을 만져보다가 누워있는 선비에게 다가갔다. 그러고는 선비의 저고리를 풀어 등줄기 중간에 손가락 끝을 대고는 진기를 밀어내었다. 손가락 끝에서 뭔가가 쏟아져 나와 선비의 독맥을 따라 올라가는 것이 느껴졌다. 동시에 우치는 상대방의 기경이 눈앞에 보이는 것처럼 느낄 수 있었다.

독맥을 따라 올라가던 기운이 정수리에서 멈추었다. 정수리 부분에 뭉쳐진 기운이 느껴졌다. 우치는 의념을 집중하여 손가락 끝에 기운을 더욱 강하게 불어넣었다. 그러자 손가락 끝에서 불 같은 기운이 화살처럼 올라가서 정수리에 뭉쳐진 기운을 관통하니 선비가 '음' 하는 신음소리를 내며 길게 숨을 내쉬었다. 우치가 독맥을 지난 기운이 임맥 아래로 내려가는 것을 확인하고 단전 아래에서 기운을 회수하며 손가락을 떼어내니 선비가 천천히 눈을 떴다.

"누, 누구십니까?"

우치가 그의 가슴을 살짝 누르며 조용히 말했다.

"가만히 계십시오. 기운이 진정될 동안 누워계십시오."

"어떻게 된 건가요?"

"주화입마를 당하실 뻔 하셨습니다."

"주화입마?"

"예."

우치는 손가락을 이용한 일지침으로 침으로도 살리기 어려운 주화입마를 쉽게 고치게 되자 이것이 참으로 용한 침이며, 이상로가 대국의 황제를 고친 것이 이유가 있다 생각하였다.

우치는 선비의 창백한 얼굴을 내려다보며 말했다.

"지나가던 길에 선비님의 신음소리를 듣고 실례를 무릅쓰고 들어왔습니다. 다행히 시기를 맞추어 목숨을 구할 수 있었지만 다음에는 장담할 수 없습니다. 화기가 머리로 치솟으면 정신을 상하여 미치거나 심할 경우에는 죽을 수도 있습니다."

선비가 그제야 자초지종을 짐작한 듯 탄식하며 입을 열었다.

"아! 제 생명을 살려주셨군요. 저는 토계에 사는 이황이라 합니다. 이곳 산당에서 주역 공부를 하다가 참동계라는 책을 보게 되었는데, 그 내용을 보다보니 연단鍊丹에 대한 것이 있어 조금씩 연마를 해보았습니다. 기를 수련하면서 몸이 가뿐하고 공부하는 데에도 도움이 많이 되었습니다. 그런데 오늘은 갑자기 잡념이 일어나더니 머리가 어지럽고 눈이 가물거리며 하늘이 나를 덮치는 것 같이 눈앞이 깜깜해져서 그만 정신을 잃고 말았습니다."

"그것이 바로 주화입마입니다. 기의 흐름이 역류하여 생기는 병이지요."

우치는 서안에 놓인 책을 바라보며 물었다.

"참동계를 보고 운기運氣를 한 지는 얼마나 됩니까?"

이황은 곰곰이 생각하다가 말했다.

"작년 중복中伏 무렵에 주역을 연구하다가 연마를 하게 되었으니 일 년이 다 되어가는군요."

우치는 고개를 끄덕이며 말했다.

"선비님의 몸이 상한 것은 아마도 이 책에 있는 내단법과 관계가 있는 것 같습니다. 제가 볼 때 연단의 술법은 사람의 몸을 망치기 쉽습니다. 수은을 사용하여 신선이 된다면 진시황 같은 이는 아직까지 복록을 누리면서 살고 있어야 할 것이 아닙니까? 대신 제가 다른 방법을 알려드리겠습니다."

우치는 이천년에게 배운 활인심법을 가르쳐주었다.

"옛날에 화타는 오금희라 하여 다섯 마리 동물의 모양을 본떠서 체조를 만들었습니다. 이것이 간단한 운동이지만 오랫동안 연마하면 내단을 공부하는 것보다 훨씬 나을 겁니다."

우치는 활인심법이 명나라 태조의 열여섯째 아들이 만든 것으로 옛날 주자도 이런 체조로 몸을 강건하게 만들었다고 일러주고 몸에 좋은 여섯 가지 호흡법도 가르쳐주었다.

활인심법을 따라하던 이황이 우치에게 물었다.

"이런 것을 누구에게 배웠습니까?"

"저를 가르쳐주신 스승님의 함자는 이자, 천자, 년자이옵니다. 어제 헤어져서 오늘 만나기로 했는데 청량사의 스님이 어제 여기로 왔다고 하더군요."

"아! 어제 저에게 주역을 가르쳐주신 처사님 말이군요. 머리를 기르고 삿갓을 쓰신 처사님 말입니다."

"예. 바로 그분이 제가 모시는 스승님입니다."

이황이 머리를 갸웃거리며 말했다.

"그런데 이천년이 본명이 맞습니까?"

"그건 왜 물어보십니까?"

"저는 그분이 주역에 정심하기에 정희량이 아닌가 의심을 하였습니다. 혹시 정희량이라고 들어보셨나요?"

"정희량이 누군가요?"

"아, 아닙니다."

우치는 머리를 갸웃거리다가 자리에서 일어나 방을 나왔다.

"어디에 가십니까?"

이황이 물었다.

"아무래도 스승님이 청량산 구경을 하러 가신 모양인데 찾아봐야 겠습니다. 몸이 온전하지 않으니 쉬십시오."

우치가 마투리를 신고 이황에게 꾸벅 인사를 한 후에 문을 나와 다시금 청량사로 돌아가 스님에게 물어보았다.

"그분이 객방에 안 계시다면 구경 가셨겠지요. 청량산에는 신라 명필 김생이 공부하였다는 김생굴金生窟과, 고운 최치원이 살았던 치원대와 고운굴, 의상 조사님이 계셨던 의상굴義湘窟, 고려 공민왕을 모신 공민왕당恭愍王堂, 왕모산성王母山城도 있습니다. 아마 적적하여 구경 가셨나봅니다."

우치는 다시 이천년을 찾기 위해 산속으로 올라갔다.

가파른 산속을 올라가던 우치는 벼랑 위 커다란 바위 아래에 있는 공민왕당도 보고, 신라 명필 김생이 공부하였다는 김생굴도 보고 이것저것 구경을 하며 다니던 중에 나뭇가지로 이어 만든 움막 같은 한 동굴 앞에서 걸음을 멈추었다.

나무로 얼기설기 짜맞춘 굴 안은 평평하였는데 희미한 빛이 투과되어 동굴 안을 희뿌옇게 비추고 있었다. 바닥을 살펴보니 깨끗이 정돈되어 있는 것이 사람의 흔적이 있는 듯하였다.

'스승님이 이 안에 들어가셨나?'

우치는 굴 안을 기웃거리다가,

"스승님, 스승님 계세요?"

하고 말하니 우치의 말이 동굴 안에서 윙윙 메아리처럼 울려왔다. 우치가 눈을 크게 떠 굴 안을 바라보니 벽 앞에 이상한 그림자 하나가 보였다. 그 그림자는 하나의 덩어리처럼 불룩 튀어나온 형상이었다.

'이곳에 불상이 있는 모양이지? 그럼 이곳이 의상 조사님이 거처하시던 의상굴인가보다.'

우치는 그림자가 마치 연화대 위에 올라가있는 부처의 형상이었으므로 무심코 그림자의 본체를 바라보다가,

"엇?"

하고 짧게 소리쳤다. 벽면에 비쳤던 그림자의 실체는 머리가 하얗게 센 사람이었는데 그가 동굴의 바위 위에서 가부좌를 틀고 있었던 것이다.

우치가 다가가보니 머리와 눈썹과 수염이 모두 백발인 노인이었다. 그는 무언가를 생각하는 듯 눈을 감고 일체의 미동도 없었다.

'이 노인은 이 산에서 도를 닦는 도인이로구나.'

우치는 호기심이 일어 숨을 한 번 내쉬고는 용기를 내어 앞으로 다가갔다.

'이 도사님도 우리 스승님과 비슷한 부류일까?'

우치가 도둑고양이 걸음으로 살금살금 다가갔을 때였다.

"이놈!"

호통소리와 함께 나무껍질 같은 손이 우치의 손목을 잡아 비틀었다.

"사람 살려!"

213

우치는 손목이 끊어질 듯한 통증에 크게 소리치며 뒷걸음질쳤으나 잡힌 손목을 뿌리치지 못했다. 손목이 부러질 듯 아파와 잡히지 않은 다른 팔을 크게 휘저었다.

"이놈!"

미동도 않던 노인이 눈을 번쩍 떴다. 악력이 쇠와 같아서 우치의 몸이 돌아갈 지경이었다. 겨우겨우 소리를 내어 노인에게 말했다.

"도사 할아버지, 살려주세요!"

노인이 우치의 아래위를 훑어보며 말했다.

"너는 누구며 여기에 왜 왔느냐?"

우치는 겁에 질려 말을 더듬기까지 했다.

"사, 사람을 찾다가 우, 우연히 여기까지 왔습니다."

"흥, 요 녀석. 제법 담이 크구나!"

노인이 우치의 손목을 놓아주었다. 우치는 그 자리에 주저앉아 손목을 어루만졌다. 정신을 차린 우치가 노인에게 물었다.

"어르신은 누구신데 이런 곳에서 사람을 놀라게 하시는 겁니까?"

순간 우치의 눈앞에 번쩍하고 별이 보였다.

"아이구, 아파."

우치가 오른쪽 이마를 움켜쥐며 비명을 질렀다.

"이놈아, 너는 예의도 모르느냐? 어른이 먼저 이름을 말할까?"

우치가 이마를 누르며 말했다.

"저, 저는 전우치라고 합니다. 어르신 함자는 어떻게 되시는지요?"

"나? 나는 개똥이야."

"개똥이요?"

딱, 우치의 눈앞에 다시 별이 반짝였다.

"아이구!"

이번에는 우치가 왼쪽 이마를 움켜쥐고는 비명을 질렀다.

"이놈아. 개똥이 아니라 개통이야. 젊은 놈이 귀가 먹었느냐?"

우치는 양편 이마를 문지르며 말했다.

"예. 개통."

두 눈에 눈물이 핑 돌았다.

"이놈아, 개통 스님으로 불러라. 나도 원래는 스님이란 말이다."

우치는 통증이 가시자 개통에게 물었다.

"저는 스님의 머리카락이 길어 도사인 줄 알았습니다. 그나저나 스님은 이곳에서 무엇을 하고 계셨습니까?"

215

"나? 이곳에서 생각을 하고 있지."

개통은 팔을 꼬며 퉁명스럽게 대답했다.

"무슨 생각이요?"

"허실虛實."

'이상한 노인이구나! 생각할 것이 없어서 그런 것을 생각하나?'

우치가 다시 물었다.

"허와 실은 무엇 때문에 생각하시는 겁니까?"

"네가 알아 뭐하게?"

개통은 우치를 쳐다보았다.

"그냥 궁금하니까요."

"가르쳐줄까?"

개통은 실눈을 뜨고는 은근한 목소리로 물었다.

'뭐 이런 스님이 다 있을까?'

우치는 마음속으로 '참 이상한 스님이구나' 하는 생각이 들었다.

개통 스님이 손가락으로 우치의 이마를 가리키며 말했다.

"아까 나한테 맞았지?"

"예."

"그런데 내 손이 보이더냐?"

"아니요. 어두워서 잘 못 보았습니다."

우치가 무심결에 말했다.

"예끼, 이놈아!"

또다시 우치의 눈앞에 별이 번쩍거렸다. 이번에는 가운데 이마에 통증이 몰려와 우치는 다시금 두 손으로 이마를 감쌌다. 노인의 손 속이 얼마나 빠른지 우치는 도무지 방어할 수가 없었다. 졸지에 우치의 이마에는 왕방울만한 혹이 좌우로 두 개, 가운데 하나가 생겨 났다.

개통 스님은 팔짱을 끼고 의기양양하게 말했다.

"나는 단지 허와 실을 사용하여 힘을 들이지 않고 남을 치는 권술 을 생각하고 있었느니라."

우치는 호기심이 일어 이마를 문지르며 물었다.

"그런 게 있을까요?"

"그런 게 왜 없어? 음양오행도 인체에 대입하는데 그까짓 허와 실 을 대입 못할 건 또 뭐냐?"

"스님, 남을 때리는 것이 뭐가 좋단 말입니까?"

우치는 이마를 만지며 모기만한 소리로 중얼거렸다.

"이놈아, 힘이 없으면 나를 지키고 나라를 지킬 수 있겠느냐? 남을 때리는 것이 아니라 나를 지키는 것이 무술이다. 이놈아!"

개통은 우치를 불러 가까이 오게 한 후 말했다.

"전우치라 하였더냐?"

"예."

개통이 작은 두 눈을 깜빡거리며 한동안 바라보다가 입을 열었다.

"네가 이전에 나를 본 적이 있느냐?"

"아뇨."

"그런데 어째서 네 얼굴이 눈에 익은 것일까?"

개통이 턱을 괴고 생각에 잠기었다. 한참을 생각하던 개통이 무릎을 치며 소리쳤다.

"전유선! 네놈 얼굴이 전유선을 많이 닮았다."

"스님이 아버님을 어떻게 아십니까?"

"아버님? 오라, 그리고 보니 네 이름이 전우치로구나!"

개통이 눈을 가늘게 뜨고 손가락으로 셈을 하더니,

"내가 무오년에 전유선을 만났을 때 아내가 아이를 가졌다는 말을 들었다. 네가 무오년에 태어났다면 스물하나이구, 기미년에 났다면 스물인데, 네 나이가 이 중의 하나가 맞느냐?"

하고 물었다.

"예. 올해 스물이옵니다."

"그럼 기미년에 났구나. 네가 전유선의 아들이 맞다. 그런데 네 아버지는 잘 있느냐?"

"전 아버지 얼굴도 모릅니다."

"뭣? 그게 무슨 말이야? 아버지 얼굴을 모른다니?"

우치는 개통에게 갓난아기 때 버려져서 심마니의 자식으로 자라온 사정을 이야기하였다.

"무오년에 큰 사화가 있었는데 아무래도 전유선이 그 사건에 연루된 모양이로구나. 동리가 없어질 지경이라면 반드시 관군들이 개입했을 터, 너희 동리도 두문동杜門洞처럼 화를 입은 모양이구나."

개통이 혀를 차다가 우치에게 말했다.

"네 아버지가 참말 나와 친하였다. 나와 며칠 밤낮을 자지 않는 내기도 했고, 몇 날 며칠간 술 마시는 내기도 하였지. 풍류남아에 무술 실력은 얼마나 뛰어났는지……."

개통이 고개를 홱 돌려 우치에게 말했다.

"무술을 배운 것이 있느냐?"

"아뇨. 전 무술을 배운 적은 없습니다."

"네 아버지의 무술 실력이 천하에 다섯 손가락에 들 정도였다는 것을 네가 아느냐? 이렇게 만난 것도 인연이니, 이참에 내가 네게 몇 가지 무술을 가르쳐주마."

"괜찮습니다. 전 무술에 소질이 없습니다."

"이런, 호랑이에게 개가 났구먼."

"뭐라고요?"

"이놈 봐라. 성깔도 있네. 잘 생각해봐라. 나에게 무술을 배운다는 것은 정말 하늘이 내린 복이라고 할 수 있느니."

"저는 그런 복은 받고 싶지가 않습니다."

"이놈이? 지금 나한테 반항하는 게냐?"

개통이 갑자기 손을 뻗어 우치의 손목을 잡았다.

"자꾸 괴롭히시면 저도 가만있지 않을 겁니다."

"그래? 네가 스스로를 지키겠다 이거지? 할 테면 해봐라."

우치도 힘으로는 누구한테 지지 않던 터라 개통의 손목을 벗어나기 위해 힘을 썼다.

개통이 너털웃음을 지으며 한 손가락으로 우치 어깨에 있는 중부혈을 찔렀다. 우치는 갑자기 극렬한 통증과 함께 팔이 마비되는 것을 느꼈다.

"왜? 힘을 써보라니깐."

개통은 우치의 팔을 당겨 손목의 양계혈陽鷄穴을 눌렀다. 우치는 팔에 통증이 심해 자기도 모르게 몸이 오그라지면서 목이 숙여졌다.

"녀석, 약골이구먼!"

개통이 이번에는 목 뒤에 있는 천주혈天柱穴을 일지로 눌렀다. 우치는 통증 때문에 자연스레 몸이 빙그르르 돌아갔다.

"어라, 몸을 꼬네."

개통이 낄낄 웃으며 견정혈肩貞穴을 일지로 꾹 눌렀다. 우치는 너무 아파서 고함도 지르지 못하고 통증 때문에 자연히 왼쪽으로 몸이 기울어졌다.

"어허, 바닥에 쓰러지면 흙 묻어."

개통은 넘어가는 우치의 몸을 오른발로 지탱하였다. 그러자 우치의 오른 다리가 저도 모르게 번쩍 들렸다.

"그놈, 춤을 추는구나."

개통은 곧바로 복사뼈 아래에 있는 구허혈丘墟穴을 일지로 찔렀다.

그러자 우치의 몸뚱이가 저절로 뒤집어지며 발바닥이 드러났다. 그 순간 개통은 일지로 우치의 발바닥에 있는 승근혈承筋穴과 오리혈五里穴을 잇달아 찔렀다.

우치는 참을 수 없는 통증에 비명도 지르지 못하고 자신도 모르게 몸을 벌떡 일으켜 세웠다. 개통은 우치가 벌떡 일어서자 빙그레 웃으며 손바닥을 툭툭 쳤다.

"이놈아, 이제 정신을 좀 차렸느냐? 어디 어른 앞에서 꼬박꼬박 말대꾸냐? 어디 이번에도 거절할 테냐?"

우치는 온몸 구석구석이 저려와 얼마간 정신을 놓고있다가 간신히 입을 열었다.

"스님, 저한테 왜 그러시는 겁니까?"

"내 손가락 하나도 당해내지 못하는 녀석이 고집은? 어쩔 테냐? 나에게 무술을 배울 테냐 말 테냐?"

"안 배우겠다면 또 괴롭히시려구요?"

"그놈, 고집 봐라. 배울 테냐 말 테냐? 결정을 해라!"

개통이라는 스님이 막무가내로 나오는 것을 보니 어떤 식으로든 결정을 내리지 않으면 산 밑으로 내려갈 수 없을 것 같았다.

"좋아요. 그렇다면 방금 제가 당한 무술을 가르쳐주세요."

우치가 생각해보니 급소를 손가락으로 찌르는 무술이 좀 쉬워보였다.

"방금 네가 당한 무술?"

개통이 우치를 쏘아보았다.

"예, 그거라면 쉬울 것 같습니다."

"그거라면 쉬워? 이놈아, 그걸 배우려면 인체의 혈도를 알아야 해. 네가 혈도를 좀 아느냐?"

"예. 잘 알아요."

"그걸 어떻게 아느냐?"

"제가 의술을 배웠거든요."

"어? 그래? 그럼 딱 맞겠구나."

개통이 무안한 듯 머리를 긁적이다가 입을 열었다.

"내가 네 몸에서 찌른 곳은 사람을 죽이는 사혈死穴은 아니고, 신체적 고통이 심해 다른 이가 잠시 힘을 못 쓰도록 하는 혈자리다. 그곳이 어딘지 알겠느냐?"

우치가 개통이 손가락으로 찔렀던 곳을 일일이 가리키며 혈자리를 말하니 개통이 멍하니 바라보며 고개를 끄덕끄덕하였다.

"그 혈도 말고도 열 가지가 넘는 혈도가 더 있으니 잘 보고 배우거라."

개통은 우치의 몸 이곳저곳을 손가락으로 가리키며 알려주었다. 과연 그가 가리키는 혈자리는 누르기만 해도 고통스러울 뿐만 아니라 몸의 힘이 금세 빠지는 곳이었다.

우치가 의술에 정통하여 가르쳐주는 혈자리는 어김없이 외웠으며, 우치가 금방 그것을 익혀 따라하자 개통은 신이 나서 이번에는 자신이 만든 허실권 몇 초식을 더 가르쳐주었다. 그것은 상대방에게 잡혔을 때 빠져나가는 방법과 상대의 힘을 이용하는 무예로 따라하기는 아주 간단하였지만 매우 정교한 수법이었다.

"나의 허실권이 어떠냐?"

우치는 그것을 몇 번 반복해보고는 놀란 얼굴로 개통에게 말했다.

"참으로 오묘하군요. 스님의 권술은 정말 신묘해요."

개통은 우치의 칭찬에 껄껄 웃으며 말했다.

"그럴 줄 알았다. 그건 그렇고 잠시 네 맥을 좀 보자."

개통은 우치의 손목을 잡아 가만히 맥을 짚어 보더니 고개를 갸웃거리며 말했다.

"아까 내가 너의 혈도를 찔렀을 때, 네놈 몸에 반탄력이 있더구나. 이상하다 생각하였는데 정말이구나. 어린 나이에 잠재된 내력이 이토록 세다니 믿을 수가 없어! 오랫동안 기공을 연마하였느냐?"

"아! 제가 모시던 스승님으로부터 활인심법을 배웠습니다."

"네 나이가 겨우 스물이니 이십 년을 연마했다 치더라도 이렇게 셀 수는 없어."

"아! 며칠 전 부석사에서 해지 스님을 만나 백보환을 먹었습니다. 혹시 그것 덕분이라면……."

개통이 감탄하며 말했다.

"네가 백보환을 먹어? 과연……."

"스님, 백보환이 그렇게 대단한 겁니까?"

"그래, 이 녀석아. 백보환은 옛날 의상 조사님이 직접 만드신 단약인데 백약을 넣어서 백보환이라고 불렀다. 그걸 먹으면 기운이 부쩍 늘어나서 한겨울에도 추위를 느끼지 않고 염천 더위에도 더위를 타지 않지. 해지가 너에게 백보환 같은 귀한 약을 주다니 네가 참으로 운이 좋은 아이로구나!"

개통은 입맛을 쩝쩝 다시다가 다시 말했다.

"전유선이 평소 나한테 잘해주었으니 나도 그 보답으로 너에게 뭘 해주고 싶은데⋯⋯."

개통은 한동안 생각하다가 자리에서 일어나 자신이 앉아있던 바위를 가볍게 밀치고는 그 밑에서 책 한 권을 꺼내 우치에게 건네주며 말했다.

"이것은 취형신권醉形身拳인데 한번 배워 볼 테냐?"

우치가 그 책을 공손하게 받아 책장을 넘겨보니 술을 먹고 하는 무술이었다. 그 책에는 묘한 손놀림과 발놀림의 권결이 그림과 함께 상세하게 적혀 있었는데 우치가 따라하기에는 너무도 어려워 보였다.

'이 무술은 따라하기도 전에 술에 취해 먼저 곯아떨어지겠구나. 무릇 불가에 귀의한 사람이라면 주계酒戒를 범하지 말아야 하는 것이 이치인데 개통 스님의 책에 따르면 술을 먹어야 하다니 이것이야말로 모순이구나. 나는 이런 것은 배우지 않겠다.'

우치는 책을 덮고는 개통 스님에게 돌려주며 말했다.

"개통 스님, 저는 그저 의술이나 배워 인술이나 베풀고 살렵니다."

우치는 죽령에서 인사불성이 되도록 술을 마시고 이천년에게 호된 충고의 말을 들었으므로 술에 대한 경계심이 있었다. 그뿐 아니라 술을 마신 다음날 머리가 아프고 속이 쓰려 몸이 고생을 했으므로 개통이 준 취형신권을 보자 정이 뚝 떨어져 버린 것이다. 그러나 우치가 만약 무예를 조금이라도 알았다면 그러한 생각을 하지 않았을 것이다.

원래 취형신권은 선종禪宗의 최상승 무술로 파계법승破戒法承*의 무예였다. 선종은 불심종佛心宗이라 하여 마음에서 마음으로 법을 전하는 것을 종지로 삼았다. 그것은 석가가 영산회靈山會에서 말없이

223

꽃을 꺾자 제자 가섭迦葉만이 그 뜻을 알고 웃었다는 고사에서 그 기원이 시작되었는데 후에 달마가 중국에 전한 종지였다. 선종은 정려靜慮·좌선坐禪으로 내관內觀·내성內省하여 불성을 찾았는데, 교종教宗과는 달리 글자나 설교를 떠나 불성佛性을 구했으므로 규율에 크게 지배당하지 않았다.

하지만 선종이나 교종이나 불가의 기본적인 계율과 법이 있으므로 계율을 깨뜨리는 무술은 불문에 있는 사람들도 우치처럼 배우기를 꺼려하는 입장이었다. 때문에 취형신권은 천성이 아기처럼 때묻지 않은 사람이거나 신라의 원효 대사같이 이미 도를 터득하여 계율을 깨뜨리더라도 다른 이의 이목을 무서워하지 않는 경지에 도달한 사람 사이에서 전하여 내려오고 있었던 것이다. 말하자면 취형신권을 배운다는 것은 이미 세속의 차원을 넘어선 염화미소拈華微笑*의 경지에 도달한 사람만이 전하는 무예인 것이다. 따라서 취형신권을 연마한 사람들은 대부분 생각이 천진하고 바보 같거나 어리석은 사람이 많았다.

개통 스님 역시 마음이 천진하여 아흔을 바라보는 나이임에도 철없는 어린아이처럼 행동하여 스님들의 손가락질을 받는 사람이었지만 취형신권 하나만을 연마하여 반공, 무허, 운공 스님과 어깨를 나란히 할 정도가 되었던 것이다.

---

* 파계법승 : 계戒는 깨뜨리지만 법法을 지키는 무예
* 염화미소 : 말로 통하지 아니하고 마음에서 마음으로 전하는 일. 석가모니가 영산회에서 연꽃 한 송이를 대중에게 보이자 마하가섭만이 그 뜻을 깨닫고 미소 지으므로 그에게 불교의 진리를 주었다고 하는 데서 유래한다.

우치는 단지 술을 마신다는 이유로 그 책을 덮어버렸지만 만약 무예를 아는 이가 그 책을 받았다면 즉시 조석으로 연마하여 일시에 대고수가 되었을 것이다.

개통은 우치에게 책을 돌려받고 멋쩍은 듯 머리를 긁더니,

"내 그럴 줄 알았어. 전유선에게 너무 미안한데. 에이, 할 수 없지. 그러면 나는 생각을 해야 하니 다음에라도 마음이 있으면 이곳을 찾아오너라."

하고는 다시금 있던 자리에 책을 놓고 바위로 덮은 후 참선에 들어갔다.

"스님, 그럼 안녕히 계십시오."

우치는 개통 스님에게 큰절을 올리고 의상굴에서 나와 청량산을 헤매다가 석양이 저물어 갈 무렵에야 힘없이 청량사로 내려왔다.

우치가 청량사로 돌아오니 오산당에서 구해준 이황이라는 선비가 법당 앞에 서있다가 말을 걸었다.

"스승님을 찾았습니까?"

"아니요. 아니 보이십니다. 오늘 이곳에서 만나기로 했는데 아무리 찾아보아도 스승님의 모습이 보이지 않는군요."

"아무래도 그분은 이곳을 떠나신 것 같습니다."

우치가 이황이 가리키는 곳을 바라보니 벽에 두 수의 시가 쓰여 있다.

鳥窺頹院壁　　새는 무너진 절의 구멍을 엿보고
人汲夕陽泉　　사람은 석양의 샘물을 긷네
山水爲家客　　산과 물을 집으로 삼는 나그네

| 乾坤何處邊 | 세상 어느 곳으로 향하는가. |

風雨驚前朝	전조의 풍우에 놀란 몸
文明負此時	문명한 이 성시도 저버리네.
孤節遊宇宙	외롭게 우주 사이를 노니면서
嫌鬧並休詩	시끄러운 것 싫어서 시도 그치네.

"스승님의 함자가 이천년이라 하셨는데 제가 보기에는 정희량이 맞는 것 같습니다."

이황이 말했다.

"정희량이 누굽니까?"

"정희량鄭希良의 호號는 허암虛菴으로 문文과 시詩에 능통하였으며 주역은 물론 추수에 밝아 조선에서 음양학으로는 손꼽는 사람이었습니다. 그는 연산주 때에 문과에 급제하여 한림翰林을 지냈는데 무오 사화가 일어나자 의주로 귀양 갔다가 돌아와 갑자년에 조강에서 빠져 죽었다고 알려져 있습니다. 사실은 어제 제가 오산당에서 주역을 공부하고 있는데, 스승께서 곁에 있다가 가끔 구두句讀*를 정정해 주시는 것이었습니다. 어려운 주역을 쉽게 말씀해 주시는 것을 보고 제가 그분이 정희량이 아닐까 의심이 나서,

'정허암이 갑자년 이후로 종적을 숨긴 채 세상에 나오지 않으니 안타까운 일입니다. 현금에는 시사時事가 근심할 것이 없는데 어째서

---

* 구두 : 글을 쓸 때 문장 부호를 쓰는 방법

세상에 나와 다시 벼슬하지 않는 것인지 알 수가 없습니다.'

하고 물으니 스승이 대답하길,

'정희량은 어버이의 상중에 시묘살이를 하다가 상례를 마치지 못했으니 불효를 범했고, 임금의 명을 피해 도망갔으니 불충한 사람이 아니오. 효도하지 못하고 충성하지 못한 사람이 무슨 낯으로 세상에 나오겠는가.'

하고는 조금 뒤에 나가더니 다시 오지 아니하였습니다. 제가 오늘 아침에 전공의 도움으로 되살아나서 생각해보니 더욱 이상하여 전날 스승이 주무신 곳을 찾아왔더니 벽에 이런 글귀가 쓰여 있는 것이 아니겠습니까? 전공의 스승님은 갑자년에 사라진 정희량으로 이천년이라고 변성한 것이 틀림없습니다."

우치는 부석사의 해운 스님이 허암이라고 부르던 것을 기억하고, 갑자년에 천수암으로 찾아왔다는 봉팔의 이야기를 떠올렸다.

"시주님께 서찰 하나를 남기셨습니다."

청량사의 스님 하나가 우치에게 서찰 하나를 내밀었다. 겉봉에 전우치 보라고 적혀 있는 글을 보고 우치가 스님에게 서찰을 건네받아 뜯어보니 내년의 신수가 넉 자의 게偈*로 쓰여 있었다.

行善必運	선을 행하면 반드시 운이 따를 것이요
愛人必福	사람을 사랑하면 반드시 복이 있을 것이다.
遇孤必友	외롭게 되더라도 반드시 친구가 있을 것이요

---

* 게 : 게송이라 불리는 불교문학으로 부처나 보살의 덕을 찬미하는 시구의 체재

遇死必生   죽음을 만나면 반드시 살 것이다.

우치는 눈물을 글썽이며 이천년이 준 서찰을 쥐고 멀리 청량산 아래로 넓게 펼쳐진 산하를 바라보았다.

1

우치는 예안으로 돌아가 이회와 며칠 지내다가 경상대로를 따라 한양으로 올라왔다. 개성으로 가려면 한양을 경유하여 고양, 파주를 지나 임진나루를 건너야 하기 때문이었다.

전날 용인에서 숙소한 우치는 정오 무렵에 한강에 이르렀다.

하늘은 끝없이 높고 푸르렀다. 푸른 하늘을 고스란히 담아놓은 한 강에 몇 척의 나룻배가 떠있었다. 강가에 낚시하는 어부는 대낚시를 드리우고 앉아있고 백로 한 마리가 유유자적하게 날다가 물가에 내려앉아 나래를 접고 물속의 고기를 탐하였다.

우치는 고개를 들어 끝없이 높은 가을 하늘을 우두커니 쳐다보았다.

중종 재위 12년부터 3년 동안 흉년과 천재지변이 잇달아 일어났다. 민심은 흉흉하기만 하였으나 성 밖의 몽촌 풍경은 인간의 시름은 제 알 바 아니라는 듯 여유롭고 풍만해보였다.

한동안 몽촌의 풍경을 감상하던 우치는 강변을 따라 걸음을 옮겼다. 강변을 가다보니 아름다운 정자가 하나둘 눈에 들어왔다.

성종 때부터 한강변에 새 정자가 하나둘씩 늘어서 경치 좋은 곳마다 정자가 들어섰으니 아차산峨嵯山 아래에 광나루, 거기서 남쪽으로 조금만 내려가면 대산臺山이 솥뚜껑을 엎은 듯 솟았는데 그 산정에 낙천정樂天亭이 자리하고 있었다. 강변을 따라 쭉 내려가면 청계천淸溪川과 중랑천中浪川이 합류하여 한강으로 흐르는 길목에 동호東湖가 나오는데 동호 언덕 전망 좋은 곳에는 몽뢰정夢賚亭·유하정流霞亭·황하정皇華亭등의 정자가 자리하고 있었으며 옛날 세종대왕이 성균관 유생에게 지어준 독서당讀書堂 또한 이곳에 있었다.

이곳에서 강을 건너면 세조대왕 때 한명회韓明澮가 지은 압구정鴨鷗亭이란 정자가 나타나고, 그 반대편에는 사신접대로 유명한 한강정漢江亭이 있었는데 이곳은 특히 월경月景이 뛰어나 사신들이 와보고 우아한 경치에 넋을 잃는다고 알려져 있었다.

여기에서 하류로 쭉 가면 용산, 마포, 서강, 양화나루가 연이어지며 추흥정秋興亭·영복정榮福亭·창랑정滄浪亭·망원정望遠亭 등 수십 채의 정자가 풍광 좋은 곳마다 자리를 잡고 있었다.

상류 쪽을 동호東湖라 불렀다면 이 일대는 서호西湖라 하였는데 강폭이 넓고 유속이 느린 까닭에 뱃놀이하는 사람들이 이따금 눈에 띄었다.

'술 한 잔 걸치고 이런 경치에서 노닌다면 누구나 시 한 수 읊음직하겠다.'

때마침 배에서 쪼르륵 소리가 났다. 한강의 풍경에 도취되어 밥 때를 잊고 있었던 것이다. 마땅히 요기할만한 곳을 찾지 못한 우치는 나루를 찾기 위해 발걸음을 빨리하였다.

길을 따라 가노라니 서호를 끼고 도는 모퉁이에 아름드리 송림 숲이 보이고 그 사이에 정자 하나가 서있었다. 정자 위에서는 여러 선비들과 기생들이 어울려 질탕한 술판을 벌이고 있었다. 술에 취하여 얼굴이 붉게 물든 선비가 시를 지어 큰소리로 읽기도 하고 듣고 있던 좌중이 서로 좋다며 박수하기를 마다하지 않으니 주위가 사뭇 시끄러웠다.

우치는 경상도에서 충청도, 경기도를 경유해오면서 흉년으로 인하여 곳곳의 백성들이 기아에 허덕이고 있는 것을 보았던 까닭에 선비들의 풍류놀음에 절로 눈살이 찌푸려졌다. 한 끼를 먹지 못하여 부황이 든 아이들이 도처에 산재에 있는데 기생을 끼고 노는 양반네들은 다른 세상의 사람들처럼 보였던 것이다.

우치가 정자를 끼고 도는 오솔길을 따라 가다보니 정자 아래에 있던 낭속들이 길을 막아섰다.

"저리로 돌아가거라."

험악한 인상의 머슴놈이 고개를 까딱거렸다.

우치는 괘씸한 마음이 들어서 머슴에게 말했다.

"이 길이 댁의 길도 아닌데 내가 돌아갈 일이 무어요? 내가 상전놀음을 방해하는 것이 아니니 길을 비켜주시오."

"이놈 봐라!"

머슴이 흉악하게 도끼눈을 뜨고 억센 두 손으로 우치의 멱살을 움켜쥐었다.

"이 손 놓지 못하겠소?"

우치는 두 손으로 그의 손목을 움켜잡았다.

"못 놓겠다면 어쩔 거냐? 네놈이 날 패기라도 할 셈이냐?"

머슴이 얼굴을 부라렸다. 엄장* 크고 힘을 쓰는 노복이라 우치가 힘을 써도 잡힌 멱살을 쉽게 풀 수가 없었다.

"안 놓겠다면 놓게 만들어드리리다."

우치는 개통 스님이 가르쳐준 점혈법이 생각나서 즉시 머슴의 손목에 있는 양계혈陽鷄穴을 손끝으로 지긋이 눌렀다. 양계혈은 상대방의 근력을 마비시키는 혈자리였다. 머슴은 갑자기 손아귀가 시큰해지며 우치의 손아귀에 손목이 잡힌 채 몸을 비틀며 쪼그라졌다.

"아야, 야야, 이놈이 사람 잡는다!"

머슴이 하늘이 떠나가라 죽는다고 비명을 질러댔다. 비명소리를 들은 다른 노복들이 우치의 주위로 벌떼처럼 몰려들었다.

"웬 놈이 행패냐?"

세 명의 덩치 좋은 노복들이 우치의 주위를 둘러쌌다.

"여기가 감히 어느 안전이라고 행패를 부리느냐? 어서 그 손 놓지 못하겠느냐?"

우치는 당장에라도 싸울 듯한 기세에 노복의 양계혈에서 손을 떼고 공손하게 말했다.

"미안하게 되었소. 하지만 시비를 건 것은 그 쪽이 먼저요."

머슴이 손목을 어루만지며 소리쳤다.

---

* 엄장 : 풍채가 좋고 큰 덩치

"어딜 가려고 이놈아. 사람 손목을 상하게 해놓고 그냥 가려구?"

"그럼 어떻게 하시겠단 말이오?"

"어떡하긴 네놈이 이 어르신을 상하게 했으니 너도 그만큼 당해봐야지."

머슴놈이 고개를 돌려 우치를 둘러싸고 있는 다른 장정들에게,

"여보게들, 이 후레자식을 혼 좀 내주게!"

하니 작심을 한 듯 서로 팔을 걷어붙이고 우치에게 달려들었다.

우치는 산골에서 자라나 싸움을 몰랐다. 무술이라고 배운 것이 개통이 가르쳐준 점혈법과 허실권 몇 초식이 전부인지라 험상궂은 사내들이 덤벼들자 우선 빠져나갈 곳부터 살펴보았다.

"요놈, 네놈이 대낮에 별을 봐야 정신을 차리지!"

덩치 큰 노복이 득달같이 달려들어 우치의 멱살을 잡았다.

우치는 깜짝 놀라 멱살을 잡은 사내의 천돌혈天突穴을 살짝 누르자,

"어이구!"

하는 비명을 지르며 바닥에 쓰러져 몸을 되우 틀었다.

우치는 침술에 정통하여 혈도를 짚는 데는 용한 재주가 있었다. 더구나 개통 스님에게 사람을 제압하는 점혈법을 배웠으니 비록 우치가 무예를 연마하지는 못하였지만 이쯤 되자 장정들도 우치를 쉽사리 보지 못하였다.

"저놈이 보통 놈이 아니다. 한꺼번에 덮치자!"

머슴 하나가 소리를 지르자 우치를 둘러싸고 있던 노복들이 우르르 달려들었다. 앞에 있던 사내가 달려들어 우치의 허리를 감았다. 우치가 얼른 몸을 피하자 다른 사내가 우치의 멱살을 잡았다.

"요놈, 잡았다!"

우치가 얼른 그자의 합곡을 누르며 몸을 살짝 틀었다. 그러자 그자의 몸이 중심을 잃고 앞으로 고꾸라지면서 뒤에서 덮치려던 다른 사내와 부딪쳤다. 다시 왼쪽에서 달려드는 사내의 오른손을 잡아 그 방향으로 손목을 비틀면서 몸을 살짝 틀자 그는 오른쪽의 사내에게 달려가서 부딪치고 말았다.

우치의 손놀림에 달려들던 노복들이 일시에 서로 부딪혀 십十자로 포개졌으니 개통 스님에게 배운 허실권의 위력이 드러나는 순간이었다.

우치는 엉겁결에 사용한 허실권이 신통하게 먹혀들자 스스로도 놀라 고꾸라진 사내들을 놀란 눈으로 바라보았다.

바닥에 엎어진 노복들은 어떻게 된 영문인지 몰라 얼굴이 시뻘개져서 엉거주춤 일어났다. 우치는 몇 걸음 뒤로 물러나며 허리에 손을 올리고 이들을 내려다보았다.

땅바닥에서 엉거주춤 일어난 노복들은 우치에게 당하고 나자 감히 대들지 못하고 서로의 눈치를 살폈다.

손목의 양계혈을 잡혔던 사내와 천돌혈을 찔려 쓰러졌던 노복도 우치가 한꺼번에 네 사람을 쓰러뜨리자 울상이 되어,

"이, 이보게들 뭐하는 겐가. 어서 혼을 내주게."

하니 주춤거리던 덩치 좋은 노복이 우치의 눈치를 살피며 말했다.

"자, 자네가 먼저 나서게. 내가 뒤따를 테니……."

노복들이 서로 눈치를 보고 있을 때 우치가 버럭 소리쳤다.

"이놈들아. 너희들이 한 번 더 혼이 나고 싶으냐?"

낭속들이 찔끔하여 고개를 들지 못하였다.

"이놈들아, 예닐곱이 한 사람을 못 당하느냐? 못난 놈들!"

우치가 고개를 들어보니 정자 위에 있던 한량들이 좋은 구경거리라도 생긴 듯 난간에 기대어 내려다보고 있었다.

난간에 기대어 있던 선비 하나가 노복에게 소리쳤다.

"네놈들 상대가 아니구나. 상수다. 상수. 네놈들이 하늘보고 주먹질한 게다."

"참말 큰 봉변일세. 쇠돌이놈이 힘만 믿다가 망신살이 뻗쳤구나."

"참말 장사일세. 보기엔 가냘픈 총각이 기묘한 술수를 쓰는구면. 허허허."

정자 위에 있던 선비들과 기생들이 박수를 치면서 웃었다. 우치는 이들의 오만한 행동을 보자 불쾌한 마음이 들어서 선비에게 물었다.

"시회詩會를 하십니까?"

"그렇다. 네가 시를 아느냐?"

난간에서 내려다보던 선비가 우치를 내려다보며 비웃었다. 우치는 노기를 누르며 말했다.

"제가 시를 좀 압니다."

"이리 올라 오시게나."

선비가 우치를 정자 안으로 불러들였다. 우치가 성큼성큼 정자 위로 올라가니 세 명의 선비와 세 명의 기생이 둥글게 자리하고 앉아있고, 그 앞에 종이와 필묵이 펼쳐져 있고, 기생들 뒤편에는 거문고와 장구가 있고, 칠첩상 위에 산해진미가 차려져 있었다.

"시를 지을 줄 안다 하셨소?"

인물이 반듯한 선비 하나가 우치의 아래위를 훑어보다가 붓을 들어 종이에 글을 써서 우치에게 건네었다.

"이 시의 뜻을 아시겠소?"

우치가 시가 적힌 종이를 받아 보았다.

我觀鄉之賭
怪底形體條
不知諺文辛
何怪眞書沼

우치가 시를 읽어보니 일반적으로 해석해서는 아니 될 시였다. 각 구의 끝 글자를 한자의 의미로 해석해서는 안되고 훈으로 읽어내야 했다.

도賭는 '내기'라는 뜻이니 향지도鄕之賭란 시골내기의 뜻이 되고, 조條는 '가지'라는 뜻이니 형체조形體條란 몸가짐이란 의미였다. 신辛은 '쓰다'라는 뜻이니 언문신諺文辛이란 언문을 쓴다는 것이고, 소沼는 '못'이니 진서소眞書沼란 진서를 못한다는 말이 되었다. 우치가 다시금 시를 해석하니 이러한 뜻이 되었다.

내가 시골내기를 보니
몸가짐이 괴상하도다.
언문을 쓸 줄도 모르니
진서 못함을 어찌 괴상하다 하겠는가.

한마디로 우치의 몰골을 비웃는 시였다. 시골내기인 네가 시를 알기라도 하느냐는 뜻이니 우치는 발끈하였다.

"무슨 뜻인지 알기는 하겠소?"

"압지요."

"안다? 시가 갔으니 화답이 와야 하지 않겠소? 시를 안다하니 화답시 쯤은 써주실 수 있겠지?"

"써드리지요."

우치가 붓을 잡고 종이 위에 글을 썼다.

我觀京之表
果然擧動戎
大抵人物貸
不過衣冠夢

우치가 시를 적은 종이를 건네니, 선비의 얼굴빛이 일시에 창백해졌다. 우치 역시 마지막 구의 끝 글자를 훈으로 읽게끔 시를 만들었으니 그 뜻이 이러하였다.

내가 서울 것을 보니
과연 거동이 되도다.
대저 인물을 꾸었으나
의관을 꾸민 것에 불과하도다.

가운데 있는 선비가 주먹 한 방 얻어맞은 사람처럼 얼굴을 들지 못하고, 우치의 시와 선비의 시를 번갈아 바라보며 감탄하는데, 왼편에 있던 선비가 놀란 얼굴로 우치를 바라보더니 붓을 들며 말했다.

"허, 문재가 대단하시오. 그렇다면 이 시의 대구도 지어보실 수 있겠소?"

하고는 이내 필묵을 당겨 시 한 수를 써주며 말했다.

우치가 그에게 받은 시를 보니 실로 절묘하기 이를 데 없다.

琴瑟琵琶八大王一般頭面
금슬비파는 대왕이 여덟인데 얼굴과 머리가 같구나.

우치가 고개를 들어 놀란 눈으로 선비를 바라보았다. 선비의 얼굴에 웃음이 없고 정색을 한 것으로 보아 조롱하는 것 같지는 않았지만 앞서 선비에게 조롱을 당한 까닭에 이 시 역시 자신을 희롱하는 문제처럼 생각되었다.

"음, 이건 대구를 달기가 참 어려운 시로군요."

우치는 이회와 이러한 대구 놀음을 많이 한 적이 있었지만 이렇게 절묘한 시가 있으리라곤 생각지 못하여, 그 시를 바닥에 펼쳐놓고 대구에 걸 맞는 시를 궁리하였다.

"저것은 한림들도 못 푼 문제 아닌가요?"

"설마 저 시를 대구할 수 있을려구?"

선비들과 기생들이 주고받는 말이 신경을 건드렸다.

우치는 한동안 궁리를 하다가 필묵에 먹을 묻혀 단숨에 써내려갔다. 우치가 기다리고 있는 하인에게 시를 건네니 하인이 정자 위로 올라가 좌중에 우치의 시를 전하였다.

하인이 건네준 우치의 시를 본 선비들의 얼굴이 일그러졌다.

魑魅魍魎四小鬼, 各自肚腸

이매망량은 작은 귀신이 넷인데 내장이 각각 다르구나.

시를 돌려서 보던 선비들은 놀라 눈이 휘둥그레지고 기생들은 우치의 재주에 사모하는 염이 불쑥 솟아나 난간에 몸을 기대고는 우치를 바라보며 추파를 던졌다. 이매망량이란 시가 금슬비파와 완벽하게 대구가 되어 어느 것 하나 치우치거나 나무랄 바가 없었기 때문이다.

'이태백이 되살아났는가? 참으로 명문이로다.'

문제를 내었던 선비가 벌떡 일어나 우치의 손을 잡아 일으키며 말했다.

"내가 눈이 없어서 사람을 몰라보았소이다. 설마 이 시에 대구를 다는 사람이 있으리라곤 생각지 못했소."

선비는 우치의 손을 이끌어 자리를 내주었다. 그는 자신의 옆 자리에 우치를 앉히고는 말했다.

"나는 이행李荇이라 하는데 반정 이후에 홍문관 교리를 제수 받은 까닭에 사람들은 나를 이 교리라 한다오. 방금 그대가 받은 시는 이번에 명나라에서 온 사신 당고唐皐가 태평관에서 내놓은 문제요. 너무 절묘한 문제라서 부끄럽게도 이 시의 답을 내놓지 못하고 전전긍긍하던 참이오. 당고가 사기등등하여 오늘저녁까지 이 시의 대구를 내놓으라 하였는데 만약 오늘저녁까지 대구를 짓지 못하면 조선의 문인들은 물론이거니와 온 나라가 비웃음을 사게 될 판이었소. 오늘 한림들이 한강정에 모인 것은 이 문제를 풀기 위함이었소. 그런데 뜻하지 않게 그대가 문제를 풀어주니 이제 나라의 체면을 세우게 되었소."

이행은 나이가 서른 대여섯 되어 보이는데 키가 크고 수염이 많으며 얼굴이 네모진 사내였다.

정자에 모인 선비들 가운데 우치에게 처음에 문제를 냈던 이는 대제학 김안국이요, 왼편에 앉은 사람은 장령인 소세양, 그 오른편에는 예문관 주부로 있는 백상원이라 하였다.

"내가 본의 아니게 실례가 되는 문제를 내었구려. 설마 그 문장을 알아듣고 대구를 할 사람이 있으리라고는 생각지 못하였소."

김안국이 우치에게 나직하게 말했다.

소세양이 김안국과 우치가 쓴 시를 보곤 머리를 갸웃거리며 말했다.

"대체 이게 무슨 뜻입니까?"

김안국이 소세양에게 말했다.

"자네 언문을 아는가?"

"대감두, 진서를 아는데 계집이나 상것들이 배우는 언문은 알아 뭐에 쓰겠습니까?"

"그래서 자네가 그 시의 뜻을 모르는 것이네."

김안국이 미소를 지으며 우치에게 말했다.

"이름이 어떻게 되시오? 어딜 가는 길이시오?"

"저는 전우치라고 합니다. 송도에서 사는데 이번에 경상도 예안에 스승님을 뵈러갔다가 돌아가는 길입니다."

이행이 물었다.

"송도라면 서 처사를 잘 아시겠소?"

"송도 서 처사라면 서경덕 선생 말씀입니까? 사람들에게 이야기를 들어본 적은 있습니다만 뵙지는 못했습니다."

소세양이 말했다.

"송도에 삼절三絶이 있다는데 하나는 박연폭포요, 또 하나는 서경덕이요, 마지막이 황진이라 합디다. 박연폭포는 장관이라 송도명승이구, 송도 서 처사는 요술을 부린다 합디다. 황진이는 미색이 뛰어나서 송도 한량들의 애간장을 수없이 녹였다지요?"

이행이 말했다.

"진이가 소경의 딸이라 합디다. 연전에 평안감사 부임길에 송도 유수가 잔치를 베풀 때에 동석시켰는데 떨어진 옷에 때 묻은 얼굴로 상좌에 앉아 이를 잡으면서 태연하게 노래하고 거문고를 타는데 조금도 부끄러워하지 않더랍니다."

소세양이 말했다.

"베주머니에 의송 들었다고, 진랑이 더러운 옷 입고 안 씻었다고 빼어난 자태가 드러나지 않겠습니까?"

백상원이 수염을 쓸며 말했다.

"송도 유수는 좋기도 하겠네. 진랑 같은 명기가 늘상 곁에 있으니 얼마나 좋아."

"송도 유수가 뭐가 좋아? 서 처사가 좋지. 진이가 요즘엔 벼우물골서 처사 집을 제집 드다들듯 한답니다."

"허허, 진이가 지족 선사를 파계시키더니 요즘엔 서 처사의 도덕을 깨뜨리려고 하는 모양이구먼!"

"고년이 맹랑한 기집일세!"

"자네 같으면 도덕을 지킬 수 있겠는가?"

"이 사람, 명승인 지족 선사도 못 지킨 절개를 고자도 아닌 내가 무슨 수로 지키겠나? 조정암이라면 모를까?"

"하긴 조정암이라면 진이도 어쩔 수 없을 게야."

"서 처사도 만만한 인물은 아니라 하더군. 그러니 진이가 제 집처럼 드나드는 것이 아닌가."

"하지만 황진이의 유혹을 뿌리치려면 힘깨나 들 걸?"

세 사람이 호탕하게 웃고 옆에 있던 기생들은 뿌루퉁한 얼굴로 입술을 내밀고 시쭉새쭉 곁눈질을 하였다.

바로 그때, 한 선비가 누대 위로 성큼 성큼 올라왔다.

"오, 조욱趙昱이 왔군."

이행이 그를 보고 손을 흔드니 조욱이라는 선비는 이행에게 공손하게 읍하고 이행의 옆자리에 앉다가 눈앞에 이매망량이 대구된 시를 보고 깜짝 놀라,

"이 시를 누가 지었습니까?"

하고 물어보았다.

이행이 만면에 웃음을 지으며,

"바로 내 옆에 있는 전 유학이 지은 시라네. 이 시로 조선의 체면은 세웠네."

하고 좋아하니 조욱이 우치를 보고 대번에 다가와 자신을 소개하는데 이름은 조욱이고 작년에 생원·진사에 합격한 유생이라 했다.

우치는 산골에서 의술을 배운 사람이며 과거공부는 아니하였다고 말하니 사람들이 모두 놀랍게 생각하였다. 이윽고 술이 한 순배 돌아가니 이 교리가 조욱에게 말했다.

"욱은 늦게 온 벌로 시 한 수를 지어 보이게."

조욱은 잠시 정자 주변의 경치를 조망하다가 필묵을 당겨 시 한 수를 지었다.

靑山面面立	청산은 면면히 섰고
漢水悠悠下	한강물은 유유히 흘러간다.
峩洋山水間	높은 산과 물 사이에
誰是知音者	누가 사물의 이치를 아는 사람인가.

좌중이 이 시를 보고 놀라 감탄하여 마지않았다. 우치 역시 조욱의 시를 보고 감탄하여 시를 몇 번 되뇌이며 고개를 끄덕였다. 이행이 웃으며,

"누가 대구로 써볼 사람 없는가?"

하니 좌중의 시선이 모두 우치에게로 향한다.

두 사람이 나이도 서로 비슷한데다 방금 당고의 시의 대구를 절묘하게 지은 것을 눈으로 본 까닭에 우치가 나서기를 바랐던 것이다.

우치는 할 수 없이 붓을 당겨 시를 지었다.

聰者無聲聽	귀가 밝은 사람은 소리 없음을 듣고
明者未邢見	눈이 밝은 사람은 형태가 없을 때 본다.
魚躍鳶飛間	물고기 뛰고 솔개 나는 사이에 있는 것을
誰是不知音	누가 사물의 이치를 모른다 할 것인가.

　우치의 시를 보자 정자에 모인 선비들의 두 눈이 휘둥그레졌다. 비록 압운이 맞지는 않았지만 시구 모두가 사물의 묘한 이치를 꿰뚫어 보는 듯하여 조욱의 시에 대구하기에는 조금도 손색이 없었다.

　"이처럼 시재가 뛰어난데 어찌 벼슬할 생각은 하지 않으시오?"

하는 것은 소세양이고,

　"허, 아까운 인재가 초야에 숨어 있었구려."

하는 것은 이행이었다.

　"이런 문재라면 문형은 따놓은 당상인데 아쉽소."

　혀를 차며 안타까워하던 이 교리가 자리에서 일어나며 우치의 손을 잡아 일으켰다.

　"전 유학은 나와 함께 갑시다."

　"어딜 간단 말입니까?"

　"오늘 중국 사신을 접대하러 가야 하는데 전 유학이 나와 함께 갑시다."

　"제가요?"

　우치가 놀라 눈이 휘둥그레지니 이 교리가 웃으며 고개를 돌려 김안국에게 말했다.

　"김 대감, 전 유학을 사신접대하는 자리에 데려가는 것이 어떻습니까?"

김안국이 고개를 끄덕이며 말했다.

"그것 좋은 생각일세. 그렇잖아도 이제는 돌아가서 사신접대를 준비해야하니 이따가 한강정에서 보세."

2

이 교리가 안국동 집으로 돌아와 우치에게 하인의 복색을 갖추어 입게 하고 자신은 관복을 입고 한강정으로 향하였다.

"중국 사신이 우리나라를 소국이라고 생각하여 조선의 문사文士들을 깔보고 매양 글재주를 비교하다 번번이 망신을 당하고 돌아가더니 이번에 사신으로 들어온 당고라는 자가 그동안의 복수를 할 요량으로 어려운 시문들을 가지고 와서 시험을 시키는데 아무래도 오늘은 전 유학이 나서줘야겠네."

"제가 그런 일을 할 수 있을까요?"

"자네 정도의 문장이면 어렵지 않네. 나만 믿고 따라오게."

이 교리가 빙그레 웃으며 앞장서 나갔다.

둥근 보름달이 휘영청 걸린 한강정은 멀리서도 불빛으로 휘황찬란하였다. 사방에 차양을 치고 대낮처럼 불을 밝혀놓았으며 고기와 술을 나르는 하인들이 분주하게 움직이는 가운데 아리따운 기생들이 거문고와 가야금을 들고 정자 위를 바삐 올라가는 모습이 보였다.

우치가 이 교리를 따라 정자 위로 올라가니 넓은 정자 위에 길게 상이 차려져 있는데 산해진미가 그득하고 좌우에 벼슬아치들과 기생들이 짝을 이루어 앉아있었다.

이 교리가 여러 벼슬아치들에게 인사하고 상석의 바로 아래에 자리를 정하고 앉았다.

상석에 앉아있던 김안국이 눈웃음으로 우치를 바라보았다.

중국 사신은 아직 도착하지 않은 모양인데 조선관리들이 모두 모여 한참을 기다렸음에도 소식이 없었다.

앉아있던 관원 하나가,

"도대체 중국 사신들은 사람이 막되어먹었어. 대국이라고 우릴 무시하는 거야 뭐야? 허구한 날 이렇게 사람을 기다리게 하니 참 어이가 없구먼!"

하고 혀를 차니 맞은편에 앉아있던 이가 조용히 말했다.

"허나 어떡하겠소? 우리가 힘이 약하니 어쩔 수 없는 일이 아니겠소? 참아봅시다. 그보다 어제 당고가 내준 문제를 풀어온 사람이 있소? 궁리해 온 것이 있으면 어서 내보시오."

대제학 김안국이 누각에 모인 조관들에게 물어보니 저마다 품속에서 써 온 대구를 꺼내었는데 일일이 보니 전우치가 쓴 것만 못하였다.

예문관의 관원들이 김안국의 어두운 얼굴을 보며 물었다.

"답이 신통찮은 모양입니다. 대감."

이 교리가 나서서 웃으며 말했다.

"너무 걱정하지 마십시오. 이 사람이 절묘한 대구를 준비하였으니 제게 맡겨 주십시오."

김안국이 미소를 지으며 이 교리와 전우치를 바라보며 말했다.

"이 교리가 그렇게 말한다면 안심이군."

옆에 있던 예조판서 남곤이 입을 삐죽거리며 말했다.

"대국 사신들은 우릴 못 잡아먹어서 안달이 난 모양입니다. 문충공 文忠公*과 점필재佔畢齋*가 살아있을 때만 해도 고개도 들지 못하던 놈들이 요즘엔 아예 자기 나라에서 어려운 문제를 가져와 조선 문인들을 깔아뭉개려 한단 말입니다."

소세양이 혀를 차며 말했다.

"그러게 말입니다. 사신들과 이야기를 해보면 그리 학문이 밝은 것 같지 않던데 어디서 그런 문제를 가져오는지. 쯧쯧쯧."

"내가 일전에 서장관書狀官으로 가서 들은 것이 있는데 명나라는 사서삼경으로 과거를 보지 않고 그저 팔고문八股文이라는 형식적인 문장을 잘 쓰는 자가 합격한다 합디다. 내용 같은 건 상관없고 말입니다."

말석에 앉은 젊은 관리가 물었다.

"대감, 도대체 팔고문八股文이 뭡니까?"

"어. 자네는 잘 모르겠군그래."

---

* 문충공 : 서거정徐居正 1420~1488을 말한다. 46년간 여섯 왕을 섬기며 조선 초기 문형文衡으로 이름을 날렸다. 『경국대전』 『동국통감』 『동국여지승람』 편찬에 참여했으며, 왕명으로 『향약집성방』을 국역했다. 성리학을 비롯하여, 천문·지리·의학 등에 정통했다.
* 점필재 : 김종직金宗直 1431~1492의 호

남곤이 입을 열었다.

"팔고문八股文이 무엇인고 하니 모두 여덟 가지 형식의 문장인 것이야. 그 여덟 가지가 무엇인고 하면, 한 편의 문장의 뜻과 취지를 설명하는 파제破題, 파제의 의미를 받아서 기술하는 승제承題, 제목의 의미를 설명해 나가는 기강起講, 제목과의 관련을 기술하는 기고起股, 제목을 점검하는 허고虛股, 제의를 바로 서술하는 중고中股, 남은 뜻을 덧붙이는 후고後股, 한 편을 총괄하는 대결大結을 이르는 말이지. 이 중의 기고, 허고, 중고, 후고의 4고는 각각 대對가 되므로 8고라 부른단 말이야. 문구의 꼬리에 평측平仄이 서로 대對가 되어야 하니까 내용은 당연히 기대할 수 없지. 팔고문의 모범 답안 문집을 시문時文이라 하고 합격자들의 답안을 모은 것을 방고房稿라 하는데 과거를 보는 자들은 육경과 사기는 제쳐두고 시문과 방고를 달달 외워 시험을 친다 하더군. 그러니 명나라 사신들이 학문으로는 자신이 없고 조선 문인들을 망신은 줘야겠고, 하여 요즘에는 아예 어려운 문제를 만들어서 온단 말이야. 중국의 한시는 당송唐宋때나 이름이 높았지 요즘에야 어디 우리만 한가?"

이행이 웃으며 말했다.

"요즘뿐입니까? 예전에도 그랬지요. 저희 놈들이 한자를 쓴다고 우리를 깔보고 업신여기지만 저희 글을 사용하는 우리에게도 기가 꺾여 돌아가지 않습니까?"

"하하하. 그건 맞는 말이군."

모인 조관들이 서로 웃으며 박장대소가 이어졌다.

우치가 이행의 뒤편에 서서 그들의 이야기를 들으며 살펴보니 이

249

들은 예조禮曹에 속한 관원들로 홍문관·예문관·성균관·춘추관·승문원에서 글 잘하는 이들이 당고의 시험에 맞대응을 하기 위해 모여 있다는 것을 알 수 있었다.

예조의 관원들이 이런저런 이야기를 나누면서 기다리길 한 식경이 더 지나서야 중국 사신들이 위풍당당하게 정자 안으로 올라왔다.

조정의 관리들이 불쾌한 얼굴을 숨기고 고개를 숙여 맞이하는데 사신들은 거만한 얼굴로 머리를 몇 번 끄덕거리고는 상석으로 어슬렁거리며 다가가 좌정하였다.

사신의 우두머리인 당고가 상석에 앉는 것을 보고 예조 정랑이 일어나 술잔을 들고 말했다.

"이제 대국의 사신들도 모셨으니 한바탕 잔치를 시작합시다."

상석에 앉은 당고가 술잔을 들지 않고 손을 번쩍 들더니 말했다.

"아. 그보다 내가 어제 내준 문제를 풀어오셨소?"

일시에 정자 안이 찬물을 맞은 듯 숙연하게 변하였다. 자리에 모인 관원들이 일제히 이 교리를 바라보니 이 교리가 품속에서 우치가 써 놓은 시문을 꺼내 당고에게 바쳤다.

당고는 중국에서도 답을 찾을 수 없던 문제라 이번에 조선 관리들을 크게 망신 주리라 자신하고 있던 참이라 이 교리가 올린 시를 읽어보고 크게 놀라 두 눈이 휘둥그레져서,

"그대는 뉘시오? 벼슬은 무어요?"

하고 물어보니 이 교리가 고개 숙여 절을 꾸벅하고는 말하였다.

"저는 이행이라 하옵는데 홍문관 교리를 하고 있습니다."

당고가 사람들에게 시를 돌려 보이니 과연 기가 막힌 대구라 좌중

에서 감탄의 말이 쏟아져 나왔다.

당고가 술을 따라 이 교리에게 건네며 말하길,

"참으로 기묘한 시요! 정말 절묘하오! 참으로 대단하시오!"

하니 이 교리가 웃으며 대답하였다.

"그 정도는 우리 집 하인들도 곧잘 만들어 낸답니다."

당고의 얼굴색이 갑자기 창백하게 변하더니 노한 기색이 역력해졌다.

"이 교리. 지금 그대가 나를 놀리시는 거요?"

이 교리가 자리에서 일어나 읍하며 대답했다.

"천부당만부당하신 말씀입니다. 제가 어찌 대인을 놀릴 수 있겠습니까?"

당고의 얼굴이 울그락불그락하더니 시위하고 있는 관원의 도검을 뽑아 책상 위에 땅 소리가 나도록 내려놓고 이 교리를 노려보았다.

"만약에 이 교리의 집 하인이 내가 낸 시를 대구하지 못하면 이 칼에 죽음을 당해도 좋소? 이 교리가 목숨을 걸 자신이 있소?"

이 교리가 우치를 슬쩍 바라보고 고개를 돌려 웃으며,

"좋습니다. 제 목숨을 걸지요."

"좋소. 남아일언 중천금이라 하였으니 두말하지 마시오. 그렇다면 내가 문제를 내겠소. 이 교리의 하인은 나서라!"

당고의 추상 같은 말에 좌중은 일시에 조용해졌다. 시 한 수에 사람의 목숨이 달려있는지라 모두들 숨을 죽이고 이 교리 뒤에 서있는 전우치를 바라보았다.

전우치는 좌중의 이목이 집중되니 부끄럽기도 하고 일변 자신의 재주에 이 교리의 목숨이 달려있다 생각하니 무거운 책임감이 들어서 입안이 바싹바싹 말랐다.

허름한 옷을 입고 재가 묻어 시커먼 얼굴을 한 하인 복색의 우치가 이 교리의 옆에 서서 꾸벅 인사를 하니 당고는 우치의 행색을 바라보고 피식 웃음을 짓더니 종이에 한 줄의 시를 써 우치에게 보내고 소리쳤다.

"이 시의 대구를 짓거라. 만약에 네가 이 시의 대구를 절묘하게 짓지 못한다면 너와 네 주인은 내일 해를 볼 수 없으리라!"

당고의 시가 몇 사람의 손을 거쳐 우치에게 전해지는 동안 그것을 본 관원들은 걱정스러운 얼굴을 하고는 고개를 좌우로 흔들었다. 이윽고 우치는 당고가 보낸 시를 받아보았다.

風動竹葉 十萬丈夫喧譁之聲
바람이 대나무 잎을 흔드니 십만 장부가 떠들썩거리는 소리이다.

문제를 보고나자 당장 이에 대구할 시가 머릿속에 떠오르지 않았다. 고개를 들어보니 좌중에 앉아있는 관리들이 한숨을 내쉬며 고개를 내흔들고 있었다. 오랫동안 공부를 한 옥당의 관원들도 대구가 선뜻 생각나지 않는 어려운 시를 일개 하인이 대구하기에는 어렵다고 생각했기 때문이었다.

당고는 우치의 당황하는 모습을 보고 실소하며 말했다.

"이 교리, 자만은 화를 부르는 법이오. 목숨을 내놓을 준비는 되었겠지?"

이 교리가 미소를 잃지 않고 말했다.

"잠시 기다려 보시지요. 대인께서 생각하시는 일은 일어나지 않을 테니 말입니다."

이 교리의 말에 당고는 화가 치솟아 어이없다는 듯 웃으며 이를 갈았다. 당고는 죽이지는 아니하고 대국의 체면을 봐서 너그럽게 용서해줄 생각을 했는데 이 교리의 말 한마디에 마음을 바꾸었다.

당고가 노기를 꾹 눌러 참으며 술잔의 술을 천천히 마시면서 대구를 한동안 기다리다가 마침내 조급증이 났는지 옆에 서있는 중국 무관에게 소리쳤다.

"여봐라! 여기 두 사람을 당장 끌고 내려가 목을 쳐라. 내 이놈들의 목을 감상하며 술을 마시리라!"

중국인 무관이 험상궂은 얼굴로 성큼성큼 다가올 때 우치는 갑자기 시상이 떠올라,

"잠깐 기다리시오. 소인이 금방 써드리겠습니다."

하며 즉시 붓을 들어 종이에 썼다.

雨灑蓮花 三千宮女沐浴之容
비가 연꽃에 뿌리니 삼천 궁녀가 목욕하는 모양이다.

무관이 우치가 쓴 글을 당고에게 가져가 보이니 당고가 그 시를 보고 놀라 황소 같은 눈을 뜨고 입을 쩍 벌렸다.

바람과 비가, 십만 장부와 삼천 궁녀가 대구가 되어 그 기상이 처지지도 않고 기울지도 않은 보기 드문 문장이었기 때문이다.

이어 정자에 모인 사람들이 시를 돌려보았는데 과연 기가 막힌 답이라 보는 사람마다 감탄을 연발하였다.

이 교리는 안도의 숨을 쉬더니 고개를 돌려 우치에게 조용히 말했다.

"휴, 정말 죽는 줄 알았소. 그나저나 정말 대단하시오!"

우치는 이 교리의 칭찬에 쑥스러워 머리를 긁적였다.

당고가 우치를 노려보다가 이 교리에게 말했다.

"정말 이 교리의 말마따나 하인들의 시재가 참으로 뛰어나군요. 내가 탄복하였소. 그런데 듣기로 중국 사신들을 기죽이기 위해 뛰어난 문인들을 일부러 하인들로 분장시킨다 하던데 이 교리의 하인도 그런 사람이 아니오?"

"그럴 리가 있겠습니까? 여기가 어느 안전이라고 말입니다."

이 교리가 생파리같이 잡아떼었다.

당고가 교활한 웃음을 지으며 고개를 끄덕이다가,

"그렇다면 내가 무작위로 천한 상것을 골라 시문을 시험해봐도 되겠군요."

하고는 바로 앞에 술을 나르는 떠꺼머리총각을 가리키며 말했다.

"이봐라, 네놈이 내 시에 대구를 해보거라."

술을 나르던 떠꺼머리총각이 코를 훔치며,

"제가 감히 대인님의 시를 대구해도 되남유?"

하고 물어보니 당고가 웃으며 말했다.

"잔말 말고 내가 주는 시를 대구해 보거라."

이내 당고는 붓을 들어 시구를 적어 무관을 통해 떠꺼머리총각에게 보여주었다.

彈綿弓響 白雲洞裡春雷動
솜 타는 활소리는 흰 구름 골짜기 속에 봄 우레가 명동하는 것 같다.

떠꺼머리총각이 두 눈을 껌뻑거리며 무관이 건넨 글을 보고는 붓을 들어 아무렇지 않게 옆에 대구를 붙였다.

食葉蠶聲 綠樹山中秋雨過
잎 먹는 누에소리는 푸른 나무 산 속에 가을비 지나가는 것 같다.

당고가 그 시를 보니 또한 가슴이 두근거릴 정도로 놀라운 대구였다.
'이, 이런 기가 막힐 일이 있나?'
중국에서는 답을 찾을 수 없던 시가 순식간에 세 수나 대구가 되어 눈앞에 나타나니 당고가 놀라지 아니할 수 없었던 것이다.
얼음에 자빠진 쇠눈깔을 하고 차근차근 시를 바라보던 당고는,
"허. 조선에는 하정배들도 이렇게 시에 능하니 놀라울 따름이오. 조선에 인물이 많다는 옛말이 참으로 허명이 아니구려. 내 이제 다시는 시로써 시험하지 않겠소!"
하고는 우치와 그 떠꺼머리총각에게 상으로 비단 한 필을 주고는 힘이 빠진 모습으로 정자 아래로 내려가버리고 말았다.
당고가 술을 세 잔도 들지 아니하고 사신들과 함께 물러가 버리니 사신 잔치는 맥없이 끝나 버렸지만 좌중의 흥은 한껏 높아져 너도나

도 탁자를 치며 소리쳤다.

"우하하하. 그놈 큰소리치려다가 망신만 당하고 가는구나. 이렇게 가슴속이 후련할 수 있을까!"

"그러게요. 당고가 오늘 망신살이 뻗쳤습니다!"

너도나도 취흥이 올라 큰소리를 치다가 사람들의 관심이 시를 지은 우치와 떠꺼머리총각에게 쏠렸다. 나라의 체면을 세워준 일등 공신이 바로 두 사람이 아닌가.

이 교리는 떠꺼머리총각의 얼굴을 자세히 보다가 크게 웃으며,

"이게 누군가 했더니 조욱이었군. 자네가 이런 행색을 하고 있었던가?"

하니 떠꺼머리총각이 웃으며 말했다.

"이 교리께서 저를 데려가지 않으시고 전 유학을 데려가시니 이렇게라도 참여할밖에요."

이 교리가 이내 대관들에게 전우치를 우연히 만나서 데려오게 된 이야기를 하고 옆에 서있는 떠꺼머리 사내 조욱을 소개시키니 좌중에 웃음소리, 손뼉소리가 가득하여 도도한 취흥이 일었다. 그날저녁은 중국 사신 없이 백관이 질탕하게 술을 마시고 시회를 열어 즐기다가 헤어졌는데 이때부터 우치는 이 교리의 집에서 며칠 동안 유숙하였다.

1

이 교리의 집은 안국동安國洞에 있었는데 성균관이 있던 반촌에 살던 조욱이 아침저녁으로 찾아와 우치의 말상대가 되었다. 우치는 조욱과 나이도 비슷하고 시로써 친교를 맺은 까닭에 두세 번 만났을 뿐인데도 허물없이 이야기하는 사이가 되었다. 이 교리가 조정에 들어가는 시간이 많아서 심심하던 우치에게는 조욱만큼 좋은 친구가 없었다.

이날 아침 일찍 이 교리가 조정으로 들어가고 얼마 되지 않아 조욱이 찾아왔다.

"이보게, 자네 오늘 우리 스승님께 가보지 않을 텐가?"

"자네 스승님이 누구신데?"

"우리 스승님은 지금 대사헌으로 계시는 조정암 선생이시네. 자네 나와 함께 만나보러 가지 않을 텐가?"

"그러세."

우치는 말로만 듣던 조정암을 만나게 된다는 말에 선뜻 조욱을 따라갔다.

조욱은 남산골의 쓰러져 가는 작은 초막으로 우치를 안내하였다. 소나무 가지로 친 궁색한 담장과 싸리나무를 얼기설기 얽어놓은 사립문을 지나 작은 초가 마당으로 들어가니 늙은 개가 꼬리를 흔들며 조욱에게 매달렸다.

조욱이 한동안 개의 머리를 쓰다듬다가 방문 앞에서 두 손을 맞잡고,

"스승님, 계십니까?"

하고 여쭈니 방문이 열리며 의관을 정제한 선비가 조욱을 보고 웃으며 들어오라 하였다.

방 안에 있는 사람은 얼마 전 서울을 지나가는 길에 남대문에서 보았던 조정암이 틀림없었다.

우치가 조욱을 따라 들어가 큰절을 올리고 이름을 말하니 조정암이 웃으며 말했다.

"이번에 한강정에서 중국 사신들의 코를 납작하게 만들어주었다는 전우치가 바로 이 사람이었군."

전우치가 부끄러워 얼굴을 붉히니 조욱이,

"이 사람, 시는 호방하기 이를 데 없는데 어찌 이리 부끄러움이 많을꼬."

하며 희롱하였다.

조정암이 빙그레 웃다가 우치에게 물었다.

"시재가 뛰어나다 하던데 누구에게 배웠는가?"

"어릴 적에는 천수암의 이천년이란 스승님께 글을 배웠고 시는 이 회라는 어른과 함께 살 때 시집詩集을 자주 읽다보니 흉내만 낼 정도입니다. 이번에 예안에 갔다가 글을 가르쳐주신 스승님의 본명이 정희량이라는 것을 알았습니다."

"정희량? 허암 정희량을 말하는 것인가?"

"예. 그렇다고 들었습니다."

우치가 청량산에서 있었던 일을 이야기하고 정희량이 사찰의 벽면에 써놓은 시구를 써서 보여주니 조정암이 무릎을 치며 안타까워하였다.

"허암이 갑자년에 물에 빠져 죽은 줄 알았더니 거짓으로 죽은 체하고 처사가 되었구나. 벌써 20년 전이니 정희량도 많이 늙었을 터인데 세상으로 나올 생각을 하지 않으니 안타까울 따름이네. 그건 그렇고, 자네가 허암의 제자였다니 과연 그 스승에 그 제자로다. 자네가 허암의 제자라면 음양학을 배웠는가?"

"전 못 배웠습니다. 김륜이라고, 스승님께 추수하는 책을 훔쳐 도망간 적이 있는데 얼마 전에 한양에 나타났다는 이야기는 들은 적이 있습니다."

조욱이 고개를 끄덕였다.

"소격서동에 나타난 점쟁이 말이군. 그자가 점을 잘 친다고 소문이 나서 그 동네가 한동안 성시 같았지. 이제 보니 그자가 정허암 선생의 제자였구나."

우치는 조정암의 얼굴을 찬찬히 바라보다가 입을 열었다.

"저, 대감. 배나무에 쓰인 주초위왕이라는 글에 대해 들은 적이 있습니다. 저희 스승님께서 조 대감님을 두고 말씀하시길 관상이 고봉

高峰의 봉학鳳鶴이라 좋으나 좋지 않다 하시고 나라가 바르면 크게 쓰이련만 물이 맑아 고기가 살 수 없으니 아까울 따름이라 말씀하셨습니다."

"허암이 그런 말을 하던가?"

"예."

"또 무슨 말을 하던가?"

"제가 '조 대감님이 화를 입을까요?' 하고 물었더니 '호랑이는 고기를 먹고, 사슴을 풀을 먹는다. 호랑이가 풀을 먹을 수 있겠느냐?' 하고 말씀하셨습니다."

조정암은 우치의 말을 듣고 한숨을 내쉬다가 입을 열었다.

"내 관상이 높은 봉우리의 봉학이라면 그리 나쁜 것은 아니나 물이 맑아 고기가 살 수 없다는 말은 참으로 옳다. 도덕이 바로서야 나라가 바로서는 법이니, 관리들이 깨끗하면 조정의 기강이 바로서고, 기강이 바로서면 백성들이 편히 살 수 있는 것이지."

조욱이 입을 열었다.

"그렇습니다. 주초위왕이라는 것도 따지고 보면 권세에 눈이 먼 정국공신들이 제 밥그릇 떨어질까 무서워 꾸민 일이 아니겠습니까. 정국공신들이 뚜렷한 공로도 없이 공훈을 남발하여 민생을 어지럽혔으니 응당 공훈을 거두어들이고 삭제해야 합니다. 윗물이 흐린데 어찌 아랫물이 맑을 수 있겠습니까? 세종대왕 때를 보더라도 황 정승이나 맹 정승 같은 분들은 얼마나 청빈하셨습니까? 위정자가 청렴하니 민생은 안정되고 사람들은 문을 걸지 않고 배부르게 살았습니다. 그러나 지금은 높은 자리에 있는 이들이 백성들의 고혈을 빨아먹고 살고 있으니 어찌 나라가 바로 되겠습니까?"

"자네 말이 맞네. 다행히 임금께서 간신들의 술수에 미동하지 않으시니 걱정할 것은 없네. 이럴 때에 자네 같은 젊은 인재들이 조정으로 들어와 시국을 바꾸어야지."

조정암은 조욱과 우치를 바라보며 빙그레 웃다가,

"그런데 청량산에서 허암을 단번에 알아낸 사람이 누군가?"

하고 물어보니 우치가 대답하였다.

"이황이라는 선비입니다."

조욱이 말했다.

"오! 그래? 이황이라면 성균관에 다니는 이해李瀣의 아우 말이군. 그 이름은 내가 이미 들은 바 있네. 학문이 높다하던데 과연 그러한 모양이군."

"제가 청량산의 오산당에서 그를 만났는데 방 안에 책이 수북하게 쌓여있었습니다. 주역周易을 읽고 있었는데 우리 스승님께서 공부를 도와주었다 합니다."

"아직 약관도 아니 되었을 터인데 벌써 주역을 본다함은 학문이 대단히 숙성한 모양인게군. 허암이 공부를 도와줬다면 이미 어느 정도의 경지에 오른 것이 틀림없군그래."

"네. 그런 것 같습니다."

조욱이 말했다.

"주역에는 화담 서경덕 선생도 일가견이 있지요. 제가 일전에 만나본 적이 있는데 벼슬과는 담을 쌓고 공부만 하시는 분입니다. 정말 이인이시지요."

조정암이 웃으며 말했다.

"한번 들어보세."

"한번은 제가 서경덕 선생을 뵈러 갔더니 그때 화담 선생은 거문고를 타면서 큰 소리로 시를 읊고 계셨지요. 제가 저녁밥을 짓자고 하니 화담 선생이 말하기를 '나도 먹지 않았으니 함께 지어먹도록 하세.' 하여 종을 시켜 부엌으로 들어가 밥을 지으라 하니 종이 바로 되돌아 나와서는 '솥에 이끼가 가득해서 밥을 짓지 못하겠다.' 하는 것이 아니겠습니까? 이유인즉, 여름비에 물이 불어 집에서 사람이 오지 못하다보니 오랫동안 밥을 짓지 못하여 솥에 이끼가 생긴 것이었습니다. 제가 놀라 선생의 얼굴을 보니 굶주린 기색은 하나도 없이 화색이 맑더군요. 미루어 보건데 아마도 선생이 벽곡辟穀*의 술법을 배운 모양이 틀림없더군요."

"화담이 선방仙方의 비기秘記를 배웠다는 말을 들었지만 그것이 허황된 것이 아니었는가?"

"저도 처음에는 믿지 못했는데 같이 생활해보니 믿지 않을 수 없었습니다. 언젠가 지리산에서 스님 한 분이 찾아와서 선생과 졸음을 쫓는 겨룸을 한 적이 있는데 서로 눈을 붙이지 않기를 보름간 하니 결국에 스님은 너무나 피곤한 나머지 드러누워 사흘 뒤에야 겨우 머리를 들었는데 화담 선생은 그 뒤로도 수십 일이 지나도록 잠을 자지 않았답니다. 그런 뒤에도 침식이 보통 때와 같아서 스님은 크게 승복하고 근처 산에 집을 짓고 채소와 과일을 재배하여 화담 선생을 부처

---

* 벽곡 : 곡식은 안 먹고 솔잎, 대추, 밤 따위만 날로 조금씩 먹음. 또는 그런 삶

와 같이 공양하더랍니다."

이야기를 듣고 난 조정암이 머리를 내저으며 말했다.

"듣고 보니 화담은 이단異端의 학문에 너무 몰두한 것 같구먼."

"그 깨우친 바를 보면 이단이라고는 볼 수 없습니다. 화담 선생이 18세에 『대학大學』을 공부하다가 '격물치지格物致知'에 크게 깨달은 바가 있어서 그 원리에 의거하여 학문을 연구하였는데 소옹의 주역을 배워 스스로 터득하였다 합니다. 유학을 종지로 하되 불학과 도가의 사상을 아울러 막히지 않아보였습니다."

"그가 불가와 도가도 아울러 막히지 않는단 말인가?"

"예."

"허허, 화담이 비록 홀로 배워 크게 깨닫고 그 기이함이 세상에 이름이 높아도 불가와 선가의 술법을 익혔다면 그것은 선비의 도리가 아니다. 욱아, 공자께서는 예가 아니면 보지 말고, 예가 아니면 듣지도 말며, 예가 아니면 말하지 말며, 예가 아니면 움직이지도 말라 하였으니 그로 보자면 화담은 선비의 자세를 가진 이가 아니다. 욱은 다음부터는 내 앞에서 그에 대한 이야기는 하지 말라."

조정암이 정색을 하며 딱 잘라 말하였다. 그는 얼마 전 나라에 흉년이 들어 소격서에서 제를 올리자 나라에서 흉사에 미신을 믿는 일이 있을 수 없다며 성균관 유생들을 이끌고 대궐 앞에서 연좌시위를 벌인 끝에 그 뜻을 관철하였다.

성리학에 입각한 이상국을 만들려는 조정암에게 화담의 기이한 이야기가 귀에 들어올 리 없었다.

우치가 말했다.

263

"작은 물이 모여 큰 물이 된다고 하였습니다. 불교는 오랜 옛날부터 이 나라에서 숭상해왔던 것이고, 도가는 많은 선비들이 봐오고 있는 것이니 굳이 유학을 배우지 않는다고 배척할 것은 아니라고 봅니다."

"내가 불가와 도가를 배척하는 것은 그것들이 사람을 황탄하게 만들기 때문이네. 불교 때문에 고려가 망한 것을 보면 모르겠나? 신선을 좇는 것은 또 어떠한가?"

"그리 말하면 국가의 흥망성쇠가 오직 불교와 도교 때문이라는 것이지 않습니까? 중국이 유학의 종지인데 나라가 이족에게 멸망하는 것은 무엇 때문입니까? 그것이 무엇이 되었건 사람을 이롭게 하면 되는 것이지 편을 나누어 금하게 하는 것은 목 마른 사람에게 십 리 밖에 있는 우물물을 먹으라는 것과 무엇이 다르겠습니까?"

"자네가 정희량에게 수학하였다 하더니 물이 들었구먼. 하긴 그가 바른 정신을 가졌다면 조정으로 돌아와 백성들에게 은덕을 나누어 줄 수 있었을 텐데 야인으로 살아가는 것을 보면 도가의 물이 든 것이야."

조정암이 노기 띤 어조로 맹렬히 우치와 정희량을 성토하였다.

우치는 조정암이 의외로 답답한 구석이 있구나 생각하였다.

'범이 풀을 먹지 않고, 사슴이 고기를 먹지 않지만 사람만은 오직 풀과 고기를 모두 먹을 수 있다. 조정암은 편벽된 구석이 있구나.'

우치는 이야기가 별로 내키지 않아 시큰둥이 앉아 있다가 저녁 무렵이 되어서야 조정암의 집을 나올 수 있었다. 조정암의 집을 나서니 독서하는 그의 목소리가 낭랑하게 들려왔다.

'공맹의 책을 매일 매일 본다고 죽어가는 병자를 살릴 수 있을까?

차라리 의서 한 권이 공맹의 책보다 백성들에게 더 이롭지 않을까?'

우치는 이런 생각을 하며 남산골을 내려와 안국동 이 교리의 집으로 돌아왔다.

이날 이 교리가 늦게 퇴청하여 늦은 밤에 우치가 거처하는 사랑으로 들어왔다.

술자리에서 우치가 그날 조정암을 만난 이야기를 하니 이 교리가 눈살을 찌푸리며 말했다.

"조정암은 도학군자라서 너무 편벽된 점이 있지. 그 학문은 훌륭하지만 정치야 어디 학문과 같은가? 요산樂山이 학문하는 이의 모습이라면 정치하는 이의 모습은 요수樂水와 같아야 하는 게지. 여러 상황들을 널리 포용할 줄도 알아야 하는 것이거든. 나도 늘 그의 고지식한 모습을 보면 마치 외줄타기를 하는 사람을 보는 것 같아서 불안할 때가 많아. 그의 고지식함이 유생들의 지지를 얻었지만 자신도 모르는 사이에 많은 적을 만들었다는 것을 알아야 할 텐데 말이야. 위태로워. 참으로 위태로워!"

혀를 차던 이 교리가 고개를 돌려 우치에게 말했다.

"전 유학, 자네 궁궐에 가봤나?"

"제가 어떻게 궁궐에 들어갈 수 있겠습니까?"

"그럼 내일 내가 궁궐 구경시켜줄까?"

"저 같은 사람도 궁궐에 갈 수 있나요?"

"이를 말인가? 내가 내일 자네를 궁궐 구경시켜줌세."

이 교리가 호언장담을 하였다.

2

다음 날 아침에 우치는 이 교리를 따라 궁궐로 들어갈 수 있었다. 이른 아침부터 깨끗하게 몸을 씻고 머리를 감은 후 상투를 틀어 올리고 이행이 내준 청단령을 입으니 옷이 날개라고 사람이 달라 보였다.

"그러고보니 아직 혼례도 올리지 않은 총각이구면. 이렇게 인물이 좋고 재주가 뛰어나니 벼슬길에 오르면 장가부터 가야겠군."

담홍포 홍단령 입은 이 교리가 농을 하곤 우치와 함께 궁궐로 들어갔다.

우치가 안국동 저택을 나와 이행을 따라 가다보니 높이 솟은 북악을 등지고 거리가 널찍한 경복궁의 정문인 광화문이 나타났다.

문 앞에 허연 돌해태가 동서로 버티고 있으니 관악산의 화기를 막기 위해 만들어진 것이라 하는데 커다란 코와 길쭉한 이빨을 드러내고 노려보는 모습이 웃는 듯 보여 무섭다는 생각이 들지 않았다.

갑사들이 지키고 있는 광화문을 들어서니 동서 양편으로 행각行閣

이 일자로 서있다. 동행각에는 협생문協生門, 서행각에는 용성문用成門이 나있고, 안으로 들어가니 바로 홍례문興禮門이 보였다.

홍례문을 들어서니 바로 앞에 금천禁川이 흐르고 영제교永濟橋 돌다리가 걸려 있는데 다리 기둥 양쪽에 석천록石天祿 네 마리가 동서 양편으로 두 마리씩 놓여 있었다.

영제교를 건너니 청량전淸涼殿과 자신전紫宸殿에 연속된 북무랑에 동쪽으로는 덕양문德陽門, 서쪽으로는 유화문維和門이 있는데 정면에 바로 근정문勤政門이 나타났다. 동서 양편으로 협문夾門인 일화문日華門과 월화문月華門을 거느린 근정문으로 들어서니 저 멀리 삼급三級의 돌층계 위에 웅장하고 화려한 근정전勤政殿이 서있는데 그곳이 임금께서 문무백관文無百官의 조하朝賀를 받는 정전이라고 했다.

앞뜰에 문무양반文武兩班의 위계位階를 새긴 품석品石이 줄지어 차례로 세워져 있으며 넓은 뜰 사방으로는 행각行閣이 둘려 있는데 곳곳에 칼을 찬 수병들이 눈을 부릅뜨고 서있었다.

우치가 궁궐의 장엄함에 입을 다물지 못하고 있으니 이행이 빙그레 웃으며 우치의 옷깃을 당겨 서쪽 행각의 융무루隆武樓로 나가니 천추전千秋殿이 있었다.

문을 나서면 전각과 누각이 첩첩이라 우치가 정신이 없을 지경인데 바쁘게 움직이는 내시들과 궁녀, 무수리들이 더욱 정신을 차리지 못하게 했다.

"근정전의 뒤에 있는 사정문思政門으로 나가면 주상께서 정사를 보살피는 사정전思政殿이 있다네. 사정문 북문인 향오문嚮五門으로 들어서면 주상께서 한가롭게 지내는 연침燕寢인 강녕전康寧殿이 있고, 그

267

동서 양편에 연생전延生殿과 경성전慶成殿이 있지. 그 뒤 북행각에 양의문兩儀門이 있는데 그 안에 이 나라의 왕후가 사시는 교태전交泰殿이 있다네. 교태전의 뒤에는 금원禁苑이 있는데 주상과 왕후비빈들께서 소풍을 하시며 쉬시는 곳이지."

우치가 이행의 말을 들으며 궁궐을 구경하는데 어느 곳에 이르니 높은 담이 나타났다.

담을 따라 남쪽으로 가다보니 경회문慶會門이 나타났는데 경회문 뒤로 커다란 이층 누각과 넓은 연못이 보였다. 이곳이 경회루慶會樓이니 임금이 외국 사신이나 나라 안 신하들에게 향연을 베풀던 장소이다.

이행이 경회루로 들어가지 않고 수정전修政殿을 지나 서쪽으로 내각內閣 검서청檢書廳을 지나 서남쪽에 있는 옥당玉堂으로 들어갔는데 이곳이 홍문관弘文館이었다.

이행이 옥당 안으로 들어가서 대제학 김안국에게 전 유학이 왔음을 알리니 김안국이 매우 기뻐하며 우치를 맞아들였다. 그러고는 한강정에서의 일을 다시금 되새기며 우치를 칭찬하였다.

"대국의 사신과 우리가 문장으로 자존심을 지켜온 것은 아주 오래 된 일이오. 전 유학이 때마침 조정의 자존심을 지켜줘서 나는 참으로 고맙고 감사하게 생각하고 있소."

김안국은 당대의 문형이라 문장으로 가장 이름이 높은 사람이었다. 그런 문장가로부터 우치가 칭찬을 받으니 부끄러워 얼굴을 들 수 없을 지경이었다.

"나도 예전에 어려운 파자 대구로 사신을 감복시킨 적이 있다오.

왜국의 승려였는데 그가 낸 문제가 절묘하였지요."

김안국이 서안에 있는 붓을 들어 종이 위에 썼다.

氷消一點還爲水   얼음에 한 점이 사라지니 도로 물이 되었다.

우치가 그 시를 보곤 김안국의 얼굴을 보았다.

"어떤가?"

"얼음 빙에 한 점을 빼면 물 수가 되는 것이니 실로 교묘한 문장입
니다. 대구를 달기 어려운 시로군요."

"그렇지. 대국의 사신이 아닌 왜국의 사신에게 망신을 당할 판이었
지."

김안국이 빙그레 웃으며 시의 아래에 붓을 놀려 대구를 썼다.

木立雙條更作林   나무가 쌍으로 서면 곧 숲을 이룬다.

"어떤가?"

김안국의 물음에 우치가 감탄을 하며 말했다.

"나무가 쌍으로 서서 수풀림을 이루니 참으로 절묘한 대구로군
요."

실로 일국의 문형다운 문장실력이었다.

김안국이 빙그레 웃으며 벼루 위에 붓을 내려놓았다.

"문장이라는 것은 나라가 크고 작음을 떠나서 한 나라의 자존심을
세울 수도 있고, 무너뜨릴 수도 있는 것이라네. 최치원이 격문 하나

로 황소의 난을 평정한 것은 문장의 힘 때문일세. 대국의 사신들은 아주 오랫동안 우리나라를 문장으로 누르기 위해 노력해왔지만 쉽지 않았지. 그 때문에 대국에서 우리나라를 무시하지 못하는 것이네. 그런 점에서 보면 자네 같은 인재는 조정에서 꼭 필요한 사람이지."

김안국이 우치의 어깨를 두드려주었다.

이행이 환하게 웃으며 말했다.

"김 대감께서 그리 말씀해 주시니 제가 사람을 데려온 보람이 있습니다. 이왕 옥당에 데려왔으니 제가 사무를 보는 동안만 전 유학을 맡겨두겠습니다."

"그리하게나."

이행이 옥당 바깥으로 나가 사무를 보는 동안 우치는 하릴없이 옥당을 둘러보는데 이곳이 과거에 집현전이 있던 곳이라 책이 산더미처럼 쌓여있었다.

우치가 이곳에서 『두공부시집杜工部詩集』 한 권을 꺼내어보는데 갑자기 옥당 안이 시끄러웠다.

우치가 신경 쓰지 않고 시를 읽고 있는데 전각 안으로 한 사람이 들어왔다. 그 사람은 익선관翼善冠을 쓰고 누런 곤룡포袞龍袍를 입고 있었다. 그 뒤로 머리를 조아린 내시 하나와 이행이 들어왔으니 곤룡포를 입은 이가 나라의 임금이신 중종대왕中宗大王이었다.

대제학 김안국이 뒤늦게 옥당 안으로 황급하게 들어왔다.

우치가 임금을 보고 깜짝 놀라 책을 보다 말고 자리에서 일어나 고개를 숙여 읍하니 중종대왕이 우치가 보던 책을 살펴보고는 물었다.

"두보의 시를 읽고 있었군. 그래, 관직과 이름이 무엇인가?"

대제학 김안국이 대신 말하였다.

"전우치라고 하는데 벼슬이 없사옵니다. 얼마 전에 한강정에서 신세를 진 적이 있기에 이 교리가 오늘 궁궐 구경을 시켜준다고 하여 데리고 왔사옵니다."

임금이 이 교리를 힐끔 보더니 김안국에게 말했다.

"아! 그렇다면 이 자가 이매망량의 시를 지었다는 바로 그 전우치인가?"

"그러하옵니다."

임금이 우치를 보고 흡족한 듯 웃음을 짓다가 말했다.

"그렇지 않아도 이 교리로부터 이야기를 듣고 그대를 한 번 만나보고 싶었다. 글재주가 뛰어나다 들었는데 과거는 어째서 보지 아니하는고?"

우치가 황송하여 고개를 더 깊이 숙이고 아뢰었다.

"황송하옵니다. 소인이 재주가 부족하고 공부한 것이 없어서 시험을 보지 못하였습니다."

"그렇다면 잘되었군. 그렇지 않아도 오늘 내가 족자에 걸맞은 시문을 하나 지으려고 찾아왔는데 잘되었어!"

임금이 고개를 돌려 내관에게 분부하였다.

"가지고 온 것을 꺼내보라!"

내관이 손에 들고 있던 소반에서 족자 하나를 집어 책상 위에 펼치고 물러났다.

271

"네가 시 짓는 재주가 뛰어나다는 말을 들은 바 있으니 어려워 말고 이 그림에 걸맞은 시를 지어보거라!"

우치가 고개를 들어 족자를 바라보니 매화 한 그루가 그려져 있는데 상단에 옅은 먹물로 둥글게 달이 그려져 있었다. 우치가 한참을 생각하다가 탁자 위에 있는 붓을 들어 종이 위에 시 한 수를 지어 올렸다.

清牕有月梅三昧
碧落無雲雁六通

밝은 창에 달이 있으니 매화가 혹했는데
푸른 하늘 기러기는 천지 사방을 통하네.

주상이 우치가 바친 시를 읽어보니 기가 막히기 이를 데 없었다. 옅은 먹으로 그려진 달을 창에 비친 달빛으로 보고, 보이지 않는 창밖에 기러기가 날고 있다는 내용이니 마치 기러기 소리가 그림 속에서 들리는 듯하였다. 실로 보통 사람 같으면 생각할 수도 없는 좋은 시였다. 주상이 우치의 시를 보고 감탄하고는 내관에게 일러 예조에서 글 잘 쓰는 자로 하여금 족자에 이 시를 써서 가져오도록 하고 상으로 어주御酒를 내렸다.

주상이 김안국과 우치를 번갈아 바라보다가 미소를 지으며 입을 열었다.

"경은 문형으로서 그동안 대국의 사신들을 상대로 문장으로 조선의 자존심을 지켜주었소. 나는 그 점에 대해 항상 감사하게 생각하오."

"황공하옵니다."

"아니오. 오늘 경과 전우치를 앞에 두고 있으니 마음이 든든해서 하는 소리요. 들자하니 경과 전우치가 시재의 출중함이 쌍벽을 이룬다 하는데 내가 시험해봐도 되겠소?"

김안국과 전우치의 두 눈이 마주쳤다. 상께서 이미 마음을 먹었으니 어쩔 수 없는 일이었다.

"하명하옵소서."

김안국이 대답하자 주상이 입을 열었다.

"어제는 하늘에 반달이 떠있더군. 하여 반월로 시제를 삼을까 하오. 운자는 어魚, 저蛆, 여輿 세 글자로 하겠소."

주상의 말이 떨어지자 김안국이 주저없이 붓을 들어 종이에 시를 써서 바쳤다.

神珠缺碎鬪龍魚
剮殺銀蟾半餔蛆
顚倒望舒仍失馭
軸亡輪拆不成輿

신령스런 구슬이 부서지자 용과 물고기가 싸우니
은 두꺼비를 쪼개 죽여 반이나 벌레가 먹었네.
망서가 거꾸러져 수레를 잘못 몰아

수레틀이 망가지고 바퀴가 부러져 수레 구실 못하네.

이번에는 전우치가 붓을 들어 시를 지어 바쳤다.

半壁依然出海魚
薄將光彩照浮蛆
桂邊宿兎無多地
搗藥殷勤未滿輿

반벽에 의연히 해어가 나오니
광채가 빛나서 뜬 구더기에 비치네.
계수나무 가에 토끼가 자는 땅이 넓지 못하니
은근히 약방아를 찧어도 수레에 차지 않네.

주상이 두 편의 시를 보니 과연 명불허전이었다.

김안국의 문장은 조선뿐 아니라 대국에서도 소문이 날 정도였지만 젊은 전우치의 문장이 이에 버금가니 실로 숨은 인재가 틀림없었다.

"과연 소문과 다를 바 없구나. 이런 글재주를 가진 이가 벼슬자리가 없어서는 아니 된다. 전우치에게 벼슬을 내릴 것이니 대제학은 그에 걸맞은 관직을 당상관으로 하여금 올려 보내도록 하라."

주상께서 대제학 김안국에게 이같이 말을 하고 두 사람에게 손수 어주를 내린 후에 옥당을 떠나가니 부제학 등 홍문관의 관원들이 우치가 성은聖恩을 입은 것을 축하하였다.

우치는 방금 무슨 일이 일어났는지 어안이 벙벙하였다.

이것이 원래 이행이 꾸민 일이었다. 한강정에서 시 쓰는 재주를 보고 승정원의 관리인 이행이 임금과의 만남을 우회적으로 주선한 것이었다.

대제학 김안국이 미소를 지으며 우치에게 말했다.

"자네가 크나큰 성은을 입었구면. 그래 무슨 벼슬을 하고 싶은가?"

"저는 잘 모르겠습니다."

"그럼, 내가 알아서 주선해봄세."

김안국은 부제학 이빈李濱과 더불어 빈청賓廳에 나가 삼공육경에게 이 사실을 이야기하고 관직을 의논하였다.

"본래 전우치가 글재주가 있으니 제 생각에는 정8품 저작著作의 벼슬을 주고 홍문관에서 일을 맡았으면 하는데 어떻습니까?"

김안국의 말에 부제학 이빈이 말했다.

"제 생각도 그러합니다. 시를 잘 짓는 것으로 보건대 문장에도 능할 것이니 예문관의 봉교奉敎나 대교待敎 자리도 무방하리라 사료됩니다."

대사헌 조광조가 말했다.

"듣자하니 그가 심마니의 아들로 자라났다 하는데, 그가 시를 잘하지만 신분을 알 길이 없고, 더구나 과거도 보지 않고 성은을 얻어 벼슬을 얻는다면 이는 공평치 못한 일이오."

조광조는 전날 우치가 찾아와 자신과 다른 뜻을 가진 것을 보고 저어하는 마음이 있었기로 은근히 반대의 뜻을 품은 것이다.

예조판서 남곤이 눈을 흘기며 말했다.

"조대헌의 말이 틀린 것은 아니지만 지엄한 어명이 내렸는데도 아니 된단 말이오?"

"전우치와 같은 전례가 일어난다면 훗날에도 문장을 믿고 성은에 기대어 벼슬하는 이들이 판을 칠 것입니다."

"조대헌은 도학을 중시해서 사장詞章*이 우습게 보일지 몰라도 사장이 없고선 중국의 사신들을 상대할 수 없으니 전우치와 같은 시재가 있는 문장가들은 더더욱 필요한 법이오."

"허나 첫째로 그의 신분을 알 수가 없고, 둘째로 과거도 치르지 않은 이에게 벼슬자리를 줄 수는 없습니다."

"어명이 내렸는데도 말이오?"

"그렇습니다. 지킬 것을 지키지 않으면 나라가 바로 설 수 없습니다."

"그렇습니다. 나라의 기강이 바로서지 않고서는 편법이 난무할 것이니 전우치가 벼슬하는 일은 불가요."

김식이 조광조를 두둔하였다.

남곤이 우의정 안당에게 물었다.

"우 정승께서는 어떻게 생각하십니까?"

영의정 정광필과 좌의정 신용개가 병환이라 입궐하지 아니한 관계로 우의정 안당이 상석에 앉았는데 본래 현량과로 아들 세 명이 청현직에 오른 터라 눈을 감은 채 말이 없었다.

---

* 사장 : 시가와 문장을 아울러 이르는 말

"대제학은 어떻게 생각하시오?"

"전우치의 문장은 인정할 만합니다. 상께서 어명이 내리셨지만 나라에는 과거라는 엄연한 법도가 있는 법이라 시간을 두고 조금 더 논의해 보았으면 합니다."

김안국도 처음의 말과 틀리게 모호한 태도를 취했다. 김안국이 조광조를 두둔한 것은 첫째로 그의 말이 옳았고, 둘째로 성상의 총애를 입고 능력이 되지 않는 자들이 벼슬길에 올라 국정을 농락할까 저어되었기 때문이다.

조광조를 바라보는 남곤의 눈에 독이 올랐다.

그는 처음에는 전우치에게 벼슬을 줄 뜻이 없었지만, 조광조가 반대하고 나서자 마음이 달라져서 반드시 전우치에게 벼슬자리를 주리라 결심하였다.

이날저녁에 남곤이 홍경주와 심정을 저희집 사랑으로 불렀다.

"대체 조광조 그자는 주상을 손톱 밑의 때만도 여기지 않는 자인 모양이오. 아무리 전례가 없는 일이라 하나, 주상의 어명을 면전에서 반대하니 이게 신하의 도리요? 조광조 그놈이 현량과를 실시해서 제 입맛에 맞는 패거리들을 제멋대로 뽑아놓고는 도덕이니 기강이니 해서 위로는 주상을 욕되게 하고 아래로는 우리들을 무시하니 어쩌면 좋단 말이오?"

홍경주가 얼굴을 찌푸렸다.

"만약 대감께서 전우치에게 벼슬을 주려고 망단자를 올린다면 조광조는 물론이거니와 까탈스런 삼사의 대간大諫들이 성균관의 유생들을 모아서 문제를 일으킬 것입니다."

"그러니 방법을 찾아보잔 말 아니오."

꾀주머니라는 심정이 말했다.

"주상께서 결정하신다면 조정암도 어쩔 수는 없을 것입니다. 또 과거를 봐야한다면 별시를 칠만한 구실을 만들면 어렵지 않을 것입니다."

"전우치가 양반이 아니라면 어떡하는가? 그런 계책이 죄다 소용이 없는 것 아닌가."

"제가 이 교리로부터 전우치의 전력을 들어보았는데 송도 전 처사의 아들로 무오년 사화로 집안이 함몰되고 심마니의 손에 자라난 듯합니다. 정희량 같은 이인이 제자로 삼을 정도니 양반의 핏줄이라는 것은 확실한 듯합니다."

남곤이 잠시 말이 없다가 홍경주에게 말했다.

"홍 대감께서 희빈마마께 말씀 좀 잘해주시오. 이대로 간다면 조광조 그놈이 우리를 다 잡아먹을 것이오."

심정이 목소리를 낮춰 말했다.

"그보다 홍 대감, 대체 어찌된 것이오? 배나무잎에 주초위왕이란 글을 쓴 지가 몇 달이 지났는데 아직도 깜깜무소식이니. 내 속이 바짝바짝 마릅니다."

"주상께서 조정암을 믿는 맘이 철석 같아서 흔들리지 않으시오."

홍경주가 입맛을 쩝쩝 다셨다.

심정이 눈을 가늘게 뜨고 말했다.

"모르시는 말씀이시오. 베개 너머 송사가 옥함을 뚫는다는 말도 못 들어보셨습니까? 열 번 찍어 안 넘어가는 나무 없다고, 희빈께서 밤마다 주상께 간한다면 결국엔 마음이 흔들릴 것입니다. 전우치에 관한 일도 희빈에게 부탁하면 어떨까 합니다. 전우치가 편전에 불려가 주상과 독대라도 하게 된다면 과분한 성은을 입게 될지도 모르지요."

"그렇다면 제가 내일이라도 희빈마마께 청을 넣어보겠습니다."

홍경주가 연신 입맛을 다셨다.

3

며칠 후, 이행이 늦은 밤 전우치를 데리고 궁궐로 입궐하였다. 때 아닌 주상의 명이 내려 우치가 임금을 만나게 된 것이었다.

우치가 이행을 따라 편전에 들어가니 임금의 주안상 앞에 한 사람 의 관원이 앉아있었다. 우치가 방 안에 들어가 부복하니 주안상 앞에 서 임금이 다가오라는 손짓을 하였다.

우치가 조심조심 다가가서 임금에게 큰절을 하고 무릎을 꿇으니 내관이 술병을 들어 우치의 잔에 따라주었다.

우치가 성은에 감격하여 한 잔을 마시고 나니 말이 없던 임금이 우 치에게 물었다.

"내가 들으니 네가 심마니에게 자랐다고 하더구나, 맞느냐?"

"예."

"네 부모가 송도 전 처사라는 양반이었고, 무오년에 화를 입어 집 안이 적몰되었다는 것이 사실이냐?"

"예, 그리 알고 있습니다."

임금이 앞에 있는 젊은 조관에게 말했다.

"경도 갑자년에 집안이 적몰되어 여종의 손에서 자랐다 하던데 그 말이 사실인가?"

"그러하옵니다."

"그럼 두 사람 모두 비슷한 처지에서 자랐군그래."

우치가 곁눈질로 젊은 조관을 보니, 그 역시 우치를 힐끔 바라보았다.

"내가 희빈으로부터 전우치가 연산주 때 적몰된 집안의 후손이라는 말을 듣고 세장이 생각나서 함께 불렀다. 두 사람 살아온 이야기를 들어보고 싶은데 말해주겠나?"

젊은 조관이 먼저 이야기를 시작하였다. 그의 이름은 이세장李世璋으로 아버지 이목이 연산주 때 무오사화로 죽임을 당하고 집안이 적몰되었는데 여종인 춘월이가 강보에 싸인 세장을 데리고 송도로 도망쳐서 살았다고 하였다.

춘월이 궂은일을 도맡아 하면서 이세장을 길렀는데, 시절이 하수상할 때라 쇠돌이로 변성하였지만 글선생을 찾아 글 배우는 것만큼은 게을리하지 않도록 하였다.

이세장이 일곱 살 될 무렵에 연산주가 망하고 신원을 회복할 수 있었는데 춘월이 과거를 치기 전까지 비밀을 말해주지 않아 사실을 모르고 있다가 장가를 가기 전에 사실을 알게 되었다 하였다.

이세장이 나이 열일곱 무렵에 송방 행수인 송철주가 이세장에게 자신의 양녀를 시집보내어 송방에서 살다가 올봄에 치른 과거에 급제하여, 벼슬자리에 오르는 동시에 신원되어 집도 얻게 되었다 하였다.

"송방 행수가 사람을 보는 눈이 있었구나."

이야기를 듣던 임금이 웃으며 말하자 이세장이 꾸벅 절을 하며 말했다.

"송구하옵니다."

임금이 우치에게 물었다.

"이번에는 네 이야기를 해보라."

우치가 천마산에 버려져서 심마니인 봉팔의 손에 자라게 되었으며 이천년으로 변성한 정희량에게 글공부를 배우고, 이회에게 의술을 배웠던 이야기를 하였다. 후에 우연히 양부모의 이야기를 듣고 자신의 신분을 알게 되었고, 그런 이유로 이천년과 함께 경상도 예안까지 여행하면서 아버지의 함자를 알게 되었다 하였다.

"네 부모가 남긴 옥 목걸이가 있다고?"

"예."

우치가 목에 걸린 옥 목걸이를 두 손으로 받쳐 임금에게 보였다.

임금이 푸른빛이 도는 옥 목걸이를 유심히 바라보는데 이세장이 놀란 눈으로 전우치를 바라보더니 임금에게 부복하며 말했다.

"아뢰옵기 황공하오나 제 처에게도 저러한 목걸이가 있사옵니다."

"저런 목걸이가 있다고?"

"예, 제 처의 성이 공교롭게도 전가이옵니다. 제 처가 말하기를 동년동일에 난 오라버니가 하나 있는데 옥 목걸이를 가지고 있다고 하였사옵니다. 제 처의 것은 반달 모양으로, 오라버니는 둥근해의 모양을 하고 있다 하는데, 합치면 하나가 된다 하였사옵니다. 저 목걸이를 보니 전 유학이 제 처의 오라버니가 아닌가 싶사옵니다."

"뭣? 그게 사실인가?"

임금이 이렇게 되묻는데 우치는 황당하고 놀라운 마음에 입을 열지 못하였다.

"그것이 사실이라면 참으로 기묘한 일이군. 네 처의 이름이 무엇이냐?"

"전태임이라 하옵니다."

"태임? 주문왕의 어머니 이름을 따왔구나. 우치는 우임금의 가르침이라는 뜻이니 의미도 공교하구나. 만일 두 사람이 오누이가 맞다면 내가 너희들을 불러들인 것이 의미가 깊도다!"

"황공하옵니다."

우치와 이세장이 부복하였다.

"전우치는 이 길로 이세장의 집으로 찾아가 누이가 맞는지 확인하고 결과를 궁궐로 보내도록 하라!"

우치와 이세장이 그 길로 편전을 나와서 안국동에 있는 이세장의 집으로 갔다. 이세장은 신원되어 적몰된 가산이 회복되면서 안국동의 옛집으로 돌아오게 되었는데 송방 행수 송철주가 사위인 이세장이 과거급제하자 세간을 마련해주어 그 규모가 성대하였다.

우뚝하게 솟은 커다란 솟을대문을 지나니 만장같이 너른 행랑 마당이 보였다. 마당 한 편에는 마구간이 있고 말 서너 마리가 매여 있었다.

이세장은 우치를 큰사랑으로 안내하곤 조관을 벗기 위해 작은사랑으로 내려갔다.

우치가 방을 둘러보니 팔 폭 대병풍을 드리우고 윗목에는 칠보장에 하얀 꽃이 아리따운 매화분梅花盆이 놓여 있었다. 또 미닫이문 앞에는 문채 좋은 괴목장과 장식 튼튼한 반닫이를 겉자리 잡아놓았는데 괴목장 위와 반닫이 위에는 피죽상자, 목상자가 주섬주섬 얹혀 있고 이불장 위에는 이부자리가 보기 좋게 싸여 있었으며 재판 위에는 요강, 타구, 화로뿐 아니라 놋 촛대와 유기등경까지 놓여 있었다.

그러나 우치는 화려한 세간이 눈이 들어오지 아니하였다. 세상에서 하나밖에 없는 혈육이 있다는 것이 우치는 정녕 믿어지지 않았다. 마음 둘 곳이 없어서 마냥 세간들을 둘러보고 있는데 문 밖에서 기침소리가 들리더니 이세장과 그 안사람이 방 안으로 들어왔다.

우치의 가슴이 방망이질을 하였다. 이세장의 안사람은 고개를 숙인 채 말이 없었다. 우치가 어두운 불빛에 의지하여 그 얼굴을 뚫어질 듯 바라보고 있으니 이세장이 말했다.

"자, 이러실 것이 아니라 앉아서 이야기하시지요."

우치가 자리에 앉으면서도 이세장의 안사람 얼굴을 뚫어져라 바라보았다.

얼굴이 희고 갸름한 것이 자신과 많이 닮은 듯한 느낌이 들었다.

"이렇게 보니 정말 많이 닮았습니다."

이세장이 우치의 속을 들여다본 것처럼 말했다.

안사람이 옥 목걸이를 바닥에 내려놓고 살며시 밀었다.

"양아버지께 듣기로 이 목걸이는 한 쌍이며 붙이면 하나가 된다고 하였습니다. 오라버니가 맞다면 확인을 해보십시오."

목소리가 차분하였다.

우치가 그 목걸이를 조심스레 받아보니 앞면에 이름자가 써 있고, 뒷면에 생년월일이 써 있는데 자신과 날짜가 같았다. 우치가 목걸이를 꺼내어 반달 목걸이에 대니 한 치의 빈틈이 없이 맞아떨어졌다.

"네가 내 동생이 맞구나!"

우치는 너무도 벅차서 눈물이 절로 흐르고, 태임은 고개를 떨구며 서럽게 흐느꼈다.

"오라버니!"

두 사람이 손을 잡고 흐느낄 때에 이세장은 고개를 돌렸다.

"등잔 밑이 어둡다고, 우리 둘 다 송도에서 가까운 곳에 살았는데 지척에 있으면서도 서로 몰랐구나! 너는 혹시 부모님 소식을 아느냐?"

태임이 흐느끼며 말했다.

"양아버님께 듣기로 아버님이 강보에 싸인 저를 데려오셔서 맡기셨다고 했어요. 제가 열 살 무렵 한 번 찾아오셨는데 백두산에서 머리를 깎고 수도하신다고 들었어요. 제게 형제가 있다는 사실은 시집오기 얼마 전에 은장도를 맞추는 은공장이에게 들었답니다. 그가 옥 목걸이를 만들었는데 원래는 두 개이며 각각 이름이 씌어져 있다고 말이에요. 너무 오래된 이야기라서 이름은 기억이 나지 않지만 하나는 둥글고 하나는 반달이며 뒷면에 생시는 같을 거라고 하기에 세상에 혈육이 하나 더 있다는 것을 알았답니다."

"송방의 행수께서 너를 잘 키워주셨구나. 네가 이렇게 잘 살고 있으니 다행이구나!"

이세장이 길게 한숨을 쉬며 말했다.

"우리 세 사람 모두 기구한 운명으로 만난 인연이군요. 유자광이라는 간신이 아니었다면 이렇듯 험하게 살지 않았을 터인데 말입니다."

"유자광 그자는 지금 어찌 되었소?"

"자광은 반정 이후에 대간들의 탄핵으로 바닷가에 귀양가서 죽었습니다. 유자광이 죽은 후 아들 진較과 방房도 북도로 귀양가서 죽어 집안이 모조리 망했습니다."

"응보를 받은 셈이군!"

"네. 그런데 자광이 귀양을 가기 전에 기이한 일이 있었습니다. 하루는 유자광이 도총관으로서 입직하였는데, 소매 속에서 부채를 꺼내 부치다가 갑자기 얼굴빛을 변하며 말하기를, '이 부채에 쓰인 글씨가 괴이하고 괴이하다.' 고 하면서 좌우에 보이는데, '危亡立至위망입지*' 라는 글자가 쓰여 있었다 합니다. 자광이 깜짝 놀라 두세 번 손가락으로 튕기면서 탄식하기를, '내가 예궐詣闕할 때 처음으로 이 부채를 채롱 속에서 꺼내 손에서 놓지 않았는데 누가 썼단 말인가. 더할 수 없이 괴이하다.' 라고 하였답니다. 그때 갑자기 서리가 와서 '대간에서 글을 올려 죄를 청했다.' 라고 아뢰었습니다. 자광이 귀양 간 지 얼마 되지 않아 두 눈이 멀어 고생을 하다가 죽었는데, 사람들이 말하기를 부채에 글이 쓰여진 이치를 밝힐 수 없으나 비록 사람의 손을 빌려 쓰여졌다 하더라도 어찌 하늘이 시킨 것이 아니겠느냐고 합디다."

---

* 위망입지 : 위태롭고 망할 일이 바로 닥친다.

우치는 이세장, 태임과 더불어 그날 밤을 이야기로 지새웠는데 마
땅히 갈 곳이 없던 우치는 그날로 이세장의 집 작은사랑에 머물게
되었다.

4

우치가 누이를 만난 것이 임금에게 전해져서 임금이 우치를 신원해주었다. 그러나 양반인 것은 확인되었으나 벼슬 문제로 말들이 많았다. 한번은 임금이 조광조에게 물었다.

"경은 정치의 급선무가 인재등용에 있다 하여 현량과를 만들어 인재를 뽑으면서도 어째서 전우치는 안 된다는 것인가?"

"전우치와 같은 문재를 가진 인재는 성균관의 유생들 가운데서도 많습니다. 도덕이 바로서야 나라가 바로서는 것인데 전우치는 지조와 행실이 순실醇實하며, 학문과 덕행, 기국과 견식이 있는지 알 수가 없사옵니다."

"경이 그것을 어떻게 아는가?"

"연전에 전우치와 이야기를 나눠본 적이 있사옵니다. 그가 하는 말을 들어보면 유학보다는 이단을 숭상하여 허황된 점이 많았사옵니다."

"이단이라?"

"예. 유학보다는 불가와 도가에 더욱 관심이 많은 것 같았사옵니다. 전조고려에 불가를 숭상하여 패망한 전례를 생각하시옵소서. 전우치와 같은 자들이 벼슬자리에 오르면 나라가 바로 설 수 없사옵니다."

임금이 꼬박꼬박 말대꾸를 하는 조광조에게 화가 났지만 노기를 누르며 말했다.

"경이 성균관의 유생 가운데 전우치보다 나은 자들이 많다 하였는데, 이참에 성균관 유생들의 실력을 시험해보고 싶은데 어떤가?"

"황공하옵니다."

"짐이 낼모레, 궁궐 내에서 별시를 열 것이니 중외에 이 사실을 알리도록 하라!"

임금이 별시를 연다는 소문이 퍼졌다. 임금이 전우치에게 벼슬을 내리기 위해 만든 별시였으니 말하자면 성균관 유생들과 전우치의 대결인 셈이었다.

조정 내부에서는 두 패로 갈라져 한 쪽은 전우치가 이기기를 바라고, 또 한 쪽은 성균관 유생들 가운데 급제자가 나오기를 바랐다. 후자가 조정암의 당파였으니 전자는 조정암을 눈엣가시처럼 여기는 자들이 대부분이었다.

우치는 과거에 흥미가 없어서 이날 시험에 참석하지 않을 마음을 가지고 있었지만 첫째로 이행이 극렬하게 반대하였고, 둘째로 동생인 태임의 부탁을 이기지 못하여 별시를 보기로 하였다.

우치가 이날 세수를 하고 동생이 마련해준 의관을 갖추었는데 상투를 틀고 탕건과 망건을 쓰고 흰색 바지저고리에 옥색 두루마기를 입고 통영갓을 쓰니 의복이 날개란 말이 빈말이 아니어서 훤칠한 풍모가 빛이 나는 것 같았다.

"오라버니, 벼슬길에 오르시면 장가부터 가셔야겠어요. 이렇게 훤칠하시니 누가 안사람이 될지 몰라도 봉을 잡은 것이나 한가지겠어요."

"네가 농을 잘하는구나."

"농이 아니에요. 오라버니가 어서 장가가서 아이를 낳아야 제가 안심이 되겠어요. 그렇잖아도 이번에 급제하시면 여기저기 매파를 놓아 마땅한 혼처를 알아봐야겠어요."

"어떻게 될지 모르는데 너무 앞서가지 말아라."

"조대헌이 오라버니에게 왜 그러는지 모르겠어요."

"호랑이는 고기를 먹고, 사슴은 풀을 먹는 법이다."

"그게 무슨 말이에요?"

"그런 것이 있느니."

우치가 빙긋 웃어주곤 이세장의 집을 나서서 과거를 본다는 성균관으로 찾아갔다. 성균관은 전국의 유생들이 올라와 유학을 공부하는 곳으로 숭교방崇敎坊 명륜동明倫洞에 위치하였는데, 한양의 지리를 잘 아는 이세장의 청지기 덕에 성균관을 찾는 것은 그리 어렵지 않았다.

우치가 청지기를 앞세우고 명륜동 성균관에 도착하니 굳게 닫힌 성균관 삼문 앞은 쾌자를 입은 관원들이 엄중하게 지키고 있고, 그 주변은 벌써부터 하얀 도포를 입은 사람들 일색이었다.

청지기가 두 팔을 소매에 끼우고 구름처럼 모인 유생들을 바라보다가 우치에게 말했다.

"나리, 지금은 조 대감께서 과거시험의 습속을 바꿔놓아서 시험이 공정하고 소란이 없지만 예전에는 말도 아니었습니다요. 그것이 과거라기보다 비리투성이었습지요."

"과거시험이 비리투성이라고?"

"말도 마십쇼. 3년에 한 번 열리는 과거날이면 온 한양이 떠들썩했지요. 문무잡과를 함께 보니 양반·중인 할 거 없이 조선팔도에서 올라온 사람들로 한양의 주막과 객주는 온통 글 외우는 선비와 활쏘는 무반일색이었지요. 그중에 세력 있는 사람은 말구종이나 몸종을 데려와서 아예 봉놋방 하나를 차지하고 유세를 부리기 일쑤여서 머물 곳이 없는 시험자들과 다툼이 벌어졌습지요. 시험장 안이라고 다를 것도 없었는데 그중에서 문과의 과장이 제일 치열하고 비리가 많았습지요. 과거 시험에 답장을 먼저 내는 사람이 득이 많다보니 시험문제가 잘 보이고 답안지를 빨리 낼 수 있는 앞자리를 차지하려고 치고 받고 싸움도 허다하게 벌어졌고요, 돈 많고 세력 좋은 대갓집의 자제는 선접군을 구해 힘으로 좋은 자리를 차지한 것은 두말할 필요가 없습지요. 거기다가 전문적으로 답안을 써 주는 거벽과 글씨를 대신 써 주는 사수들이 부정을 저지르는 것도 부지기수였습지요. 그것이 폐주 때에 제일 심했는데, 해서 그때는 각 도에서 과거를 치르게 하고 거기에서 합격한 사람들만 따로 한양에 올라와 시험을 치르게 했지요. 그리하여도 그 시기가 워낙 부정비리가 난무하던 시대라 말이 과거지 무인지경이었습지요. 지금은 조 대감께서 철저하게 비리를 바로잡아서 시험에 일체의 부정이 없다고 합니다. 재작년 과거에는 부정입시자가 금난관禁亂官에게 걸려서 경을 쳤습지요. 사람들 앞에서 칼을 쓰고 곤장을 수십 대나 맞았는데 과장 밖에서 부정을 저지르다 걸린 사람은 3년 동안 과거를 보지 못하고, 과장 안에서 걸린 사람은 6년 동안 시험을 치지 못한다나요? 그래서 요즘엔 선접군이니, 거벽이니 사수니 하는 것들이 흔적없이 사라졌습죠."

고개를 끄덕이고 있을 때였다.

"전 유학, 여기 있었구면."

귀에 익은 목소리에 고개를 돌려보니 조욱이 선비 한 사람을 데리고 다가오고 있었다.

"아, 자네였군!"

"여기 있는 줄도 모르고 한참을 찾아 헤매었네."

"나를?"

조욱이 미소를 짓다가 옆에 있는 선비를 가리켰다.

"인사하게. 자네가 청량산에서 생명을 구해줬다는 이황의 형님일세. 이해라고 하지."

이해라는 선비가 두 손을 모아 목례를 하였다.

"조욱에게 이야기 들었습니다. 청량산에서 제 동생의 목숨을 구해주셨다면서요? 여러 사람에게 전 유학의 이야기는 자주 들었습니다만 이렇게 만나게 되어 반갑습니다."

공손하게 인사를 하는 모습과 얼굴이 청량산에서 만난 이황이라는 선비와 흡사하게 닮아서 한눈에도 형제라는 것을 알 수 있었다. 우치도 이해에게 공손하게 인사를 하였다.

그때 삼문이 열리며 청단령을 입은 관리 서너 명이 포졸 몇을 데리고 나왔다.

"입문관入門官이 나왔군. 우리는 이제 이별하세. 시험 잘 치르게 나!"

조욱이 우치의 어깨를 두드리더니 이해와 함께 사람들 사이로 사라졌다. 물러나 있던 청지기가 우치를 삼문 앞으로 이끌며 말했다.

"나리. 과장에 들어가시면 앞자리로 가십시오. 듣자하니 이번 시험이 나리 때문에 특별히 치러지는 시험이라 하던데 성균관 유생들의 코를 확 눌러 주십시오."

우치가 말없이 웃었다.

삼문 앞에 서있던 입문관이 우렁차게 소리쳤다.

"과장으로 입장하시오!"

삼문 앞에 서있던 선비들이 우르르 삼문 안으로 몰려 들어갔다.

"차분하게 줄을 서시오! 입문관의 녹명책錄名冊에 등재되지 아니한 자는 입장할 수 없소. 녹명책에 등재된 사람은 수협관搜挾官의 검사를 받고 입장하시오!"

입문관이 손에 들고 있는 녹명책에 이름을 호명하였다. 선비들이 호명을 받고 문 앞으로 입장하면 청단령을 입은 수협관의 감시 아래 포졸 두 사람이 선비들의 옷과 소지품을 검사하였다.

"전우치!"

입문관의 소리에 우치가 손을 들고 삼문 앞으로 나아갔다. 사람들의 시선이 일시에 우치에게 쏟아졌다.

이번에 치러지는 별시의 녹명책에 이름이 등재된 사람들은 성균관의 유생들로 한정되어 있었다. 성균관의 유생들은 대부분 생원과 진

사시에 합격한 이들로 지체 높은 양반들이 대부분이었다. 오랫동안 공부하여 과거 급제로 벼슬길에 오르려는 이들이 뜻밖의 성은에 힘 입어 벼슬길에 오르려는 전우치를 곱게 볼 리 없어서 쳐다보는 눈빛 들이 예사롭지 않았다.

우치가 포졸들의 검사를 받고 삼문 안으로 들어갔다. 포졸들은 옷과 소지품을 검사하더니 붓과 종이를 빼앗고 먹과 벼루만 들여보냈다.

먹과 벼루를 가지고 삼문 안으로 들어가니 눈앞에 보이는 커다란 건물에 명륜당明倫堂이라는 현판이 걸려있었다.

정면이 세 칸이고 좌우 세 칸의 협실이 있는 명륜당 앞에는 높은 월대가 솟아 있고 월대 위에는 향로가 덩그러니 놓인 탁자가 있었으 며, 시제를 걸어놓는 나무 시렁이 있었다.

월대 위와 계단에는 홍립에 홍철릭을 입은 무반들이 위엄 있게 서 있는데 너른 마당의 좌우에 있는 기다란 동재와 서재의 건물 앞에도 무반들이 늘어서 있었다. 또 월대의 계단 아래에는 긴 탁자 하나에 의자가 네 개 놓여있고, 넓은 과장에는 먼저 온 유생들이 자리를 잡 고 있었다.

일찍 들어온 유생들이 앞자리를 차지한 까닭에 우치는 과장 뒤쪽 에 자리를 잡고 다른 이들처럼 벼루를 펼쳐 놓았다. 아전들이 주전자 를 들고 유생들의 벼루에 물을 부어주었다. 미리 자리를 잡은 유생들 은 벼루에 먹을 갈았다.

사각사각 벼루에 먹 가는 소리가 과장에 가득하였다. 그 차분하고 정갈한 소리에 우치의 마음도 자연히 차분해지는 것 같았다. 은은하 고 향기로운 묵향이 코끝을 스치고 지나갔다. 과장 안에서 묵향을 맡으니 그제야 우치는 과거를 보러 온 기분이 들었다. 우치도 벼루에 먹을 갈며 마음을 가다듬었다.

삼문으로 들어온 유생들이 차례로 자리를 잡고 나서 얼마 되지 않아 입문관이 입장 시간이 경과했음을 알리고 삼문을 굳게 닫아걸었다. 그로부터 얼마 되지 않아 홍철릭을 입은 무관 하나가 월대로 올라와 우렁우렁한 목소리로 외쳤다.

"상감마마, 납시오! 모두 시립하시오!"

선비들이 모두들 자리에서 일어나 손을 모으고 고개를 숙였다.

성균관 왼편에서 한 떼의 사람들이 몰려왔다. 곤룡포를 입고 익선관을 쓴 국왕의 앞을 칼을 찬 무반들이 앞장서고, 붉은색 일산日傘을 든 내시가 종종걸음으로 뒤를 따랐으며, 그 뒤에 홍단령과 청단령을 입은 대신들이 무리지어 따라왔다. 그 모양이 일국의 국왕의 행차답게 화려하고 장대하였다.

임금이 월대의 계단을 올라가서 입시한 유생들을 둘러보다가 명륜당 강단 중앙에 마련된 어좌에 자리하였다.

무관들은 명륜당의 좌우를 물샐틈없이 호위하여 섰고, 강당 앞에는 조광조를 위시한 조정대신들이 자리하였다. 이것이 말하자면 어전별시御前別試인 셈이었다.

어전별시의 시관試官들은 임금에게 목례를 하고 물러나와 월대 위에 서서 유생들을 내려다보았다.

"모두 고개를 들라!"

홍단령을 입은 시관의 말을 급창이 전하여 유생들이 고개를 들었다. 시관은 다름 아닌 대제학 김안국이었다. 김안국이 오늘 시험의 상시관上試官으로 어전별시를 감독하는 것이었다.

김안국은 홍단령과 청단령을 입은 여섯 명의 시관에게 무어라고 중얼거렸다. 그러자 그 중에 청단령을 입은 네 명의 시관들이 월대로 내려와 월대 앞에 마련된 긴 탁자에 앉았다.

"마련된 붓과 종이를 시험자들에게 나누어주라!"

상시관의 말이 떨어지자 아전들이 부리나케 돌아다니며 종이와 붓을 유생들에게 나눠주었다.

종이와 붓을 받아 펼쳐놓으니 상시관 김안국이 월대 위에서 말했다.

"오늘은 두 가지 시험을 보려하오. 첫 번째 시험은 그림을 읽는 시험이오. 그림을 보고 그에 맞는 시를 적어 놓으면 되는 것이오. 이 시험에서 떨어진 자는 돌아가고, 붙은 자는 남아서 다음 시험을 볼 것이니 그리 아시오. 손가락 하나 크기의 향 하나가 탈 시간을 줄 것이니 적어서 제출하기 바라오."

시립해 있던 아전이 월대 위에 놓인 탁상 위의 향로에 손가락만 한 크기의 향을 꽂았다. 향 끝에서 하얀 연기가 피어올랐다.

김안국이 옆에 서있는 홍단령을 입은 두 명의 시관에게 눈짓을 주자 그들이 들고 있던 시제를 월대 앞에 놓인 나무 시렁에 걸었다. 돌돌 말아놓은 종이가 풀리며 시제가 드러났다. 그것은 커다란 족자였는데 모두 세 개로 그림이 그려져 있었다.

둥 둥 둥, 큰 북이 잇달아 울렸다. 시제를 보던 유생들이 웅성거렸다.

과거에서 보는 것이 첫째 책策, 둘째 논論, 셋째 표·전, 넷째 경의經義, 다섯째 시율詩律, 여섯째 잠箴·명銘으로 그림을 읽는 시험은 이전에는 나온 적이 없던 파격적인 것이었다. 더구나 세 개의 그림을 보고 손가락 크기의 향 하나가 탈 시간에 관련된 시를 적어야 한다니 과거에 단련된 유생들에게는 혼란스러운 문제였다. 그러나 이전에 과거를 본 적이 없는 우치에게는 저런 것이 과거로구나, 생각되었다.

우치는 그림을 찬찬히 살펴보았다.

첫 번째 그림은 한 도사가 개울에 발을 씻고 있는 그림이었다. 공자孔子가 창랑滄浪이라는 곳에서 발을 씻는 그림 같았다.

우치는 붓에 먹을 듬뿍 찍어 종이 위에 네 구절의 글을 적었다.

滄浪之水淸兮 可以濯我纓
滄浪之水濁兮 可以濯我足

창랑의 물이 맑으면 갓끈을 닦을 것이요,
창랑의 물이 흐리면 발을 닦을 것이다.

두 번째 그림 속에는 나이든 도사 하나가 먼 산을 바라보며 소나무 등걸을 어루만지며 앉아있었고 그 뒤에 한 동이 술을 두고 있었다.

'아, 이 그림은 귀거래사歸去來辭*의 한 구절을 그린 그림이구나. 송나라 도연명에 관련한 고사를 그린 그림이다.'

우치는 붓을 들어 적절한 귀거래사의 구절을 썼다.

---

* 귀거래사 : 도연명이 팽택 현령 자리를 내놓고 율리에 있는 집으로 돌아와 동쪽 울타리 밑에 심은 국화를 따들고 소나무 등걸에 기대어, 유유자적 남산을 바라본다는 내용의 시

雲無心以出岫
鳥倦飛而知還
影翳翳以將入
撫孤松而盤桓

구름은 무심히 산골짜기를 돌아 나오고
날기에 지친 새들은 둥지로 돌아올 줄 안다.
저녁 빛이 어두워지며 서산에 해가 지려 하는데
나는 외로운 소나무를 어루만지며 서성이고 있다.

세 번째는 나무가 우거진 언덕 아래로 은은한 강물이 흐르고 그 위로 돛단배 한 척이 멀리 안개가 자욱한 산을 뒤로한 채 유유히 떠다니는 그림이었다.

'이것은 진晉나라 때 강동江東의 장한張翰*이라는 사람의 이야기를 그린 강동괘범江東掛帆이로구나.'

우치가 붓을 들어 일필휘지로 글을 썼다.

何人勇退急流中
一幅孤帆萬里風
雲膾銀蓴秋正美

* 장한 : 그동안 섬기던 제왕의 그릇이 크지 못함을 보고 가을바람이 일자, 인생이란 뜻에
맞게 사는 것이 중요하다고 하면서 낙향해버렸는데 지조 있는 선비의 일화로 유명하다.

故牽歸興向江東

누가 급류에서 용감히 물러나는 것인가
하나의 돛폭에 끝없이 돌아오는 바람이로다.
눈빛 같은 생선회, 은색의 순 나물, 가을이 정녕 좋아
그래서 가고 싶은 홍취를 좇아 강동으로 향하노라.

글을 다 쓰고 나서 유생들을 둘러보니 시를 쓰기 위해 턱을 괴며 생각에 잠긴 이, 그림을 뚫어져라 바라보는 이, 붓을 들어 고심하며 적는 이, 애꿎은 이마를 두들기는 이, 수염을 꼬며 만상을 찌푸리는 이들의 모습이 눈에 들어왔다. 향은 반쯤 타들어가고 있었다.

우치는 다 쓴 시를 월대 앞에 있는 시관에게 건네었다. 월대 아래에 앉아있는 시관은 각각 타인관打印官, 등록관謄錄官, 사동관査同官, 지동관枝同官이며 상시관인 김안국을 제외한 홍단령을 입은 두 사람의 시관은 참시관參試官이었다.

타인관과 등록관은 부정의 소지를 없애는 봉인의 절차를 하는 관원이고, 사동관과 지동관은 등록관이 쓴 답안지가 원래의 답안지와 같은지 확인하는 관원이었다. 참시관은 홍문관과 예문관의 관원들 중에 문장이 뛰어난 이들을 각각 하나씩 차출하여 과거 응시자들의 부정을 감독하게 하고, 또 제출한 답지 가운데 좋은 답안을 상시관에게 제출하기도 하였는데 오늘 시험은 식년과가 아닌 터라 네 명의 시관이 어떻게 처리해야 할지 몰라 물끄러미 참시관을 바라보았다.

참시관 하나가 다가와 우치의 시를 받아보더니 계단을 올라가 상

시관 김안국에게 보였다. 이어 강당 안에 있던 임금의 손에도 우치의 시가 올라갔다. 임금이 우치의 글을 보더니 흡족한 표정으로 고개를 끄덕였다.

'잘된 모양이구나!'

우치는 적이 안심이 되었다.

시를 지은 유생들의 시가 차례로 시관들에게 전해졌다. 어전별시 지만 공정을 기하기 위해 식년과의 격식에 맞게 답안을 제출한 순서 대로 봉해져서 탁자 위에 쌓였다.

반 시진도 안 되어 향이 꺼지자 징소리가 크게 울렸다.

"정권하시오!"

급창이 소리를 지르자 모두들 하던 일을 멈추고 좌정하여 앉았다.

시관들이 모여 시를 나누어보며 한동안 이야기를 나누었다. 시관 들은 답안을 내지 못한 이들과 답안을 내었지만 기준에 부합하지 못 한 자들을 선별하여 과장을 나가도록 하였다.

수많은 선비들이 썰물처럼 과장을 나가서 한 오십여 명 정도가 과 장에 남게 되었다.

성균관 유생 이백여 명 중에서 사분의 삼이 바깥으로 나갔으니 적 지 않은 수가 탈락하였다. 대부분이 공자에 관한 첫 번째 문제는 썼 지만 도연명과 장한에 관한 문제를 쓰지 못해 떨어졌다.

김안국이 남은 유생들에게 말했다.

"오늘의 시제는 주상전하께서 친히 내리신 것으로 이 시에 대한 화 답구를 내놓으면 된다!"

시관이 나무 시렁에 걸린 그림을 걷어내고 시제를 걸었다.

아전이 향로에 향을 피우자 북이 울렸다. 시관이 손을 놓자 돌돌
말린 시제가 펴지며 한 구의 시가 나타났다.

我觀鄕之賭
怪底形體條
不知諺文辛
何怪眞書沼

과장에 남은 유생들이 술렁거렸다.
"뭐 저런 시가 다 있어?"
"저게 무슨 뜻이야?"
"무슨 내용인지 알아야 답 글을 쓰지."
"내 과거 인생 30년에 저런 해괴망측한 시는 처음 보는군."
우치가 시를 보다가 눈을 비비며 다시 바라보니 그 시가 다름 아닌
이행과 처음 만날 때 김안국이 자신을 시험하던 시였다.
우치가 김안국을 바라보니 김안국이 모른 척 고개를 돌려 다른 곳
을 바라보았다. 그것은 김안국이 우치를 위해 낸 시가 틀림없었다.
편법이 아니라 과거라는 등용문을 통해 우치를 뽑아올리고 싶은 김
안국의 뜻이었다.
우치가 김안국에게 가볍게 목례를 하고 붓을 들었다.
임금의 뜻에 부합하듯이 우치가 그 답을 써서 제일 먼저 시관에게
건네었다. 그러나 남은 성균관의 유생들은 답을 알지 못하여 전전긍
긍할 따름이었다.

임금이 전우치가 지은 시를 건네받고 명륜당 앞에 시립해 있는 조광조에게 말했다.

"전우치와 같은 자들이 성균관에 널렸다 하더니 어찌된 일이오? 경의 말대로라면 성균관 유생 가운데에서 장원이 나와야 할 것인데 아직까지 답안을 내지 못하고 있으니 참으로 애석한 일이오!"

조광조가 얼굴을 들지 못하여 고개를 숙이고 있을 때에 김안국은 조광조에게 미안한 마음에 차마 고개를 들지 못하였다.

우치가 이날 어전별시의 장원으로 뽑혔다. 법식대로 하면 어사화를 꽂은 급제자가 악사들의 풍악 소리가 울리는 가운데 보교에 올라타 색동옷 입은 어린 동자들이 인도하고 광대들이 따르는 행렬을 이뤄 한양성중을 돌며 한껏 위세를 세워야 했지만 성균관 유생들의 사기를 생각해달라는 대간들의 간언에 우치가 임금에게 홍패를 받고 편전으로 불려 들어가 수라를 함께하는 것으로 대신하였다.

수라상에서 우치를 바라보던 임금이 흡족한 얼굴로 입을 열었다.

"내가 오늘 기분이 무척 좋구나!"

우치가 조심스레 말했다.

"아뢰옵기 황공하오나 두 번째 문제는 김 대제학이 저에게 낸 문제였사옵니다."

"그래서? 잘못되었단 말인가?"

"시험이 공정치 못한 것 같아서 그렇습니다."

"허허허, 그리 생각지 말라! 경은 충분히 장원을 할 자격이 있도다. 대제학이 짐에게 그 문제를 내게 한 것은 경의 문재文才를 사랑한 까닭이고, 성균관의 유생들에게 경각심을 주기 위한 것이었다."

"신은 그것이 무슨 뜻인지 모르겠사옵니다."

"대국의 한문을 바른 글자라 하여 진서眞書라 하고 세종께서 만든 글인 훈민정음은 아녀자나 상것들이 보는 글이라 하여 천시되고 있으니 성균관의 유생들 가운데 언문을 아는 이가 얼마인가? 이는 우리 것을 천시하는 유생들에게 경각심을 주기 위해 일부러 낸 것이다. 만일 유생들 가운데 언문을 아는 자가 있었다면 그 문제에 대한 답을 찾아내었을 것이다. 그러나 경처럼 적합한 대구로 답을 낸 이가 없었으니 통탄할 노릇이 아닌가! 경은 장원급제할 자격이 충분한 사람이니 다시는 그런 말을 하지 말라!"

"성은이 망극하옵니다."

"내 친히 경에게 벼슬이 내리고 싶으니 하고 싶은 벼슬이 있으면 어디 말해보라!"

우치는 파주에서 이희민 대신 해본 어사를 생각해내곤 입을 열었다.

"어사를 하고 싶습니다."

"어사? 나는 경을 내 가까이에 두고 싶은데 이를 어찌할꼬?"

"거듭되는 흉년으로 백성들이 힘든 이때에 천하를 주유하면서 백성들에게 도움이 되는 사람이 되고 싶습니다."

"어사를 하면 도움이 될 수 있겠는가?"

"궁궐에서 지내는 것보다는 나으리라 사료되옵니다."

"경은 글뿐이 아니라 말도 거침이 없구나!"

"송구하옵니다. 본래 시골에서 막 자라서 법도를 잘 모르옵니다."

"그런가? 나도 예전에는 법도가 아니면 안 되는 줄 알았는데, 요즘엔 법도가 나를 너무 숨 막히게 하는 것 같구나! 그래서 경이 더욱 마음에 드는구나!"

"성은이 망극하옵니다."

"돌아가서 장원한 기쁨을 누리라! 내 경의 뜻에 부합하는 벼슬을 내릴 것이니."

"성은이 망극하옵니다."

우치가 큰절을 올리고 궁을 나와 집으로 돌아오니 세장의 집에 이행이 먼저 와서 우치가 장원한 것을 기뻐하고 있었다. 우치의 동생인 태임과 세장도 기뻐서 소 돼지를 잡고 한바탕 잔치를 크게 열어 관로에 나오게 됨을 축하하였다.

우치가 며칠 후 궁에 들어가 임금을 뵈었다.

"짐이 네 소원을 받아들였다. 너는 이 짐을 대신하여 백성들의 고충을 살펴 힘쓸지어다!"

"성은이 망극하옵니다!"

임금이 내시를 시켜 우치에게 봉서封書·사목事目·마패·유척鍮尺 등을 수여하였다.

"봉서는 남대문을 나서서 뜯어보십시오. 어사라는 것은 누구에게도 비밀로 함구하셔야 합니다. 또한 사목은 암행어사의 직무를 규정한 책이니 숙지하시고, 마패는 역마驛馬와 역졸驛卒을 이용할 수 있는 증명이며, 유척은 검시檢屍를 할 때 쓰는 놋쇠의 자尺입니다. 어사가 행차할 때는 선문先文*을 사용하지 않고 미복微服으로 암행하여 수령

---

* 선문 : 지방에 출장할 때 관리의 도착날을 그 지방에 미리 통지한 공문

의 행적과 백성의 억울한 사정 등 민정을 자세히 살펴, 필요할 경우에는 출도하여 그 신분을 밝히십시오. 비위非違·탐오貪汚 등 수령의 잘못이 밝혀지면 그 죄질에 따라 관인을 빼앗고 봉고파직하여 직무집행을 정지시킬 수 있으며, 임시로 형옥刑獄을 심리하여 백성들의 억울함을 풀어줄 수도 있습니다."

판내시부사가 우치에게 어사의 직분과 역할·책임·권리 등에 대한 사항을 자세히 일렀다.

우치가 사은숙배하고 물러나와 집으로 돌아왔다. 이세장이 퇴청하여 돌아와 우치에게 무슨 일이 있었는가 물어보다가 우치가 미복을 입고 봇짐을 꾸리는 것을 보고 어사 벼슬을 얻었음을 직감하였다.

"처형, 감읍드리오. 그것이 품계는 없어도 감사까지 호령할 수 있는 자리요."

"자네가 눈치 챘는가?"

"오늘 아침에 주상전하를 뵈러 가시더니 저녁에 돌연 집 떠난다고 짐 챙기시는 것을 보면 뻔하지 않습니까? 처형께서 주상전하의 마음에 꼭 드신 모양입니다. 그건 그렇고 이 교리에게도 말씀하지 않고 가실 겁니까?"

"나중에 처남이 말 좀 해주게."

태임이 한숨을 내쉬며 말했다.

"오라버니, 혼처를 찾을 생각이었는데 물 건너가게 생겼어요."

"새털같이 많은 날이 남았으니 걱정할 것 없다."

"언제 떠나실 겁니까? 내일 가시죠."

"어명이 지엄한데 지체할 수 있나? 저녁이나 함께 먹세."

"남대문 밖에서 유숙하실 참입니까?"

"그래야지. 참, 자네가 오순형을 아는가?"

"오순형이라면 관상감 주부하던 오주부 말입니까?"

"오순형이 관상감의 주부였나?"

"예, 음양술을 잘한다고 소문이 자자했지요."

"지금도 조정에 있는가?"

"한 달 전에 신천군수로 승차되어 갔습니다."

한 달 전이라면 우치가 정희량과 함께 한양에 왔을 무렵이었다.

"그런데 갑자기 오주부는 왜 물으십니까?"

"아닐세. 그냥 궁금해서……."

우치가 이날저녁에 태임, 이세장과 저녁을 함께 먹고 파루가 치기 전에 남대문을 나가 주막에서 자리를 잡고 봉서를 풀어보았더니 전라도재상어사로 임명되었으며 봉서를 열어본 그날부터 기묘년 4월까지 전라도를 돌면서 임무를 수행하라고 씌어 있었다.

우치는 임금이 계신 곳을 향해 큰절을 올리고 이날 잠을 이루지 못하다가 다음날 아침에 동재기 나루를 건너 전라도로 길을 떠나게 되었다.

전우치가 첫날 과천을 지나 수원에서 유숙하고 둘째 날은 오산·평택을 지나 천안에서 숙박하고 사흘째 되는 날 아침 일찍 공주로 향했다.

천안에서 공주까지는 1백리 길이라 아침을 먹고 출발하여도 날이 길어 저녁 무렵이면 공주에 충분히 도달할 수 있으리라 생각하였다.

우치는 백보환을 복용한 후부터 몸이 깃털처럼 가벼워 하루 1백리 길을 걸어도 피곤한 줄을 몰랐다. 처음 수원까지 80리 길을 가볍게 걸어오고 다음날 천안까지 1백리 길을 걷고도 기운이 펄펄하여 우치 자신도 신기하게 생각하였다.

이날 해가 중천에 떠 있을 때에 고현 아래에 있는 주막에서 간단하게 요기를 하는데 통통한 주모가 팔랑거리며 말을 건넸다.

"혼자 가시는 길이면 동행하시는 게 좋을 거유."

우치가 장국밥을 먹다 말고 주모에게 물었다.

"무슨 일이 있소?"

"소문도 모르시우? 요즘 고개에서 활빈도라는 화적 떼가 날뛰어 길가는 행인들의 짐을 빼앗고 사람을 상하게 하는 통에 말이우. 워낙 산이 깊고 험해서 잡으러 온 포교들도 건성으로 다녀가는 바람에 요 즘엔 더 기승을 부린다우."

우치가 그 말을 듣고 웃으며 말했다.

"내 행색을 보면 아시겠지만 가져갈 것이라곤 미투리 몇 짝밖엔 없 는 사람이오. 더구나 활빈도라면 가난한 사람을 돕는 도적인데 뭐가 무섭단 말이오."

"그거야 이십여 년 전 이야기지요. 요즘 나타난 활빈도라는 도적 떼는 물불을 가리지 않는다 하대요. 영광에서 일어난 도적 떼들은 지 주에게서 빼앗은 식량도 헐벗은 양민들에게 나눠주기는커녕 그걸 차 곡차곡 모은대요. 사람들도 끌어모으고요. 그런 정황을 누군가 고해 바쳤다가 들통이 나서 그 동리에 있는 수백 집을 죽여 없앴다 합디 다. 사람들은 보복이 두려워 쉬쉬한다니까요. 반년 사이에 그 세가 커져서 관아에서도 아예 손도 못 대고 혹 조정에 알려지면 목이 떨어 질까 싶어 쉬쉬한다네요."

"그것 참, 관아에서도 쉬쉬하다니 정말 세가 대단한 모양이군!"

"만사 불여 튼튼이라구 조심이 상책이지요."

우치는 주모의 말을 듣고 생각에 잠기었다.

'영광에서 활빈도라는 도적 떼가 설치고 다닌다고?'

우치가 국밥을 먹는 둥 마는 둥 수저를 내려놓고 자리에서 일어나 셈을 치르니,

"혹시 모르니 함께 가시우. 마침 봉놋방에 손님이 하나 더 있수."

주모가 봉당 위로 뛰어올라가 봉놋방의 문을 열고 몇 마디를 하니 방 안에서 건장한 사내 하나가 느릿하게 움직여서 미투리를 꿰고 나왔다.

사내는 삿갓 차림에 나무지팡이를 들었는데 키가 크고 건장한 몸집이었다.

우치가 그 사내와 함께 주막을 나가 고현을 올라갔다. 물이 빠진 단풍이 수북하게 쌓인 구불구불한 고갯길을 두 사람이 한참동안 말 없이 올라가고 있을 때였다.

고갯길 위에서 도끼와 도검을 든 사내들이 불쑥 나타나 소리쳤다.

"이놈들아, 이 길을 통과하려면 통행세를 내라!"

도적의 숫자가 이십여 명 가까이 되는 까닭에 우치가 간담이 서늘하여 몸을 돌쳐 내려가려 하는데 어느새 한 무리의 도적 떼들이 나타나 길을 막고 있었다.

사면초가에 진퇴양란이라, 앞뒤를 바라보니 도적 떼의 숫자가 오십여 명이 넘는다. 그 중에 우두머리 같은 이는 팔척장신에 손에 커다란 철추를 든 사내인데 그 뒤로 너댓 명이 활을 겨누고 있었다.

우치 앞에 서있던 삿갓 쓴 사내가 손으로 삿갓을 살짝 들어올려 도적들에게 말했다.

"이거 어떡한다? 통행세가 없는데……."

우두머리 같은 사내가 눈을 크게 뜨고 코를 벌렁거리며 소리쳤다.

"통행세 없이 고개를 넘어가려 하다니 담이 큰 놈이로구나!"

대장의 한마디에 졸개들의 입에서도 봇물 터진 듯 말이 터져나왔다.

"네 이놈, 감히 뉘 앞이라고 지랄이냐? 주둥이를 꿰매줄까 보다!"

"쥐똥 같은 놈이 간이 배 밖으로 나왔구나!"

"네가 자는 범의 코를 쑤셨겠다. 범에게 물려서 황천에 가더라도 날 원망마라!"

저마다 한마디씩 떠드는데 그 중에 힘 있는 도적 졸개들이 공을 세울 요량으로 기세 좋은 황소마냥 고갯길 아래로 달음질하여 내려왔다.

삿갓 쓴 사내는 미동 없이 서있다가 길옆에 있는 싸리나무 하나를 뚝 잘라서 한손으로 훑어 엄지손가락만한 회초리를 만들었다.

삿갓 사내가 회초리를 이리저리 흔들어보다가 성큼성큼 고갯길을 올라갔다.

사내의 걷는 걸음이 달리는 걸음이 되더니 마치 허공을 떠다니듯 도적 떼 사이로 파고들어 회초리를 호되게 휘둘렀다.

양떼를 희롱하는 호랑이처럼 삿갓 사내의 회초리가 춤을 추자 도적들이 죽는 소리를 지르며 하나둘씩 바닥으로 쓰러졌다.

우치가 멍하니 바라보니 사내의 회초리 끝이 상대방의 요혈을 정확하게 때리고 있었다. 정수리인 백회를 정통으로 맞게 되면 죽을 수도 있는데 삿갓 사내의 엄지손가락만한 회초리에 맞았으니 사내들이 혼절하는 것은 당연했다.

위에서 달려오던 도적 십여 명을 지푸라기처럼 바닥에 쓰러뜨린 삿갓 사내는 기세를 멈추지 않고 우두머리를 향해 달려갔다.

당황한 사수가 화살을 쏘았는데 너무 경황이 없었는지 넷 중에 세 개는 허황한 곳으로 날아가고 하나가 삿갓 사내에게 날아갔다. 그러나 삿갓 사내는 보란듯이 회초리를 휘둘러 화살을 쳐버렸다.

날아오는 화살을 쳐내는 실력에 우치는 그저 탄복할 뿐이었다. 도적들도 말할 나위 없었다. 상황이 이쯤 되자 놀란 졸개들이 혼비백산 도망을 치기 시작했다. 그러자 화가 머리끝까지 난 우두머리 사내가 철퇴를 휘두르며 성큼성큼 달려 내려왔다.

"이놈. 뒈져봐라!"

우두머리가 시커먼 철퇴를 힘차게 휘둘렀다.

붕, 바람을 가르는 소리와 함께 철퇴가 삿갓의 머리 위로 떨어지는 순간 삿갓 사내의 신형이 어느 틈에 우두머리 앞에 다가가 있었다.

사내의 왼주먹이 곧바로 거구의 거료혈居髎穴에 꽂히니 우두머리가 억, 소리를 지르며 그 자리에서 꼬꾸라졌다.

거료혈은 담경의 요혈로 아랫배 옆에 툭 튀어나온 장골 앞에 있는데 이곳을 강하게 맞게 되니 맥을 쓰지 못하고 주저앉은 것이다.

대장이 쓰러지는 것을 보고 고개 아래 있던 도적들이 밀물처럼 올라오고, 고개 위에 있는 도적들도 분기탱천하여 밀려 내려오는데 삿갓 사내가 대장의 가슴을 밟고 지팡이를 빼들었다.

지팡이에서 시퍼런 장도가 빠져나와 대장 도적의 목을 겨누니 일시 도적들의 기세가 꺾여서 그 자리에서 우뚝 멈추었다.

"피를 보고 싶은 모양이구나. 이 자리에서 이 자의 목을 베어주랴?"

도적들이 서로를 바라보다가 살 맞은 뱀처럼 숲으로 도망가버렸다.

"뉘신지는 모르나 도와주셔서 감사합니다."

우치가 다가가 인사하자 삿갓 사내가 지팡이에 칼을 집어넣고 공손하게 읍하며 말했다.

311

"나리, 저는 훈련원에서 나리를 호위하라는 임무를 받고 파견된 부하올시다."

"어, 언제부터 나를 따라왔는가?"

"나리께서 남대문을 나설 때부터 뒤를 쫓았습니다."

"난 그런 줄도 모르고……."

우치가 고개를 끄덕이다가 몸을 숙여 대장의 얼굴을 쳐드니 사내는 아직도 정신을 차리지 못하고 눈이 풀려있었다.

우치가 도적의 백회혈을 잠시 만져주니 도적이 차차 정신을 차렸다.

"이놈. 이제 정신이 드느냐?"

우두머리가 눈을 떠서 우치를 처음으로 보곤 자리에서 일어나 삿갓 사내에게 큰절을 넙죽하며 말했다.

"제가 사람을 몰라 뵈었습니다요. 그저 살려만 주십시오. 제 이름은 만식이라 하는데 공주에 살았습지요. 장사님을 몰라 뵙고 죽을 죄를 지었습니다요."

"이놈아, 내 상전은 저기 계신 저분이다!"

삿갓 사내가 우치를 가리키자 우두머리가 우치에게 큰절을 하고 두 손을 모아 살려달라고 빌었다.

우치가 난데없이 큰절을 받고 삿갓 사내를 바라보니 사내가 우치의 처분을 기다린다는 듯 살짝 국궁을 할 따름이었다.

우치가 정색을 하며 만식을 꾸짖었다.

"이놈아! 어디 할 짓이 없어서 벌건 대낮에 도적질 따위나 하느냐? 네가 활빈도의 두목이냐?"

만식이 머리가 땅에 닿도록 여러 번 조아리며 말했다.

"제가 활빈도의 우두머리라굽쇼? 언감생심 말도 안 되는 소립니다."

우치는 이참에 활빈도에 대해 알아보고 싶은 마음에 만식에게 물었다.

"고개 아래에서는 네놈들을 활빈도라 하던데 그 말이 거짓이란 말이냐?"

"저희가 내리 흉년에 토호한테 착취를 당하고 먹고살 길이 없다보니 호구에 거미줄이나 걸을 생각으로 도둑질을 하고 있습니다만 어디 그런 큰 도적에 비하겠습니까요?"

"큰 도적이라고? 활빈도가 그렇게 큰 도적이냐? 네가 알고 있는 대로 말해보아라."

"활빈도는 작년 가을 무렵에 영광에서 생겨난 도둑 떼인뎁쇼. 불갑산佛甲山을 근거로 세를 키우더니 지금은 전라도 일대가 모두 활빈도의 세력권이 되어버렸습지요. 무리 중에는 저처럼 이름을 팔아서 행인들의 짐을 터는 도둑패들도 더러 있다 들었는데 활빈도가 세력이 워낙 커서 관아에서도 섣불리 건드리지 못한다고 들었습니다요."

"혹시 활빈도의 수괴에 대해 아는 것이 있느냐?"

"그것은 워낙 비밀스러운 것이라서 저도 잘 모르굽쇼, 풍월에 들은 말로는 조씨 성을 가진 선비라고도 하는데 잘 모르겠습니다요."

우치는 고개를 끄덕이다가 다시금 추상 같은 어조로 만식에게 말했다.

"너희들이 비록 살길을 찾다가 이 길로 들어섰다 하나 도적질은 천하에 나쁜 짓이다. 그러니 지금 당장 흩어져서 생업을 찾을 것이로되 만약 다시 내 귀에 너희들이 떼를 지어 도적질을 한다는 소문이 들리면 그땐 모두 굴비 엮듯이 엮어 관아로 데려갈 것인즉 그리 알아라!"

"예, 예. 어느 안전이라구 제가 거역을 하겠습니까요. 분부대로 합지요."

만식은 고개를 들어 우치에게 물었다.

"그런데 장군님의 성함은 어찌 되시는지?"

"내 이름을 알아서 무엇 하려구? 이번에는 내 이름을 팔아서 도적질하려구?"

"아, 아닙니다요. 송구스럽습니다요."

"이름은 알 것이 없느니. 어서 물러가라!"

만식은 고갯길에 널브러져 있는 졸개들을 깨운 후 숲 속으로 곤두박질하듯 내려가버렸다.

"나리, 저놈들을 관가로 아니 데려가십니까?"

"벌을 주는 것이 능사는 아니오. 농기구를 쥐던 손으로 무기를 들었으니 그 고단한 삶이야 말을 하지 않아도 알 만한 것, 내 어찌 그들을 도적이라고 잡아가둘 수 있겠는가."

우치는 고갯길을 내려가는 도적 떼를 보고는 한숨을 내쉬었다.

2

우치는 고현에서 삿갓 사내와 동행하면서 그에 대해 알게 되었는
데 이름이 윤군평이며, 훈련원에서 교관을 맡고 있다고 하였다.

나이는 서른다섯이며 일찍이 홍유손에게 선가의 비술을 배워서 이른 나이에 등과하였는데 관운이 없어서 만년 훈련원 교관을 하다가 이번에 신임어사를 전위하라는 어명을 받잡고 한양을 나왔다고 하였다.

"홍유손은 이인이라던데 그분에게 무엇을 배웠나?"

"용호비결과 천둔검법을 배웠습니다."

"용호비결이라면 행기하는 호흡법인가?"

"잘 아시는군요. 그렇습니다."

"천둔검법은 무엇인가?"

"예, 먼 옛날 김가기와 최승우가 당나라로 건너가 신선인 종리권에게 배운 검술이라고 하지요. 처음에 김시습 선생께서 친구인 홍유손 스승님께 검술과 단학비결을 전수하셨는테 인연이 닿아서 제가 전수받게 되었습니다.”

“그래서 자네의 무예실력이 절등하였군. 그런데 어떤 인연이 되기에 무술을 배우게 된 건가?”

윤군평이 홍유손을 스승으로 삼게 된 전말을 이야기하였다.

지금으로부터 10여 년 전, 윤군평이 25살 때에 무과시험을 보러 한 마을에 사는 동기와 함께 한양에 올라가게 되었다. 윤군평은 집안이 가난하여 걸어가고, 동기는 밥술깨나 뜨는 집안이라 말을 구해서, 말하자면 윤군평이 말구종 노릇을 하면서 한양으로 올라가다가 과천 고을을 지나게 되었다. 무과 시험일이 촉박한 까닭에 두 사람이 과천 고을을 지나 남태령 여우고개를 넘을 즈음 날이 저물어버렸다. 남태령을 예로부터 여우고개라 불렀으니 도깨비가 나와 사람을 홀린다고 붙여진 이름이었다.

두 사람이 여우고개에 도깨비가 나온다는 말을 과천 고을 사람들에게 들었지만 무과 시험을 본다는 장정들이 도깨비가 무서워서 고개를 넘지 못한다면 사람들에게 비웃음을 살 일이라 두 사람은 작정하고 늦은밤에 고갯길을 넘게 되었다. 그날따라 칠흑같이 어두운 밤이라 사방을 분간할 수도 없고 산중에 여우 우는 소리가 들려서 도깨비라도 나올 듯하였다.

두 사람이 서로를 의지하여 고갯길을 올라가 잠시 쉬고 있을 때였다. 어디선가 떠드는 소리가 들려서 과천현 방면을 바라보니 횃불이 이리저리 비치고 떠들썩한 소리가 들리는 것이 누군가 사람들을 이끌고 사냥놀이 온 것 같았다.

그러나 오밤중에 무슨 사냥이냐 싶어 두 사람이 고개를 저으며 자세히 보려 하니 횃불이 서서히 다가와서는 두 사람 주위를 맴도는 것이었다. 그런데 횃불이 불은 있으되 사람은 보이지 않으니 틀림없는 도깨비불이었다.

말을 탄 친구가 너무 놀라서 고개를 달려 내려가고, 윤군평도 그 뒤를 따르는데 얼마 가지 않아 말을 탄 친구가 보이지 않게 되었다. 홀로 뒤처진 윤군평이 자포자기한 심정으로 터벅터벅 걸으니 도깨비불은 보이지 않으나 설상가상으로 안개비가 부슬부슬 내리기 시작하였다. 비가 내리자 발목이 빠질 정도로 진창길이 되어서 험한 길을 휘적휘적 걸어 내려오니 앞서 본 도깨비불이 겹겹이 앞을 가로막고 있다가 서서히 다가오는 것이었다.

친구는 돌아간 지 오래요, 혼자 남은 군평이 다른 방도가 없어서 이판사판 칼 물고 뜀뛰는 식으로 아랫배에 힘을 주어 소리를 지르며 도깨비불 속으로 뛰어 들어가니 갑자기 불빛이 숲 속으로 흩어지며 기분 나쁜 박수 소리와 웃음소리가 들리곤 곧 사라지는 것이었다.

여우고개를 무사히 내려온 군평이 다음날 승방 뜰을 지나 동재기 나루에 도착하게 되었다. 이른 아침부터 나루를 건너는 사람이 인산인해를 이루었는데 나룻배가 강 한가운데 이르렀을 때 옆에 있던 노인이 그만 강물에 빠져 버린 것이었다.

비가 온 지 얼마 되지 않아서 물살은 세고 또한 배가 강 한복판을 지나고 있던 중이라 수심도 깊고 물돌이가 일어 사공도 물속에 들어가 구할 생각을 못했다. 배 위에 있던 사람들도 발만 동동 구르고 소

317

리만 지르는데, 늙은 노인은 흙탕물 위로 얼굴을 내밀었다가 물 속으로 들어가기를 반복하였다.

노인이 잠시 후면 수중귀신이 되리라는 것은 자명한 일이라 윤군평이 보다 못해 그 노인을 구하기 위해 물 속으로 뛰어들어 물살을 헤치고 헤엄쳐서 간신히 노인을 구하여 뭍으로 끌고 나오니, 노인이 웃으며 군평의 이름을 묻더라는 것이었다.

군평이 이름을 말하니 노인이 자기 이름을 말하는데 그가 곧 홍유손으로 김시습의 친구이니 무예를 전수해 줄 사람을 찾기 위해 여우고개에서 도깨비장난을 치고 의협심을 보기 위해 물에 빠진 수고를 한 것이었다.

"홍유손이라면 나도 몇 번 들은 적이 있소. 그분은 아직까지 살아 계시오?"

"예, 올해로 여든아홉이 되시는데 여전히 정정하신 것이 여느 젊은 이들과 다를 바가 없으십니다."

두 사람은 이런저런 이야기를 나누면서 공주를 향해 걸었다.

윤군평은 선가의 비술을 배운 탓인지 걸음이 나는 듯 빨랐다. 그러나 우치 역시 정희량을 따라다니느라 몸이 가벼워져서 그와 비슷한 속도로 동행할 수 있었다.

윤군평은 우치의 걸음이 점점 빨라져 마침내 자신과 보조를 맞추는 것을 보고 광정廣程에서 잠시 쉴 때 우치에게 물었다.

"걸음이 참 빠르십니다. 나리도 선가의 비술을 배웠습니까?"

"내가 그런 것을 배웠을라구?"

"한양서부터 따라왔는데 보통 걸음이 아닙디다. 걸음을 타고났다면 나리는 보통 사람이 아니십니다."

우치가 문득 생각나서 말했다.

"사실은 한 달 전쯤에 부석사의 해지 스님께 백보환이라는 약을 얻어먹었소. 어려서부터 산에서 자라서 걸음이 빠르기도 하지만 그 약을 먹고부턴 오래 걸어도 피곤하지가 않고 몸이 가볍구려."

"백보환을 드셨단 말입니까? 백보환은 죽은 사람도 살린다는 영약인데 나리께서 드셨다면 그럴 만도 합니다."

우치와 윤군평이 날듯이 걸어서 저녁 무렵에 공주 곰나루를 건너 공산성 위에서 저녁노을이 지는 산을 바라보니 구름이 감싸 마치 살아있는 황룡이 산 주위를 휘도는 것 같았다. 이 산이 닭 벼슬을 쓴 용의 모습을 닮았다 하여 이름 붙여진 계룡산이었다.

두 사람이 공산성을 내려와 다시 공주에서 동남방으로 40리를 더 가니 마을이 하나 나타났다. 얼핏 보기에도 선비들이 많이 살고 있는 듯 기와집이 즐비한 이 마을의 이름은 유성촌儒盛村이니 이름 있는 선비들을 많이 배출한 동리였다.

땅거미가 어둑어둑한 마을에 들어서니 이상하게 마을은 사람의 그림자가 비치지 아니하였는데 집집마다 문을 잠그고 쥐 죽은 듯 고요하기만 하였다.

"이상한 일이네! 벌써 모두들 잠이 들었나?"

우치와 윤군평은 마을의 기와집 중에서 유독 불빛이 밝은 집 앞에서 걸음을 멈추었다.

"이리 오너라."

윤군평이 문앞에서 소리치자 잠시 후 대문이 열리면서 왼쪽 광대뼈에 점이 있는 하인 하나가 뾰쭉 얼굴을 내밀었다.

"어찌 오셨는뎁쇼?"

"지나가는 길손이 하룻밤 묵어 갈까하니 주인장께 여쭈어주시오."

하인은 우치와 윤군평의 행색을 번갈아보더니 얼굴을 찡그리며 손을 내저었다.

"딴 집에 가서 알아보시는게 좋겠구먼요. 지금 우리 집안일만 해도 정신없어 죽겠는데 객을 들일 정신이 없수. 어서 가슈."

"무슨 말을 하는 게냐? 객을 들일 수 없다니?"

"오늘 이 집에 큰 우환이 있으니 괜히 사서 고생하지 마시구 딴 데 가서 이슬을 피하든지 서리를 피하든지 하시라굽쇼."

이내 하인은 대문을 꽝 닫아걸었다.

"어허. 대체 어떤 변고이기에 길가는 나그네의 밤이슬 피할 자리도 내주지 않는단 말인가. 충청도는 인심이 후하다는 소문이 자자하던데 단지 밤이슬 피하려는 나그네에게 이리도 박정히 구는 것을 보면 그 말이 뜬소문이었구나!"

우치가 혀를 차며 중얼거리니 옆에 있던 윤군평이 다시금 대문을 꽝 꽝 두드렸다.

"왜 자꾸 귀찮게 하시우."

윤군평이 말했다.

"이놈아, 네가 주인도 아닌 것이 주인 행세를 하려구 하느냐? 어서 주인어른 불러오지 못하겠느냐?"

"어디서 큰소리를 치시는감유?"

"이놈이, 혼이 나봐야 알겠느냐?"

윤군평이 하인의 멱살을 잡아 들고 공기돌 놀듯이 하니 청지기가 혼비백산하여 말했다.

"알았구먼유! 정말 개구멍에 망건 칠 사람들이군. 잠시만 기다려 보슈. 주인어른께 여쭈어보고 올 거구먼요."

하더니 대문을 요란하게 닫고 들어갔다.

"저놈의 주둥이는 사복개천*이야."

우치의 말에 윤군평이 웃었다.

잠시 후 주인으로 보이는 탕건 쓴 노인장이 하인과 함께 나타나 윤군평과 우치에게 공손히 말했다.

"아이구, 선비님들께 죄송하게 되었습니다. 아랫것들이 버릇이 없어 놔서."

노인장이 힐책하듯 노려보자 하인이 고개를 숙였다.

"허허허. 개꼬리 삼년 묵어도 황모黃毛 되기 어렵다 했는데 천성을 고치기가 쉽겠습니까?"

우치의 말에 하인이 말대꾸도 못하고 저 혼자 군정거리며 길을 안내하였다.

---

* 사복개천 : 사복시의 개천이 말똥 따위로 매우 더러웠던 데서, 몹시 더러운 물이 흐르는 개천을 이르는 말

허연 수염이 탐스럽게 난 점잖은 노인장을 따라 두 사람은 집 안으로 들어갔다. 우치와 윤군평이 은연히 노인장의 안색을 살펴보니 시종 그의 얼굴에 수심이 가득했다.

집안은 화톳불과 횃불을 여기저기 밝혀 대낮같이 환한데, 하인들은 어찌된 일인지 모두 나무 몽둥이와 도리깨, 지게작대기, 몽치 등을 들고 분주히 집안을 돌아다니고 있었으니 한눈에도 이 집에 무슨 큰일이 일어나고 있음을 알 수 있었다.

노인장은 두 사람을 행랑으로 안내하고 곧 저녁식사를 내오게 하여 푸짐히 대접하였다. 식사가 끝나자 여종이 우치와 군평에게,

"오늘 우리 집에 변고가 있으니 방 밖에 나오지 마시고 주무세요."

하곤 밥상을 내갔다.

우치가 여종을 불러 세웠다.

"애야. 이 집에 우환이 있는 듯한데 내게 말해줄 수 없겠느냐?"

여종이 밥상을 내려놓고 입을 열었다.

"계룡산 삼불봉三佛峯 아랜가 산줄기 어디에서 도사 하나가 살고 있는데, 근자에 마을에 나타나 행패를 부리기 시작했지 뭡니까."

"도사라고 하였느냐?"

"야. 그놈이 신출귀몰한데다가 이상한 도술을 써서 동에 번쩍 서에 번쩍 하니 관가에서도 잡을 엄두를 못 내고 쉬쉬하고 있는 게지요."

"이상한 도술? 자세히 일러보거라."

"저희 마을에서 힘깨나 쓴다는 장정들이 그놈을 잡으려 했다가 돌처럼 굳어서 하루가 지나서야 원상태로 돌아올 수 있었습지요. 온몸에 담이 들었다나 뭐라나? 그리고 구름을 타듯 허공을 마음대로 솟구칩니다요. 높은 담장을 어렵지 않게 훌쩍 뛰어넘으니 그놈이 도사가 아니고 무엇입니까요? 사람들도 겁이 나서 잡을 생각도 못하고 이 마을에 그놈과 대적할 사람도 없으니 천상 그놈에게 당하고 살 수밖에요."

"들어오면서 보니 집안에 불을 밝히고 장정들의 감시가 엄중하던데 오늘 이 집에 무슨 일이 있는 게냐?"

여종은 사방을 살피더니 조용히 말했다.

"글쎄, 그 못된 도사놈이 우리 집 아가씨 소문을 듣고는 오늘저녁에 우리 연화 아가씨를 데려간다고 으름장을 놓고 가서 집안이 발칵 뒤집혔지 뭡니까. 참말로 천벌을 받을 놈이지요."

"관아에서는 이 사실을 모른다더냐?"

"알면 뭐합니까요? 사령들 수십 명이 잡으러 왔다가 봉변만 당하고 가선 코빼기도 아니 내비칩니다."

여종은 또다시 좌우를 두리번거리다가 조용히 말을 이었다.

"그 도사놈이 오늘밤에 찾아온다 해서 근방에서 싸움깨나 한다는 자들을 모셔왔는데 아무래도 마음이 놓이지 않네유. 그 도사놈이 여간내기라야 말이지요. 그러니 오늘밤엔 꼼짝 말고 방 안에 머물러 계셔유."

여종은 말을 마치자 몸을 굽혀 인사하고는 밥상을 들고 총총히 사라졌다.

우치가 윤군평에게 말했다.

"아무래도 자네가 나서야 할 것 같네."

우치가 윤군평을 데리고 안중문을 들어가 널찍한 마당이 있는 사랑채로 들어가 주인장을 찾아뵈었다.

"제가 우연히 이 집의 우환을 알게 되었습니다. 저희 두 사람도 힘을 보태어 어르신의 은혜에 보답하려 하니 허락해 주십시오."

주인장은 손을 내저으며 말했다.

"그 마음은 고맙습니다만 공연히 화를 자초하지 마시구려. 그 도적이 재주가 보통 높은 것이 아닙니다."

"전국시대에 제나라 맹상군이 계명구도鷄鳴狗盜*하는 식객에게 목숨을 구하였습니다. 주인장께서 저희 겉모습만 보고 믿지 못하는 것 같군요."

우치가 윤군평에게 눈짓을 하니, 윤군평이 주인의 뒤편에 서있는 험상궂게 생긴 사내를 가리키며 말했다.

---

* 계명구도 : 비굴하게 남을 속이는 하찮은 재주 또는 그런 재주를 가진 사람을 이르는 말

"내가 저자를 단 한 수 만에 쓰러뜨릴 수 있습니다."

험상궂은 사내가 기가 막히다는 듯 머리를 삐딱하게 돌리며 허리춤에서 쇠몽둥이를 꺼내어 들었다.

주인장이 윤군평에게 말했다.

"이러지 마시오."

"허허허. 소가 크다고 왕노릇 하나, 싸움은 힘으로 하는 것이 아니지."

군평이 이죽거리니 험상궂게 생긴 사내가 얼굴을 일그러뜨리며 말했다.

"싸우고 싶다면 싸워드리겠소만 나중에 잘못되더라도 나를 원망 마시오."

"말이 많구나! 네가 자신 있다면 덤벼보거라."

그자가 느닷없이 윤군평의 머리를 깰 요량으로 쇠몽둥이를 휘둘렀다. 윤군평이 몽둥이를 살짝 피하며 지팡이 끝으로 사내의 발등을 찍으니 사내가 중심을 잡지 못하고 허수아비처럼 쓰러져서 발등을 잡고 에구지구 비명을 질렀다.

우치가 바라보니 윤군평이 사내의 발등에 있는 혈도를 제대로 찌른 것이 개통 스님처럼 점혈법을 알고 있는 것 같았다.

주인장의 눈이 휘둥그레졌다.

"어이구, 이제 보니 검술을 하시는 양반이시군요."

주인장은 윤군평이 완력이 좋은 사내를 한번에 쓰러뜨린 모습을 보고 죽음 중에 살아나듯 윤군평의 손을 잡으며 기뻐하였다.

주인장은 희색이 만연하여 우치와 윤군평을 데리고 안방으로 들어가 하녀에게 주안상을 마련해오라 명하였다. 잠시 후 주안상이 들어오자 주인장은 윤군평과 우치에게 한 잔씩 따라주며 소경력을 이야기하였다.

"제 성은 오吳가이고 이름이 순효舜孝라 하는데 가문 대대로 이곳에서 살아 이 나이를 먹고 보니 사람들이 저를 오 좌수라고 부르지요. 제가 덕이 없고 박복하여 나이가 먹도록 자식 하나 없더니 늘그막에 자식이 하나 생겨 의지를 삼았는데 도적이 제 하나뿐인 여식을 데려간다고 겁박을 하니 눈앞이 막막하고 경황이 없어 사람을 몰라뵈었습니다."

전우치가 오 좌수의 눈에 눈물이 글썽글썽 어린 것을 보고,

"아니올시다. 주인장께서 저희를 배려해주신 것임을 알고 있습니다. 그런데 들자하니 도적이 좌수님의 따님을 넘보고 있다 하던데 맞습니까?"

오 좌수가 한숨을 내쉬며 말했다.

"맞소이다. 팔불출 같은 이야기지만 제 여식이 어려서 어미를 잃고 외로이 자랐으나 천성이 착하고 아비 대하는 것이 극진한데다가 얼굴 또한 복사꽃같이 어여뻐 나무랄 데가 없답니다. 나이가 차고 시집 갈 때가 되니 그 소문이 퍼지지 않겠습니까? 유성촌 오 좌수댁 외동딸의 인물이 꽃 같더라, 현숙하더라, 이렇게 말입니다. 제 생각에는 이 소문이 화근이 된 것 같습니다. 이제 도적이 딸을 데려가지 못하더라도 그런 불미한 소문이 퍼지면 딸의 혼삿길이 끊어질까 걱정이지요."

오 좌수는 한숨을 내쉬고 나서는 우치에게 말했다.

"그런데 어떻게 도적을 잡으실 건지요?"

"제게 방도가 있습니다만……."

우치가 오 좌수의 귓가에 대고 한동안 소곤거렸다. 잠자코 앉아 이야기를 듣고 있던 오 좌수가 굳은 어조로 말했다.

"좋습니다. 방법이 없으니 선비님의 계책대로 해보지요."

4

이윽고 밤이 찾아왔다. 무거운 침묵이 어둠을 타고 흘러내렸다. 마당에 피워놓은 화톳불이 불똥을 튀겼다. 대낮처럼 불을 밝혀놓은 내당의 마당과 문가에는 건장한 장정들이 몽둥이와 횃불을 들고 어슬렁거렸다.

대청마루에는 탕건을 쓴 주인장이 안절부절못하고 서성거리다가 한숨을 길게 내쉬고, 마당의 장정들은 잠시라도 긴장을 늦추지 않고 두 눈을 부라리며 도적을 박살낼 궁리를 하였다.

칠흑 같은 산중에서 애간장을 녹이는 뻐꾸기 소리가 처량하게 들려오고 대청 기둥에서 타오르는 횃불은 어둠을 사르고 마루와 마당을 환하게 밝혔다.

시간은 흘러 장정들도 졸음에 겨워 무거운 머리를 꾸벅거리고 뻐꾸기 소리도 정적에 잠긴 축시丑時 오전 1시-3시 무렵 별안간 하늘 위에서 커다란 웃음소리가 들려왔다.

하하하하!

꾸벅 꾸벅 졸고 있던 장정들은 놀라 두 팔을 허우적거리며 횃불을 들고 웃음소리가 들리는 곳을 허둥지둥 찾다가 지붕 위에 괴인이 서 있는 것을 발견하고 소리쳤다.

지붕 위에 삿갓을 푹 뒤집어쓰고 흑의黑衣를 입은 사내가 팔짱을 끼고 서서 웃고 있는 것이었다.

"저놈, 저놈 잡아라!"

놀란 오 좌수가 대청 기둥을 붙잡고 올려다보다가 제대로 보이지 않았는지 맨발로 마당으로 뛰어내려와 괴인을 발견하고는 숨을 헐떡이며 급하게 소리쳤다.

"저, 저 도적놈 잡아라. 저 도적놈 잡아!"

괴인은 가볍게 지붕 위에서 뛰어내리더니 장정들을 노려보다가,

"네깟 놈들이 나를 잡아? 죽기 싫으면 물러나라!"

하니 장정들이 다가서려다가 그 기세에 멈칫거렸다.

"뭐, 뭣들 하는 게냐? 어서 저놈을 잡아라!"

오 좌수의 다급한 성화에 장정들은 하나 둘 몽둥이를 부여잡고 천천히 그 사내에게 다가섰다.

"가소로운 것들!"

괴인은 앙천대소를 하다가 장정들에게 달려들었다. 괴인의 신형이 번쩍거리며 튀어나가는 순간 퍽, 퍽, 소리가 나면서 장정들이 하나 둘 마당으로 나가떨어지며 비명을 질렀다.

"에고고, 사람 잡네."

"사람 죽인다!"

괴인의 몸놀림은 마치 귀신이 춤추는 듯 재빠르고 어지러워서 어떻게 움직이는지 분간을 못할 정도였다.

오 좌수가 자신의 눈을 믿지 못하고 뒷걸음질치다가,

"아이쿠, 도적놈에게 내 딸을 빼앗기게 생겼구나."

하며 대청의 기둥을 부여잡았다.

어느새 장정들을 모두 쓰러뜨린 괴인은 대청 기둥을 부여잡고 있는 오 좌수에게 다가가,

"이런 오합지졸로 나를 상대하려구! 어림없는 일이지. 이봐, 장인. 내 색시는 어디 있나?"

하니 오 좌수의 얼굴색이 창백하게 변하여 두 눈을 부릅뜨며 소리쳤다.

"이, 이놈아! 내가 가르쳐줄 것 같으냐? 나는 모른다!"

괴인이 오 좌수를 노려보며 말했다.

"장인어른, 내가 데려가면 당신 딸은 호강하는 거야!"

"흥. 도적에게 시집가 호강을 하느니 거지에게 보내는 것이 낫다. 나는 죽어도 말 못한다!"

"호! 딸을 생각하는 마음이 가상하군그래. 그럼 내가 찾아보지. 장인의 소행은 괘씸하지만 어찌하겠나!"

사내가 오 좌수의 멱살을 쥐더니 번쩍 들어 마당으로 던지고는 방 안을 뒤지기 시작했다. 사랑 대청을 한바탕 휘저어놓은 도적이 향한 곳은 집 깊숙이 들어앉은 내당이었다.

이때 윤군평은 우치의 명을 받고 연화의 방 안에 좌정하고 앉아 도적이 들어오기만을 기다리고 있었다. 잠시 후 내당으로 들어온 도적은 불 꺼진 방 앞의 섬돌 위에 꽃신 하나가 덩그마니 놓인 것을 보고,

"흐흐흐, 그럼 그렇지! 내 색시가 도망갈 리가 있나?"

음흉한 미소를 흘리며 방문을 왈칵 열고 방 안으로 들어갔다.

윤군평이 눈을 번쩍 뜨더니 번개처럼 지팡이를 휘둘러 그의 어깨를 내리치며 소리쳤다.

"이놈, 이곳은 너 같은 놈이 엿볼 곳이 아니니라."

도적은 어깨를 감싸 안고 문지방을 뚫고 바깥으로 뛰어나가더니 마당 가운데 우두커니 서서 방 안을 노려보며 소리쳤다.

"네놈은 누구냐?"

윤군평이 자리에서 일어서며,

"네놈은 알 것 없느니라. 어쭙잖은 무예를 가지고 무고한 사람을 괴롭히고 아녀자를 희롱하다니 오늘 나와 함께 관아로 가자!"

지팡이를 곧추세우고 화살처럼 도적을 향해 달려갔다.

"네까짓 놈이 어딜?"

도적은 허리춤에서 허리띠를 풀어 윤군평을 향해 휘둘렀다. 칭, 하는 명쾌한 쇳소리와 함께 은빛 허리띠가 날카로운 칼날로 변하여 뱀처럼 윤군평의 목을 향해 찔러들었다.

'연검軟劍?'

연검은 윤군평의 지팡이를 치며 백사토신白蛇討薪의 수법으로 화살처럼 윤군평의 가슴과 목을 잇달아 찔러들었다. 윤군평은 뱀처럼 날카로운 검신이 잇달아 흔들리며 화살처럼 찔러들어오자 깜짝 놀라 손목을 흔들어 연검의 검두를 때리며 빠르게 뒷걸음질쳐 섬돌 위로 올라가 도적에게 말했다.

"네놈이 연검을 쓰는 것을 보니 백제검의 후예로구나."

"흥. 네놈이 알 바 아니다."

도적은 일갈하고 윤군평을 향해 뛰어오며 연검을 휘둘렀다. 연검은 말 그대로 부드럽고 약한 검이기 때문에 상당한 기공을 연마해야 사용할 수 있었다. 따라서 연검을 사용하는 자는 말이 필요 없는 고수인 것이다.

백제검을 대표하는 연검은 백제의 제강기술이 만든 독특한 검이며 백제가 멸망한 후 후백제의 견훤이 젊었을 적 사용하던 검 중의 하나였다고 알려져 있었다. 또 고려 말 조선 초에 실전되었다고 알려져 있는 검술로 오늘 윤군평이 우연히 백제 연검을 쓰는 이를 만나게 되니 비록 적이지만 반갑기도 하고 다행스러운 마음이 들었다.

이때 연검의 칼날이 직선으로 윤군평의 가슴을 향해 날아오다가 갑자기 검두가 꺾이며 윤군평의 목을 파고들었다. 윤군평은 오른쪽으로 다리를 틀어 섬돌 위를 뛰어 아슬아슬하게 연검을 피하였다.

도적의 연검은 윤군평에게 쉴 틈을 주지 않고 무섭게 공격해 들어왔다. 땅바닥에 착지하기 무섭게 연검의 검두가 마치 뱀이 춤추듯 윤군평의 뒤통수를 찔러왔다.

윤군평은 재빨리 지팡이를 거꾸로 휘둘러 도적의 정수리를 강하게 후려쳤다.

도적은 막대일망정 정수리에 있는 백회혈을 맞을까 두려워 재빨리 검신을 틀어 지팡이를 막았다. 이때 윤군평은 오른발로 땅을 차고 훌쩍 뛰어 마당 가운데로 피한 후 몸을 돌렸다.

'이런 재주를 가진 이가 도적의 짓거리를 하고 있다니 안타까운 일이다.'

윤군평은 지팡이를 들어 도적을 바라보았다. 그는 칼을 뽑지 않고 사로잡을 생각으로 연검에 대항할 방법을 그려보았다. 이때 도적이 기합을 내지르며 윤군평에게 달려들었다. 이내 연검이 수많은 변화를 일으키며 윤군평의 전신을 찔렀다. 마치 수많은 버드나무 잎이 바람에 날려 오는 듯 휘청거리는 연검은 그렇게 급소를 노렸다.

윤군평은 한걸음 뒤로 물러나다가 문득 연검의 넓은 검신을 향해 지팡이를 힘껏 내리쳤다.

팅, 하고 가벼운 쇳소리와 함께 연검이 한껏 휘어졌다.

'옳거니!'

윤군평의 얼굴에 화색이 돌았다. 다시 연검이 연거푸 공격해 오자 윤군평은 지팡이에 힘을 실어 손목을 몇 차례 흔들며 연검의 옆면을 집중적으로 때렸다. 그러자 연검이 반대 방향으로 휘어지더니 도적의 오른쪽 어깨를 살짝 스치고 지나갔다.

도적이 손아귀가 찌릿찌릿한 중에 칼날이 갑자기 방향을 바뀌어 오른쪽 어깻죽지의 옷을 자르니 한편으로 놀라고 한편으로 분하여 이를 꽉 깨물고는 눈을 번득이며 더욱 세차게 윤군평을 몰아붙였다. 그러나 이제 연검의 약점을 간파하고 있는 윤군평인지라 지팡이로 연검의 검신을 연달아 때리니 물러서던 날카로운 칼날이 마침내 도적의 오른쪽 어깨를 스쳐 지나고 말았다.

도적은 윤군평의 검술이 뛰어나 고전을 하던 참에 갑자기 어깨가 뜨끔하여 뒤로 물러나니 붉은 피가 옷에 배어 있었다. 이내 선혈이 손등을 따라 땅으로 뚝뚝 떨어졌다.

"이놈, 순순히 오라를 받아라!"

윤군평의 말에 도적은 오른쪽 어깨를 부여잡고 노려보더니,

"흥. 어디 두고 보자!"

하고는 뒷걸음질을 치더니 담장을 훌쩍 뛰어 넘었다.

"이놈, 도망갈 수 없다."

윤군평이 들고 있던 지팡이를 던졌다. 쏜살처럼 날아간 지팡이가 막 담을 넘는 도적의 등줄기를 때렸다. 도적이 비명을 지르며 담장에서 떨어지는 것을 윤군평이 중문으로 나가더니 잠시 후에 노끈으로 포박하여 끌고 들어왔다.

5

계룡산의 도사가 잡히자 집안에 숨어있던 사람들이 하나 둘 마당
으로 모여들었다. 행랑방에 있던 우치와 머슴방에 숨어있던 연화와
몸종 사월이도 사랑 마당으로 나와 댓돌 아래 무릎이 꿇린 사내를 보
았다.

윤군평이 우치를 보고 꾸벅 인사를 하였다.

"나리."

오 좌수가 머리를 갸웃거리며 물었다.

"무사가 시종되시오?"

"그게 아니라, 반상의 법도가 있다보니⋯⋯."

우치가 웃음으로 말을 흘리며 군평에게 눈짓을 주니 군평이 무안
하여 헛기침을 하였다.

"어쨌든 선비님과 무사님이 아니었다면 오늘 큰일을 당할 뻔했습
니다."

오 좌수가 우치와 윤군평에게 치사하곤 고개를 돌려 도사에게 불호령을 내렸다.

"이놈, 네놈이 나와 무슨 원수가 졌다고 내 딸을 훔쳐가려는 것이냐?"

"패장이 무슨 할 말이 있겠수. 처분대로 할 테니 맘대로 하시우."

도적이 되려 당당하였다.

"저놈은 내일 아침 일찍 관아로 넘길 것이니 곳간에 가둬두고 단단히 감시하거라."

우치가 윤군평의 귓가에 소곤거렸다.

"조사해볼 것이 있으니 자네가 감시하겠다고 하게."

"예."

윤군평이 나섰다.

"제가 데려가서 감시하지요."

오 좌수가 군말 않고 도적을 맡기니 윤군평이 도적을 데리고 곳간 창고로 들어갔다.

우치가 그 뒤를 따라 들어와 군평에게 말했다.

"사람들을 물리게 하라! 용력이 보통이 아닌 자가 이렇게 떠들썩하게 양반가의 여식을 보쌈하려 함은 반드시 연유가 있을 것이니 그것을 알아야겠다."

윤군평이 곳간 밖에 있는 자들을 물러나게 한 후에 곳간문을 닫고 우치의 옆에 시립하였다.

도적이 무릎을 꿇고 우치와 윤군평을 번갈아 바라보며 말했다.

"대체 뉘시우?"

"어느 안전이라고 반말이냐? 말조심하라."

윤군평의 말에 도적이 피식 웃으며,

"암행어사쯤 되는 모양이지?"

하다가 소스라치게 놀라면서 우치를 쳐다보았다.

"네가 잘 보았다. 네가 내 말에 순순히 대답하면 살아날 길이 있으리로되, 만일 네가 내 말에 거짓 대답을 한다면 저잣거리에서 혼백없는 목숨이 될 것이다."

준절한 어조에 도사가 머리를 굽히며 말했다.

"어느 안전이라고 거짓을 고하겠습니까? 말씀만 하십시오."

"네 이름이 무어냐?"

도적이 길게 한숨을 쉬다가 입을 열었다.

"저는 배복룡이라 하는데 계룡산에 살고 있습지요. 경오년1510 삼포왜란이 일어났을 때 종군하였다가 돌아와 산중에서 무예를 닦으며 살고 있습니다."

"네가 장가를 가고 싶으면 너와 맞는 계집을 찾을 것이지 양반가의 여식을 보쌈할 생각을 하다니 네 간담이 크다 못해 놀랍기까지 하구나. 분명 사정이 있을 터인데 말해줄 수 있겠느냐?"

배복룡이 땅바닥이 꺼지도록 한숨을 내쉬다가 입을 열었다.

"제가 제정신으로 어찌 양반의 여식을 데려다가 처로 삼을 수 있겠습니까? 청부를 받고 하는 일이올시다."

"내 짐작이 맞았구나. 누구에게 받았느냐?"

"밤나무골 홍집강이올시다."

우치가 머리를 갸웃거리며 말했다.

"그가 무엇 때문에 오 좌수의 여식을 보쌈하려 하느냐?"

"재산 때문입지요. 유성촌 앞의 포실한 전장이 대부분 오 좌수 것이올시다. 오 좌수에게 외동딸밖에 없으니 그가 죽으면 모든 재산이 여식의 것이 될 것 아닙니까? 홍집강이 자기 아들을 이 집 여식에게 장가보내려고 몇 번 매파를 보냈다가 거절을 당하자 앙심을 품어서 이런 일을 꾸몄습니다. 저는 이 집 여식을 훔쳐다가 그 집에 데려다 주고, 홍집강의 집에서 여식을 구해냈다고 소문이 나면 이 집 여식은 어쩔 수 없이 홍집강 집에 시집을 갈 수밖에 없을 것이 아니겠습니까."

"그렇구나."

윤군평이 말했다.

"나리, 그런 파렴치한 자는 가만둬선 아니 됩니다. 내일 날 밝는 대로 관아로 찾아가 논죄를 하셔야겠습니다."

우치가 고개를 끄덕이니 배복령이 고개를 쳐들고 말했다.

"어사또 나리, 괜한 짓일랑 마십시오. 오늘 관아에서 왜 사람이 아니 나온 줄 아십니까? 홍집강 뒤에 한양의 세도 대감인 남양군 홍 대감이 버티고 있기 때문입니다. 남양군 홍 대감의 여식이 임금을 모시는 비빈인 희빈마마 아니십니까? 원이 알면서도 모른 척하며 관군을 보내지 않은 것입니다. 모르긴 몰라도 제가 관아에 잡혀가더라도 저는 무탈하게 나올 수 있을 겁니다."

"그것 참 고약한 일이구나. 홍집강은 네가 성공하면 무엇을 해주겠다고 하더냐?"

"한양서 벼슬자리 하나 마련해준다고 합디다."

"벼슬?"

우치가 배복룡을 물끄러미 내려다보다가 물었다.

"너, 나를 따라다니지 않겠느냐?"

"예?"

배복령이 멍하게 우치를 올려다보았다.

우치가 윤군평을 가리키며 말했다.

"여기 있는 윤 교관도 있지만 네 재주가 아깝다. 더러운 똥물에서 호의호식하는 것보다 꽁보리밥일망정 정답게 나눠먹고 사는 것은 어떠냐?"

"저를 받아주신다면 견마지로*를 다하겠습니다."

"알겠다. 오늘 밤에 윤 교관이 너를 풀어줄 것이니 계룡산으로 돌아가 내 명을 기다리고 있으라."

"예. 분부 받잡겠습니다."

배복룡이 이마를 땅에 박을 듯이 절을 올렸다.

윤군평이 걱정스런 눈빛으로 물었다.

"나리, 대체 어쩌자는 겁니까? 이런 흉악한 도적놈을 수하로 쓰시겠다니요?"

"내겐 도적이나 양민이나 마찬가지일세. 고을 원이나 홍집강 같은 놈들이 진짜 도적이지! 윤 교관, 내 임무가 무언가?"

"백성들의 고충을 해결하는 일이지요."

---

* 견마지로 : 개나 말 정도의 하찮은 힘이라는 뜻으로, 윗사람에게 충성을 다하는 자신의 노력을 낮추어 이르는 말

"그래, 백성들의 고충을 해결하는 것이 내 임무일세. 이곳이 내가 맡은 구역은 아니지만 일이 이렇게 되었으니 이번에 이 고을의 화근을 뿌리째 뽑아버려야겠네."

우치가 윤군평과 배복룡을 바라보며 미소를 지었다.

정혼 定婚

1

우치가 배복룡을 묶은 줄을 느슨하게 하곤 말했다.

"이 정도면 혼자서도 도망갈 수 있겠지?"

"예."

"어디로 가있을 테냐?"

"계룡산 삼불봉 밑에 원적암이라는 암자가 있습니다. 제가 그곳에서 살고 있습지요."

"알겠다. 일간 윤 교관이 너를 찾아갈 것이니 기다리고 있거라."

"예."

배복룡이 꾸벅 목례를 하였다.

우치가 곳간문을 열고 나오고 그 뒤를 따라 윤군평이 따라와서 문을 잠갔다.

마당가에 머슴들이 쭝끗쭝끗 서있는데 그중에 중갓을 쓴 청지기 하나가 다가와 우치에게 말을 건네었다.

"나리, 주인어른께서 주안상을 마련해 놓았다고 사랑으로 오시라 합니다."

"알겠네. 도적놈을 꽁꽁 묶어놓았으니 곳간 밖에서 잘 지키고 있게."

"예."

청지기가 손짓을 하여 머슴을 불러 이르니 담장에 서있던 몇 놈이 우르르 몰려와서 곳간 앞에 횃불을 밝히고 도둑을 지킨다고 수선을 부렸다.

우치와 윤군평이 청지기를 따라 안중문을 들어가다가 봉당에 절룩 거리며 오만상을 쓴 사내들을 지나치지 못하고 그들의 상처를 치료 해주었다.

우치가 의술을 배운 까닭에 접골이 능하고 침을 잘 찔러서 배복룡 에게 맞은 장정 대여섯 명을 순식간에 치료를 해주었다.

"나리께서 의술을 배우셨습니까? 저보다 접골이 능하십니다."

"내가 원래 의원이었네."

윤군평의 물음에 우치가 대답을 하곤 기다리는 청지기를 따라 사 랑 안으로 들어갔다.

널찍한 사랑 가운데에 술상이 차려져 있는데 오 좌수가 웃는 낯으 로 두 사람을 맞이하였다.

"어서 오시오. 내가 은인들을 눈이 빠지도록 기다렸소. 두 분이 저 때문에 고생이 많으셨소."

오 좌수가 두 사람을 상 앞에 앉혔다.

"자, 자, 이 술 한 잔 받아보시오. 충청도에 이름난 청명주라오."

오 좌수가 술병을 들어 우치와 윤군평에게 잔을 권하였다. 우치가 술맛을 잠깐 보니 술이 살짝 붉은빛이 나는 것이 맛이 달그레하니 감미로웠다.

"청명주라? 이름은 들어보았지만 맛은 처음 봅니다. 과연 이름이 무색한 술이로군요."

"그렇지요?"

오 좌수가 술을 따르며 말했다.

"제가 경황이 없어 아직까지 선비님의 성함을 모르고 있었습니다. 성함이 어찌 되시는지요?"

"제 성은 전이고, 이름은 우치라고 합니다."

우치가 대답하니 옆에 있던 군평이 자기 이름을 말하였다.

오 좌수가 우치와 군평을 번갈아 바라보다가 입을 열었다.

"어디 가시는 길이십니까?"

우치가 언변 좋게 말했다.

"과거에서 연달아 낙방하고 집에 있기가 민망하여서 세상 구경이나 할까 하여 내려오던 참입니다. 전라도의 지리산이 볼만하다 하고, 바다 건너 제주 한라산이 그림 같다기에 구경하러 가는 길이지요. 윤선달님은 행선지는 모르나 고현에서 도적 떼를 만나 낭패할 지경에서 도와주셔서 위험을 넘기고 그후로 함께 동행하여 가는 길입니다."

"윤 선달님은 나이가 몇이십니까?"

"서른다섯입니다."

"장가는 가셨습니까?"

"예. 아들이 하나 있습니다."

윤 선달은 숫기 적어서 말이 별로 없었다.

오 좌수가 우치에게 고개를 돌렸다.

"전 수재는 나이가 몇이오?"

"올해 스물입니다."

"집은 어디요?"

"한양 삽니다."

"상투를 튼 것을 보니 장가는 가셨소?"

"아직 미혼입니다. 가세가 빈한해서 장가갈 엄두를 못 내고 있지요."

"부모님은 살아 계시오?"

"조실부모하고 지금은 처남댁에서 기숙을 하고 있습니다."

"처남에게 눈치가 보여서 여행을 나오신 모양이우."

"말하자면 그렇습니다."

오 좌수가 고개를 끄덕끄덕하였다. 조실부모하고 하나 남은 피부치의 집에서 얹혀살고 있다하니 데릴사위하기에는 좋은 조건이었다. 그러나 불면 날아갈 듯 쥐면 터질 듯 금지옥엽으로 고이고이 자란 무남독녀 외동딸의 신랑감으로는 부족한 것이 많아 보였다.

오 좌수가 일시 들었던 구서심求壻心이 사라져서 건성으로 우치에게 말했다.

"한양 사신다니 재미있는 이야기가 많겠구려. 한양 이야기나 한번 들려주시오."

우치가 윤군평에게 말했다.

"저는 밤낮없이 공부만 하느라고 말씀드릴 것이 별로 없고요, 윤

선달님이 경륜이 많으니 아시는 것이 많을 겁니다."

우치가 한양 산다고 거짓말을 한 까닭에 윤군평에게 이야기를 미루니 군평이 잠시 머뭇거리다가 입을 열었다.

"무슨 이야기를 해드릴까요?"

"뭐든 잘 아는 이야기가 없소?"

잠시 생각하던 윤군평이 말했다.

"제가 말을 잘 못하는 편이라서……."

윤군평의 얼굴이 시뻘겋게 변해서 저고리를 펄럭펄럭거리며 바람을 넣었다.

"더우시오?"

"덥네요."

"이상하네. 나는 으실으실 추워서 불을 때라고 하였는데 말이오."

"실례가 되지 않는다면 잠시 바깥에 다녀와도 되겠습니까?"

"그럭하시우."

윤군평이 바깥으로 나가고 나니 우치가 하는 수 없이 중국 사신 당고가 한강정에서 망신을 당한 이야기와 어전별시에서 임금이 낸 문제와 급제자가 낸 시문이 어떻더라 이야기해주었다. 이야기를 재미나게 듣던 오 좌수가 말했다.

"나는 과거에 관심이 없어 공부도 하지 않았고 과거도 본 적이 없지만 과거에 뽑히는 것이 쉬운 일은 아닌가보오."

"그렇지요. 성균관의 유생들만 해도 나라에서 난다 긴다 하는 수재들을 뽑아 들였으니 저 같은 머리로는 아무리 따라가려 해도 어렵습니다."

"내가 글을 못해도 사람 보는 눈은 있소. 전 수재가 조실부모하고 처남댁에 얹혀사는 처지지만 우선 두 눈에 빛이 나고, 이마가 훤하고 이목구비가 뚜렷해서 언제까지 그렇게 살지는 않을 거요. 아직 나이가 연소하니 공부를 계속한다면 분명 좋은 날이 오리다."

"말씀은 감사합니다."

이때 방문이 열리며 윤군평이 다시 돌아오는데 웃옷과 저고리가 젖어있고 머리에서 물이 뚝뚝 흘렀다.

오 좌수가 윤군평의 행색을 보고 농으로 말했다.

"이 늦은 밤에 냉수마찰이라도 하고 오신 거요?"

"예, 술을 한잔 마셨더니 열이 나네요. 너무 더워서 우물가에서 물을 몇 번 퍼붓고 오는 길입니다."

오 좌수와 우치가 멍하니 윤군평을 바라보았다. 때는 입동이 막 지나서 낮에는 다소 따뜻한 기운이 있어도 저녁이 되면 아랫목에 붙인 볼기살마저도 오들들 떨리는 계절이었다.

"제가 스승님께 무예를 배운 후로 체질이 바뀌어서 동짓날 추위도 별로 느끼지 않고 조석으로 냉수마찰을 하며 지냅니다."

윤군평이 겨드랑이에서 차가운 쇠조각을 꺼내며,

"이것은 냉철편인데 겨드랑이에 끼고 있다가 열을 받으면 다른 것으로 바꾸지요."

하니 오 좌수가 혀를 내두르며 말했다.

"내가 나이 일흔에 별난 사람을 많이 보았지만 윤 선달처럼 별난 사람은 처음이오."

"불편하지만 팔자려니 하고 삽니다."

윤군평이 멋쩍게 머리를 긁적거렸다.

오 좌수가 술을 권하며 말했다.

"어찌됐건 우리 아이를 구해주셨으니 편히들 지내시다가 가시오. 내 가실 때 노자는 단단히 준비해 주리다."

"이렇게 대접을 잘 받고 노자까지 주신다니 고맙습니다. 저희는 일정이 급해서 내일 날이 밝는 대로 떠날 생각입니다."

"그렇게 빨리 가실 생각이오?"

"도적도 잡혔고 집안의 근심도 사라졌는데 폐를 끼치는 것은 도리가 아니지요."

"폐는 무슨? 걱정 마시고 편히 쉬시다가 가셔도 좋소."

"아닙니다. 저희는 내일 아침 일찍 떠날 것이니 마음 쓰지 마십시오."

우치가 애써 만류하여 떠나기로 못을 박은 후에 행랑으로 돌아왔다.

"나리, 떠나실 작정이십니까? 감영으로 가시게요?"

"떠나긴? 내일이 되면 오 좌수가 며칠만 더 있어달라고 사정을 할걸?"

"무슨 말씀이신지?"

"내일이 되면 알게 될 걸세."

다음 날, 식전부터 집안이 한바탕 소란스러웠다. 오 좌수가 지팡이를 짚고 우치와 윤군평이 숙소하는 행랑방으로 몸소 찾아왔다.

오 좌수는 근심으로 얼굴이 푹 꺼진 듯한데 우치가 천연덕스럽게 물었다.

"어르신, 무슨 일이라도 생겼습니까?"

"이를 어쩌면 좋겠소? 도적놈이 곳간 벽을 허물고 도망을 가버렸지 뭐요? 다잡은 도적을 놓쳤으니 그놈이 필시 앙심을 품고 다시 찾아올 것이 아니겠소?"

"그래서요?"

오 좌수가 우치와 윤군평을 번갈아 바라보며 말했다.

"나 좀 도와주시오. 윤 선달님의 무술이 뛰어나시니 집에 남아서 도적놈을 방비해주시면 안 되겠습니까?"

윤군평이 우치를 힐끔 바라보다가 말했다.

"저도 그러고 싶지만 저 혼자로는 어렵겠습니다."

오 좌수가 눈치를 차렸는지 우치의 손을 덥썩 잡았다.

"이보시오, 전 수재. 나 좀 도와주시오!"

"저는 아무런 힘도 없습니다."

"그러지 마시고, 두 분 모두 나를 도와주시오."

오 좌수가 매달리듯 우치의 손을 잡고 애원하니 우치가 한숨을 내쉬며 승낙을 하였다.

"할 수 없지요. 윤 선달께서도 남으실 겁니까?"

"어떡하겠소. 저리 부탁하시는데요."

윤군평이 승낙의 뜻을 내비쳤다.

오 좌수가 뛸 듯이 기뻐하는데 이때부터 대접이 달라져서 두 사람이 행랑채에서 사랑채 한 칸에 칩거하게 되고, 밥상 또한 오 좌수와 겸상을 쓰게 되었다.

소문이 날개가 달리지 않았지만 오 좌수가 전 모라는 이를 사랑채에 들어앉혀 극진히 모신다는 소문이 유성촌에 널리 퍼졌다. 소문이란 꼬리가 보태어지기 마련이라서 한 사람 건너고 두 사람 건너 여러 사람의 입을 거치고 나니 전 모라는 이가 오 좌수의 데릴사위라는 말까지 나돌게 되었다.

유성촌에서 고개 하나 넘으면 나타나는 밤나무골에 홍집강이 살았는데 예전부터 셋째아들의 배필로 오 좌수집 외동딸 연화를 점찍고 있다가 뜻밖의 소문에 된서리를 맞았다.

"내 아들이 어때서 부랑아 같은 놈에게 여식을 주었단 말인가?"

연화를 며느리로 데려오려고 갖은 애를 썼던 홍집강은 닭 쫓던 개 꼴이 난 자신에게 일변 화가 나고, 오 좌수의 전장이 모조리 날아간 것이 분해서 오 좌수를 단단히 망신 주리라 작정하였다. 그리하여 소, 돼지를 잡고 재인들을 부르게 한 후에 인근의 부로들과 선비들을 집으로 초대하였다.

홍집강의 집안 하인이 오 좌수의 집을 다녀간 후에 오 좌수가 우치를 찾아왔다.

"전 수재. 나와 함께 갑시다."

"어딜 말입니까?"

"홍집강의 집에서 잔치를 한다는데 전 수재와 함께 오라지 뭔가? 전 수재의 소문이 벌써 거기까지 간 모양이오."

"그럼 가보지요."

우치는 홍집강이 무슨 꿍꿍이로 부른 것인가 궁금하여 선선히 따라가겠노라 말했다.

오 좌수가 윤군평에게 물었다.

"윤 선달은 어찌할 꺼요? 함께 가겠소?"

"전 도적이 올지 모르니 집에 남아있겠습니다."

"그럼 전 수재하고 둘만 다녀와야겠구려."

우치가 오 좌수에게 말했다.

"어르신, 앞으로는 편하게 자네라 부르십시오. 미혼이니 수재라 부르는 것은 당연하나 자꾸 높여 부르시니 제가 편치 않습니다."

"그럼 편히 불러도 되겠나?"

"편히 생각하십시오."

"알겠네."

오 좌수가 물끄러미 우치를 바라보다가 꼬질꼬질한 두루마기와 망가진 갓에 눈이 갔다.

"명색이 잔칫집에 가는데 행색이 보기 그렇구먼. 옷이라도 갈아입고 가세."

"괜찮습니다."

"내가 편치 않네. 자네가 내 은인인데 은인 대접 못한다고 마을 부로들에게 체면 깎이기 싫으니 갈아입게."

우치가 별 수 없이 입고 있던 폐포파립을 벗고 오 좌수가 내준 도포를 입었다. 거무스름하게 윤이 나는 좋은 갓에 궁초 갓끈을 매어 쓰고 취월명주 창의 위에 파란 술띠를 매니 선풍도골의 풍모가 완연하게 드러났다.

오 좌수가 우치의 풍도를 보고 두 눈이 휘둥그레졌다.

"옷이 날개라 하더니 자네 인물이 보통이 아닐세. 내가 글은 잘 못해도 사람 보는 눈은 있는데 그렇게 입고 보니 옥을 깎아 다듬은 것처럼 준수한 인물일세!"

오 좌수가 하인 하나를 앞세우고 우치와 동행하여 집을 나섰다.

동구를 나가서 얕은 언덕을 지나니 가을걷이가 끝난 논이 황량하게 펼쳐져 있고, 언덕 아래 작은 마을에서 연기가 일어나고 있었다. 오 좌수가 지팡이를 짚고 마을로 선뜻 들어서더니 그 마을에서 제법 큰 규모의 와가로 향했다.

커다란 솟을대문 가까이로 가니 집안에서 와 하는 사람들의 소리가 들리고 담장 위로 부채를 든 사람이 허공으로 솟구쳤다가는 사라지고 또다시 솟구치는 모습을 발견할 수 있었다.

오 좌수가 고개를 들어 담장을 보다가 우치에게 말했다.

"홍집강이 재인들을 부른 모양이구먼."

"재인이요?"

"폐주연산군 때에 한양서 재주를 팔았던 재인들이 부여 어름에서 무리를 지어 살고 있는데 잔치가 열리면 흥을 돋우러 불러들이곤 하지. 좋은 구경 놓칠라 어서 들어가세."

두 사람이 열려있는 솟을대문으로 들어가니 커다란 마당 가운데에 큰 나무를 두 개 겹쳐서 세워놓았고 그곳에 줄을 묶었는데 그 줄 위에 사람이 부채 하나만 달랑 들고 서서 재주를 넘고 있었다.

줄 아래는 구경하는 사람들이 쭝긋쭝긋 둘러서서 고개를 치켜들고 섰고, 삼현육각三絃六角을 든 악사들이 줄 아래서 악기를 연주하고 있었다.

우치가 구경꾼들 사이로 다가가 재주넘는 것을 구경하니 줄광대가 흥얼거리며 줄 위에 섰다가 갑자기 왼발로 줄을 딛고 무릎을 굽히고, 다시 오른발을 줄 밑으로 내렸다가 튀어 일어서길 반복하였다.

구경하는 아이들은 연신 눈을 찡그리고, 아낙들은 두 손을 잡고 간을 졸이고 섰고, 남정네들은 광대의 위태로운 동작에 움짓움짓 몸을 움직였다.

이때 줄광대가 양발을 교대로 하여 먼저 왼발로 줄을 딛고 무릎을 굽히면서 오른발을 늘어뜨렸다가 튀어서 오른발을 올려 딛고 오른발 무릎을 굽히면서 왼발을 줄 아래로 늘어뜨렸다가 튀어서 책상다리로 줄 위에 걸터앉았다. 그 모습이 떨어질 듯 말 듯 위태위태하여 보고 있는 우치도 간이 쪼그라드는 것 같았다.

사람이 작은 줄에 의지하고 있건만 평지에 서있는 사람보다 더 재빠른 것이 마치 원숭이 같았다.

줄을 한 번 타고 나면 사람들의 박수 소리가 일어났다. 작수목나무

기둥에서 땀을 식히며 부채질을 하던 광대가 줄 가운데로 나가더니 갑자기 몸을 줄에 튕기며 허공으로 훌쩍 뛰어 올랐다. 이내 떨어지던 줄광대가 두 가랑이를 훌쩍 벌리며 위태위태한 줄 위에 엉덩방아를 찧고는 그 반동으로 솟구쳐 다시금 내려앉는데 이번에는 두 무릎을 꿇었다. 아슬아슬하기가 천길 낭떠러지 위에 서있는 것 같아 절로 두 손에 땀이 고였다.

줄광대가 허튼 타령장단에 두 무릎을 꿇고 앉았다가 왼 무릎을 오른 무릎 앞으로 건너고 오른 무릎은 왼 무릎 앞으로 건너다가 두 발의 횃목발등으로 종종거리며 움직이어 앞으로 나가다가 작수목으로 올라가니 사람들이 와, 하고 박수를 쳤다.

안도의 숨을 쉬던 우치도 그들을 따라 박수를 치니 줄광대가 쉬, 하며 부채를 구경꾼들에게 펼쳐들었다.

구경꾼들이 그 장단에 조용해지니 줄광대가 장내를 둘러보며 입을 열었다.

"내가 소리 하나 뽑아 볼까?"

장구를 든 악사가 장단을 맞추듯이 소리쳤다.

"좋지."

줄광대가 부채를 살랑살랑 부치며 다시 한 번 장내를 꼼꼼히 살피다가 대청 위에 모여 앉은 양반들을 보곤 헛기침을 몇 번 하더니 노래를 시작했다.

왈자들이 모여든다 왈자 모여든다
왈자 대자 우자 선자 기자 대자 악자 선자

낮이면 구름 되듯 청산 안개 되듯

왈~자 들어온다 벌예 아닌 춤춘데

만고 잽산 군사 되듯 범 상쇠 알듯

부잣집 외아들 대전별감 부여별감

금부 나졸에 단양 산양 한참 이리 모여들 제

흑정장사 여자 집 말 잘허는 소진쟁이며

흥청거리고 골라 차리고 왈자 한참 들어올 제

잘나고도 못난 놈 못나고도 잘난 놈 이쁜 놈

이쁘고도 무서운 놈 무섭고도 겁나는 놈

겁나고도 떨리는 놈 떨리고도 괜찮은 놈

노래에 맞추어 삼현육각이 장단을 맞추니 사람들이 손뼉을 치고 흥이 올라 자리에서 일어나 춤을 추는 이들도 있었다. 노래 한 자락 이 끝나니 줄광대가 부채를 들어,

"이제는 마지막 판이 남았구나. 이 판은 살판인데 워메 참말 가슴 이 쿵쾅쿵쾅 뜀박질을 하기 시작하는구면. 잘하면 살 판이요, 잘못하 면 죽을 판이라는데 이놈이 잘못하면 시방 염라대왕 면전에서 줄타 기하게 생겼단 말이여."

하니 사람들이 와, 하고 웃었다.

이내 작수목 위에 있던 줄광대가 부채질을 하던 부채를 한 번에 접 었다.

줄광대가 뜸을 들이다가 시작하는 판은 줄타기의 제일 어려운 곡 예인 살판殺坂이었다. 잘못하다가는 죽어 저승길 갈 수도 있는 위험

한 곡예인 까닭에 줄광대나 지켜보는 구경꾼들이나 말이 없었다.

줄광대는 정신을 집중하느라 숨을 죽이고, 구경꾼은 위태한 광경에 마음을 졸이느라 말이 없으며, 악사들조차 분위기를 맞추느라 장단을 죽였다.

이내 줄광대가 들고있던 부채를 작수목에 끼어놓더니 갑자기 몸을 솟구쳐 머리를 뒤로하고 다리를 들어올렸다. 물구나무를 서있던 줄광대의 몸이 기울어지기 시작하더니 어느새 발끝이 외줄을 밟았다. 외줄이 아래위로 출렁거리면서 줄광대의 몸이 외줄에서 제비를 돌았다.

와, 하니 사람들의 입에서 절로 탄성이 나왔다. 허공에 재주를 넘으면서 공중제비를 돌던 줄광대는 어느새 저쪽 작수목까지 제비를 돌면서 건너가 쌍홍잽이*로 가볍게 앉았다.

"손 뒀다 뭣하우. 박수치는 것도 모르오?"

정신이 퍼뜩 든 사람들이 줄광대의 재주에 일제히 박수를 치고 때맞추어 삼현육각이 흥겹게 장단을 맞추었다.

줄광대가 작수목을 건너 뒷줄로 얼음 제치듯 미끄러져 내려오니 사람들 틈으로 중갓을 쓴 사내가 손에 비단과 포목을 한 꾸러미 가져와 줄광대와 장단을 맞추는 재인들에게 나눠주니 이들이 땅에 박듯이 머리를 숙였다.

사람들이 썰물처럼 흩어지는 가운데에 대청 위에 앉아있던 홍집강이 마당에 서있는 오 좌수를 보곤 버선발로 뛰어와서 맞았다.

---

* 쌍홍잽이 : 두 다리가 한꺼번에 뚝 떨어졌다가 쑥 올라가 껑충 뛰어올라가는 줄타기 재주

"아이구, 이게 뉘십니까? 오 좌수 아니십니까?"

그 반기는 모습이 홀로 된 아낙이 10년 만에 서방 만난 것 같았다.

"대체 무슨 일인데 이렇게 성대하게 잔치를 하시오?"

"가을걷이도 끝났고 해서 겸사겸사 잔치를 벌였습니다. 그렇잖아도 여흥이 가시기 전에 동리의 선비님과 함께 시회를 하려고 하는데 잘 되었습니다."

홍집강의 말에 오 좌수의 얼굴이 밀랍처럼 굳어졌다. 오 좌수가 젊어서 가세 빈한한 탓에 글공부를 포기하고 전장을 일구었던 터라 선비들의 시회에 참석하는 것을 죽기보다 싫어하였다. 매양 꿀 먹은 벙어리처럼 앉아있으니 가시방석이나 매한가지여서 글 잘하는 사람을 좋아하기는 하지만 자신은 글하는 곳에 가기를 꺼려했다.

"자, 자, 어서 대청으로 오르십시오."

홍집강이 오 좌수의 손을 끌어당겨 대청 계단을 오르면서 불량한 눈빛으로 뒤따라오는 우치를 노려보았다.

우치는 홍집강의 마음을 짐작하곤 능글맞게 웃으며 그 뒤를 따랐다. 대청 위에 올라간 홍집강이 주안상의 상석에 오 좌수를 앉히고는 우치에게 물었다.

"자네가 오 좌수의 사위될 사람인가?"

"아닙니다."

"아니긴? 소문이 쫙 돌았는데 아니라고 할 텐가?"

오 좌수가 발명을 하려하는데 홍집강이 기회도 주지 않고 우치에게 물었다.

"자네가 진서를 배웠나?"

"겨우 읽을 줄이나 압니다."

우치의 말에 홍집강이 싱글벙글 웃더니, 쭝긋쭝긋 둘러선 선비들과 눈빛을 교환하였다.

"그렇잖아도 시를 짓고 있었는데 이 좋은 날 오 좌수님부터 한 수 지으시지요. 양반이 되어서 시 한 수 못 짓는다면 상놈들 보기에 부끄러운 일이 아니겠습니까?"

홍집강이 괴처럼 웃으며 종이와 붓을 내어밀자 오 좌수가 하얀 종이를 보며 땀을 뻘뻘 흘렸다.

"자, 자, 붓도 받으시지요. 요즘엔 글을 모르는 양반도 많다던데 설마 시 한 수 못 짓지는 않으시겠지요?"

홍집강이 다른 사람 들으라는 듯이 큰 소리로 떠들었다.

붓을 잡은 오 좌수의 손이 벌벌벌 떨리는 것을 보고 우치가 홍집강이 오 좌수를 망신 주기 위해 불렀다는 것을 깨달았다. 우치가 얼른 오 좌수의 붓을 빼앗으며 홍집강에게,

"오 좌수 어른께서 수전증이 있어 제가 말을 받아 대신 쓰겠습니다."

하곤 오 좌수의 귀에 대고 소곤거렸다.

"어르신, 뭐든 생각나는 말이 있으면 다섯 자만 말하십시오."

오 좌수가 당황한 얼굴로 우치에게 소곤거렸다.

"이보게, 나는 시라는 것을 모르네."

"저만 믿으시구, 생각나시는 것 있으시면 말씀하십시오."

길게 한숨을 쉬던 오 좌수가 고개를 들어 멀뚱멀뚱 글감을 생각하다가 천장에 거미줄이 쳐있는 것을 보았다.

홍집강이 기다리다 못해서 끼어들었다.

"시 짓는 사람 어디 가셨소?"

오 좌수가 얼떨결에,

"천장거미집."

하고 입 밖에 나오는 대로 말을 내뱉고 말았다. 오 좌수가 뒤늦게 후회하였지만 이미 말은 입 밖으로 나온 후라 오만상을 찌푸리며 우치를 바라보았다.

"천장거미집? 천장거미집이 무슨 뜻입니까?"

홍집강이 고개를 빼딱하게 가로저으며 중얼거리니 둘러앉은 선비들이 박장대소를 터뜨렸다.

오 좌수의 얼굴이 울그락불그락한 것을 보고 우치가 태연하게 말했다.

"좋은 글입니다."

우치가 붓을 들어 종이에 글을 썼다.

天長去無執

하늘은 길어 가도 가도 잡을 수 없네.

"오 좌수 어른께서 가을 하늘이 높고 높은 것을 일러 말씀하신 듯합니다."

시보다 해석이 더 뛰어나서 홍집강은 물론이거니와 종이에 쓰인 시를 둘러보던 선비들까지 눈이 휘둥그레졌다.

오 좌수로 말하자면 죽었다가 되살아난 사람과 같아서 놀란 얼굴로 시와 우치를 번갈아 바라보았다. 오 좌수의 옆 사람이 다섯 자의 시를 지어 차례로 돌아가서 잠시 만에 오 좌수의 차례가 다시 돌아갔다.

우치가 그전에 당부한 말이 있어서 오 좌수가 다섯 글자를 생각하다가 끝내 떠올리지 못하고 상 위에 있는 국수를 바라보곤 침을 꿀꺽 삼키며 입을 열었다.

"국수 한 사발."

우치가 붓을 휘돌려 종이 위에 갈겨썼다.

菊秀寒沙發
국화는 찬 모래에 곱게 피었네.

"가을의 꽃은 국화이니, 국화는 절개의 상징이요, 깨끗한 모래에서 자란 국화가 더 치는 법이지요."

둘러선 선비들이 잘 쓴 시라고 칭찬하니 오 좌수를 망신시키려던 홍집강이 되려 코가 납작해질 판이었다.

홍집강이 돌려 시 짓는 것을 그치게 하곤 우치에게 말했다.

"자네가 제법 글줄깨나 배웠구먼. 자네가 시를 한번 써 보는 건 어떤가?"

우치가 웃으며 말했다.

"운자를 주시면 한 수 적어드리지요."

"운자는 무슨? 자네가 내가 내는 시의 대구를 달 수 있겠는가?"

"한번 해보지요."

홍집강이 종이 위에 시 한 구절을 써놓았다.

出門遠觀山山翠   문을 나가 멀리 바라보니 산마다 푸르다.

홍집강이 자신만만하게 우치에게 종이를 내밀었다.
"이 글의 대구를 달 수 있겠나?"
우치가 시를 내려다보니 실로 교묘한 파자시였다. 나갈 출出을 파
자하면 산산山山이 되는 것이니 지은이의 의도를 모르고선 대구를 달
기 어려운 문제였다. 그러나 이러한 파자시 문제는 우치가 이회와 함
께 즐겨 하던 것이고 앞 글자를 나누면 되는 것이라서 교묘한 문제일
망정 어려운 문제는 아니었다. 잠시 생각하던 우치가 붓을 들어 대구
를 썼다.

朋友送別月月悲   친구를 보낸 후에는 달만 보면 슬프구나.

우치가 대구를 지을 수 없으리라 자신하던 홍집강의 얼굴이 일그
러졌다.
붕朋자를 파자하여 월월月月로 대구해 놓았으니 누가 보아도 완벽
한 대구였던 것이다.
우치가 빙그레 웃으며 홍집강에게 물었다.
"이번에는 제가 문제를 낼 터이니 대구를 한번 만들어 보시겠습니
까?"
우치가 빙그레 웃으며 종이 위에 시 한 수를 썼다.

鴻是江邊鳥   기러기는 강가에 사는 새요,

蚕爲天下虫   누에는 하늘 아래 유익한 벌레로다.

언젠가 이회와 파자시 내기를 할 때 만든 문장이었다.

홍집강이 눈을 비비며 시를 바라보았다. 두 구의 시가 절묘하기가 이를 데 없었다. 강江 변에 새鳥를 붙여놓은 것이 기러기 홍鴻이요, 하늘天 아래에 벌레虫를 만든 것이 누에蚕라는 글자였다.

파자를 교묘하게 하지 않으면 시가 될 수 없고, 시가 되려면 파자를 절묘하게 해야만 했다.

과거 관에서 이방을 하던 홍집강이 '서당 개 삼 년이면 풍월을 읊는다'고 한시를 곧잘 썼지만 이렇게 파자된 문장은 머리털이 나곤 처음이라 답을 쓸 엄두가 나지 않았다.

우치가 둘러선 선비들에게 말했다.

"보고만 계시지 마시고 답을 찾아보시지요."

홍집강이 물끄러미 시를 바라보며 감주 먹은 괴상을 하고 앉았으니 선비들도 우치가 낸 시를 보곤 면구하여서 우치의 얼굴을 바로 보지 못하고 한참동안 서로의 얼굴을 멀뚱멀뚱 바라보는데 소가 닭 보듯 닭이 소 보듯 하였다.

밤나무골에서 집으로 돌아오니 서산 해가 노루꽁지만큼 남아 구름 아래로 붉은 물이 어름어름 들었다.

집으로 돌아온 오 좌수는 의관을 풀곤 주안상을 들이게 하였다. 오 좌수가 물끄러미 우치를 바라보았다.

"자네가 이제 보니 문장일세. 유성촌의 선비들이 코를 떼였으니 내 속이 후련하네. 자네 글재주를 보니 보통 사람이 아닌 것 같네. 그래서 말인데 자네, 내 사위가 될 생각이 없는가?"

"저는 보잘것없는 사람입니다. 널리 찾다보면 좋은 혼처가 나타날 것이니 그리하십시오."

"홍집강 말이 자네가 내 사위라는 소문이 파다하게 퍼졌다 하였으니 이제 내 여식의 혼사는 다른 데 할 수도 없게 되었네."

오 좌수가 오만상을 구기며 땅바닥이 꺼져라 한숨을 내쉬었다.

오 좌수는 무남독녀 외동딸 연화가 혼기가 되어 시집보낼 생각을 하면 근심부터 앞섰다. 애지중지 키워온 연화를 시집보내면 시댁에서 그 고생을 어찌 감당할 것이며, 자신 역시 이 큰 집을 외로이 지키며 살아갈 생각을 하니 눈앞이 막막했던 것이다. 그리하여 오 좌수는 데릴사위를 얻을까 생각하고 널리 구처하는 중이었는데 마음에 차는 사람이 나타나지 않다가 마침내 전우치가 그의 눈에 들어온 것이다.

오 좌수는 처음에는 우치의 남루한 모습이 마음에 들지 않았지만 의관을 새로 입히고 보니 그 훤칠한 모습과 시 짓는 재주가 가히 출중해 사라졌던 구서심이 다시 생겨났던 것이다.

우치가 오 좌수의 뜻밖의 제안에 선뜻 대답을 하지 못하였다.

"자네가 생각해보게. 잔칫집에서 홍집강이 자네가 내 데릴사위가 되었다는 소문을 들었다면 이미 그 소문이 널리 퍼졌다는 것 아니겠는가? 자네를 사위로 받지 못한다면 흠결이 있는 여식이 되어버리고 말 것이네. 자네가 조실부모하고 여동생 집에서 얹혀사는 입장이니 이곳에서 데릴사위가 되어서 몇 년 동안 착실히 공부하여 대과를 쳐보는 것이 어떤가?"

오 좌수가 무람없이 우치의 의향을 물었다.

우치는 당장에 전라도로 암행을 가야 할 공무가 있는 처지에 팔자 좋게 장가를 갈 수도 없는 노릇이요, 무엇보다도 자신이 연화 아가씨의 마음에 차지 않는다면 불행한 일이 될 수도 있기 때문에 한동안 말이 없다가 입을 열었다.

"사실은 제가 아직은 혼인을 할 마음이 없습니다."

"그게 무슨 말이오? 따로 정혼자가 있는 거요?"

"그것은 아닙니다."

"그럼 뭐가 문제인가? 자네가 이 자리에서 당장 대답하지 않아도 좋네만 제발 내 여식의 장래를 생각해주게. 연화가 예쁘기도 하지만 소명한 아이라서 인근 백여 리의 양반들은 모두 며느리 삼기 원하는 아일세. 자네가 잘 생각해보게."

우치가 오 좌수의 말을 꿀 먹은 벙어리마냥 듣고 앉았다가 밤이 늦어서 사랑방으로 돌아왔다.

"안색이 안 좋으십니다. 무슨 일이라도 있습니까?"

사랑방 안에 앉아있던 윤군평이 물었다. 우치가 오 좌수에게 데릴사위 제의를 받았다고 이야기하니 윤군평이 웃으며 말했다.

"오 좌수가 사람 보는 눈은 있는 모양입니다."

"지금 웃을 일이 아니네. 나랏님의 명을 받고 공무를 가는 처지에 아내를 얻었다면 후일 구설이 될까 두렵네."

"하긴 삼사의 대간들이 날을 세우고 있으니 훗날 문제를 삼으면 나리에게 득이 될 것은 없겠지요. 그렇지만 나리가 데릴사위 되었다고 소문이 퍼졌는데 몰풍스럽게 물리치고 떠난다면 이 집 여식의 앞날이 뭐가 되겠습니까? 여자가 한을 품으면 오뉴월에 서리가 내린다는데 재상어사가 되어 원망을 키워서 될 문제입니까?"

"그럼 자네 생각은 어떤가?"

"제 생각은 그렇습니다. 나리가 재상어사로서 책임지지 못하고 양반가의 규수의 장래를 망쳐놓은 것이 후일 구설이 될 것 같습니다."

"일이 어찌 이렇게 꼬이는지 모르겠군."

"나리는 환로宦路가 환로患路라는 말도 못 들어보셨습니까?"

"자네가 문자를 다 쓰는군. 그래, 내가 알아보라는 것은 알아보았나?"

"예. 홍집강이 십여 년 전까지 공주 부윤에서 이방을 하다가 물러나왔는데 그때 재산이 상당하였지요. 그게 다 폐주 때에 백성들에게 착복한 재산인가 봅니다. 정난 이후에 김정간과 결탁해서 재산을 더욱 불려 홍집강이 밤나무골에 전장을 마련하였는데 춘궁기에 곡식을 빌려주고 가을걷이 후에 이자를 몇 배 쳐서 받아 일시에 재산이 불어났지요. 김정간은 후에 대간의 탄핵을 받아 퇴출되었는데 그놈은 아전이라 홀로 빠져나와서 지금껏 행세하며 살고 있습니다. 이방을 물러나와서는 행세가 더 지독해져서 이자를 갚지 못하는 자는 세간을 빼앗거나 부치는 땅까지 빼앗았는데 가재는 게 편이라고 관아와 협잡하여서 이자를 못 내는 자는 관아로 잡아들여서 불문곡직하고 매로 다스리니 올해만 해도 적지 않은 사람이 잡혀가서 옥에 갇혀있다합니다."

"무도한 자로군. 홍집강이 남양군 대감의 결찌라는 것은 사실인가?"

"동리 사람은 물론이고 인근 동리에서도 홍집강이 남양군 대감의 결찌라는 소문이 자자합니다. 매년 봄, 가을에 봉물짐을 한 수레 가득 실어 남양군 대감댁에 보낸답니다."

우치가 턱을 기대고 앉아있으니 윤군평이 말했다.

"나리, 그자를 어쩌실 겁니까? 왠지 그자를 건드리기에는 덩치가 큰 것 같습니다. 제 생각에는 충청 감사에게 도움을 청하시는 것이 어떨까요?"

"충청 감사?"

"예. 충청 감사 손중돈孫仲暾은 청환직을 여러 차례 걸친 청백리입니다. 반정 이후에 상주목사가 되었는데 선정을 펼쳐서 칭송이 자자한 인물이지요. 그분이라면 믿을 만합니다."

"그렇다면 충청 감사에게 편지를 한 통 써야겠군."

우치가 서안에서 충청 감사에게 보내는 편지 한 통을 썼다.

두 사람이 사랑에서 홍집강을 죄줄 구실을 생각하는 동안 시회에서 망신을 톡톡히 당한 홍집강은 골이 머리끝까지 나서 저녁을 먹는 둥 마는 둥 하고 읍내 강 이방을 찾아갔다.

"홍집강 나리가 화가 단단히 나셨습니다."

강 이방이 홍집강을 방 안으로 들이며 말했다.

"굴러온 돌이 박힌 돌 뽑는다더니, 내가 개뼈다귀 같은 들뜨기 때문에 분해서 이대로는 못 있겠소. 그 깜냥없는 놈이 오 좌수의 재산을 날로 집어삼켰으니 내가 분통이 터질 지경이오!"

"계룡산의 검객 놈에게 청부를 시키지 그랬소?"

"생각해보게. 부중에 살인사건이 나봐야 안전이나 자네가 좋을 것이 없고, 만에 하나 백가놈이 잡혀 불게 된다면 풀을 만져 뱀을 건드린 꼴이 아닌가? 하여 자네를 찾아왔네. 자네가 좋은 수단을 강구할 수 없겠나?"

"죄 없는 사람을 잡아넣을 꼬투리가 없으니 방법이 있을라구요?"

"일만 성사되면 내가 섭섭잖게 답례하리다."

"밤나무골 어귀에 있는 논 두 마지기가 포실합니다."

이방이 넉살 좋게 말을 하니 홍집강이 속으로 화가 치밀어 오르지만 도리가 없어서 웃는 낯으로 대답하였다.

"성사가 되면 내가 그 논 두 마지기 떼어 줄 테니 걱정 마시오."

"말로 해서 쓰겠습니까?"

이방이 서안 위에 있는 종이쪽을 바닥에 펼치고 먹을 찍은 붓을 내밀었다.

홍집강이 속으로 왼새끼를 꼬면서도 겉으로는 아닌 보살로 태연하게 붓을 들어 이방에게 논 두마지기를 양도한다는 내용을 쓰고 수결을 하여 건네었다.

이방이 종이쪽을 보고 배시시 웃으니 홍집강이 말했다.

"좋은 수가 있겠는가?"

"오복 조르듯 하지 않으셔도 제게 좋은 생각이 있습니다."

"무슨 생각인가?"

"일전에 도적놈이 오 좌수의 집에 침입했다 하지 않았습니까?"

"그렇지."

"그 일로 제일 득을 본 자가 누구입니까?"

"민사원가 데릴사원가 하는 들뜨기 아닌가. 그놈이 움 안에서 떡을 받았지."

홍집강이 이방의 웃는 낯을 바라보며 무릎을 쳤다.

"자네 머리가 참 좋구먼."

"눈치 채셨습니까? 배가는 제 죄가 있어서 나서지 못할 것이니 매에 장사가 없다구, 형장에서 몇 대만 맞으면 제가 모의하여 꾸민 일이라고 자백을 할 것입니다. 그자가 조실부모하여 여동생 집에서 기숙하는 낙방서생이니 배경도 없을 것이요, 어디에 하소연할 곳도 없으니 식은 죽 먹기보다 쉬운 일이 아니겠습니까?"

"자네 머리가 꾀주머니로군. 그거 좋은 생각이야. 그런데 신임 사또는 어떻게 속일 것인가?"

"신임 사또가 뭘 알겠습니까? 동헌에 앉아 밥이나 축내는 허수아비인걸요. 고을 돌아가는 일이야 저희 손아귀에 있지요. 그런데 형방과 병방에게도 미리 귀띔을 해야 할 것인데 어찌합니까?"

"아전들에게도 섭섭잖게 챙겨줄 것이니 그 망할 놈을 멀리 귀양 보내도 좋고, 허리를 작신하게 부러뜨리거나 다리 마등갱이를 퉁겨서 병신이 되게 해도 좋네. 어떻게든 이방이 잘만 해준다면 은혜는 잊지 않으리다."

가재는 개편이요, 초록은 동색이라고, 전임 이방과 후임 이방이 눈이 맞고, 더구나 공으로 주는 재물을 싫어할 사람이 없어서 이방이 흔쾌히 승낙하였다.

4

다음날 식전에 공주 관아에서 사령 하나와 포졸 다섯이 오 좌수의 집으로 들이닥쳤다.

우치와 윤군평이 아닌 밤중에 벼락을 맞듯이 홑바지와 저고리 차림으로 끌려서 공주 관아에 갇히는 신세가 되고 말았다.

죄목이 도적과 작당한 사기죄였으니 오 좌수의 집이 때 아닌 풍파를 만난 것처럼 어수선하였다.

오 좌수가 생각하니 관아의 사령말이 일리가 있는 듯도 하였다. 도적이 찾아오는 날 전우치가 찾아왔으며, 그날 사로잡은 도적이 다음날 도망을 친 것이 그러하였다.

"얘, 연화야. 열 길 물속은 알아도 한 길 사람 속은 모른다더니 전 수재가 도적과 한패라는구나. 너는 그 말을 믿을 수 있겠느냐?"

"저는 못 믿겠습니다. 사령이 갑자기 찾아와서 두 분을 데려간 것도 그렇고, 뭔가 일이 이상합니다."

"도대체 어떻게 돌아가는 것인지 모르겠구나. 아이구, 머리 아파. 머리가 어질어질하구나."

오 좌수가 자리에 드러눕고, 연화 역시 어쩔 줄을 몰라 하다가 간신히 정신을 가다듬고 전후사정을 알기 위해 몸종인 사월이와 함께 우치가 갇힌 감옥으로 찾아갔으니 승석* 무렵이었다.

사월이가 인심이 돼먹지 못한 옥사쟁이와 한바탕 실랑이를 하다가 상목 한 필 준다고 다짐한 끝에 면회를 승낙 받았다.

연화가 장의를 푹 눌러쓰고 감옥 안으로 들어가니 감옥 안에 사람들이 그득한데 그중 제일 왼편에 있는 감옥방에 우치와 윤군평이 앉아있었다.

"나으리!"

우치는 사월이가 부르는 소리에 감옥 문 앞으로 다가가니 사월이의 옆에 연화가 장의를 벗지 않고 서있었다.

"사월이가 웬일이냐?"

사월이가 말했다.

"연화 아가씹니다."

연화가 쓰고 있던 장의를 벗으니 어두침침한 감옥 안이 환해지는 것 같았다.

보름달처럼 동그랗고 뽀얀 얼굴에 환한 광채가 비치는 것같이 아름다운 얼굴이었다. 동그란 박 같은 이마에 버들잎같이 엷은 눈썹이 매어 달렸는데 길고 가는 두 눈에 검은 동자가 흑단처럼 단아하게

---

* 승석 : 승려가 저녁밥을 먹을 때라는 뜻으로, 이른 저녁때를 이르는 말

박혀있고 코는 오똑하고 입술은 길고도 도톰한 것이 다문 듯 만 듯 얹혀있는 것 같았다. 오 좌수의 말처럼 보기 드문 미색을 갖춘 규수였다.

"제가 불민하여 죄 없는 손님들에게 폐를 끼치게 되었으니 죄스럽기 한이 없습니다. 제 짐작으로는 홍집강이 아전과 짜고 손님들을 죄로 엮은 것 같은데 제가 할 수 있는 일이라면 무엇이든 할 것이니 부탁하실 일이 있다면 말씀하십시오."

고개를 숙이고 서있는 연화의 두 눈에서 은구슬 같은 눈물이 뚝뚝 떨어졌다.

우치가 옆에 앉은 윤군평을 힐끗 바라보다가 웃으며 말했다.

"청천이 내려다보고 있는데 살아날 방법이 없겠습니까? 제가 한 가지 방법을 알려드릴 테니 제 부탁대로만 해주세요. 사랑방에 가시면 서안 위에 서찰 하나가 있는데 그 서찰을 충청 감사께 전해주십시오."

"그리하면 되겠습니까?"

"예."

"알겠습니다. 제가 꼭 전하겠습니다."

연화가 집으로 돌아오기 무섭게 우치가 기거하던 사랑방으로 들어가 서안 위에 있는 서찰을 보고, 갑자기 한 생각이 들어서 웃목에 있는 봇짐을 열어보니, 봇짐 안에 마패와 금척, 봉서 같은 물건들이 나왔다.

연화가 조심스레 봉서를 열어보니 전라재상어사로 임명한다는 내용과 함께 임금의 옥새가 찍혀있었다.

연화가 그제야 우치의 신분이 공무를 띤 암행어사임을 알았다.

'그렇다면 함께 다니시던 분은 시종인 모양이구나. 감옥 안에서 떨지 않고 담담하실 때 짐작했어야 했는데……'

연화는 봇짐 안의 마패를 따로 챙겨서 서찰과 함께 동봉한 후에 청지기를 불렀다.

"내일 아침 일찍 청주엘 좀 다녀오세요."

"무슨 일입니까?"

"서찰을 감사에게 보내야겠어요."

"저 같은 것이 감사를 만날 수 있겠습니까? 행여 봉변이나 당하지 않을까 걱정입니다."

"걱정 마세요. 이 서찰을 전하기만 하면 되니까 말이에요. 내일 아침 일찍 떠나면 언제쯤 도착할 수 있을까요?"

"여기서 청주까지 70여 리 되니 아침 일찍 출발하면 점심때면 도착하지 않겠습니까?"

"지금 출발하면 안 되나요?"

"날이 어두워서 어렵습니다."

"급한 일이니 시각을 다퉈야 해요. 수고스럽더라도 내일 아침 일찍 다녀오도록 하세요."

"예."

청지기가 영문도 모르고 그러겠노라 하였다.

우치가 갇힌 감옥은 읍성 안에 있었는데 목사가 있는 대처의 감옥
이라 일자로 된 다섯 칸 와가에 나무로 창살을 대서 다섯으로 나누어
놓은 곳이었다. 다섯 개의 감옥마다 사람들이 빼곡하게 들어서 흉년
이 든 고을의 참상을 보여주는 것 같았다.

내리 삼 년 동안 흉년이 되고 보니 꾸었던 곡식을 못 갚은 자들과
세금을 내지 못한 가난한 자들이 대부분이고, 도적이나 살인강도 같
은 흉악범은 눈 씻고 봐도 찾을 수 없었다.

뒷바라지 하는 이들이 저녁밥을 가지고 찾아왔는데 반이 넘는 사
람들이 사람 먹기도 어려운 구메밥으로 끼니를 때웠다. 우치와 윤군
평은 사월이가 가까운 주막에서 시킨 국밥이 나왔는데 윤군평은 원
래부터 소식을 하고, 우치는 저녁이 당기지 않아서 끼니를 때우지 못
한 자들에게 나누어 주었다.

초겨울의 입성이라 밤이 되니 날씨가 제법 쌀쌀하였다. 우치가 무

료하기도 하고 홑저고리에 바지 차림이라 약간 추위를 느껴서 감옥 안에서 홀로 좌정하여 행기를 하였다. 매일 아침 눈을 뜨자마자 하던 것이라 습관이 되어서 하루라도 하지 않으면 몸이 찌뿌둥한 것 같았다.

우치가 활인심법을 마치고 깊고 길게 숨을 들이쉬었다가 한동안 멈추고는 다시 숨을 천천히 내뱉었다.

단전에서 불 같은 기운이 후끈거리며 등줄기로 올라갔다가 백회에서 인중을 따라 명문 아래로 내려와서 단전에 이르고 다시 배꼽 아래로 내려갔다가 척추를 따라 올라가 내려오길 몇 번을 하고 나니 온몸이 뜨거운 물에 목욕을 한 것처럼 아늑하고 편안하였다.

행기를 하면서 기의 흐름을 알게 된 까닭에 문득 이회가 주었던 침경의 뒷부분이 생각나서 우치가 눈을 떠서 허리춤에 매달린 대통을 더듬어 잡았다.

대통을 뽑아서 종이쪽을 들여다보니 행기하는 법문이었다. 단전에서 주천이 완성되면 그 기운을 손가락의 십선혈과 통하게 하여 손가락으로 침을 대신하는 것이었다.

우치가 종이를 돌돌 말아 대통에 넣으니 옆에서 말없이 앉아있던 윤군평이 말했다.

"나리, 행기하는 법은 누구에게 배우셨습니까?"

"자네가 알지 모르겠군. 나는 이 법을 정희량 스승님께 배웠네."

"정희량이라면 갑자년에 사라졌다는 풍덕 정한림 말씀이지요?"

"자네가 잘 아는군."

"역시, 그때 돌아가신 것이 아니었군요. 제 스승님도 그런 말씀을 하십디다."

"자네 스승님이 앞일과 뒷일을 손바닥 들여다보듯 하시는가?"

"스승님의 친구 가운데 금성 보리나루에 사시는 혜손이라는 이인이 있는데 정한림이 그분의 제자이지요. 혜손이라는 분은 도호가 백우자인데 세상에 나오지 않아서 그렇지 청한자 김시습 선생 같은 분도 한 수 접는 이인이시라더군요. 스승님이 혜손 선생이 돌아가시기 전에 만나서 그런 이야기를 들었다 합디다. 그런데 대통 안에 있는 것은 뭡니까?"

"침술법이 써있는 법문일세."

"침술도 법문이 있습니까?"

"일지침이라는 것인데 손가락으로 기를 격출하는 법이지."

"손가락 끝으로 기를 격출한다고요? 그것이 혹시 직지선이 아닙니까?"

"자네도 아는군. 한번 볼 텐가?"

우치가 대통 안에서 종이를 꺼내어 보여주었다. 어두침침한 감옥 안이라 글자가 잘 보이지 아니하였다.

"나중에 보지요. 그건 그렇고, 이제 어쩌실 겁니까?"

"연화 아가씨가 서찰을 전한다면 살 수가 있겠지."

"식전에 조사가 있으니 매를 면할 길은 없겠습니다. 어사께서 매는 맞아 보셨습니까?"

"매 맞아본 적은 없네."

"허리에 잘못 맞으면 병신이 되는 수가 있습니다. 매를 맞을 때 힘을 빼셔야 덜 다칩니다."

"자네가 매깨나 맞아본 모양이군."

"훈련원 있을 때 사령놈에게 들었습니다. 사령 가운데 장을 잘 치는 자들이 있는데 두부를 때려도 소리만 크게 날 뿐 아프지는 않게 하는 재주가 있답니다. 매 맞기 전에 수작해 놓으면 낫다고 합디다."

"두부를 쳐도 깨지지는 않고 소리만 요란하다니 대단한 재주일세."

"곤장을 많이 때려 봐서 그 방면에 도가 튼 거지요."

"도 튼 사람두 많다."

"뭐든 한 가지를 오래하다 보면 도가 트이는 모양입디다."

두 사람이 이런저런 이야기를 하고 있을 때에 어둑어둑한 감옥 안으로 불빛이 비치면서 옥리가 갓 쓴 자 하나와 함께 들어와 우치가 갇혀있는 감옥문 앞에 이르렀다.

우치가 고개를 들어보니 횃불 빛으로 어둑어둑한 사람의 형상이 서있는데 어제 보았던 홍집강이었다.

우치가 태연하게 말했다.

"짐작은 하고 있었지만 이렇게 찾아오실 줄은 몰랐소."

"이놈, 네놈이 나를 망신을 주었겠다?"

"홍집강, 정말 대단하시오. 고까짓 일로 사람을 잡아가두니 말이오. 그런데 대체 내 죄가 뭐요? 안전께서는 아시는 일이오?"

"이놈! 네놈이 쥐도 새도 모르게 죽고 싶으냐? 네놈은 내가 누군지 아느냐?"

"작은 고을의 아전 출신으로 사사로이 사람을 잡아가두는 것을 보면 보통 사람은 아닌 것 같소."

"네가 알면 지금이라도 오 좌수의 데릴사위 되는 것을 포기하거라. 그럼 당장 감옥에서 꺼내주겠다."

"그리 못하겠다면 어쩔 거요?"

"네놈의 볼깃살이 가려운 모양이구나! 좋다. 내일 아침에 호되게 경을 쳐보면 정신이 번쩍 들겠지. 허리가 부러지더라도 나를 원망 마라."

홍집강이 몸을 돌려 옥문 안을 나가다가 멈추어서 다시 물었다.

"네놈이 정말 포기할 생각이 없느냐?"

"포기할 생각이 없소."

"할 수 없는 놈이로구나."

홍집강이 도포자락을 휘날리며 옥문 밖으로 나가버렸다.

"참, 사람의 욕심이란 한이 없는 모양입니다."

"그러게 말일세. 저만큼 있는 사람이 뭐가 더 탐이 나서 저러는지 모르겠네."

그때, 감옥 안으로 옥사쟁이가 들어와서 조곤조곤한 목소리로 말했다.

"이보슈. 웬만하면 고집을 버리시우. 뜨내기라서 모르시겠지만 홍집강이 누군지 아시오? 한양 사시는 남양군 대감의 곁찌라우. 남양군 대감이 누구요? 폐주가 물러날 때 1등 정국공신으로 위세가 하늘을 찌르는 분이 아니오. 더구나 따님인 희빈마마께서 궐안에 계시니 홍집강의 위세야말로 하늘을 찌르고도 남지요. 소문엔 홍집강이 홍대감의 전장을 지키는 차지라는 말도 있습디다. 그러니 안전인들 도리가 있겠수? 괜히 젊은 목숨 아깝게 버리지 말고 이쯤에서 포기하시우."

"허허허. 나라에 도덕이 떨어지니 불법이 마구 자행되는구나."

"말 함부로 마시오."

옥사쟁이가 손가락으로 제 입을 가리다가,

"그러니 어떡하겠소. 이쯤에서 포기한다면 내가 풀어줄 수도 있소."

하고 조용조용 우치를 회유하였다.

"홍집강이 시킨 일이오?"

옥사쟁이가 두 눈을 크게 뜨고 우치를 바라보다가,

"벽창호가 따로 없네. 그만큼 알아듣게 이야길 했어도 알아듣질 못하니, 나도 모르겠소. 내일 동헌에서 혼구녕이 나면 그때 후회나 마시우."

하곤 뿔난 사람처럼 총총히 옥문 밖으로 나가버리었다.

6

이날 아침에, 연화와 사월이가 감옥으로 찾아가니 옥사쟁이가 면회를 거절하였다. 전날 홍집강에게 뇌물을 톡톡히 받아먹고 일체의 면회를 허락해서는 안 된다는 청을 받아서 뇌물 값을 하느라 사월이가 가져온 면포 한 필도 소용이 없었다.

이때, 우치와 윤군평은 포졸 두 명에게 상투잡이를 당하여 동헌 마당으로 끌려나가 무릎을 꿇리고 앉아있었다.

우치가 사방을 둘러보니 너른 마당 좌우에 갖가지 형틀이 놓여있고, 동헌의 높은 마루 위에 교의 하나가 있으며 대청 앞 봉당 위에 흰 도포를 입은 아전들이 소매에 손을 집어넣고 옹기종기 서있었다.

검은색 철릭 입은 장교와 포졸들이 마당 좌우에 둘러 서있고, 곤장棍杖·태장笞杖·홍주장紅朱杖을 든 장졸들이 험악한 인상으로 형틀 앞에 줄지어 있으니 그 위세가 당당하였다.

"사또, 납시오!"

동문에서 급창이 소리를 치며 나오는데 그 뒤를 따라 깃털 꽂은 갓 벙거지를 쓰고 융복 입은 사또가 위엄 있는 모습으로 통인과 함께 들어왔다.

아전들과 수하 장졸들이 사또에게 꾸벅 인사를 하였다. 사또가 단정하게 걸어와서 동헌의 교의 위에 앉았다.

사또가 아직 잠이 덜 깬 모양인지 연신 하품을 하고 있으니 동헌에 끌려온 죄인들이 차례로 마당에 불려가서 벌을 받았다. 대개 형방이 책장에 적힌 죄인의 죄를 말하고, 대명률을 적용하여 벌을 주었는데 사또는 한 마디 말도 없이 듣고만 있고, 형방이 사령들을 지휘하여 합당한 벌을 주었다.

죄인들은 대개 세금을 내지 않았거나 남에게 빌린 돈을 갚지 못해서 잡혀온 것이라 곤장 10대를 맞고 에고지고 비명을 지르며 형리들에게 끌려 감옥으로 돌아가는 것이 전부였다.

앞서 몇 명의 죄인이 심문을 마치고 나니 우치와 윤군평의 차례가 되었다.

공주 목사가 무료하게 앉았다가 행색이 틀린 두 사람이 동헌에 꿇어앉은 것을 보고 물었다.

"저 죄인은 무슨 일로 잡혀왔는가?"

"오 좌수의 여식을 납치하려던 사기꾼이올시다."

"사기꾼?"

"예, 얼굴이 해시시하게 생긴 자는 사기꾼이옵고, 나이가 든 자는 도적이올시다."

형방이 들고 있던 윤군평의 지팡이를 사또에게 바쳤다.

"지팡이 안에 날이 선 칼이 발견되었습니다. 얼마 전에 계룡산에 웅거하는 도적놈이 오 좌수의 여식을 납치하러 왔다가 저자에게 쫓겨 도망친 적이 있사온데, 그날 사로잡힌 도적놈이 도망하여 자취가 없사오며, 저자들이 상객으로 사랑을 차지하여 대접을 받다가 얼마 전에 데릴사위가 되었습니다."

"아무리 그렇다고 확실한 증거없이 사기꾼으로 몰아서야 되겠는가?"

"증거가 있사옵니다. 계룡산 아랫마을에 주막집을 하는 고서방이란 자가 저자와 도적놈이 하는 이야기를 들었다 합니다. 저자들은 계룡산의 도적과 짜고 오 좌수의 여식을 구하려는 척하여 혼인으로써 그 재산을 갈취하려던 의도가 분명하옵니다."

형방이 사령 뒤편에 허수아비처럼 서있는 험상궂게 생긴 사내에게 물었다.

"고서방, 자네가 말해보게."

고서방이란 자가 고개를 넙죽 엎드리며 말했다.

"사또, 제가 이 두 귀로 분명히 들었습니다."

우치는 기가 막혀서 허허거리고 웃고, 윤군평은 이마에 핏대를 세우며 말했다.

"이놈아. 내가 계룡산엘 가본 적도 없는데 도대체 무슨 말을 하는 게냐?"

형방이 윤군평에게 소리쳤다.

"그럼 네놈이 가지고 다니는 지팡이에 칼이 숨겨진 것은 무엇 때문이냐? 나라에서 무기를 가지고 다니는 것을 법으로 금한 지 오래인데 네놈이 지팡이 안에 흉칙한 무기를 숨기고 다니는 것은 도적이 아니고선 어떻게 설명할 것이냐?"

"내가 훈련원 교관이오. 공무를 보러 가는 길이라 지팡이에 칼을 숨긴 것뿐이오."

사또가 물끄러미 윤군평과 우치를 내려다보다가 입을 열었다.

"네가 훈련원 교관이라면 증거가 있느냐?"

동헌 대청에서 묻는 사또의 말을 계상계하에 구부리고 섰는 관속들이 차례로 받아 내려서 윤군평이 듣게 되었다.

"증거는 없소만 열흘 전까지 훈련원에 있었으니 물어보시면 모두 말씀드리겠습니다."

사또가 코웃음을 쳤다.

"내가 외직을 전전한 지 오래되어서 한양일이 깜깜무소식이니 네놈이 아무렇게나 지껄이는 말을 어찌 믿을 수 있겠느냐? 증인이 있으되 증거는 없으니 네 말을 믿지 못하겠다."

듣고 있던 이방이 말했다.

"저런 자들은 매가 보약이올시다. 매를 대면 바른 말을 할 것이니 그리하소서."

사또가 손가락으로 윤군평을 가리키며,

"저 맹랑한 자를 되우 쳐라!"

하니,

"되우 치랍신다!"

하고 급창이 긴 대답으로 명을 내리었다.

포졸 두 사람이 윤군평의 양쪽 어깻죽지를 잡아 형틀에 묶었다. 뒤편에 있던 한 어깨를 벗은 사령이 홍주장을 들고 있다가 두 손에 침을 뱉어 쓱쓱 문지르더니 곤장을 번쩍 들어 윤군평의 엉덩이를 힘껏 내리쳤다.

윤군평이 이를 앙물고 참으니 사령이 잇달아 엉덩이에 사다듬이질을 하였다.

윤군평이 신음소리 한 번 없이 서른 대 매질을 착실하게 받고 이번에는 우치의 차례가 되었다.

"해시시하게 생긴 자가 우두머리입니다. 저놈의 속에 대감이 몇 개 들어앉았으니 이야기를 하는 것보다 매를 쳐서 기를 죽이시는 것이 좋겠습니다."

"좋을 대로 하라!"

형방의 말에 사또가 무료하게 대답하니 형장이 우치를 형틀에 묶어놓고 홍주장을 번쩍 쳐들었다.

"저자는 죄가 중하니 장 오십 대를 쳐라!"

사령이 우치의 볼기에 매질을 하였다. 우치는 태어나서 매는 처음이라서 곤장이 엉덩이에 떨어질 때마다 눈에서 별이 나고 정신이 번쩍번쩍 들면서 입에서 에고에고 소리가 절로 나왔다.

우치가 곤장을 열 대쯤 맞았을 때였다. 삼문 밖에서 벙거지 쓴 관졸 하나가 자개바람을 일으키며 달려와선 봉당 아래에 있는 통인 아이에게 무어라 이야기를 하곤 서찰 하나를 전하였다. 통인 아이가 사또에게 서찰을 건네니 다름 아닌 충청 감사 손중동의 편지였다.

사또가 감사의 편지를 읽어보다가 두 눈이 휘둥그레져서,

"매를 멈춰라!"

하고 소리치니 사령이 매질을 멈추었다.

사또의 서찰을 잡은 손이 후덜덜 떨리더니 곧바로 대청에서 내려와서 손수 우치를 형틀에서 풀어 내리었다.

우치가 비틀거리며 일어나니 사또가 침을 꿀걱 삼키며 조용히 말했다.

"혹시……."

우치가 감사의 편지라는 것을 직감하곤 손가락으로 자신의 입술을 가렸다.

공주 목사의 얼굴이 새하얗게 질렸다. 사또의 두 다리가 후들후들 떨리고 있었다.

"잠시 들어가서 이야기하시지요."

"아! 예. 그, 그러시지요."

목사가 칙사 대접하듯이 우치를 데리고 내아로 들어가 그간의 사정 이야기를 듣고 말했다.

"신이 우둔하여 아전들의 농간에 농락을 당하고 있으니 부끄럽기 그지없습니다. 제가 낯이 있어도 들지 못하겠습니다. 제가 어사를 뫼시고 속죄를 단단히 하겠습니다."

"아니오. 사정을 이야기하였으니 이번 일은 관장이 직접 처리하셔야 할 것이오."

"알겠습니다."

공주 목사가 동헌으로 돌아가서 대청 교의에 앉고 우치가 그 옆에 섰다.

육방관속들의 때 아닌 광경에 두 눈이 휘둥그레졌다. 사또가 육방관속들을 내려다보며 말했다.

"대체 어떤 자가 무고한 사람을 죄인으로 본 것이냐?"

"무슨 말씀을 하시는지 모르겠습니다."

사또의 불호령이 연이어 떨어지건만 육방관속들이 모르쇠로 일관하였다.

사또가 고개를 끄덕이며 말했다.

"아전들이 관장을 능욕하는 일이 적지 않다고 들었더니 네놈들이 신임이라고 나를 무시했겠다? 여봐라! 고서방이란 자 입에서 바른 말이 나올 때까지 되우 쳐라!"

사또의 불호령이 떨어지자 고서방이 형틀에서 매를 맞게 되었다.

"말이 나올 때까지 되우 쳐라!"

고서방이 장 다섯 대에 살려달라고 눈물 콧물 다 흘리면서 사실을 실토하였다.

"사실은 어젯밤에 형방 어르신이 저를 찾아와서 그렇게 말해주면 톡톡히 한몫 쳐주겠다고 했습니다."

형방의 얼굴빛이 일그러졌다.

"형방이 말을 할 때까지 되우 쳐라!"

형방이 매를 못 이겨 이방의 탓으로 돌리고, 이방이 살길을 찾아서 홍집강이 꾸며낸 일이라 말하였다.

이방도 감사의 편지를 받은 사또가 마음을 바꾸었을 때는 일신에 운수가 오늘로 끝이 났음을 짐작하였던 터라 굳게 닫고 있던 입을 열기 시작하니 연루된 자들이 줄줄이 호명되었다.

"이 모든 일이 홍집강으로서 비롯된 일입니다요. 그자가 전 전임 목사였던 김정간 나리가 사또를 할 때에 교묘한 수를 써서 재산을 늘리더니 퇴임된 후로는 재산을 물처럼 키워서 저희들의 입을 막고 불법을 자행하였습니다요. 홍집강의 떡을 받아먹은 자가 저희들뿐 아니라 좌우병방, 옥사쟁이, 통인과 급창까지 사또를 빼고는 아니 받아먹은 자가 없습니다. 모두 이익에 눈이 먼 소인들의 죄이오니 사또께서 하해와 같은 은혜를 내려주시길 소망합니다."

"홍집강을 당장 끌고 오너라!"

좌우 병방들이 형졸들을 데려가서 잠시 만에 홍집강의 상투를 잡아끌고 동헌으로 들어왔다.

동헌 너른 마당에 홍집강의 떡을 받아먹은 아전과 관속들이 줄줄이 매를 맞아서 곡소리가 진동하였다.

홍집강은 때 아닌 벼락을 맞은 탓으로 정신없는 사람처럼 끌려와서 형틀에 묶여 있는 육방관속들과 아전들을 바라보고 동헌 방 안으로 고개를 드니 공주 목사 옆에 전우치가 앉아 있는 것이 아닌가!

"이게 어찌된 일인가? 어째서 자네들이 형을 받고 저자가 앙큼스럽게 저 방에 앉아있누?"

공주 목사가 동헌 마루로 걸어 나와 홍집강에게 호령하였다.

"네놈이 네 죄를 알렸다?"

계상계하로 목사의 말이 전해지니 홍집강이 머리를 땅에 박을 듯이 숙이며,

"소인이 어리석어 무슨 죄를 지었는지 모르겠습니다."

하고 모르쇠를 하였다.

공주 목사가 대로하여 입을 열었다.

"첫째, 네가 아전으로써 전임 관장을 속이고 농간을 일삼아 부를 축적한 죄, 둘째, 육방관속들에게 뇌물을 써서 관장을 기망하고 무고한 사람을 감옥에 가둔 죄, 셋째, 도적에게 청부하여 반가의 규수를 약탈하려고 한 죄, 이 세 가지 죄만 가지고도 네놈은 살아남지 못할 것이다."

홍집강이 꿇어 엎드려 사시나무 떨듯이 부들부들 떨면서 입을 열었다.

"소인의 말씀을 들어주십시오. 첫째로 지은 죄는 소인에게 비로소 이루어진 일이 아니옵고, 전임 안전께서 소인으로 하여금 시키신 일이라 명을 받들다보니 자연히 제가 떡고물을 묻힌 것이옵니다. 그때 떡고물을 받은 이가 저만 아닌데 제 죄만 물으시니 억울할 따름입니다. 둘째는 육방관속에게 뇌물을 썼다 하셨는데 제가 한때 관아에 몸을 담았던 처지라 인정에 그들을 도와준 것일 뿐 뇌물을 쓴 적은 없사옵니다. 셋째는 정말 억울한 일입니다. 제가 도적을 시켜 오 좌수의 여식을 보쌈하려 했다니 그런 얼토당토않은 이야기가 어디 있단 말입니까? 한때 제가 오 좌수의 여식을 마음에 두고 제 아들과 짝을 지어줄 마음을 가지고 있긴 하였지만 오 좌수가 거절하여서 이루어지지 못하였습니다. 사또, 제 죄는 모두 오해에서 비롯된 일이고 모함입니다."

"네가 말 잘했다. 전임 목사 김정간은 그때 파출이 되었지만 네놈은 착실하게 부를 일구고 있었으니 재주는 김정간이 부리고 부는 네놈이 일군 것이로구나. 둘째, 네가 인정으로 관속들을 도와주었다 하는데 이방이 네게 받은 토지 문서를 보면 결코 인정이라 생각할 수 없다. 셋째, 네가 도적에게 청부하지 않았다 하는데 벌써 그자가 모든 정황을 털어놓았다. 네놈이 간특한 꾀로 관장을 욕보이려 하는 것을 보니 그냥은 넘어갈 수 없겠구나. 괘씸하다. 저 놈을 되우 쳐라!"

사령이 홍집강을 형틀에 눕히곤 홍주장을 들어 되우 쳤다. 홍집강이 매 두 대에 에고지고 비명을 지르더니 다섯 대에 손을 모아 죄를 빌었다.

"제 죄를 알았으니 한 번만 용서해 주십시오."

목사가 매를 그치게 하곤 홍집강에게 말했다.

"네가 남양군 대감의 곁쪄라 하더라도 이 일이 대감에게 알려지면 살아날 수 있는 방법이 없을 것이다. 네가 부정하게 벌어들인 재산은 관에서 적몰할 것으로되, 네 죄가 커서 목숨을 부지하더라도 귀양은 면치 못할 것이다. 네가 죽을 테냐? 극변으로 귀양을 갈 테냐?"

"개똥밭에 굴러도 이승이 좋다고 귀양을 갈 것이니 죽이지만 말아 주십시오."

홍집강이 동헌 방 안에 앉아 웃고 있는 전우치를 보고 눈물을 펑펑 흘리며 후회하였지만 이미 배는 떠난 후였다. 홍집강은 장 50대를 맞고 강계로 유배되었고, 가산은 적몰되어 가난한 백성들을 구휼하는 데 쓰였다. 뇌물을 받아먹은 아전들은 죄의 경중에 따라서 벌을 받았는데, 받은 뇌물은 모두 압수당하였고, 이방과 형방과 호방은 뇌물 먹은 죄로 장 50대를 맞고 귀양을 가게 되어 공주 관아가 새롭게 일소되었다.

7

우치는 장 열 대를 맞아서 운신을 할 수 있었지만 장 서른 대를 맞은 윤군평은 장독이 생겨서 한동안 방 안에 틀어박혀 치료를 하게 되었다.

공주 목사는 죄 지은 것이 있어서 객사로 두 사람을 옮겨오게 하였는데 정체가 탄로날까 저어된다는 우치의 말에 사처 옮기는 것을 포기하고 관속들을 시켜 아침저녁으로 찬과 약을 가져와서 극진하게 대접을 하였다.

오 좌수가 데릴사위 들인 전우치가 감사와 친분이 자별하다는 소문이 돌아서 오 좌수집은 객이 끊이지 않았다.

인심이란 바람개비 같은 것이어서 돈 많던 홍집강이 귀양가고 오 좌수가 사위를 잘 들여서 세력이 좋게 되었다니 선비들과 동리의 부로들이 오 좌수를 찾아와 부러운 덕담을 하고 가니 오 좌수가 자연 갑갑증이 났다.

이날저녁에 오 좌수가 우치를 큰사랑으로 불렀다.

우치가 사랑으로 들어가니 오 좌수가 우치를 극진히 반겨 맞았다.

"연화에게 들으니 자네가 충청 감사와 안면이 있다면서?"

"예."

우치는 연화가 오 좌수에게 자신의 정체를 숨긴 것을 짐작하였다.

"그렇지 않아도 연화 아가씨가 아니었다면 관아에서 큰 곡경을 치를 뻔했습니다."

"그러니 이런 인연이 어디에 있겠나? 자네는 내 여식의 은인이고, 내 여식은 자네의 은인이니 내가 오늘 자네를 부른 것은 담판을 지으려 함일세."

"호, 혼인을 말씀하시는 겁니까?"

"그렇네. 이제 소문이 자자하게 났으니 자네가 결정을 지어줘야겠네."

우치도 귀가 있어서 소문을 듣지 못한 것이 아니요, 감옥에서 보았던 연화의 얼굴을 잊지 못하던 터였다.

우치가 조심스럽게 말했다.

"저보다 연화 아가씨의 마음을 알고 싶습니다."

"자식은 부모의 뜻을 따르는 법일세."

"혼인이란 한 사람이 좋아서 되는 것이 아니라고 생각합니다. 두 사람의 마음이 맞아야 부부가 해로할 수 있는 것이 아니겠습니까?"

오 좌수가 웃으며 말했다.

"자네 생각이 당돌하긴 하지만 그른 말은 아닐세."

오 좌수가 여종을 시켜 연화를 데려오게 하였다. 잠시 후, 연화가 사랑으로 들어오려다가 방 안에 전우치가 있는 것을 보고 선뜻 들어오지 않았다.

남녀칠세부동석이니 과년한 선남선녀가 한방에 있는 것은 누가 보더라도 흉이 될 일이라 우치가 눈치를 차리고 방을 나가려고 하니 오 좌수가 손을 들어 말렸다.

"얘야, 뭐하느냐? 어서 방으로 들어오너라."

연화가 조심스레 들어와서 오 좌수의 옆에 앉아 얼굴이 보이지 않도록 몸을 돌렸다. 우치가 연화를 보지 않으려 해도 떠진 눈이 자연히 연화에게 가서 옆태와 뒤태까지 빼어나게 아름답다는 것을 알게 되었다.

오 좌수가 그동안 연화를 기다리면서 마신 술 몇 잔에 붉어진 얼굴로 연화에게 말했다.

"연화야, 넌 여기 있는 수재가 마음에 있느냐? 나는 젊은 수재가 사윗감으로 딱 마음에 드는데, 수재는 네가 좋다면 제 마음을 말하겠다 하는구나."

"그걸 어찌?"

연화가 대답하지 못하고 머뭇거렸다.

"소명한 아이가 어찌 대답을 못하누? 네 인생이 걸려있는 일인데 어찌 말을 안 해? 네가 싫다면 담엔 얼굴도 모르는 서방을 따라 시집을 가야 한다. 흉 된다고 생각지 말고 잘 살펴보거라."

연화가 잠시 주저하다가 천천히 고개를 들어 우치를 바라보았다. 연화가 면전에서 전우치의 얼굴을 찬찬히 살피니 이목구비가 뚜렷하고 짙은 눈썹 아래에 빛나는 눈빛이 무엇보다 마음에 들었다. 옥에 갇혀 있을 때 보다 훨씬 더 훤칠했다.

"연화야, 네 마음이 어떠냐?"

"저는 좋습니다."

연화가 부끄러운 듯 고개를 숙이면서도 당차게 말했다.

오 좌수가 고개를 돌려 우치에게 물었다.

"내 여식은 좋다고 하네. 자네는 어떤가? 내 여식이 마음에 드는가?"

"저도 좋습니다만 제가 사정이 있어서 혼인은 내년 4월 이후로 미뤘으면 좋겠습니다."

"무슨 사정이기에 내년 4월까지 미룬단 말인가?"

"말씀드리기 어려운 사정입니다."

"허허, 이해 못할 일이군. 조실부모하여 여동생 집에 얹혀산다면서 사정이 있다니? 제주도로 놀러간다 하더니 자네는 혼인보다 노는 것이 더 좋은 모양이지?"

"그것이 아니오라……."

우치가 말끝을 잊지 못하고 있으니 연화가 조심스레 말했다.

"아버님. 내년 4월이면 반년 밖에 남지 않았으니 그동안 준비를 하면 될 것이로되 서두를 것이 없습니다."

"네가 그리 말한다니 나도 할 말은 없구나."

오 좌수가 입맛을 다시며 우치에게 말했다.

"어찌되었건 정혼은 되었으니 이걸로 되었네. 자넨 이제부터 내 사위일세. 아직 혼인을 하지 않았으니 민사위로 부를까?"

오 좌수가 술을 한입에 털어 넣곤 연화에게 말했다.

"애야. 그러고 있지 말고 네 서방 될 사람에게 술이나 한 잔 따르거라."

"아버님두."

연화가 수줍게 고개를 숙이며 주저하였다.

"양반의 예법이 다 좋은 것만은 아니다. 그것이 사람을 억압하는 밧줄인 게다. 좋아하는 사람에게 시집가고 장가드는 것이 순리고, 배고프면 먹고, 졸리면 자는 것이 순리다. 예법이란 테두리에서는 체통을 지키기 위해 더워도 옷을 입어야 하고 추워도 옷을 벗을 수 없으며, 찬 방에서 배고픔과 추위에 떨어도 만족하며 살라고 하니 그것이 어찌 사람 사는 것이고 순리라고 할 수 있겠느냐. 내가 종작없이 말을 하지만, 남이 장에 간다고 거름지고 장에 가는 것처럼 어리석은 것이 없나니, 남들이 예법을 따라 산다고 너도 예법을 따라 어렵게 살 것이 없느니라. 부끄러워할 것 없이 네 서방에게 술이나 한 잔 따르거라."

오 좌수의 말에 연화가 부끄러운 빛으로 술잔을 들어 우치의 잔에 따라주었다.

우치는 본래 심마니의 아들로 자유분방하게 자란 터라 예법이니 공맹이니 하는 것들을 자신과 맞지 않게 생각하던 까닭에 오 좌수의 말에 십분공감하면서 연화가 따라 준 술을 한입에 마시었다.

오 좌수가 그 모습을 보고 빙그레 웃으며 말했다.

"사람의 인연이란 참으로 모를 일이지. 사람의 운명이라는 것이 정월에 연을 날리는 것과 같아서 작은 바람에 위태위태하다가도 갑자기 솟아오르는 바람을 만나 운수대통하기도 하고 평탄하게 바람을 타고 높이 오르다가도 별안간 실이 끊어져 추락하기도 하니 눈앞을 살피기 어려운 것이야. 사람의 인연도 이와 같아서 어제까지 모르던 사람도 내일에는 우리 집안의 사람이 되기도 하니 인생이란 참으로 알 수 없는 일인 게야. 그러고 보면 우리 연화의 인연은 계룡산의 도적이 만들어 준 것이니 그자에게 감사주 석 잔은 반드시 올려야 할 것이구먼."

우치가 웃으며 말했다.

"감사주는 나중에 제가 직접 받아주도록 하지요."

"자네가? 깊은 산중으로 도망간 도적을 어떻게 찾아가? 괜한 봉변 당하려고 그러는가?"

우치가 말없이 싱글싱글 웃으니,

"자네가 이제 보니 실없는 사람일세."

하고 오 좌수가 크게 웃었다.

윤군평의 장독이 그로부터 얼마 되지 않아서 나았다. 원래 튼튼한 사람이라 상처도 빨리 아물었다.

사흘 후에 우치가 오 좌수에게 떠날 뜻을 비쳤다.

오 좌수가 만류하려다가 생각해보니 전우치를 잡을수록 혼인의 날짜는 더욱 멀어질 터이니 보내는 것이 상책이라 우치가 떠나는 것을 허락하여 주었다.

우치는 연화에게 작별인사도 제대로 하지 못하고 잠깐 동안 얼굴만 바라보다가 집을 나섰다.

오 좌수는 우치와 윤군평에서 넉넉하게 노자를 구해주고 솜을 넉넉하게 넣은 저고리와 버선에 감발과 양식 넣은 전대까지 싸서 유성촌 앞까지 배웅을 해주었다.

"일이 잘 풀리면 좋겠네만 여의치 않더라도 너무 기다리게 하지 말게."

"예. 그리하지요."

오 좌수의 당부에 우치는 장의를 쓰고 대문 앞까지 따라온 연화를 다시 한 번 바라보았다. 장의 아래 살포시 고개를 떨어뜨리고 있던 연화가 조심조심 입을 열었다.

"몸 상하지 않도록 조심하세요!"

"알겠소!"

우치는 연화에게 웃음으로 답하고는 고개를 돌려 오 좌수에게 큰 절을 올린 후 남쪽으로 걸음을 옮겼다.

3편으로 이어집니다.